1946년 전주사범학교 시절(맨 오른쪽이 시인).

1955년 군복무 시절(맨 왼쪽이 시인).

1956년 결혼식에서 신랑 신동엽과 신부 인병선.

1956년 백마강에서 배에 탄 시인과 인병선.

1964년 무렵 명성여고 교사 시절.

1966년 무렵 명성여고 문예반 학생들과 일엽 스님을 찾아간 날.

1955년 무렵 친구 조선용, 노문과 함께.

1969년 파주군 금촌읍 월롱산 신동엽 묘 앞에서의 인병선.

1970년 부여 백마강가 신동엽시비 제막식을 마치고
시비 앞에 선 '야화' 동인들
(왼쪽부터 유옥준, 조선용, 노문, 장호, 구상회, 정건모).

1982년 제1회 신동엽창작기금 시상식날
(왼쪽부터 조태일, 이문구, 인병선, 구중서, 이시영, 정해렴).

1985년 생가 복원을 위한 상량식 후 인병선, 신연순(부친), 구상회.

1991년 신동엽창작기금 시상식(왼쪽부터 김윤수, 김남주).

신동엽 산문전집

신동엽 산문전집

申東曄 散文全集

강형철 · 김윤태 엮음

창비

시인이 우리 곁을 떠나신 지 어언 50년이 지났다. 시인을 추모하면서 우리는 '도보다리'를 생각했다. 다들 알다시피 그것은 판문점 회의실과 중립국감독위원회 캠프 사이에 놓인 불과 50미터에 지나지 않는 작은 다리의 이름이다. 작년 봄, 그러니까 2018년 4월 27일 남북의 두 정상이 나란히 걷다가 그 길의 끝에 놓인 의자에 앉아 새소리를 배경으로 이야기를 나누는 '풍경'을 우리는 가슴 벅차게 바라보았다. 그 '풍경'은 분단 이후 70여년 동안 남북의 정치지도자들이 보여준 어떠한 광경보다도 설레었던 근본적인 화평의 순간이었다. 비록 그 회담 이후 남북 간 혹은 북미 간 대화가 우리의 기대만큼 이루어지지 않고 있지만, 그날의 '풍경', 아니 '2018 중립의 초례청'은 강대국들에 의해 자의로 분할되고 결국엔 열전과 냉전을 겪어가면서 서로 갈라져 적대하며 살아가고 있는 남북의 겨레에게 앞으로 우리가 가야 할 근원적인 자리의 상징으로 오랫동안 각인될 것이라 믿어 의심치 않는다.

그것은 마치 50년 전 시인이 소망한 것과 근원적으로 동질적인 사유와 정념의 '풍경'이 아닐 수 없다. 한반도의 평화와 중립을 꿈꾸었던 시인은 일찍이 저 '도보다리'가 있는 곳을, "그 반도의 허리, 개성에서/금강산 이르는 중심부엔 폭 십리의/완충지대, 이른바 북쪽 권력도/남쪽 권력도 아니 미친다는/평화로운 논밭", 즉 '중립지대'라고 이름 붙인 바 있었다(「술을 많이 마시고 잔 어젯밤은」, 1968). 술 취해 잠든 시인은 꿈속에서조차 "그 평화지대 양쪽에서/총부리 마주 겨누고 있던/탱크들이 일백팔십도 뒤로 돌"더니, "한 떼는 서귀포 밖/한 떼는 두만강 밖/거기서 제각기 바깥 하늘 향해/총칼들 내던져버리"는 감격적인 '풍경'을 노래하지 않았던가.

　　올해 시인의 50주기를 맞아 수많은 행사들이 준비되고 있고 또 실행되겠지만, 그 가운데 가장 중요한 것은 신동엽의 시 정신이 오늘 우리의 현실에 살아 움직이게 하는 일이리라. 다시 말해 그것은 신동엽 시인이 간절하게 바랐던 세상을 실현해내는 일이 아니고 달리 무엇이겠는가. 오랜 분단과 적대의 세월이 당장 시인의 정신을 실현하는 데 큰 난관이 될 수 있음을 모르는 바 아니지만, 그러나 우리는 가야 할 길을 이제 멈출 수 없다. "허망하고 우스운 꿈"에 지나지 않을지라도 시인의 그 꿈처럼 평화와 통일을 향한 우리의 소망도 진정 영글어지기를 간절히 바라면서, 이제 우리는 시전집에 이어 6년 만에 산문전집을 엮어 내놓는다.

　　우리가 『신동엽 시전집』을 새로 엮어 낸 것이 2013년 4월이었는데, 그때 우리는 그 서문에 "조만간 전집의 산문편까지 새롭게 발간될 수 있기를" 바란다고 쓴 적이 있다. 그리고 그로부터 6년의 세월이 지났다. 그 약속을 늦었지만 이제 비로소 지키게 된 데 대해, 우리는 한편으론 송구스럽고 한편으론 안도감을 느낀다.

한권으로 되어 있던 기왕의 『신동엽전집』(창작과비평사 1975 초판, 1980 증보판, 1985 증보3판)을 우리가 시와 산문으로 나누어 따로 새롭게 출간한 데에는 별다른 이유랄 게 없다. 창비의 전집 이후 다른 출판사에서 시집과 산문집이 하나씩 더 출간(『꽃같이 그대 쓰러진』, 실천문학사 1988; 『젊은 시인의 사랑』, 실천문학사 1989)된 만큼 자료 자체의 분량이 대폭 늘어난 것이 굳이 이유라면 이유일 것이다. 『신동엽 시전집』의 분량만도 무려 600면을 상회하는 판에, 거기에 산문까지 다 포괄하였더라면 어마어마한 두께의 책이 될 것이 뻔했을 것이다. 아무튼 우리는 서정시와 서사시(장시 포함)를 제외한 신동엽의 모든 글들을 함께 모아 『신동엽 산문전집』이란 이름으로 묶어냄으로써, 신동엽 문학세계의 전모를 음미하고 감상할 수 있는 기회를 마침내 마련하게 되었다.

또한 우리는 산문전집을 편집하는 과정에서 여러가지 문제점을 발견할 수 있었는데, 그것들에 대한 해명이 필요할 듯해서 따로 '편자의 말'로 정리하였으니 독자 여러분께 참고가 될 수 있기를 바란다. 아울러 시전집에 이어 이번 산문전집에서도 새로운 자료가 몇가지 발굴·추가되었음을 밝힌다. 신동엽의 육필원고 더미에서 새로이 발굴·정리한 라디오방송 대본(22편)과, 평론 분야에 작은 글 두편(실은 한편)을 실었으며, 또 부여의 문청 시절 문학동인 '야화(野火)'의 한 구성원이었던 노문(盧文)씨가 밝힌 「석림 신동엽 실전 연보」를 부록에 포함시켜 시인의 생애에서 잊힐 뻔했던 지점들을 다행히 어느정도 재구할 수 있었다. 특히 후자는 한국전쟁을 전후한 시기에 신동엽이 처했던 상황을 상당 부분 밝히고 있다. 그 글에서는 분단체제가 강고하게 작동하고 있는 동안엔 쉽게 드러낼 수 없었던 미묘한 문제가 내재해 있어서 매우 조심스러울 수밖에 없었을 것임에도 불구하고, 용기를 내어 정리한 노문씨의 깊은 우정에 경의와 감사를 표한다. 또한 이 자료를 공개하고 출판까지 결심한 유족들에게도 깊이 감사드린다.

이 책을 출간하는 데도 역시 많은 분들의 지원과 노고가 있었음을 밝히지 않을 수 없다. 육필원고 자료를 확인하고 대조할 수 있었던 데에는 신동엽 관련 자료 전부를 부여군에 기증한 유족들의 헌신과, 그것을 보관·관리하고 있는 신동엽문학관의 지원에 힘입었음을 우선 말해야 할 것이다. 라디오방송 대본의 원고들을 신동엽문학관에 소장된 자료더미 속에서 일일이 찾아내어 입력한 파일을 흔쾌히 우리에게 제공해준, 신동엽학회의 총무이사를 맡고 있는 연구자 이대성씨의 노고에도 감사와 격려를 보낸다. 그가 오페레타 「석가탑」에 대해 제기한 문제점을 우리가 살펴볼 수 있도록 도움을 준 사실도 아울러 밝힌다. 또한 시전집에 이어 산문전집의 발간을 위해 수고한 창비 편집부에도 고마운 마음을 전한다.

책을 내거나 편집을 해본 이들은 다 겪는 일이라 새삼스럽지 않겠지만, 우리는 항상 오류를 최소화하려고 눈에 불을 켜고 애를 써왔다. 그러나 결과는 종종 배반을 수반하기도 하는 터라, 그것에 대한 책임이 오로지 편자인 우리에게 있음을 변명 삼아 말씀드린다.

이전에 시전집을 엮어낼 때 신동엽의 시세계 전체를 살펴보고 그것이 삶의 자리로 작동하는 근원이기를 바랐던 마음이었던 것처럼, 우리는 이 산문전집 역시 그 자리를 더욱 깊이 들여다볼 수 있는 우리 겨레의 '도보다리'가 되기를 간절히 소망한다. 누구보다도 온몸으로 우리의 역사를 살고 여전히 '살아 있는 신동엽'이기에 가능한 일이라고 우리는 감히 생각한다.

2019년 4월
엮은이 강형철·김윤태

신동엽 시인의 50주기(周忌)를 맞아 새로『신동엽 산문전집』을 엮어내면서 우리 편자들은 편집과정에서 부닥쳤던 문제점들을 밝히고, 독자들의 편의와 이해를 돕기 위해서 굳이 '편자의 말'을 보태어 쓴다.

편집과정에서의 문제점은 크게 세가지 정도 되는데, 첫째는 시전집과 산문전집을 분리하는 과정에서 나타난 장르 구분 문제, 둘째는 원본비평을 수행하는 판본 대조 과정에서 드러난 중복 자료의 정리 및 체재 재편성의 문제, 셋째는 신자료에 대한 해명 등이라고 하겠다.

(1) 산문전집으로 분류된 작품들의 장르 구분의 근거에 대하여

6년 전『신동엽 시전집』을 함께 엮어낸 우리들은 당시에 시인의 작품들 중에서 서사시(혹은 장시)와 서정시들만을 모아 시전집을 만들면서, 왜 그렇게 했는지에 대해선 별다른 해명을 하지 않았다. 훨씬 오래전에 창비에서 『신동엽전집』을 낼 때(1975년)는 시(1), 시(2), 산문, 오페레타 등 4부로 나누었는데, 특히 시(1)은 서정시를, 시(2)는 서사시와 장시, 시극으로 구분하였다. 그런데 우리는 2013년 『신동엽 시전집』을 내면서, 서정시와 서사시(장시 포함)만을 추려서 출간하였다. 그러니까 시극, 구체적으로는 「그 입술에 파인 그늘」이라는 작품은 제외했다. 그것은 공연을 전제로 한 창작이란 점을 고려했기 때문이다. 즉 극(劇) 장르로 보고자 한 것이다.

물론 시극 혹은 극시는 운문적 성격을 가지고 있기 때문에, 넓은 의미에서 보자면 시의 영역에 포괄하는 경우도 없지 않을 것이다. 그러나 시극은 시(혹은 운문)로 씌어졌다 하더라도 공연을 위한 대본적 특성이 두드러진다는 점에서, 오페레타와 더불어 극 장르에 속한다고 우리는 판단했다. 오페레타 역시 말 그대로 '작은 오페라'라는 뜻으로, 음악과 연극이 어우러진 양식이라는 점에서 극 장르에 속하는 것이다. 따라서 우리는 신동엽이 스스로 규정한 '시극' 「그 입술에 파인 그늘」과 '오페레타' 「석가탑」을 『신동엽 시전집』에서는 빼고 『신동엽 산문전집』에 포함시키기로 한 것이다. 아울러 여기에는 책의 분량과 장정(裝幀), 특히 두께를 감안한 점도 없지는 않다.

그외 평론, 수필, 일기, 기행, 편지, 방송대본 들은 산문으로 분류해도 큰 이견이 없을 것이다. 이번에 새로 발굴하여 수록하는 '방송대본'의 경우 왜 여기에 포함시켰을까 싶은 다소 의아한 점은 있을 것 같다.

요즘도 여전히 10대, 20대 젊은이들의 감성을 자극하는 '별이 빛나는 밤에'나 '밤을 잊은 그대에게'와 같은 심야 라디오방송 프로그램이 꽤 인기 있다고 알고 있다. 이같은 심야 라디오방송 대본을 신동엽이 직접 쓰고 프로그램을 진행한 적이 있었다는 것을 아는 이들은 매우 드물 것이다. 1967~68년경 동양라디오를 통해 방송되었던 '내 마음 끝까지'라는 프로그램이 바로 그것이다. 이 방송대본은 전통적인 문학 장르 바깥의 글쓰기라는 점에서도 흥미롭거니와, 라디오방송 매체를 통해 전달되는 구술성이 강한 장르라는 점에서 색다른 맛을 우리는 느낄 수 있을 것이다.

문학적 글쓰기의 바깥이라고 말했지만 그것 역시 문학인 신동엽이 쓴 '글'이라는 점을 고려할 때 구태여 이 산문전집에서 제외시켜야 할 특별한 이유도 없다고 보아, 우리는 이 방송대본을 과감히 신자료 발굴을 겸하여 수록하기로 했다. 물론 '방송대본'의 경우 순수창작이냐 하는 논란이 있을 수 있다. 게다가 대본 속에 인용되거나 거론되고 있는 문학 작품들은 모두 다 신동엽 자신의 것이 아닌, 국내외의 유명 작가들의 글이라는 점에서 순수한 창작물로 바라보는 것이 주저되는 것도 사실이다. 국내에는 만해, 소월, 이상화, 미당의 시들과, 한흑구, 김진섭, 이효석의 수필들이 소개되고 있으며, 해외 작가로는 타고르를 비롯하여 헤르만 헤세, 괴테, 릴케, 폴 포르(Paul Fort), 앙드레 지드, 예이츠, 딜런 토머스, 발레리, 로랑생 등의 글들이 소개되고 있다. 당연히 대본 속에 인용되는 작품들은 신동엽의 것이 아니다. 그러나 그 작품의 소개와 더불어 신동엽이 해설하고 있는 내용들을 가만히 음미해보면, 독자들이 신동엽이라는 시인의 사유나 감성을 간접적으로 느끼고 이해할 수 있는 좋은 참고자료는 될 수 있을 것이라는 믿음이 들기도 한다. 오히려 신동엽이 직접 쓴 짧은 단상이나 일부 일기에서 나타나 있는 것 같은 지극히 사사롭고 무의미한 감정 노출보다는 이 대본들이 더 참고할 만한 가치가 있다고 우리는 본 것이다.

(2) 판본 대조 과정에서 드러난 중복 자료의 정리 및 체재 재편성에 대하여

이 산문전집의 체재(순서)는 ①시극, ②평론, ③수필, ④일기, ⑤편지, ⑥기행, ⑦방송대본의 순으로 잡았다. 평론, 일기, 편지, 기행 등은 넓게 보자면 모두 수필의 영역에 속할 것이나, 좁은 의미의 수필, 다시 말해 미셀러니(miscellany) 혹은 경수필이라고 불리는 사적(私的)인 신변잡사에 치우친 감이 있는 글들과 간단한 단상(斷想)들만 따로 수필이란 영역으로 분류하였다. 육필원고와의 대조 과정에서 「단상초」(『신동엽전집』, 증보판, 창작과비평사 1980, 354~58면; 이 책은 이하 '창비본'으로 약칭함)는 거의 대부분이 『젊은 시인의 사랑』(실천문학사 1989; 이하 이 책은 '실천본'으로 약칭함)의 '제3부 젊은 시인의 수상록'에 나오는 내용과 겹치고 있음이 확인되었을 뿐만 아니라, 그 내용이 아주 미미하여 문맥이 잘 닿지 않거나, 객쩍은 농담이나 평이한 아포리즘(aphorism)에 불과한 것들도 많아 그런 것들은 과감하게 제외하였다.

아울러 '실천본'의 '제3부 젊은 시인의 수상록'에 실린 내용들에서도 일부 문맥 불통 내지 농담조의 글들은 빼고 '단상 모음'이란 제목을 붙여 대부분 여기로 옮겨 수록하기로 하였다. '실천본'에서는 연도별로 구분하고 있으나 육필원고와 대조해보니 그 연도가 오류인 것들도 있었고, 심지어 1958년도분에 실린 어떤 글은 그 안에 "1960년 4월"이란 표현마저 들어 있어서 그 진위가 의심되기에 충분하였다. 이 수상록들은 사실상 그 기록 연도를 분명하게 확정하기가 어렵다고 하겠다.

　일기의 경우 '실천본'에서 누락시킨 부분이 간혹 발견되기도 하였는데, 대체로 그 내용이 지나치게 사사로운 것도 있고 또 시로 분류할 만한 것들도 있어서 의도적으로 누락시킨 것이 아닐까 짐작되었다. 대체로 문학청년의 상투적인 넋두리에 불과한 내용들도 적지 않았는데, 일반 독자에게조차도 색다른 흥미를 끌 만한 요소가 거의 없다고 할 수 있다. 우리도 역시 그것들이 신동엽의 문학세계나 사상 및 의식을 해명하는 데 특별한 도움을 줄 정도는 못 된다고 생각하여, 굳이 이 산문전집에 무리해서 삽입하지는 않았다. 다만 '실천본'에 수록된 일기들은 이미 공간(公刊)된 것이라 임의로 폐기하기 곤란한 까닭에, 육필자료와 대조하는 과정에서 산견되는 오류들을 최대한 바로잡는 선에서 그쳤다.

　편지는 일기만큼이나 사적인 글이다. 그래서 더 보태거나 빼거나 하지 않고 '실천본'에 수록된 것들을 단순 교정하는 선에서 정리하였다. 기행은 일기 식으로 기록되긴 했으나, 신동엽 자신이 '제주여행록'이라는 제목을 붙여 특별히 기록해놓았으므로, 그 원문을 그대로 살리는 방향으로 정리하였다. 이 기행문은 『신동엽 시전집』의 제4부에 실린 「서귀포」라는 시와 함께 읽으면 더 흥미로울 것이다. 그 시는 '제주기행시초(抄)'라는 부제가 붙어 있다.

(3) 신자료에 대하여

　이번 산문전집에 새로 수록된 신자료는 크게 세가지이다. 우선 가장 분량이 큰 신자료는 방송대본 22편이다. 그것에 대해서는 이미 앞에서 언급하였으므로, 여기서는 상론을 피한다.

두번째 신자료는 「시 정신의 위기」라는 평론이다. '빈번한 작품 표절에 관하여'라는 부제가 붙은 이 글은 언제, 어느 매체에 발표되었는지 분명하지 않다. 1961년 『현대문학』 10월호에 발표된 '함모'라는 시인의 작품(「한강부교 근처」)이 신동엽의 등단작 「이야기하는 쟁기꾼의 대지」(1959)의 몇몇 시구(詩句)를 표절하고 있음을 폭로하는 글이다. 아마도 표절이라는 아름답지 못한 행위를 비판하는 내용인 탓에, 신동엽 자신이 써놓기만 하고 발표하지 않았을 수도 있을 것이다.

그러한 글을 우리가 굳이 새로 찾아내어 여기에 싣는 것은 당시의 문단 상황과 표절에 대한 신동엽 시인의 고뇌와 갈등을 어느정도 느낄 수 있었기 때문이다. 신동엽이 같은 내용을 가지고 제목과 논지를 약간 다르게 하여 쓴 글이 하나 더 있었다는 점도 또다른 이유라고 할 수 있다. 그 글은 「만네리즘의 구경(究竟) ─ 시의 표절로 타개할까」라는 제목의 평론으로서, 독자들의 이해를 위해 참고 삼아 함께 수록하였다. 그런데 이 글은 육필원고 200자 원고지 총 13면 중 5~8면 및 10면이 아쉽게도 빠져 있다. 그중 5~8면은 추측건대 작품들(신동엽 자신의 시와, 함모씨의 시)을 인용한 부분으로 보이고, 10면은 문맥상 면수 매기는 과정의 단순 오류(9에서 바로 11로 넘어감)로 보인다. 따라서 원고지 4면의 마지막 글자('終')에서 이어지는 다음 면인 5면의 앞부분 1~2행 정도만이 손실되어 확인키 어려운 상태일 뿐, 나머지 부분은 거의 대부분 편자가 복원하였다.

두 글의 집필 시기는 어느정도 추정이 가능하다. 「만네리즘의 구경」은 함모씨의 시가 발표된 이후 시점인 그해(1961년) 가을에 썼을 것으로 생각된다. 왜냐하면 이 글 후미에 단풍 운운하는 대목이 있기 때문이다. 또「만네리즘의 구경」에서 신동엽이 자신의 글「시인정신론」(『자유문학』 1961년 2월호)과「60년대의 시단 분포도」(『조선일보』 1961년 3월 29일)를 거론하고 있음도 그러한 추정을 가능케 하는 근거라 하겠다. 그리고「시 정신의 위기」는 그 끝부분에서 "화창한 오월, 신록 피어난 가로수와 산악을 바라보며"라고 쓴 것으로 보아, 그 이듬해인 1962년 5월에 작성한 것으로 추측할 수 있다.

　마지막 세번째 신자료는 부록으로 제시한「석림 신동엽 실전 연보」이다. 이는 청년 시절 신동엽의 문학적 동지인, 경찰 출신의 '노문(盧文)'이란 분이 남긴 증언(1993년)이다. 한국전쟁 당시 신동엽이 가담했다고 알려진 좌익 및 빨치산 활동 경력에 대한 상당히 신뢰할 만한 기록이란 점에서 주목되기도 하지만, 청년 신동엽의 교우관계나 여성관계를 짐작할 수 있는 대목도 있고 그의 성품이나 사상을 가늠해볼 수도 있는 흥미로운 자료라 하겠다. 편자는 물론 이 자료의 내용을 액면대로 다 받아들이지는 않는다. 그것은 어디까지나 증언을 남긴 분의 생각일 뿐이기 때문이다. 그러나 그 내용의 진위 여부와 상관없이, 이 자료는 청년 신동엽을 이해하고 연구하는 데 충분히 도움이 될 만한 귀중한 것임에는 틀림없다고 생각한다.

　덧붙여 거론할 문제가 또 있다. 하나는 오페레타「석가탑」의 정본(定本) 확정에 대한 것이고, 다른 하나는 그것이 현진건의 소설『무영탑』과 어떠한 관계인가 하는 점이다. 이것들은 한 연구자의

16

문제제기와 연관된다(이대성 「신동엽의 〈석가탑〉과 현진건의 『무영탑』 비교 연구」, 『비교문학』 77집, 2019. 2). 그에 따르면, 1968년 5월 10~11일 서울 드라마센터에서 공연된 오페레타 「석가탑」의 판본은 '창비본'(1980)과, 신동엽문학관 소장의 필경등사본(1967년 집필 추정, 제목은 「석가탑(멀고 먼 바람소리)」), 두가지이다. 후자의 등사본이 오페레타 「석가탑」의 최종 대본이라고는 하나, 우리는 공연의 결과물인 전자 '창비본'을 일단 정본으로 간주하고자 한다.

그리고 현진건의 『무영탑』과의 관계 역시 이대성의 위 논문에 잘 정리되어 있어, 편자도 그 견해를 일단 수용키로 한다. 「석가탑」의 서사는 『무영탑』에서 차용한 것이라는 점, 그러나 신동엽이 현진건을 차용하고도 그 사실을 밝히지 않았다는 점을 지적하고 있지만, 이대성은 조심스럽게 '차용'이라는 용어를 여러차례 썼을 뿐, 표절이라고까지는 보지 않는 것 같다. 무엇보다도 편자는 「석가탑」과 『무영탑』이 각각 오페레타와 장편소설이라는, 전혀 다른 장르의 작품이란 점과 관련하여, 신동엽이 『무영탑』의 서사를 차용하면서도 현진건과는 다르게 '아사달·아사녀 설화'를 새롭게 해석하고자 했음에 주목하였다.

김윤태

일러두기

1. 이 책은 『신동엽전집』(증보판, 창작과비평사 1980) 및 『젊은 시인의 사랑』(실천문학사 1989)에 수록된 산문(시극 등 포함)과 새로이 발굴된 미간행 원고로 구성되었다.

2. 각 부 안에서는 원칙적으로 집필된 순서에 따라 수록하되, 위 두 저본에 실린 글을 모은 경우 『신동엽전집』과 『젊은 시인의 사랑』 순으로 했다.

3. 문장은 원문대로 유지하는 것을 원칙으로 하되, 명백한 오탈자는 바로잡았다.

4. 맞춤법과 띄어쓰기, 외래어 표기는 현행 표기법에 준하되, 방언 등 작가의 특성을 보여주는 표현은 가급적 원문대로 표기했다.

5. 원문의 한자는 한글로 표기하되 필요할 경우 괄호 안에 병기했다.

6. 각주는 엮은이의 것이다.

제1부

시극 · 오페레타

시극

그 입술에 파인 그늘

1966년 2월 26~27일 국립극장에서 공연

연출·최일수

때 전쟁 중의 어느 봄, 대낮
곳 치열한 육박전이 휩쓸고 지나간 산중 계곡

등장인물

남자(30세쯤): ㄱ측 부상병

여자(25세쯤): ㄴ측 부상병

노인: 귀머거리, 약초 캐는 낭인

유아: 노인의 등에 업혀 있을 뿐인

시대 불명의 부상병 하나

청나라 군인 하나

일본 군인 하나

동학군 하나

무대

중앙에, 포탄에 맞았는지 중동이가 처참하게 부러져 나간 고목 한그루. 남은 가지 하나가 창살처럼 하늘을 찌르고 있다. 멀리 가까이 크고 작은 바위와 산.

하수 쪽 언덕에 진달래가 몇그루 피어 있다. 막이 오르면 고목 옆에 여자가 비스듬히 기대 있다. 머리에는 작업모. 여기저기 찢어져 나간 남루한 바지.

(막이 오르면서 고요한 음악. 무대는 아직 어둠속에 있고, 음악에 맞추어 남자의 굵은 목소리 흘러나온다)

세월은 가도 햇빛은 남듯이 우리는 가도

그늘은 빛나리

우리는 가도 산천은 남듯이

역사는 가도 이야기는 남으리

우리는 가도 입술은 빛나리.

(무대 밝아지면, 여자가 상수 쪽에 귀 기울이며 중앙으로 나온다. 한쪽 다리를 절며, 하수 쪽 바위 위에 피어 있는 진달래를 발견하고 무척 황홀해한다. 걸어가서 진달래를 어루만지며 입맞춤한다. 그러다가 뿌리 밑을 헤친다. 무엇을 줍는다. 이지러진 기관포 탄환이다. 그 탄환으로 자기 얼굴 여기저기를 꾹꾹 찔러본다.

그러면서 무대 중앙으로 나온다. 다시 입술 가를 지그시 누른다. 그늘이 진다. 미소 띠운다. 미소 사라지면서 초조해진다. 상수 쪽을 살핀다)

여 그늘이야. 이 산맥 전체가 그늘이야. 웬일일까. 어떻게 할까. 소속이 없어진다.

24

(남자, 남루한 옷을 걸치고 상수 쪽에서 등장. 소총과 수통을 들었다. 왼손은 때 묻은 붕대에 칭칭. 여자의 모습을 보자 본능적으로 멈칫 놀란다)

남 (피식 웃으며) 달아나지 않았군요.

여 (깜짝 놀라 돌아서며) 무의미해요. 선생님을 포로로 잡지 못하면…… 웬일이세요. 좀 걱정했어요. 혹시, 아까, 그……

남 이 건너편 능선의 산토끼를 부수나보더군요. 무언가 깡충하고 공중 높이 솟구쳤어.

여 어느 쪽 비행기였어요?

남 몰라. (수통을 열며) 목만 축여요.

여 (고목 밑동에 앉으며 수통에서 입술을 뗀다) 아, 이 물 냄새…… 어쩌면 꼭 우리 집 옹달샘 물맛일까…… (무대 어두워지면서, 여자에게만 스포트) 뒤꼍에 장독이 있었어요. 그 장독 옆에 앵두나무가 있었구, 앵두나무 밑에 맑은 옹달샘이 솟고…… 고조할아버지께서 꿈속에 현몽받은 샘이었대요. 초여름이면 빨간 앵두알이 그 맑은 물속을 주렁주렁 굽어들고 있었어요. (다시 수통에 코를 가져다 대며) 이, 물 냄새.

남 (소리만) 지지들지 일이요. 그러다간 무너져요.

여 지탱하기가 힘에 겨워요. 이 물맛. 한반도의 등뼈를 타고 흘러내리는 물. 몇천년을 두고 우리 조상들이 이어 마셔오던 물,

아사녀,

아사달이 마셔오던 그 물맛,

(일어서면서) 아, 이 바람,

이 바람의 냄새,

남 (소리만) 추억 같은 소리 말아요. 지금은 엉망진창야,

(바람 소리, 하늘 높이)

(무대 밝아진다)

여　선생님, 상처 좀 어떠세요?

남　아까보단 한결 나아요. 당신은?

여　저도 좀 부드러워요,

(산새들의 소리, 멀리 가까이)

여　선생님…… (꿈꾸는 듯한 눈으로 남자를 올려다본다. 남자 또한 다스운 눈길로 여자를)

지금 이 순간만이라도 좋아요. 저를 적병이라 생각지 말아주시고…… 다른 뜻은 없어요…… 안아주세요…… 한번만…… 살짝……

(남, 한참 망설이다가, 한 팔로 여를 애무하며 어깨를 끌어당긴다. 마주 보는 얼굴. 여, 눈을 감는다. 흐르는 눈물. 남, 여의 그 이마에 조용히 입술을 댄다. 그 입술, 서서히 여의 얼굴을 더듬어서 여의 입술 가에로 와 멎는다)

여　햇빛이 너무 밝아요. 우리, 거기로 가요. 전 찾을 수 있어요. 아마 (하수 쪽을 가리키며) 저쪽으로 능선 두개만 넘으면……

남　그 동굴에 가서?

여　곧 휴전이 될 거라고 들었어요.

(멀리 지축을 울리는 폿소리, 쿵쿵 들린다. 남, 여, 긴장)

남　저 소리…… 저 소리, 저 소리 근처에서 이 시간 아우성치며 쏟아지고 있을 내 동지들.

(남, 중앙으로 걸어 나오며, 무대 어두워지고, 스포트)

나는 지금 당신을 쏘아버릴 자신은 없지만, 미워한다. 열번 백번이라도 쏘고 또 쏘고 싶다. (고개를 돌리며) 그러나…… 당신의 그 입에서, 내 고향에 계시는 우리 어머님이나, 누님이 쓰시는 말과 똑같은 말들이 새어 나오는 것을 봤을 때…… 하도 신기해서, 나는 내 허벅다리를 꼬집어봤던 거다. 총을 떨어뜨렸었다…… 하고, 네 콧등에 난 보오얀 무명 링이 내 마음을…… 또 있다. 아까 네 몸을 애무할 때, 너의 흰, 어깨 위, 커다란 두개, 우둣자죽을 보았다.

커다란 두개의 우둣자죽.

(스포트, 여자에게로)

여 저도 누구보다도, 이념, 의지, 목표, 이상, 이런 어휘를 즐겨 쓸 줄 아는 여자예요. 훈장도 탔어요. 당신들을 동이째 저주도 했고…… 어젯밤, 그 육박전이 있은 후, 소나기가 퍼부었지요…… 밤이 부러져 나가는 줄 알았어요…… 마지막이라고 생각하며 나는 의식을 놓았어요…… 아주 노곤한 봄잠이라고 생각하며 눈을 감았어요. 눈을 떴어요…… 눈부시던 아침 햇빛, 이웃 동무들하고 산에 고사리라도 뜯으러, 재질재질 오르고 싶은 아름다운 봄, 아침. 나는 몸을 일으켰어요. 그 순간 까무러쳤어요. 한참 만에 눈앞에서 흔들거리던 바다 밑 삼라만상이 고정되더군요…… 당신네 병사가 내 벗겨진 양말자락을 붙든 채 싸늘하게 굳어 있었어요. 왜 하필이면 내 양말 끝을 붙들고 죽었는지…… 눈을 못 감았더군요. 나는 또 한번 기절했어요. 그 눈동자…… 허망하게 빛 없이 나를 바라보고 있는 거예요. (남에게도 스포트)

남 그는 대학 재학 중이었다.

여 그 눈동자가. 제 인생의 바늘을…… 저는 그만 끝내고 싶어요. 그만 끝내고 싶어요.

남 무엇을? (무대 점점 밝아진다)

여 만세를,

남 만세?

여 저게 무슨 소리예요?

남 (총을 들며) 가만, (상수 쪽 다녀오며) 아까 그 산토끼 모양이오.

여 (긴 숨 내쉬며) 누굴 쏘려고 그걸 드셨어요?

남 우린 중간지대에 둘 다 떠 있소. 지금은 떠 있소.

(시대 불명의 부상병 등장. 한쪽 눈을 안대로 가리고 절뚝절뚝 세월 없이 걷는다)

부상병 어쩐다? 어쩐다? 이 구름을 어쩐다? 이 행복을 어쩐다? 마렵긴 하고 땅은 넓고 누구 얼굴에다 쏜다? 많아도 걱정이야. 헌데 이 쓸개 빠진 산천은 어쩌자고 하필이면, 내 눈앞을 탐낸다?

(퇴장)

여 그러나 선생님의 적은, 지금은 제가 안…… 우리를 둘러싼 이 그늘 밖의 모든 쳇소리예요…… 그 눈먼 조직들이에요. 그 콧구멍도 없는 장남들의 눈깜땡깜이에요. 지금 이럴 때 아니에요. 잘못하다간 이 햇빛 영 못 봐요……

저도 이젠 걸을 수 있어요. 그 동굴에 가서 한달만……

남 (상수 쪽 바라보며) 쉿,

노인 (상수 쪽에서 등장. 남루한 옷. 한쪽 어깨에 구럭. 보자기에 싼 유아를 업고. 이상한 병신 같은 걸음걸이다. 한쪽 손으로 코를 횡, 풀며 그 손을 앞자락에 썩 문지른다. 구럭 속엔 야전용 삽과 약초 뿌리 등이 들어 있다. 실성한 사람처럼 고개를 두리번거리고 나오다가 남과 여 발견하고 기겁할 듯 놀라 습관적인 동작인 듯 두 손을 번쩍 든다. 서서히 남과 여 쪽에 등을 대고 돌아서

관중석을 바라보며)

제기랄…… 제에기랄…… 죽은 송장을 보면, 그렇게 내, 친자식처럼 반가운데…… 멀뚱멀뚱 살아 있는 사람들만 보면, 이렇게, 벌벌, 떨리네……

남 손을 내리고 이리 오시오.

노 (못 듣는다) 늑대란 놈도, 이, 산중에서 만나면 반갑기만 하던데……사람이란 가죽을 뒤집어쓴 놈들은 딱 질색이야, 행, 행.

남 (노인의 앞으로 다가온다. 그제야, 노인은 또 한번 놀라며 주저앉는다. 남, 노인 등의 보자기를 들추며) 이게 뭐요?

노 앵? 앵? 줏었죠 임진 난리 때 청상과부가 우물가에 버리고 간 아들놈이던가?

남 (구럭 속을 뒤지며) 이건 뭐요?

노 앵?

남 (삽을 가리킨다)

노 (사람 끌어 덮은 시늉을 하며)

송장을 묻고 다녔죠…… 헤, 헤, 헤, 헤, 이, 산속에 있는 송장은 다, 내가 묻고 다녔습죠…… 헤헤, 헤헤, 송장만 보면 반갑고 다정해서, 헤헤헤헤. 가서 한번씩 꺼안아주죠…… 이쪽이건, 저쪽이건 상관없죠. 헤헤헤헤.

남 (손짓으로 담배 있느냐 묻는다)

노 (처음, 어리둥절하다가) 예, 있습죠. 헤헤. (괴춤에서 쌈지를 꺼내 준다)

남 (주머니에서 종잇조각 찢어내어 담배를 말아 피워 문다)

노 (일어서서 굽신거리며) 전…… 가도 괜찮겠습죠? 그늘이 지면, 그 지년가? 지뤈가 때문에 꼼짝할 수 있어야지? ……어

쩔 심판인지 몰라? 이 깊은 산골에까지 온갖 당뇨 뒤집어쓰고 그
놈의 것을 갖다 묻어놓구서, 맘대로 다니지도 못하게 하나……
쫏쫏, 쫏. 난 이 왈바 원산에서만 육십년을 살았습죠…… 헤헤
헤…… 옛날엔 산삼도 여러 뿌리 캤댔는데…… 요샌 더덕이나
캐서 연명하고 있습죠…… 헤헤헤…… 그놈의 포탄인가 뭔가
터지는 바람에, 내 자식놈은 날아가고…… 난 귀가 잼뱅이 됐습
죠……

남 (가도 좋다는 손짓을 한다)

노 (뭣인가, 모를 소리 중얼거리며 병신스럽게 하수 쪽으로
퇴장)

여 괜찮을까요?

남 오히려 우리가 신세 지게 될지도 모르겠군요. 아마, 좀 (손
가락으로 머리가 돈 듯하다는 시늉)

(멀리서 소리 쿵쿵 울린다)

남 (심각해지며 여의 곁으로 다가선다. 서로 마주 본다. 한참)
지아씨…… (여자의 귀밑머리 만지며) 당신의…… 검은……
윤기 빛나는, 이, 머리칼을 빗질하는, 이, 산속의 바람……, 향기로
운 산의 정기…… 난 난생처음, 이 순간 당신에게 사랑은, 아니지
만, 사랑 비슷한 향기를 느껴…… 내 것을, 내 목숨 안창 저 속의
것까지도, 다 던져주고 싶은 생각이오…… 지아씨의 것도, 지아
씨 목숨, 지아씨 역사, 저 안창의 시작서부터 오늘까지…… 뿌리
째를 홀랑 뽑아 가지고 싶어,

여 믿기지 않아요……

남 그러기에 당신을, 우리 고향으로 데려가고 싶다 얘기했어.
지아씬 포로가 아니라, 귀순이 될 거요, 동굴로 가는 건 섶 지고

불 속으로 뛰어드는 격이야.

여 제발, 그 말만은 말아주세요.

전 헛간에서 태어난 여자예요, 그 점잖만 빼는 으리으리한 상전 집들이 싫어졌어요…… 로미오 집 가헌도 줄리엣 집 가헌도 싫어요. 껍데기끼리의 멱살잡이가 끝나지 않는 한 아무 쪽에서도 살고 싶지 않아요. 전 공동우물 바닥에 가서 살겠어요…… 이 산속에서 살겠어요.

남 우리에겐, 그런 선택권이, 지금, 없어, 이 답답한 반도를 벗어나지 않는 한.

여 껍데기는, 곧, 가요. 껍데기는 껍데기끼리, 껍데기만 스치고, 병신스럽게, 춤추며 흘러가요, 기다리면 돼요, 땅속 깊이, 지하 백미터 깊이에 우리의 씨를 묻어두면, 이 난장판은 금세 흘러가요.

남 (무엇을 생각하며 무대 앞으로 걸어 나온다)

살어리, 살어리랏다.

청산에 살어리랏다.

멀위랑, 다래랑 먹고

청산에 살어리랏다.

여 (남의 낭송 소리에, 생명 전체가 충격받은 듯, 고개 좌우로 흔들다가, 서서히 일어서며, 가슴에 손을 얹고, 조용히 몸을 움직이며)

우러라, 우러라, 새여.

자고 니러 우러라 새여.

널라와 시름 한 나도

자고 니러 우니노라.

남 (멀리서, 여를 뚫어지게 바라보고 있다가, 둘의 눈길 마주

치면 감격하여, 그러나, 침착하게 걸어가서, 조용히 얼싸안는다)

(격정을 알리는 음악, 굽이쳐 흐르며, 상승)

여 (눈시울이 뜨거워져, 남의 어깨에 얼굴 묻고 흐느낀다. 한참 만에 둘이 떨어져 고목 둘레에 나누어 선다)

남 당신도, 알고 계시군요…… 우리가 왜, 어쩌다, 이 모양이 됐을까……? 다음이 뭐더라……?

그렇지, (남, 여, 함께)

가던 새 가던 새 본다.

물 아래 가던 새 본다.

잉 묻은 장글란 가지고

물 아래 가던 새 본다.

얄리 얄리 얄랑셩 얄라리 얄라.

남 지아씨…… 고향엔 누가 계시다 했죠?

여 다 있어요.

남 다아라니?

여 어머니두, 아버지두, 오빠두, 동생두, ……선생님은?

남 지아씨두 기다릴 사람이 많군, 나도 다 계셔, 어머님은 눈을 못 보셔.

여 어마.

남 내가 열살 땐가였지. 이층 사진관에서 마그네슘이 터졌다나봐. 지금도 손주놈에게 소설책을 읽히고 계실 거요.

여 선생님…… 하늘을 보세요.

남 아…… 그래, 발밑의 흙을 봐요.

여 저 벌 좀 보세요.

남 (생각에 잠기며, 이리저리 왔다갔다한다) 우리, 이렇게 합

32

시다.

여 ……

남 우리, 서로의 인연과 의리를 위해서.

여 사랑은?

남 그래, 보다 큰 사랑,

여 어서 말씀하세요.

남 당신은 당신 고향으로 가시오.

나는 내 부대로 돌아가겠어.

여 그, 사무적인 사랑 말씀이군요.

남 우린 불안하오, 지금. 그건 서로가 자기들 집단을 이탈했기 때문이오.

나도 지아씰 내 주머니 속에 넣고 가진 않겠어, 지아씨도 나를 포로로 삼을 욕심은 내지 말아요.

여 어리석어요. 아까, 선생님은 제 상처를 들여다보시며 무얼 흘리셨죠? 선생님의 방아쇠가 뚫어놓은 구멍이라고…… 되풀이가 있을 뿐이에요, 이번 돌아가면. 이번엔 선생님의 팔뚝이 아니라 선생님의 그, 서늘한 눈동자에 동그란 구멍을……

아, 그건 우리 한두 사람의 힘으론 발뺌이 안 돼요. 그 큰 톱니바퀴 속에 빨려 들어가버리고 말아요.

남 되풀이가 돼도 하는 수 없어. 아마 인간 역사의 숙명일 게요.

여 그럼……?

남 (말없이 여를 들여다본다. 다섯 손가락으로 여의 머리를 빗질하다가, 상수 쪽을 가리키며) 저리로 가면 당신네 부대로 통하는 길이 나타날 게요…… 당신의 건강을 진심으로 기원하오, 진심이오.

(손을 내민다. 이때 여는 거의 무표정하게 남의 내민 손을 바라보다가, 다시 눈을 들어, 남의 얼굴을 담담하게 바라본다. 그리고 아무 소리 없이 손을 내민다)

자, 그럼…… 안녕……

(잡았던 여의 손을 놓고 무대 중앙으로 걸어 나와 선다. 여, 서서히 발길을 돌려 상수 쪽으로 떠난다. 상처가 몹시 아픈지 다리를 무겁게 절다가 잠시 서서 뒤를 물끄러미 돌아본다. 보다가 다시 걸어 나간다)

(하늘 높이 바람 소리, 산새들의 소리)

(남, 고개를 돌린다. 여, 아픈 다리를 잠시 쉬며, 천연스런 눈길을 뒤에 보낸다. 아무 소리 없이 마주쳐 불타는 두 눈동자)

(다시, 산새들의 소리)

남 (여에게 등 대고 돌아서면서)

그 발론 안 돼…… (몇발짝 앞으로 걸어 나온다) 그 발론 안 돼.

(돌아서서 뚜벅뚜벅 달려가 여의 다리 아래 한쪽 무릎을 꿇는다. 다리의 상처 어루만진다. 여의 온몸에서 기운이 빠져나간다. 남, 일어서서 여의 겨드랑이에 손을 넣어 부축하고 돌아온다. 고목을 사이 두고 앉는다)

남 용서……

여 ……

남 저 산새들의 천진이 나를 울려,

여 전, 뒤에서 쏘아줄 줄 알았어요.

남 정말이지 누군가가 쏘아줬으면 좋겠어, 우리 둘이 맞부둥켜 안고 있을 때 우리 둘을 맞뚫어 거기 그 순간에 영원히 못박아줬으면 좋겠어. 누군가가 해결해줬으면 좋겠어.

여 선생님이 집행하세요. 맡기겠어요.

남 탄환이 없어.

여 버리세요, 그런 걸 뭘 하러 가지고 계세요.

남 생명의 상징인걸.

여 (주머니를 뒤져 총알을 꺼낸다)

진달래 뿌리 밑에서 주웠어요.

기관포 탄환인가봐요. 바윗돌 때문인지 깊이 박히지 못하고 축축한 흙을 약간 후볐어요. 이 납덩어리의 얼굴 표정 좀 보세요. 이 표정 좀 보세요. 불쌍하죠?

남 어깨가 처졌군요.

여 실패한 소꿉장난이에요.

남 좌절된 의지지?

여 하필이면, 이 깊은 산속에 와서. 꽃다운 진달래 밑동. 그것 도 바위에 부딪쳐 이렇게 못생기게 이지러져. 잔뜩 찡그리고, 나 뒹굴 게 뭐예요?…… 바보같이.

(하며 자세히 들여다본다)

선생님, 이거 미제예요? 쏘제예요?

남 몰라.

여 전 도대체, 이 쇠붙이들의 의지를 모르겠어요. 내 가슴에 무슨 적의가 있다고. 기어코, 내 이 흰 가슴을 겨냥해야만 할까. 그 눈먼 의지.

남 그렇지만, 인류의 역사를, 좋든 나쁘든 이곳까지 이끌어온 것도 바로 그 의지의 공로였으니까.

여 기껏, 이거냔 말예요. 이 장난감 같은 일전짜리도 안 되는 납덩어리에게 내가 왜 쩔쩔매야 되느냐 말예요.

남 그 총알 이리 줘봐요.

여 싫어요. (하며 총알을 입술 가에 대고 지그시 누른다) 이 그늘을 보세요.

남 그늘?

여 이 그늘 좀 보세요. 호호호. 이제 제 체온으로 녹이겠어요. 다행히 녹지 않으면, 이다음 평화가 와서, 또각또각 구둣소리 빛내며, 오월의 가로수 밑, 연인과 더불어 걷게 되었을 때, 제 서재 책상 앞, 유리그릇 속에 깍듯이 넣어두고 가보로 만들래요. (남을 보며) 그 총 버리세요.

남 (총을 집어들고 만지면서 무대를 이리저리 돌아다닌다)

그럴까……? 그럴까……? 그러지. 그러나 버리는 건 아냐. 묻어두겠어. 토끼굴 속에.

여 문명병적 위선이에요. 이 순간의 예술성을 위해서라도, "버린다"고 말씀해주세요.

남 (한참 생각하다가) 그러지요. 아마 내가 지아씨의 최면술에 걸렸나봐. 버리겠어. 토끼굴 속에. (돌아서며) 허지만 이제부터 어떻게 한다?

(총 들고 몇번을 망설이다가, 상수 쪽으로 퇴장. 여, 바위에 기대어 밖을 바라보고 있다. 남, 한쪽 손을 털며 등장) 이제 끝났어. 내가 할 일은. 이 상황에서의 순수성을 위한 내 행동은 끝났어.

여 순수성?

남 응.

(거센 음, 북소리 들리면서, 무대 어두워지고. 앞쪽만 스포트. 머리에 노랑 수건 두른 하늘 찌를 듯 두간 넘는 죽창 가진 동학군, 무용스런 동작으로 등장. 중앙에 와 죽창 쥐고 앉으면서, 기도하

는 자세. 청나라 군인과 일본 군인 반대 방향에서 등장. 무언으로 역시 춤추며 접근. 동학군의 대창을 치고 또 친다)

일군　아랫도리만

청군　어느 놈 몸뚱인데.

일군　누구네 집 잔친데.

청군　젖가슴만 줘.

일군·청군　허리 아래만 줘.

(일군·청군 퇴장)

동학군　(의젓이 일어서면서) 이 하하하 으흐 어허허허허. 치네. (스포트 좁아들며, 퇴장. 무대 밝아진다)

여　허전하세요?

남　아니, 오히려 마음이 놓여요.

여　대포를 만나면 어떻게 하실래요?

남　우린, 사람 새끼가 아니라고 대답하지 뭐.

여　호호호호 그래요. 옛, 우린 노루 새끼들입니닷, 그러죠 뭐.

(남, 여, 함께 웃는다)

남　이제 나도 이야기할 수 있어. 총을 묻었으니까. 굳이 그것을 토끼굴 속에 묻을 이유가, 있어요. 전쟁이 끝난 다음, 우리가 자유롭게 저 새들이나 벌들처럼, 콧노래 부르며 꽃바구니 들고, 약초 구럭을 메고,

여　색동저고리 입고, 꽃바구니 끼고……

남　콧노래 부르며 이 산에 올 수 있게 되었을 때 난 꼭 이곳을 찾겠어. 어젯밤의 그 팔다리 분지르던 처절했던 육박전에서 양쪽 병사가 다 전멸하고, 신령스럽게도 살아남은 이 골짜기. 그리고 적병인 당신을 처음으로 만나 내 생전 최초의 소중한 사랑을 느

껴본 이 골짜기.

여 저두 오겠어요.

남 만일 지아씨가, 딴 사람의 아내가 되어 있더라도 꼭 한번은 다녀가야 돼요. 그리고 또 한 사람이 생각나. 친군데 입이 커서 별명이 메기야. 어찌나 고집이 센지, 교실에 서서 죄 바지에 오줌 싼 친구야.

여 그럼 저도 한 사람 부르겠어요.

남 누구?

여 눈이 시원스럽게 커요. 여동생이에요.

남 좋아. 그럼 네 사람이서. 때는 오십년 후라도 좋으니까, 전쟁이 끝나고 모든 장벽, 모든 쇠붙이, 모든 껍데기들이 이 강산에서 무너져나간 다음다음 날.

여 그러니까…… 팔일오로 얘기하면, 다음다음…… 팔월 십칠일이 되겠군요?

남 그렇지, 그땐 등산장비를 갖추어가지고 옵시다.

여 선생님, 어디서 그런 기운이?

남 이 골짜기에서, 어젯밤, 아우성치다 무너져나간 그, 가엾은 넋들에게……

모든, 쏟아져 바다로 쓸려 간 그 혼령들에게 그날 다시 와서 머리를 숙여봅시다. 아리랑을 부르던 민족의 이름으로.

여 그날의 사회는?

남 아까, 그 깡충 뛰던 산토끼란 놈에게.

여 멋져요. 저 솔바람 소린 배경음악.

남 우리 마을 앞엔 대장간이 하나 있었어. 불 풀무 속에서 시뻘겋게 달고 있는 불구멍 한가운데를 보고 있노라면 하도 고와서 먹

고 싶어지는 때가 다 있더군. 그런데, 그 속에 뭐든지 넣기만 하면

여 고마안. 너무 빗나가요.

남 다음을 들어봐요. 저 총을 그날 꺼내다가, 그 곰보 아저씨에게 주겠단 말이오.

여 ……?

남 호미 두자루만 뽑아달라고 하겠어.

여 호호호호.

남 호미, 뙤약볕 아래, 어머니의 야윈 괴춤에 꽂혀오던 호미, 그 호미의 갸우뚱한 고개.

여 총으로 호미를. 사상 최대, 아니, 인류 역사의 대전환기가 되겠어요.

남 두자루의 호미로 농사를 짓겠어.

여 한자루는 저 주세요.

남 그 모자, 버리세요.

여 (모자를 만져본다) 왜요?

남 난 쇠붙이를 버렸어. 당신은 껍데기를 벗겨요. (여의 곁으로 가 모자에 손댄다)

여 호호호, 그래요. 저도 이 그늘이 싫어요. 제가 벗겠어요. (벗는다)

남 버려요. 그 고운 손으로.

여 (모자를 만진다. 볼에 대어본다. 앞가슴에 대어본다. 한참 생각에 잠긴다) 이것도, 이 몸뚱이도 버리고 싶어요. (모자를 던진다. 언덕 너머로 포물선을 긋는다)

남 이젠 끝냈구려…… 그렇지만, 역사가 우릴, 용서해줄까?

여 그래요. 내일의 역사가 우릴 용서 안 해줄지도 몰라요.

남 허지만, 그다음의 역사는……

(여의 곁으로 가서 어깨에 손을 얹고 다섯 손가락으로 여의 머리 빗질한다)

여 어렵게 생각하실 것 없어요. 우린 지금 통일을 성취한 셈이에요.

남 통일이 이렇게 쉽게 이루어질 줄은. 조국의 일부분이 지금 이곳에서 통일되었구려.

여 아아아.

남 우린, 아까지 싸워왔지만, 우리의 아랫배가 싸운 건 아니었어. 껍질이 싸웠어, 껍데기가 껍데기끼리 저희끼리 싸웠던 거야.

여 모자.

남 모자끼리 싸웠어. 지아씨의 모자와 내 모자가 저희끼리, (담담한 표정으로, 장난스런 손짓을 하며) 치고받고 해왔던 거야.

왜, 내가 (담담하게 자신을 가리키며) 왜, 내 생생한 이 산짐승처럼 순수한 알몸뚱이가 찢어지고 구멍 뚫려야 하느냔 말요?

모자는, 저렇게 높고, 성성하고 거만하고 저렇게 높은데 왜? 이 아사달의 흰 살이 찢어져야 한단 말이오?

여 선생님, 이젠 행동이 남았을 뿐이에요. 어쩐지 불안해요. 빨리 이곳을 떠나요.

(폿소리 쿵쿵 울린다)

남 자아. (하며 간절한 몸짓으로 여에게 다가간다. 여 역시 절름거리며 다가선다. 두 사람 감격하며 말없이 포옹) 벗어날 수 없을까. 이 현실, 저 폿소리, 저 맹목의 질주.

여 머리 위로 지나가게 버려두세요. 지나가요. 곧 지나가요. 이 산천을 다 불살라도 남은 것은 있어요. 오늘 밤부터 그곳에 가서 지하 오십 미터의 굴을 파요.

남 어디?

여 그 동굴에 가면 열 평짜리 완충지대는 확보돼요. 그리고 깊이 오십 미터의 지심을 파요. 죽어도, 이 대지의 깊은 속에 내려앉아 죽으면, 이 강산의 밑거름이 돼요.

남 그럴 거야. 이 지구의 표면. 이 껍데기 위에서 죽으면 강물에 쓸려 바다로 흘러가버리고 말 거야.

여 우릴 심어요. 깊은 땅속에, 안창에 (남의 어깨에 손을 얹으며) 빨리 가요. 선생님의 모든 역사 다아 가지고 싶어요.

남 위험할 텐데, 비행기가.

여 이 골짜기만 빠지면 숲이니까 괜찮아요.

남 동굴의 위치는 정말, 정확하오?

여 자신 있어요, 그 앞엔 석간수가 흘러요. 쌀, 소금도 아직 그냥 묻혀 있을 거예요.

남 당신, 다리 괜찮을까?

여 조금만 부축해주면 돼요. 선생님은 눈이 밝으시니까 주위를 잘 살피세요.

남 실상 우리의 마음을 안다면 해치고 싶은 바보는 없을 거야.

여 우리의 마음속은 저 진달래 뿌리나 알고 있을 거예요.

남 가죽에 뚫린 구멍만 빼놓곤 다아 알겠지. 자 그럼 (가벼운 미소, 가벼운 포옹. 남, 하수 쪽으로 나가 기색을 살핀다. 여, 다리를 절며 걷는다. 서로 보며 웃는다)

(남, 하늘을 살피며 두어발 더 나아가, 거의 무대 밖까지 퇴장하려다 말고, 기겁하여 돌아서며 소리친다)

엎드렷, 엎드렷. (엎드리라고 손짓하며 자기도 엎드린다)

여 (엎드린 채) 누구네 편 거예요?

남 몰라. (남, 여, 서로 팔을 뻗는다. 마주 잡으려고)

(귀를 째는 제트기 폭음 머리를 스쳐 하나가 지나간다. 이어 또 하나의 제트기 폭음, 가까이 내려오면서, 따, 따, 따, 따, 따, 따 하는 기관포 사격 소리. 무대는 온통 불꽃 바다가 되면서 오색 조명 회전한다. 소리 멎고 무대 점점 안정되어 밝아지면서 남, 여의 늘어진 시체 어슴푸레 나타난다. 늘어진 두 시체, 서로 한쪽 팔을 길게 뻗어 맞잡으려고 했으나, 겨우 두 손가락이 닿을 듯 접근해 있을 뿐이다)

(하늘 높은 솔바람 소리. 그리고 평화스런 산새들의 노랫소리. 밝고, 가벼운 음악, 상승되면서)

(幕)

오페레타

석가탑

등장인물

아사녀

아사달

수리공주: 아사달을 좋아하는 공주

도미장군: 수리공주를 짝사랑하고 있음

맹꽁이: 도미장군의 시종

비녀: 수리공주의 시녀

왕

왕비

주지: 불국사 주지

마래·나리: 아사녀의 시녀

거머쇠·도끼: 불국사 문지기

여승 10여 명

탈춤 무용수 10여 명

발레수 10여명
마을 처녀
마을 총각

제1경

무대 불국사 경내. 완성된 다보탑 멀리 산과 호수가 보인다. 하수(下手) 쪽으로 약간 기운 자리에 공사 중인 석가탑. 2층까지 올려졌다. 탑 아래 몇개의 큰 돌, 탑 후면으로 돌층계가 있다. 막이 오르면서 합창. '밝고 명랑하면서도 경건하고 장중하여 불교적인 열반, 불교적인 승천에의 기쁨을 표현하는 곡'이 울려 나온다. 합창곡에 맞추어 10여명의 여승, 승무(무용①)

합창 (여승들, 노래① 서해 바다 달이 지니)
서해 바다 달이 지니
동해 반도 해가 뜨네
천축 넘어 성인 가시니
동방 반도 새 성인 나시네
어와 공덕이시여
우리들 마을마다 아기 부처님 나시네

서해 바다 노을 지니
동해 반도 달이 뜨네
서역 만리 석가님 가시니

우리 서라벌 목탁 소리 일어나네

어와 부처님이시여

우리 마을마다 부처님 웃음 피어나네

(노래도 멎고 춤도 멎고, 상수上手에서 주지 스님 등장)

주지 우리 불국사에 상감마마께서 납십니다.

일동 황공하오이다.

(왕·왕비·수리공주·비녀(시녀)·도미장군·맹꽁이(부하) 그리고 종자從者 두서넛 등장)

왕 오 과연 좋은 날씨로다. 그래 그 부여 땅에서 데려온 석수장이가 깎고 있다는 탑은 어데 있소?

주지 저쪽에 보이는 완성된 탑이 다보탑이옵고, 이 탑이 바로 지금 깎고 있는 중인……

왕비 오라, 저게 백제 땅에서 온 석수장이가 밤잠도 안 자고 식사도 잊고 마치 신들린 사람처럼 세이레 동안 깎아내었다는 그……

주지 그렇습니다.

여승1 (노래② 그렇습니다)

그렇습니다 신들린 사람처럼

밤이나 낮이나 세이레

물 한모금 안 마시고

입 한번 열지 않고

세이레

여승2 불꽃 튀는 기쁨처럼

그 입가엔 미소가 스며 배고

마치 소리 정 소리만

불꽃 튀는 슬기처럼

울려퍼지더니

여승1 그렇습니다 온몸에선

땀이 흘러내려 강을 이루고

합창 (여승들) 강을 이루고

여승2 마치 소리 정 소리만

불꽃 튀는 슬기처럼

서라벌 하늘에 울려 퍼지더니

합창 (여승들) 울려 퍼지더니

여승1 네 귀에 버티고 앉은

네마리 사자

합창 (여승들) 네마리 사자

여승2 사자 등 너머론

천상에로 이르는

어여쁜 돌층계

합창 (여승들) 어여쁜 돌층계 (노래② 끝)

주지 (대사) 그 돌층계를 더듬어 올라가면 편편한 바닥이 나오고 그 한복판엔 위층을 떠받드는 듯한 중심 기둥이 뚝 찍은 듯하옵니다. 그리고 셋째 층에는 난간의 돌들이 팔모가 지고 기둥도 여덟개가 되어 진기한 연꽃 꽃잎 모양의 지붕을 떠받들고 있습니다.

왕 과연 아름다운 탑이로다, 재주가 놀랍구나, 그런데 그 석공의 이름이 뭐라고 하셨소?

주지 아사달이라 하옵니다.

왕 아사달? 우리 겨레의 아득한 옛날 조상들 이름 같구려. 그

때 사내들은 아사달, 여인들은 아사녀라고 불렀다 하오. 그런데 그 아사달은 어데 갔소?

주지 아마 후원이나 어디에서 또 참선하고 있나 봅니다.

왕 아니 석공이 (공사 중인 석가탑을 가리키며) 공사는 안하고 참선을 하다니?

주지 지금 벌써 이년째 그러고 있는 중이옵니다. 멀건 미음만 먹고, 그것도 하루 한끼 어떤 날은 숫제 모든 걸 전폐하고 하루 종일 미친 사람처럼 쏘다니기만 하는 날도 있습니다.

왕비 고향 생각이 나나 보지요?

도미장군 아뢰옵기 황송하오나 그자는 고향에 두고 온 제 마누라 생각에 골몰하고 있답니다.

(불이 꺼져 어두워지고 두개의 스포트, 아사달의 고향집. 아사녀와 작별하고 있다. 묵극默劇이 진행된다. 이별하는 두 남녀. 음악 멎고 불이 밝아진다.)

도미장군 애당초 일년 동안에 두개의 탑을 깎겠다고 약속하고 온 사람이 삼년이 지나도 실성한 사람처럼 염불만 외고 있으니, 이건 우리 서라벌 석공들에 대한 참을 수 없는 모독인가 하옵니다. 그러니…… 전에도 누차 말씀드렸습니다만

주지 그러니?

도미장군 저희 고향으로 쫓아 보냅시다. 우리 서라벌 땅에도 잘만 찾아보면 그 시골뜨기 석공보다 훨씬 뛰어난 거장이 나타날 거라 생각됩니다.

주지 ……

도미장군 그 뼈만 앙상한 풍모에 뭐가 들어 있을 까닭이 있습니까.

수리공주 그렇지 않아요. 어제 전 처음으로 그분을 뵈었지만 그분은 훌륭한 분 같았어요. 서라벌엔 그런 눈빛을 가지신 분이 없어요. 다보탑을 보면 알아요. 무슨 까닭이 있겠죠.

도미장군 공주님! 그 뼈만 앙상한 보기 사나운 꼴을 보셨죠? 이제 지혜도 재능도 끝난 사람입니다. 그에게선 아무것도 더 나오지 않습니다. 이 석가탑을 보십시오. (가리킨다) 이제 끝장입니다.

수리공주 무슨 곡절이 있을 거예요. (노래③ 무슨 곡절이 있겠지. 석가탑을 만지며)

영창 무슨 곡절이 있겠지

무슨 곡절이 있겠지

강물도 흐르다 멎으면

까닭이 있는 법

멎었다 흘러도

곡절이 있는 법

무슨 곡절이 있겠지

무슨 곡절이 있겠지

무슨 곡절이 있겠지

구름도 흐르다 멎으면

까닭이 있는 법

그 석공의 가슴속

멎어 있는 그늘

무슨 까닭이 있겠지

여승3 공주님 말씀이 옳습니다.

여승들·공주 (합창, 노래③의 2절)

무슨 곡절이 있겠지

무슨 곡절이 있겠지

구름도 흐르다 멎으면

까닭이 있는 법

아사달님 가슴속

멎어 있는 그늘

무슨 까닭이 있겠지

도미장군 저 눈 좀 봐, 저 눈동자 좀 봐, 그 석공놈 얘기를 하더니 갑자기 생기가 빛나기 시작하네. (노래④ 나하고 있을 땐 생기가 없더니)

나하고 있을 땐 생기가 없더니

저 아름다운 눈에 빛나는 저 새로운 광채

어제 그 석공놈을 보고 난 뒤부터

갑자기 빛나기 시작하는 저

팔팔한 생명

꺾을 수 있을까 꺾을 수 있을까

도끼로 꺾을까 창으로 꺾을까

맹꽁이 (노래조)

도끼로도 안 되죠

창으로도 안 되죠

안 되죠

도미장군 나하고 있을 땐 생기가 없더니

어제저녁부터 빛나기 시작하는 저

새로운 눈동자

어제 그 거지놈을 보고 난 뒤부터

갑자기 웃음 머금기 시작하는

저 싱싱한 장미

꺾을 수 있을까 꺾을 수 있을까

금덩이로 꺾을까 창으로 꺾을까

창으로 꺾을까

합창　금덩이로도 안 되죠

창으로도 안 되죠

안 되죠

맹꽁이　(대사, 병신스럽게 비음으로) 안 될 겁니이다.

도미장군　맹꽁아!

맹꽁이　(차렷하며) 옛!

도미장군　입술 좀 닫지 못할까!

맹꽁이　(아랫입술과 윗입술을 두 손으로 붙인다)

왕　우리 후원이나 구경해볼까.

일동　예. (비녀와 맹꽁이만 남고 퇴장)

비녀　(하수로 퇴장하는 일동을 바라보고 있다가, 퇴장이 끝나자 상수 쪽에 입 다문 채 아직도 차렷자세로 서 있는 맹꽁이에게로 달려가 윗입술과 아랫입술을 두 손으로 열어준다. 열렸단 닫히고 열렸단 닫히고가 되풀이되는 동안 고개운동이 점점 커지면서 익살스런 무용②, 노래⑤ 반주, 익살스런 리듬의 음악이 될 때 암전)

제2경

무대   전경(前景)과 같음. (수리공주 상수에서 등장, 손에 꽃을
들고 있음)

수리공주   사람일까? 부처님일까? 말없이 나를 바라보던 그 눈
동자…… 가슴 아픈 눈동자, 가슴 아픈 그 눈동자…… (노래⑥ 가
슴 아픈 눈동자)
　내 생전 처음 보았네
　가슴 아픈 그 눈동자
　하늘이 열리는 듯 난이 우는 듯
　내 가슴 젖어드는 서러운 눈동자여

　내 생전 처음 보았네
　가슴 아픈 그 눈동자
　말씀이 계실 듯 계실 듯
　서럽게 체념하는
　가슴 아픈 눈동자여

　내 생전 처음 보았네
　가슴 아픈 그 눈동자
　눈물이 넘칠 듯 기쁨이 넘칠 듯
　서늘하게 굽어보는
　가슴 아픈 눈동자여
　(아사달, 마치와 정을 들고 하수에서 등장. 수리공주 탑 뒤로

숨는다. 아사달은 공사 중인 탑을 여기저기 만지다가)

아사달 (대사) 왜 오지 않을까. 그날 같은 그 영감이 왜 오지 않을까. 내 머릿속이 왜 이렇게 텅텅 비어만 있을까. 벌써 2년……저 다보탑을 쪼을 때는 하늘을 쪼개는 듯, 내 가슴을 두쪽 내는 듯, 그 무서운 번갯불이 세이레나 계속되더니…… 빨리 끝내고 고향에 돌아가야지. 아사녀를 만나야지. 영감이여 어서 돌아와다오. (노래⑦ 어데 가서 돌아오지 않는가)

어데 가서 돌아오지 않는가
우주를 다듬고 싶은 섬광이여
사람을 새기고 싶은 불꽃이여
어데 가서 돌아오지 않는가

아사달 (대사조로 노래⑦ 계속)
어데 가서 돌아오지 않는가
하늘을 쪼개는 듯, 내 가슴 두쪽 내듯
설레이던 번갯불이여
어데 가서 돌아오지 않는가

이제 고만 돌아와다오
기다림에 지친 헤매인 이 마음
하늘 나를 불길 속 던지고 싶어라
이제 고만 돌아와다오
(수리공주, 가벼운 발걸음으로 쪼르르 미끄러져 나와 아사달의 앞에 손을 내민다. 아사달, 깜짝 놀라며 두어발 뒤걸음친다)

수리공주 아사달님.

아사달 (환각을 일으킨다. 그리하여 수리공주에게 격정적으로 다가가며 두 손을 벌린다)

수리공주 (한두발 물러서며) 전 아사녀가 아니에요. 수리공주 예요.

아사달 오, 아사녀! 아사녀!

(이때 불 꺼져 어두워지며 두개의 스포트만 떨어진다. 하나는 아사달의 얼굴, 또 하나는 상수에서 등장하는 아사녀의 모습. 무대 전체가 환상적인 조명)

아사달 (주제음악이 은은하게 배음으로 깔리면서 무용이 먼저 무대를 휩쓴 다음, 노래 시작된다) 오 아사녀, 나의 귀여운 아가씨, 조그만 아내여, 얼마나 고생하고 있소.

아사녀 아사달님, 아사달님, 뵙고 싶어요. 어서 뵙고 싶어요. 어서 뵙고 싶어 못 견디겠어요. 하루에도 열두때, 한달도 서른날, 일년이면 열두달, 그것도 벌써 어느새 만 삼년…… (노래⑧ 가랑잎 소리에도 놀래요)

하루에도 열두때
한달도 서른날
가랑잎 소리에도 놀래요
행여 당신 오시나 하고

봄이 가면 여름 오고 여름 가면
들국화 피는데
들국화 향기에도 놀래요

아사달 (대사) 오, 아사녀, 내 곧 돌아갈게. 이 탑만 끝내면 맨발로 뛰어갈게. 그까짓 천리 길 밤낮 걸으면 닷새면 가. (노래⑨

그까짓 천리 길)
　　그까짓 천리 길
　　닷새면 가오
　　맨발로 밤낮 걸으면
　　닷새면 가오

　　석가탑만 끝내면
　　닷새면 가오
　　그까짓 강이나 산고개
　　단숨에 갈게

　　행여 당신 입김인가 하고
　　눈바람 부는 겨울밤
　　진달래 피는 봄저녁
　　말소리에도 놀래요
　　행여 당신 오시나 하고

　　조금만 기다려요
　　조금만 기다려요
　　이 탑만 끝내면
　　단숨에 갈게
　　(노래 멎자 아사녀의 환영 사라지고 조명 밝아진다. 상수에서
도미장군 등장)
　　도미장군　(노래⑩ 이제야 알겠군)
　　이제야 알겠군

이제야 알겠군
탑 공사 왜 더딘가 했더니
까닭이 있었군

딴 수작 했었군
딴 수작 했었군
탑 공사 왜 안 되나 했더니
딴 수작 있었군

염불엔 맘 없고
잿밥만 보였군
탑 공사 왜 안 되나 했더니
잿밥만 보였군

도미장군　(대사) 아사달! 저 시골 백제 옛 고을에서 굴러들어온 하나의 석수, 이쪽은 대신라의 공주님…… 무엄한 일이오. 탑은 깎지 않고 함부로 요망한 마음을 품다니……

（맹꽁이, 불룩한 아랫배를 쓰다듬으면서 상수에서 등장）

맹꽁이　(도미장군의 어조를 흉내내며) 무엄한 일이오! 무엄한 일이오!

도미장군　뭐가 무엄해?

맹꽁이　옛!

도미장군　무어가 무엄하냐 말이다!

맹꽁이　가령 장군님과 같이……

수리공주　좀 조용히 해주셨으면 좋겠습니다. 이곳은 대예술가가 평생의 심혈을 기울여 탑을 깎고 계신 성스러운 자리……

도미장군 황공하옵니다. 그러나 공주님, 저 아사달은 결코 대예술가가 못 되옵니다. 저 다보탑을 보십시오. 얼마나 못생기고 찌그러지고 뒤틀어지고…… 그다음은 뭐지?

맹꽁이 옛, 돌아오는 반달 같고, 미인의 눈썹 같고, 아름다운 호수 위에 떠 있는 향기로운 연꽃 같고……

수리공주 그래요. 우리 서라벌에선 찾아볼 수 없는 가장 아름다운 탑이에요. 서라벌 사람의 솜씨론 흉내낼 수 없는 뛰어난 조각이에요. 저기 탑의 선 하나하나에 인간의 가장 높은 꿈이 서리어 있어요. 부처님의 미소가 어리어 있어요. 열반의 바람결이 서리어 있어요. 인간의 고뇌가 빛나고 있어요.

아사달 죄송합니다. 오늘은 이만 물러가게 용서해주십시오. (퇴장)

수리공주 (두어발짝 쫓아가며) 아사달님!

(이때 상수에서 비녀와 시녀 둘 등장)

도미장군 맹꽁이, 넌 파면이다!

(황급히 상수로 퇴장. 맹꽁이 불룩한 배를 쓰다듬으며 고개를 갸우뚱거리다가 뒤따라 퇴장)

비녀 황혼입니다. 공주님 이제 고만 돌아가시와요.

(부엉이 소리가 들린다)

시녀1 부엉이 소린가봅니다.

시녀2 부엉이 뒤엔 늑대가 따른다 하옵는데……

수리공주 (노래⑪ 나 이대로 돌아갈 순 없어라)

가슴은 높이 뛰고

심장 터질 것 같아

나 이대로 돌아갈 순 없어라

먼저들 돌아가려마

부엉새 울든 말든 그런 건 걱정 아냐

나 이대로 돌아갈 순 없어라

아 높이 뛰는 이 가슴

아 높이 뛰는 이 마음

밤이야 깊든 말든 그런 건 걱정 아냐

나 이대로 돌아갈 순 없어라

비녀 공주님, 상감마마께서 기다리고 계시와요.

시녀1 오늘은 고만 돌아가세요.

시녀2 돌아가사이다.

수리공주 (좌우를 둘러보다가, 아무 소리 없이 고개만 끄덕이며 퇴장)

시녀1 아사달님을 괴롭히는 그림자들이 너무 많아.

시녀2 (노래조) 가장 귀한 것을 얻는 사람은 가장 귀한 또 한 가지를 잃어버리는 법.

비녀 (노래⑫ 구름은 가세요. 간단한 무용 동작을 섞은 음악)

중창 구름은 가세요

어둡고 그늘진 구름은 가세요

아사달님 마음은 석가탑 마음

구름은 가세요

독창 맑고 드높은 백제 땅의 슬기

괴롭히지 말고 어서 흘러가세요

중창 아사달님 마음은 석가탑이에요

구름은 가세요

아사달님 마음에

햇빛을 던져주세요

독창 구름은 가세요

어둡고 근심스런 구름은 가세요

중창 석가탑 마음은 아사달님 마음

구름은 가세요

독창 맑고 드높은 백제 땅의 슬기

괴롭히지 말고 어서 흘러가세요

중창 아사달님 마음은 석가탑 마음

구름은 흘러가세요

아사달님 마음에

달빛 던져주세요

(조용히 암전)

제3경

(산촌의 뽕나무밭, 뽕 따는 아가씨들이 춤추며 흥겹게 합창. 노래⑬ 뽕잎 따기 노래)

뽕잎 따러 가요

뽕잎 따러 가요

뽕잎 따다 누에 먹여

고치집 짓거든

구름 같은 비단실 뽑아

비단옷 지어 입고
내년 가을 추석날엔
우리도 좀 이뻐져야죠

비단 따러 가요
비단 따러 가요
강마을 언덕마다 까만 오디 열리면
우리들 마음마다
남몰래 사랑도 익죠
뽕잎 따다 누에 먹여
비단옷 지어 입고
올겨울 정월 대보름엔
님 따라 달마중 가야죠

뽕잎 따러 가요
뽕잎 따러 가요
뽕잎 따다 누에 먹여
고치집 짓거든
구름 같은 비단실 뽑아
비단옷 지어 입고
올가을 한가위엔
이웃 마을 손에 손 잡고
성묘 가야죠
비단 따러 가요
비단 따러 가요

(아사녀, 마래·나리 데리고 등장. 먼 여행길에 지쳐 있는 모습들)

아사녀 서라벌이 얼마나 남았습니까.

산골 처녀1 엎디면 코 닿 데 있습니다.

산골 처녀2 얘 그게 무슨 말버릇이야. 예, 이제 삼십리만 가시면 됩니다.

산골 처녀3 냇물을 한번 건너고 고개 두개만 넘으면 됩니다. 그런데 어디서들 오시죠?

시녀1 부여 땅에서 옵니다.

산골 처녀2 서라벌엔 무슨 일로 가십니까?

아사녀 그럴 일이 있습니다. 그런데 저 불국사라고 하는 절을 아십니까?

처녀2 예, 두어번 가보았습니다. 아주 아름답고 넓은 절입니다. 지난봄에 갔더니 새로운 돌탑이 서 있더군요. 이름이 뭐라더라……

처녀1 다보탑?

처녀2 그래 다보탑, 서라벌 생긴 이래 가장 아름다운 돌탑인데 그 탑을 깎은 석공이 서라벌 사람이 아니고 저 먼 시골에서 온,

마래 오, 그분이 바로 우리가 찾아가고 있는 분이에요.

아사녀 얘, 마래야……

처녀들 어머나!

아사녀 탑이 두갤 텐데요?

처녀2 예, 그런데 아직 하나밖에 못 깎으셨다 합니다.

아사녀 그래 그 석공은?

처녀2 산에 올라가서 날마다 기도하고 계시다는 말을 들었습니다. 벌써 몇달 전 일이니까 지금쯤은 아마 다 됐을지도 몰라요.

아사녀 (감격에 겨워 가슴을 안고 중앙으로 걸어나온다) 오, 아사달님! 오, 아사달님! 살아 계셨군요!

(노래⑭ 만나뵈올 이 기쁨. 노래하는 동안 처녀들은 콧노래로 반주한다)

꿈일까 생시일까

저 산고개만 넘으면

그대 계시다니

이게 정말 꿈일까 생시일까

가슴은 터져요

만나뵈올 이 기쁨에

가슴은 터져요

하루 한날 잊지 못해

울던 눈물이

삼년 동안 흘러내려 내 얼굴

씻어줬으니

거울 보지 않아도 내 얼굴 아름다울 거야

어서 가요

중창 꿈일까 생시일까

저 냇물만 건너면

그대 계시다니

이게 정말 꿈일까 생시일까

가슴이 터져요

만나뵈올 이 기쁨에

가슴이 터져요

하루 한날 잊지 못해

울던 눈물이

삼년 동안 내 가슴 적셔줬으니

이 가슴 홍수 져 넘치기 전에

어서 가요

(퇴장하면서 암전)

제4경

(무대가 둘로 나누어졌다. 하수 쪽은 불국사 경내, 상수 쪽은 불국사 문밖. 중앙에 문의 단면도. 문지기가 두 사람 무장하고 지키고 있다. 상수 무대 조명 밝아지자 상수에서 맹꽁이가 등장. 문지기 옆에까지 와 문지기 배를 툭툭 쳐본다)

맹꽁이 거머쇠야! 너 뇌물을 얼마나 받아 처먹어서 배 꼬락서니가 그 모냥이냐.

거머쇠 요 맹꽁아! 네 배때기는 어떻고! (하며 만월 같은 두 배를 서로 밀고 있다)

맹꽁이 그런데 얘 도끼야, 우리 도미장군께서 다녀가셨니?

도끼 아까도 다녀가셨다, 그 헛다리.

맹꽁이 뭐 헛다리? 이놈! 이놈! 내 안 일러바치나 봐라 이놈! 그런데 얘 도끼야, 뭐가 어떻게 됐다는 거냐. 아사달님하고 우리 도미장군놈하고…… 아차, 아차, 우리 도미장군님하고 그 천하의 거지 시골뜨기 아사달놈하고 어떻게 해서 싸웠니 잉? 흐흐흐 얘기 좀 해봐.

거머쇠 아차, 그보다도 너 이리 와봐. (몸을 만져본다) 너 여잔가 아닌가 봐야겠다.

맹꽁이 ?

거머쇠 도미장군께서 좌우간 여자라는 물건은, 아차, 여자 냄새만 나도 부정 탄다고 절간에 들이지 말랬거든, 저 탑 공사 부정 탄다고.

맹꽁이 그 얘긴 들었어요. 수리공주님 못 들어오게 하느라고 꾸며낸 수작이야. 그런데 어떻게 싸웠냐니까?

거머쇠 싸움은 무슨 싸움이야, 싸울 게 있어야 싸우지.

맹꽁이 싸울 게 없다니?

거머쇠 그 석공은 말대꾸 하나도 없었거든. 그러니 너의 장군님 혼자서 원맨쇼 하다 간 거지 뭐.

맹꽁이 얘! 이놈아, 신라 때도 원맨쇼라는 말이 있었어?! 바보야!

거머쇠 (머릴 긁는다)

맹꽁이 수리공주님도 계셨나?

도끼 계셨냐가 뭐야, 그 때문에 싸움 난 거 아냐? 수리공주님이 밤이나 낮이나 그 석공을 찾아다니니까 너희 장군님 마음속에서 화덕이 뒤집힌 거지. 그래 도미장군께서 저 기왕에 완성된 다보탑을 허물어버리겠다지 않아? 그리고 근 삼년 만에 무슨 신바람이 불었는지 또 물도 안 마시고 잠도 안 자고 며칠째 깎기 시작한 저 석가탑도 박살내버리겠다고 난장 치지 않아?

맹꽁이 그건 왜?

도끼 전부 가짜라는 거야, 부정 탔다는 거야.

맹꽁이 부정?

도끼 석공의 마음속은 여자로 더럽혀져 있다는 거야. 수리공

주를 유혹하기 위해 삼년 동안 연극하고 있었다는 거야. 수리공
주를 유혹하기 위해 아무도 보지 않는 한밤중에 일을 한다는 거
야. 그래, 당장 허물어버리겠다고 인부 사십명이 동원됐었다구!

거머쇠 주지님이 아니었으면 다 박살났을 거야, 석공이고 뭐
고. 글쎄 그 석공 보지, 꼭 넋 나간 사람처럼 말 한마디 대꾸 없이
이러고 천치처럼 앉아 있는 거야, 이렇게(주저앉아서 시늉한다)

(이때 상수에서 수리공주·비녀 등장. 문지기들 갑자기 긴장하
며 문을 막아선다. 수리공주 비녀에게 귓속말을 속삭이고 무엇인
가 주머니를 건네준다. 주머니를 받은 비녀, 알았다는 듯 고개를
끄덕이며 문지기에게 다가가서 아양을 떨며 묵직한 돈보따리를
안겨준다. 문지기 상수 쪽 하수 쪽을 살피며 재빨리 문을 열어준
다. 수리공주·비녀 기쁨을 감추지 못하며 몸을 사려 들어간다. 상
수 무대 어두워지고 하수 무대 밝아지면 완성 단계에 들어간 석
가탑에 사다리를 걸쳐놓고 아사달 작업 중이다. 비녀, 안고 온 주
전자에서 차를 그릇에 따라 아사달에게 공손히 바친다. 아사달
정중히 읍하며 손을 뻗쳐 받는다. 비녀, 내려와 수리공주의 곁으
로 온다)

비녀 이제 내일이면 끝나겠죠?

수리공주 (돌아다니며) 내일? 내일? 내일이면 끝나겠지? 내일
끝나면 모레 부여로 가시나요? 아사달님! 저를 데리고 가시는 거
예요. 아무리 뿌리치셔도 소용없어요, 전 아사달님 따라가겠어요.
(노래⑮ 하늘이 두쪽 나도)

　하늘이 두쪽 나도

　난 따라갈래요

　내 손 뿌리치고

64

혼자서 달아나셔도

이젠 늦었어요

당신께서 아무리 이 몸

미워하셔도

이젠 안 돼요

중창　이 몸은 당신의 그림자

당신께서 앉으시나 서시나

따라다닐 그림자

당신이 계시나 안 계시나

따라다닐 그림자

독창　이 몸이 재티 되어

멀고 먼 벌판 흩날리어도

이 마음이 열백번 고쳐 죽어

구름 위 떠돌아다녀도

언제까지나

당신 가시는 곳 뒤따라 다니겠어요

하늘이 두쪽 나도

따라가겠어요

아사달　공주님, 비가 옵니다, 옷이 젖습니다. 오늘은 고만 돌아
가시지요.

수리공주　비가 오시면 어때요. 비 좀 맞으면 어때요. 더 좀 시원
스럽게 퍼부었으면 제 마음이 후련하겠어요. 제 운명은 아사달님
을 처음 뵙던 그날 밤, 다보탑 아래서 이미 결정되었어요. 부여 아
니라 두메산골이래도, 두메산골 아니라 절해고도 속이라도 전 따
라가겠어요. 말씀해주세요, 이 몸 데려가주신다고 말씀해주세요,

어서요.

아사달 그건 안 됩니다. 나에게는 어엿이 아내가 있어요. 삼년째나 기다리고 있는 아내가 있어요.

수리공주 알아요, 알고 있어요, 그러나 그게 무슨 상관이에요. 전 그저 아사달님 곁에 있기만 하면 고만이에요. 열흘에 한번, 한달에 한번씩이라도 좋아요, 그저 아사달님의 그림잘 멀리서 볼 수만 있으면 그만이에요. 그 너그러우신 얼굴빛, 그 너그러우신 걸음걸이 멀리서 바라볼 수만 있으면 그만이에요.

아사달 마음을 돌리십시오, 부귀와 영화 왜 버리시려 하나이까.

수리공주 (노래⑯ 돌 위에 자고 흙 위에 쓰러져도)

돌 위에 자고

흙 위에 쓰러져도

생이별보단 행복해요

나무껍질 풀뿌리

뜯어도

생이별보단 천배 나아요

죽음보다 괴로운 건

그대 이별

노을이 지고

달이 뜨는 저녁

그 허구헌 나날

어떻게 저 혼자서

멀리 떨어져 살아요

돌 위에 자고

흙 위에 쓰러져도

생이별보단 행복해요

데려가주어요

데려가주어요

아사달　아사녀! 오늘 밤 안으로 이 석가탑은 끝나요. 그러면 내일 새벽 일찍 길을 떠날게. 내 마음에 아주 흡족해. 다보탑은 여자, 석가탑은 남자. 하나는 아사녀 당신의 그림자, 하나는 나 아사달의 그림자, 이제 끝냈어. 내일 손 털고 길 떠날게. (노래⑨ 그까짓 천리 길)

수리공주　아사달님! (다가선다)

아사달　(한번 살짝 안았다가 물리치며) 안 됩니다. 공주님의 여러가지 은혜는 한평생 잊지 못할 겁니다. 저도 괴롭습니다. 어쩌면 제 괴로움이 천배 만배 더할지도 모릅니다. 같이 가진 않아도 제 가슴속에 공주님의 그림잔 영원히 살아 있을 거예요. 이 세상에 나와서 그대 같으신 사람을 만날 수 있었다는 것, 참 좋은 인연이었습니다. 공주님 (하고 되돌아서 공사 시작한다)

수리공주　얘 비녀야, 가서 우리도 떠날 채비를 해두자. (퇴장)

(상수 밝아지면 하수도 밝은 채로, 하수에선 아사달의 탑 깎는 동작, 상수에선 문지기들의 노래가 동시에 진행된다)

중창　(노래⑰ 문지기의 노래)

개미 새끼 한마리도

못 들어간다, 이 문으론

못 들어간다, 탑 공사 끝날 때까진

개미 새끼 한마리도

못 들어간다, 이 문으론

개미 새끼 한마리도

개미 새끼 한마리도

개미 새끼 한마리도

못 들어간다

못 들어간다

하물며 치마저고리 입은

다 큰 여자야?

어림도 없지

어림도 없지

(상수로 아사녀 등장, 마래·나리 데리고)

아사녀 여기가 불국사이옵니까?

거머쇠 그렇소, 근데 그건 왜 묻소?

아사녀 부여 땅에서 온 아사달이라는 이름을 가진 석공이 이 절 안에 계시지요?

거머쇠 아사달?

아사녀 그렇소, 그분께서 지금 별고 없이 살아 계십니까?

거머쇠 여보 부인, 사지가 멀쩡해가지고 왜 죽어?

아사녀 그럼 지금 살아 계시단 말씀이죠?

마래 지금 살아 계시단 말씀이죠?

거머쇠 두 눈이 또렷또렷하게 살아 있다니까. 저기 저 끌 소리, 마치 소리, 정 소리 안 들려? 이제 고만 말 시키고 저리 가요.

아사녀 (교향악 시작) 마래야, 마래야, (감격하며, 노래⑭ 만나 뵈올 이 기쁨)

꿈일까 생시일까

저 대문만 들어서면

그대 계시다니

이게 정말 꿈일까

생시일까

(하수에 주지 등장)

주지　이제 다 돼가는구려, 수고했소. 그런데 탑 얘기 좀 해보시오.

아사달　사랑을 깎듯 했습니다. 탑을 만든 게 아니라 사랑을 만들었습니다.

여승1　어머나 이 너그러운 선, 이 평화롭고 영원한 선의 물결 좀 봐!

(교향곡 시작)

여승2　이 푸른 공간을 도려낸 직선 좀 봐.

중창　(여승들, 노래⑱ 다보탑은 아사녀)

다보탑은 아사녀, 연꽃 같은 모습이라면

석가탑은 아사달, 수도하는 그림자

수도자는 서쪽에서 동녘 뜨는 해 맞이하고

연꽃은 동쪽에서 서녘 지는 달 보내네

어와 자비여 일곱 하늘 가슴 품은 넓고 넓은 자비여

다보탑은 아사녀

달 뜨는 밤 우주 속 신비 살피고 다니는 멀고 먼 바람 소리

석가탑은 아사달

태양 작열하는 대낮 고해에 쏟아지는 고뇌 온몸으로 견디는 높고 높은 영원

어와 연민이여 일곱 하늘 가슴 품은 넓고 넓은 연민이여

(이때 상수에 있던 아사녀·마래·나리의 동작 계속)

아사녀　마래야, 나리야, 어서 앞장서라.

마래·나리 예,

(하며 셋이 문에 들어서려 하자 문지기가 창대로 가로막는다)

마래 왜 이러세요? 아저씨들께서 잘 모르셨군요. 그 아사달이라는 석공님이 바로 이 우리 아씨의 바깥어른이세요. 천리 길 열흘 동안 한뎃잠 자며 걸어왔어요. 어서 비켜주세요.

나리 바빠요, 어서 비키세요.

도끼 안 됩니다.

아사녀 왜 안 되나요.

도끼 좌우간 여자라고 하는 그림자 이 절 안에 얼씬 못하도록 하라는 상감마마의 명령입니다. 탑 공사가 완전히 끝날 때까진 아무도 들일 수 없소!

아사녀 아내가 왔는데도?

(맹꽁이 등장)

맹꽁이 수리공주님만 빼놓곤 괜찮을 거야. 헤헤헤 들여보내시지 그래!

도끼 넌 뭘 알고 참견야, 입 다물고 있어!

맹꽁이 우리 도미장군놈 각하께서는 오히려 좋아하실걸? 본부인께서 오셨으니 말야, 들여보내시지 그래, 술값이나 받고.

아사녀 제발 사정하겠어요, 병사님 들여보내주십시오. 삼년 동안 생사도 모르고 기다리다 천리 길 보름 동안 걸어왔습니다.

도끼 안 된대도, 한번 안 된다면 안 되는 줄 알아요! (본부인인지 아닌지 어떻게 알아?)

아사녀 그럼 이대로 돌아가라는 얘깁니까? 불러주십시오, 그럼. 여자의 몸이 들어가서 안 된다면 그 석공님을 이 문밖까지 잠깐만 불러주십시오. 얼굴만 한번 뵈오면 이 자리서 죽어도 한이 없을 것 같습니다. 국법이 그러시다면 잠깐 이 문밖까지 불러주십시오. 고향에서 아사녀가 왔다고 들어가서 말씀하세요.

도끼 안 된대도! 우린 장군님의 명령에 따를 뿐이야! 왜 말이 많을까, 썩 물러가지 못하겠소?

(하수에도 아사달 등장. 상수·하수가 동시에 진행됨)

아사달 (상수에서) 왜 이렇게 답답할까. 위대한 창조품이 다 끝나려는 찰나에 왜 이렇게 답답하기만 할까? 누가 나를 부르고 있는가? 왜 이렇게 가슴이 무거울까. 태산이 나를 누르고 온 세상이 나를 외면하고 있는 것만 같구나.

거머쇠 (하수에서) 안 돌아가면 강권을 발동하겠어! (창을 들이민다)

도끼 제기랄, 그 석공놈은 여복도 많아.

아사녀 여복?

맹꽁이 헤이 도끼야! 인정사정도 없는 요 쇠뭉치야! 들여보내줘! 잠깐 만나게 해줘!

도끼 넌 꺼져!

맹꽁이 너희들 질이 정말 나쁘구나! 누군 들어가게 해주구 누군 못 들어가게 하구. 요 돼지만도 못한 것들!

아사녀 누군 들어가게 하고?

맹꽁이 임마 너희들! 수리공주님한테 돈 받고 날마다 문 열어줬지? 내 일른다, 도미장군님한테. 석공한테도 일러바친다! (씰룩거리며 주저앉는다)

도끼 (동전닢 하나를 앞섶에서 꺼내 맹꽁이에게 쥐여준다. 맹꽁이 그걸 받아서 힘껏 팽개쳐버린다)

맹꽁이 이걸로 내 입을 막을 수 있을 것 같애? 헴 에헴 에헴

(퇴장)

도끼　여보시오 부인. 며칠 기다려보슈, 탑 일만 끝나면 만나게 해드릴 테니.

아사녀　그 석가탑이 언제 끝납니까?

도끼　우리가 그걸 어떻게 아오? 그러나 요새 밤잠 안 자고 바위를 쪼고 있는 걸 보니 곧 끝날 것 같소.

마래　아씨님, 그럼 하는 수 없군요. 탑이 끝날 때까지 저 아랫마을에 가서 기다리기로 하지요. 삼년도 기다렸는데요 뭐, 그까짓 한두달쯤이야, 아니, 어쩌면 며칠이 될지도 모르고.

도끼　그래 잘 생각했소. 저 아랫마을에 가면 옛날부터 내려온 큰 연못이 있소. 내 아무 사람에게나 이런 걸 일러줄 수는 없으나 (장군의 소리를 흉내내며) 에헴! 그대들이 백제 땅에서 온 석공 아사달의 가족이라니 특별히 일러주는 것이오.

거머쇠　가족은 무슨 가족? 미친 계집들이겠지 뭐.

도끼　신라 땅에서 가장 유명한 점술쟁이가 예언한 이야기요. 이번 석가탑이 완성되면 그 석가탑의 그림자가 이 연못에 비칠 거라는 이야기요.

마래　어머나?

도끼　원체 훌륭한 탑이기 때문에 신비스런 조화를 부리게 된다는 거요. 그런데 아무 눈에나 보이지 않고 그 석공이 가장 사랑하는 사람의 눈에만 비칠 거라는 이야기요, 댁은 부인이시라니 댁의 눈엔 꼭 비쳐들겠지 뭐?! 그러니 가서 그 연못 속을 굽어보고 있다가 며칠 후에라도 또는 몇달 후에라도 석가탑의 그림자가 나타나거든 이리로 오소. 그땐 내 들여보내줄게.

아사녀　연못에 그림자가 비친다…… 신라 제일의 점술쟁이가 예언했다……? 정말 훌륭한 탑인가보군요.

마래 염려 마세요. 아씨님 눈에 안 비치고 이 세상천지 누구 눈에 비치겠어요. 그러나 내 눈에도 비칠까?

아사녀 (창조唱調) 아사달님, 여보 아사달님, 당신 정말 훌륭한 일 하셨군요. 자랑스러워요, 이대로 죽어도 이젠 여한이 없어요. (노래⑲ 기다리지요 천날이라도)

기다리지요 천날이라도

백년이라도 기다리지요

해가 지고 달이 뜨는 삼년

일편단심 무거운 바위만을

다듬어온 당신 수고에 비기면

제 기다림은 짧은 여름밤

하룻밤 독수공방만도 못한 거군요

기다리지요 천날이라도

백년이라도 기다리지요

제 걱정 말고 훌륭한

큰 업적 이룩하셔요

당신의 길고 높은 빛나는 뜻

우주에 새기셔요

제 걱정 마시고

중창 기다리지요 천날이라도

백년이라도 기다리지요

당신이 죽지 아니하고 아직

돌탑 깎고 계시다는 소식, 그것만이

우리에겐 삼년 가뭄 끝에

쏟아지는 흡족한 소나기예요

기다리지요 천날이라도

백년이라도 기다리지요

(상수에서 아사녀·마래·나리 퇴장. 하수에 음악 시작)

아사달 고향 땅 부여에서 무슨 일이 일어난 게 아닐까? 아사녀의 몸에 무슨 불길한 일이 생긴 건 아닐까? 왜 이렇게 갑자기 마음이 산란해질까? 겨우 삼년 만에 잡힌 이 마치, 이 정. 단숨에 끝내려나 했더니 마지막 한발짝 남겨놓고 또 왜 이럴까? 왜 이럴까? 왜 또다시 먹구름장이 바위처럼 덮쳐올까?

(가극조) 아사녀여 나의 아내 귀엽고 조그만 나의 아내여, 아사녀여, 가여운 아내여, 손발이 부르트도록 고생하고 있을 나의 아사녀여.

제5경

(연못가, 마을 처녀 5명 등장, 무용을 하면서 합창)

마을 처녀 (합창, 노래⑳ 추석 노래)

달마중 가세 달마중 가세

연지곤지 꼬까 입고 치렁치렁 댕기 늘이며

오이씨 버선발로 달마중 가세

씨름 구경 가세 씨름 구경 가세

앞개울 모래밭에 일곱 마을 총각

다 모였다네 꿈틀거리는 굵은 심줄

손에 손 잡고, 몰래 살짝 보러 가세

달 보러 가세 달 보러 가세

올벼 훑어 송편 찌고 햇과일 따다

곱게 씻어 손에 손에 광우리 들고

뒷동산 높이 올라

명석같이 떠오르는 꿈

추석달 보러 가세

달마중 가세 추석 달마중 가세 금년 풍년

감사드리세

(아사녀·마래·나리 등장)

아사녀 (연못을 들여다보며) 아이 깜짝야! 석가탑 그림잔 줄 알았더니 미루나무 그림자야! 내가 왜 이럴까? 가슴이 왜 이리 두근거릴까.

마래 좀 쉬세요. 어젯밤도 한숨도 안 주무시고 이 그림자 못가를 빙빙 도셨죠? 피곤하셔서 그래요.

아사녀 마래야, 나리야, 내가 아마 백번은 더 놀랬을 거야 그렇지?

나리 어젠 날아가는 백로 그림잘 보시고 석가탑 그림자라고 소리치셨어요.

마을 처녀1 석가탑 그림자라니요! 아니 불국사 속에 새로 세우는 석가탑 그림자 말이오?

나리 예.

마을 처녀1 당신들이 누군데 함부로 입을 놀리고 다니셔요?

마을 처녀2 얘 미친 사람인가봐. 말 상종할 필요 없어, 어서 가서 솔잎 따다 송편이나 빚자.

나리 이 우리 아씨께선 바로 그 석가탑 깎고 계신 석공의……

아사녀　애! (하며 나무란다)

마을 처녀1　석공님과 어쨌다는 거야? 백년가약이라도 맺었단 말이야? 하하하하. 미안하지만 이 그림자 물속에 나타날 석가탑 그림자가 눈에 보일 사람은 우리 서라벌 천지에 한분밖에 없어요. 헛수고하지 말아요.

아사녀　? ……누구요?

마을 처녀1　바로 나일지도 모르죠, 애일지도 모르고, 우리도 몰라요. 다만 누군가 계시다는 것만 짐작하고 있죠.

마래　색시들이야말로(머리를 가리키며) 이게 약간 이랬나 보군요? 왜 이랬다 저랬다 대중이 없어요? 뭘 알고 있다고 장담하세요?

마을 처녀1　실상은 우리들도 샘이 나니까 그렇죠? 이년 전에 사월 초파일날 딱 한번 그 아사달님을 뵈었거든! 아무 말 없이 나를 이렇게(시늉하며) 바라보고 계신 거야, 이봐 이봐 생각만 해도 이 가슴은 다시 물결치기 시작해.

마래　왜 자꾸 엉뚱한 얘기만 해요? 석가탑 그림잘 볼 수 있는 오직 한 사람이라는 그 한 사람이 누구예요?

마을 처녀1　수리공주님!

아사녀　수리공주?

마을 처녀1　얘들아, 가자.

(마을 처녀들 퇴장. 교향곡 시작)

아사녀　수리공주? 수리공주? 수리공주? (연못 속을 뚫어지게 들여다보며 두어발짝, 또 들여다보다가 두어발짝, 그러다가 깜짝 놀라며) 여보! 그림자! 당신의 그림자! 오 탑의 그림자! 보여! 저것 봐 여보! 아사달님! 여보 아사달님! 당신의 입모습이군요! 당

신의 이마군요! 저것 봐! 저것 봐! (물속으로 뛰어들려 한다)

마래 (아사녀를 붙들며) 아씨! 진정하세요! 저 버드나무 그늘에 가서 좀 쉬어요!

아사녀 보여! 정말 보여! 저것 봐! 저것 봐! (뛰어들려 한다)

나리 (아사녀를 붙들며) 아씨! 아씨!

아사녀 보여! 저것 봐! 저것 봐! 저것 봐! (퇴장, 뒤따라 마래·나리 퇴장)

(비녀, 맹꽁이 앞세우고 등장)

비녀 애 맹꽁아! 어떻게 생겼든? 귀인으로 생겼든? 막잡아 빚었든?

맹꽁이 꼴은 거지 꼴인데 생긴 건 어딘지 모르게 품위가 있더라. (점잔 빼는 시늉을 해 보이며) 이 맹꽁이처럼 이렇게 말이야.

비녀 너도 웃길 줄 아누나, 요 막잡아 빚은 메주 가운데서도 상품 가운데 최상품아! (하며 맹꽁이 코를 잡았다 놓는다)

맹꽁이 아얏!

비녀 이게 그림자 못 아냐? 어서 찾아봐야지!

맹꽁이 우리 공주님께서 무슨 마음으로 그 여자를 찾아보라는 걸까?

비녀 우리 공주님은 너그러우신 분이야. 내가 너한테 들은 대로 어떤 여자들이 문지기들과 싸운 그 이야기를 했더니, 당장 찾아보라는 거야. 그리고 거처도 마련해주고 이렇게 돈주머니까지 (하며 짤랑짤랑 흔들어 보인다)

(수리공주 등장)

수리공주 백제 땅에서 오셨다는 그 여자분 계신 곳을 알았느냐?

비녀 예 지금 찾고 있는 중이와요.

수리공주 얘 빨리 찾아서 도와드려야지? 얼마나 고생하고 계시겠니, 오늘 아침에 석가탑 공사도 끝났어. 이제 아사달님도 곧 나오실 거야.

비녀 아사달님께 벌써 여쭸어요?

수리공주 아마 지금쯤 기별이 갔을 거야. (마래·나리 비통한 걸음걸이로 등장)

맹꽁이 저게 일행이야, 그 여자의 (일동 긴장)

마래 (자기들을 보고 있는 일동에게) 보지 말아요! 우릴 그렇게 보지 말아요! 우리에겐 잘못이 없었어요!

수리공주 함께 오신 아씨께선 어데 계셔요?

나리 갔어요…… 갔어요!…… 가셨어요!

(도미장군 등장, 희색이 만면)

도미장군 공주님 밤새 안녕하셨습니까.

수리공주 (목례한다)

도미장군 그런데 그 석공은 오늘 고향으로 떠난다지요?

맹꽁이 장군님! 지금 분위기나 상황이 그런 것하군 엉뚱한 데 와 있습니다. 살피십시오. (주위를 둘러본다)

(아사달, 마치·정을 한 손에 또 한 손엔 연꽃을 들고 등장, 온몸에서 흘러내리는 땀)

아사달 오! 마래야, 나리야, 참 많이 컸구나. 먼길 오느라고 얼마나 고생했니? 그런데 아씬 어디 가셨어? 응? 너희들 왜 이러고 있니? 아씨께선 어디 가셨어? 응?

마래 (나리와 함께 아사달의 앞에 무릎 꿇고 조용히 앉는다. 그리고 아사달의 발등에 무릎을 묻고 울음 터뜨린다)

아사달 얘 마래야! 영문을 얘기해! 어떻게 된 거야?

78

마래 (고개를 들어 아사달을 한참 바라보다가, 한쪽 손을 들어 연못 속을 가리킨다) 아사달님!

나리 아사달님!

아사달 뭐? 뭣이? (하며 실성한 사람처럼 상수로 뛰어나간다)

수리공주 우리도 이러고 있을 게 아니라 나가서 찾아보자.

맹꽁이 시체라도 건져야지? (일동 퇴장)

(아사달, 여자 짚신을 가슴에 품고 등장)

아사달 아니야! 날 골리고 있을 거야, 내가 삼년 동안이나 하도 애태워줬으니까 그 앙갚음하느라고 꾸며낸 귀여운 장난일 거야. 요 깍쟁이! (소리 높여 부른다) 아사녀! 아사녀! 짚신만 제 체온 묻혀 남겨놓고. 아이 다스워라! 그만 나와줘! 저 억새풀 속에 숨었나? 저 미루나무 뒤에 숨었나? 아사녀! 아사녀! 장난 그만하고 이제 그만 나와줘! (메아리쳐 온다. 무얼 발견한 듯) 오! 아사녀! 오! 아사녀! 거기 있었군! 요 깍쟁이! 어서 나와! 풀섶에 그렇게 엎드려 있다가 뱀 물려! 어서 나와! (신비스런 바람 소리 일어나며)

(교향곡 시작, 동시에 라이트 환상적인 조명으로 바뀌면서 상수에서 선녀들에 둘러싸여 아사녀 등장, 등장하는 선녀들은 동작이 점점 발레가 된다)

아사달 오! 아사녀! 어데 갔다 이제 와? 그 문지기놈들이 못되게 굴었다면서? 그런데 당신 어쩐지 이상해, 지금 내 눈앞에 나타난 당신이 생신이오 아니면 혼신이오? 화난 얼굴 좀 해봐!

아사녀의 환영 (시종 미소 띤 얼굴로) 아사달님! 살아 있음과 죽음, 이승과 저승, 어둠과 밝음, 낮과 밤, 이런 것들 사이엔 큰 거리가 없음을 이제 알겠어요. 그 세상을 버리고 여기 와보니 이제 알겠군요. 아사달님! 오 제 신발을 가슴에 안고 계시군요. 연꽃이랑! 제가 드린다고 생각하시고 이다음 혹 부여 땅 들르시거든 우리 함께 마뿌리 캐러 다니던 마꼴 뒷동산 양지바른 곳에 묻어줘요, 그 짚신이랑 연꽃이랑.

아사달 아사녀! 조금만 기다렸으면 됐지? 내가 이렇게 왔는데 (정과 마치를 들어 보인다) 왜 그사일 못 참았어? 추석에 함께 꼬까옷도 못 입어보고…… 얼마나 괴로웠을까! 그 찰나?

아사녀 괴롭지 않았어요. 전 행복했어요. 제 마지막 괴로움도 마지막 찰나의 아픔도 아사달님 생각에 쪽쪽 빠져들어가버려 그저 행복하기만 했어요.

(노래㉑ 달이 뜨거든. 둘은 노래하고 그 주위를 감싸고 선녀들이 노래하며 춤춘다)

아사녀 (독창)

달이 뜨거든 제 얼굴 보셔요

꽃이 피거든 제 입술을 느끼셔요

바람 불거든 제 속삭임 들으셔요

냇물 맑거든 제 눈물 만지셔요

높은 산 울창커든 제 앞가슴 생각하셔요

합창 (반복해서)

달이 뜨거든 제 얼굴 보셔요

꽃이 피거든 제 입술을 느끼셔요

바람 불거든 제 속삭임 들으셔요

냇물 맑거든 제 눈물 만지셔요

높은 산 울창커든 제 앞가슴 생각하셔요

아사달 당신은 귀여운 나의 꽃송이

당신은 드높은 내 영원의 꿈

당신은 울다 돌아간 가여운 내 마음

당신은 내 예술 만발케 사랑 준 영감의 근원

합창 당신은 귀여운 나의 꽃송이

당신은 드높은 내 영원의 꿈

당신은 울다 돌아간 가여운 내 마음

당신은 내 예술 만발케 사랑 준 영감의 근원

아사달·아사녀 우리들은 헤어진 게 아녜요

우리들은 나누인 게 아녜요

우리들은 딴 세상 본 게 아녜요

우리들은 한 우주 한 천지 한 바람 속에

같은 시간 먹으며 영원을 살아요

잠시 눈 깜박할 사이 모습은 다르지만

나중은 같은 공간 속에 살아요

꼭 같은 노래 부르며

한가지 허무 속에 영원을 살아요

합창 우리들은 헤어진 게 아녜요

우리들은 나누인 게 아녜요

우리들은 딴 세상 본 게 아녜요

우리들은 한 우주 한 천지 한 바람 속에

같은 시간 먹으며 영원을 살아요

잠시 눈 깜박할 사이 모습은 다르지만

나중은 같은 공간 속에 살아요

꼭 같은 노래 부르며

한가지 허무 속에 영원을 살아요

(아사녀·선녀들 춤추며 퇴장. 조명 밝아지며 수리공주·비녀·맹꽁이·도미장군·마래·나리 등장)

수리공주 전 어떻게 할까요, 이렇게 된 이상 그전처럼 목숨 걸고 힘없이 매달리기만 할 수도 없게 됐다는 걸 알았어요. 저에게도 잘못이 있는 것 같아서 죄송스러워요. 어떻게 해야 제가 아사달님과 아씨에게 속죄할 수 있을지.

도미장군 공주님! (하며 공주에게 애원한다) 공주님!

수리공주 (장군에겐 아랑곳없이) 아사달님 전 어떻게 할까요?

아사달 공주님 고마웠습니다. 공주님의 은혜, 그 말소리, 그 눈모습 저도 잊지 못합니다. 그리고 그 다스운 사랑도. 허지만,

수리공주 허지만?

아사달 허지만, 나 때문에 이 세상에 나와 배고픔·쓰라림·가슴아픔·고생·가난·미움·눈물·이별·모멸, 이런 것들만 실컷 맛보다 비명에 돌아간 한떨기의 가련한 목숨을 위해서 난 남은 여생을 속죄해보렵니다. 깨끗이 속죄될 수야 없는 것이겠지만 달리 별도리가 없습니다. 그 길밖에. 제 운명인가보군요. (걸어 나오며) 아사녀! 아사녀! 네 모습을 새기겠어. 삼천리 방방곡곡, 이 세상 끝나는 날까지, 이 세상 하늘 끝까지 돌아다니면서 돌이라는 돌, 바위라는 바위마다 네 모습을 새기겠어. 네 모습을 쪼으겠어, 너를 깎겠어! (노래㉒ 너를 새기련다)

나는 조각하련다 너를 새기련다
이 세상 끝나는 날까지
이 하늘 다하는 끝 끝까지
찾아다니며 너를 새기련다
바위면 바위에 돌이면 돌몸에

미소짓고 살다 돌아간 네 입술
눈물짓고 살다 돌아간 네 눈모습
너를 새기련다

나는 조각하련다 너를 새기련다
이 목숨 다하는 날까지
정이 닳아서 마치가 되고
마치가 닳아서 손톱이 될지라도
심산유곡 바위마다 돌마다
네 모습 새기련다
그 옛날 바람 속에서
미소짓던 네 입모습
그 옛날 그 햇빛 아래서
눈물 머금던 네 눈모습
그 긴긴 밤
오뇌에 몸부림치던 네 허리
환희에 물결치던 네 모습
산과 들 다니면서 조각하련다
(노래하며 아사달 퇴장하려는데 幕)

* 이 오페레타는 1968년 5월 백병동(白秉東) 작곡으로 드라마센터에서 상연되
  었음.

제2부

평론

시인정신론

1

한 사람의 인체에 백여명의 의사가 엉겨붙어 제가끔 전문적인 한가지씩만 분해해가지고 달아나버렸음을 우리는 알고 있다.

손톱·발톱 미장(美裝) 전문 연구의가 새로 나왔다 해도 결코 놀랄 세상은 이미 아니다.

많은 사람들이 씨부렁거리며 현대사의 피부면을 겉으로 더듬어갔다. 그것은 마치 벌집처럼 구멍난 포대자루를 한 사람 한 사람의 눈물겨운 노력과 그들의 몸으로 안간힘 쓰며 덮어가려는 늙은 역사의 발자취와도 비슷한 것이었다. 열 부족으로 위축되어가는 피부를 피부약으로 고칠 순 없다. 흡사 발사된 산탄과 같이 공중으로 흩뿌려진 현대의 문명 파편 어느 곳을 뒤따라가봐도 그곳엔 침줄 자리는 없었다.

나는 지금 현대를 진단하려 한다.

　피와 정력과 인생으로 투쟁하고 계발하고 독을 마시어 간 아테네 철인(哲人)의 이야기는 현대에 와서 한갓 우화에 지나지 않는 것이 되었을 뿐이며, 도시마다에 우뚝 솟은 사변철학의 크고 작은 상아탑에서는 두개골만이 남아 있는 정신 기술자들의 반인정적(反人情的)인 창백한 정력에 의하여 말라비틀어진 사유의 형해(形骸)와 피 없는 허구로서의 언어적 체계 건축 작업만이 직업적으로 진행되고 있다. 법조문, 대헌장, 정치원리, 왕봉학(王蜂學) 등등의 제품소에서는 노련한 맹목(盲目) 기술자들에 의해 수천년래 반복되어온, 실은 하나도 새로울 것이 없는 왕도(王道) 원리가 오색 칠색으로 장식 개증되어 각 지방 수혜국으로부터 모여오는 교활하고 호전적인 두목 상인들에게 넘겨지고 있다. 그들 일단의 정치 전문 기술자들에게 인민이나 인생이란 이름의 구제 현황이 무슨 소용으로 실감될 리가 있겠는가.

　교황곡의 맴도는 신비탑은 허공 속에 다만 솟아 있을 뿐이다. 아무도 그것을 통째로 혈관 속에 흡수하여 자양분으로 소화시키려는 사람은 없다. 전문적으로 화장(化粧)되고 광적으로 기교화된 현대예술의 단단한 기구성(機構性)과 조직성 속에서 사람들은 여남은개의 음계 부호를 뜯어내어오는 것으로 종생(終生) 만족하고 살아간다.

　유럽의 고층건물 어느 화실 속에는 20여억 인구 중 단 두 사람의 준이해자(準理解者)를 얻어 ○○파 속으로 들어가버린 회화 예술가가 있었다고 우리는 듣는다.

　성서는 문법 연구가들의 문법 연구 대상이 되고 있을 뿐이며 성가는 성악가가 전임하고, 설교는 목사가, 예배는 신자가 각각 전임한다.

원자핵 연구소의 천만길 솟은 밀실 속에서는 가정도 세계도 자기 인생의 귀로마저도 말살당한 맹목 기능자들의 발광적인 활약에 의하여 또 하나의 더 무서운 맹목 기능자, 눈도 코도 귀도 없는 방사능의 집단을 분출시키고 있다.

문학이라고 불리는 단자(單子)가 직업명사화한 것은 이미 옛날의 일이며 그것은 다시 더 영업적인 아들에 의하여 분주히 분가(分家)되어나가고 있다. 이발사, 구두수선공, 영문타자수 등 한줄에 꿰 매달린 직업 명패 가운데서 시업가 소설업가 평론가 등 동류품적 명패를 발견할 수 있는 것도 결코 난처한 일이 아닌 현대가 되어버렸다. 신문은 다시 또 심리 전문, 행동 전문, 애욕 전문, 계율 전문 등 영업적 전문 점포로 분가를 거듭해나가고.

오늘날 철학, 예술, 과학, 경제학, 정치, 종교, 문학 등은 인생에의 구심력을 상실한 채 제각기 천만개의 맹목 기능자로 화하여 사발팔방 목적 없는 허공 속을 흩어져 달아나고 있다.

우리는 어려운 시대, 어떻게 말하면 우스운 시대에 살고 있다. 우리의 대지 위에는 우리가 나오기 전 이미 한그루의 고목이 서 있었다. 썩은 고목의 둘러리엔 행복한 갑충(甲蟲)들의 행렬이 눌어붙어 오랜 날부터 이어받아온 관습적인 언어들을 적청(赤靑)으로 물들여가며 기계적으로 뽑아 늘여놓고 있었다. 순조롭고 합리적인 공동 작업을 이룩하기 위하여 반맹목(反盲目)의 만인은 그그늘로 기어올라갔다.

우리들의 시대는 들떠 있다. 그 무엇인가 미래에 가리어진 운명적인 힘에 끌려 인류의 거품집은 성급히 들끓어오르고 있다.

황하기(黃河期)를 벗어나 중세, 근대, 현대에 걸친 인류의 노력은 이상한 괴물 같은 거대한 축대 위에 선업(先業)을 이어받아가며 거의 맹목적·관습적 동작으로 돌을 쌓아 올리는 일로 집중되어오고 있다. 우리 시대의 문명은 ── 과학적 발전, 정치이론의 진보, 언어수사학의 개화 등은 모두 이 축대 위에서 피어났다. 이 축대는 그 체계 밑에서 일하고 있는 만인의 눈에 한편 구석에 서 있는 한그루 고목으로서가 아니라 세계 자체, 말하자면 절대적 전일자(全一者), 바로 그것으로 인식되어져오고 있는 것이다. 유물(唯物)과 유리(唯理), 자연주의와 낭만주의, 실존과 이상 등 동일한 고목 위에 피어난 이들 버섯은 불행히도 자기들 스스로가 세계적 조화를 이루는 데 불가결한 절대적 성립자, 다시 말해서 뿌리를 달리하고 있는 자립적 나무들이라고 착각되어왔던 것이다.

실은 광막한 대지 한구석에 피어난 고목 속에서 시험되고 있는 잡다한 벌레들의 코러스에 지나지 않았던 이들의 난립이……

이미 쌓여져가고 있는 축대 위에 돌멩이 하나 보태주고 간다는 것, 그리고 이미 이루어진 고목 위에 따라 올라가 많은 동료들과 함께 귀뚜라미의 노래에 협주해본다는 것, 이런 것들은 모두 순리로운 일일 것임에 틀림이 없다.

그러나 새로운 우리 이야기를 새로운 대지 위에 뿌리박고 새로운 우리의 생각을, 새로운 우리의 사상을, 새로운 우리의 수목을 가꿔가려 할 때 세상에 즐비한 잡담들의 삼림은, 그리고 생경한 낯선 토양은 우리의 작업을 기계적으로 방해할 것이다. 황량한 대지 위에 우리의 터전을 마련하고 우리의 우리스런 정신을 영위하기 위해선 모든 이미 이루어진 왕궁, 성주, 문명탑 등의 쏘아 붓는 습속적인 화살밭을 벗어나 우리의 어제까지의 의상, 선입견, 인습을 훌훌히 벗어던진 새빨간 알몸으로 돌아와 있을 수 있어야 하는 것이다.

2

잔잔한 해변을 원수성(原數性) 세계라 부르자 하면, 파도가 일어 공중에 솟구치는 물방울의 세계는 차수성(次數性) 세계가 된다 하고, 다시 물결이 숨자 제자리로 쏟아져 돌아오는 물방울의 운명은 귀수성(歸數性) 세계이고.

땅에 누워 있는 씨앗의 마음은 원수성 세계이다. 무성한 가지 끝마다 열린 잎의 세계는 차수성 세계이고 열매 여물어 땅에 쏟아져 돌아오는 씨앗의 마음은 귀수성 세계이다.

봄, 여름, 가을이 있고 유년 장년 노년이 있듯이 인종에게도 태허(太虛) 다음 봄의 세계가 있었을 것이고, 여름의 무성이 있었을 것이고 가을의 귀의가 있을 것이다. 시도와 기교를 모르던 우리들의 원수 세계가 있었고 좌충우돌, 아래로 위로 날뛰면서 번식 번성하여 극성부리던 차수 세계가 있었을 것이고, 바람 잠자는 석양의 노정(老情) 귀수 세계가 있을 것이다.

우리 현대인의 교양으로 회고할 수 있는 한, 유사(有史) 이후의 문명 역사 전체가 다름 아닌 인종계의 여름철 즉 차수성 세계 속의 연륜에 속한다고 나는 생각한다.

그래서 지금은 하늬바람을 눈앞에 둔 변절기가 아니면 이미 가랑잎 물들기 시작한 이른 가을철, 우리들의 발언은 천만길 대지에로 쏟아져 돌아가기 위한 미미한 몸부림인지도 모른다.

두치 앞의 모이만을 보고 일평생 쪼아 다니는 닭의 정신을 가리켜 소원(小圓)이라 한다. 눈과 모이와의 두치 간격을 직경으로 하여 한바퀴 돌려 그린 원이 즉 그 닭의 정신의 크기이다.

문명에 관습되어온 소위 현대식 지성인이라고 불리어지는 소시민들의 정신적 둥근 원은 고층건물과 고층건물 사이의 거리를, 숙소와 직장과 오락장과의 사이를 또는 서명(書名)과 인명(人名)과 개념과 개념과의 정신적 거리를 직경으로 하여 돌려 그린 원의 크기와 동등하다.

가령 불전(佛典) 저술가가 던지고 간 정신 직경의 넓이는 그 어느 현상학적 체계가들이 던지고 간 그것보다 훨씬 멀고 멀었다.

한마디 이야기도 없이 한평생 길게 누워 졸다가 죽어 돌아간 사람이 있었다면, 나뭇잎에 고여 오른 이슬알이나 풍우에 밀려다니는 말 없는 모래알과 함께 그들의 정신적 환원의 크기란 부재(不在)이면서 최대재(最大在)인 우주환(宇宙環)의 기점이었다고 말할 수도 있을 것이다.

애석하게도 무엇인가 이야기하려 의욕하는 우리들의 처지와 지혜란 어중뜨기이다. 우리는 차수성 세계 속의 자손이기 때문이다.

그러나 규범지어진 속에서나마 최대재의 원을 지향하여 신명을 다스려가고 있는 게 우리 인간 수도의 서글픈 역사가 아니었던가.

3

인류의 봄철, 인종의 씨가 갓 뿌려져 움만이 텄을 세월, 기어다니는 짐승들에겐 산과 들과 열매만이 유일한 의지요 고향이었으며, 어머니 유방에 매어달린 갓난아기와 같이 그들과 대지와의 음양적 밀착 관계 외엔 어느 무엇의 개재도 그 사이에 용납될 수 없었을 것이다. 그곳은 에덴의 동산, 곧 나의 언어로 원수성 세계이어서 그곳에 차수성 세계 건축 같은 것을 기획하려는 기운을 아직 찾아볼 수가 없었던 것이다. 그러한 가운데 유구한 세월이 흘렀을 것이다. 그러나 물성(物性)은, 태양과 봄바람과 지열은 언제까지나 그 씨앗으로 하여 씨앗으로만 덮여 있게 가만둘 수는 없었을 것이다. 그리하여 떡잎을 만들어낸 것이다. 대지 위에 나뭇가지를 세우고 그 위에 올라앉아 재주부리는 재미를 익히기 시작한 것이다. 이후 이들 인간들은 대지에 소속된 생명일 것을 그만두고 대지와 그들과의 사이에 새로 생긴 떡잎 위에, 즉 인위적 건축 위에 작소(作巢)되어진 차수성적 생명이 되었다. 하여 인간은 교활하고 극성스런 어중띤 존재자로서 하늘과 땅 사이에 등록이 되었다.

오늘 인구의 수효보다도 많은 문명 계층의 실내마다 범람하고 있는 불안, 공포, 전제, 부도덕, 파멸, 이런 말거리들은 과연 조급한 신경을 가진 소원군(小圓群)들이 단정하고 있듯이 불과 몇십년적 현대의 시대적 특징에 그치는 현상일 것인가. 과연 인간의 감정이란 하루 이틀 바람볕에 용이하게 개조 변질될 수 있는 특질의 것인가. 우리를 분한케 하고 우리 운명을 불행 속으로 몰아넣으려는 인류 공동의 적, 우리가 싸워 무찔러야 할 공동의 적은 과연 현대의 구름 낀 그늘, 수다하게 출연한 지엽적 현상들 가운데 그 전신이 실존하고 있는 것일까.

천만에다. 우리 문명된 시대의 도시 하늘을 짓누르고 있는 불안, 부조리, 광기성 등은 다름 아닌 나무 끝 최첨단에 기어오른 뜨물들의 숙명적 심정인 것이다. 우리들의 불안은 바로 이탈자의 불안 그것이다. 차수적 세계성의 5천년 현란(眩亂), 환언하면 인류의 장구한 여름철이 성과한 정신적 무성, 그 가운데서 우리는 필대로 펴 우거진 오뉴월의 둥구나무를 보듯 오만가지로 발휘되고 요구되고 천하에 폭로된 바 인간의 지상적 운명과 능력과 그것의 한계를 관망할 수가 있다.

잠시, 인간의 천태만상한 성과와 역사를 한 몸에 시현하고 있는 거대한 둥구나무, 인류수(人類樹)를 그려보자.

가지와 가지, 초단(梢端)과 초단, 잎과 잎, 교착(交錯)과 거리, 낙조 쪽으로 뻗어나간 황하계의 간지(幹枝), 그것들의 횡적 간격, 사찰·교회들의 뻗은 가지, 왕궁의 역사, 봉건 영주의 말라붙은 이파리들, 사변철학의 가지, 첨단에 자리한 몇 사람들의 고치집, 바로 밑에 미처 분가를 못한 채 눌어붙어 농성(籠城) 이룬 신유리철학(新唯理哲學)의 발아 시도들, 위세당당히 기어올라간 연구실 물리학의 정점, 그것에 자리한 전자분열학의 아직 생존해 있는 티눈, 휘어져 올라간 자연과학, 거기서 또다시 갈라지고 갈라져서 삭정이 이룬 인체 맹장 전문의의 계보, 손톱 미용학의 소(巢), 정치학 문학 총살법연구학.

이 숱한 가지들마다 나뭇잎마다 열린 가녀린 새집들은 앞으로 얼마나 더 문화를 계속하고 생장할 수 있을 것인가. 그리고 20세기경의 허공중에 현란한 잔치를 베풀고 있는 수만 지엽 간의 어느 첨단에도 우리의 소굴은 정좌되어 있었단 말인가.

　문명인의 고향은 대지가 아니다. 그들의 출생은 허공 속에서 시종(始終)했다. 전복 등에 소라가 붙고, 소라 등엔 더 작은 조개가 붙어, 모르는 동안 행복하게 살아가듯, 그들의 호적은 7천년 축적된 조형문화적 부피와 인간 상호관계의 허구스런 언어 계층 위에 기록되어오고 있다.

　우리 인류 문명의 오늘이 있은 것은 오직 분업문화의 성과이다. 그러나 그뿐 그것은 다만 이다음에 있을 방대한 종합과 발췌를 위해서만 유용할 뿐이다. 분업문화를 이룩한 기구 가운데 '인(人)'은 없었던 것이다. 분업문화에 참여한 선단적 기술자들은 이다음에 올 '종합인(綜合人)'을 위해서 눈물겹게 희생되어져가는 수족적 실험체들에 지나지 않을 것이다. '전경인(全耕人)'의 개념은 오늘 문명인들의 혐오와 멸시의 대상이 되고 있다. 편인(片人)들의 맹목 기능자적 집단발효에 의하여서만 자재로이 개미집은 이루어지고 개미집은 부서져가고 있기 때문이다. 그것은 흡사 거품 무리와 같은 것이다. 하여 그들이 집단작업으로 받들어 이룩한 축조물이란 다름 아닌 차수 세계적이요, 강집적(强集的)인 현상 건축인바 그 하나가 언어문화요 또 하나가 조형문화이다. 출발에 있어선 한갓 호주머니 속에 넣고 다니는 부대물로서 인간관계의 이기(利器)에 지나지 않았던 이들 조형성·언어성은 마침내 그의 내부 발전을 거듭함에 이르러 방대한 연대관계 위에 총과 조직을 형성하여 뭉게구름처럼 피어올라 오늘 인간의 대지를 덮었다.

　흔히 국가, 정의, 원수(元首), 진리 등 절대자적 이름 아래 강요되는 조형적 내지 언어적 건축은 그 스스로가 5천년 길들여온 완고한 관습적 조직과 생명과 마력을 지니고 있는 것으로서 현대인구 거의 전부가 이 일에 종사하면서 이곳으로부터 빵을 얻어먹고 생의 근거를 배급받으며 다시 이것을 모셔 받들어 살찌게 만들어주고 있는 것이다. 대지에 발 벗고 눌어붙어 자급자족하는 준전경인적 개체들을 제외하고는 거의 모든 인구가 조직되고 맹종되고 전통화된 차수성적 공중기구 속에서 생의 정신적 및 물질적 근거를 급여받고 있다. 시야 가득히 즐비하게 솟은 이러한 조직과 체계와 산봉우리들은 제각기 특유한 생리와 특유한 수단 방법으로써 자체 생명의 이익을 확충시켜가면서, 허약한 공분모(公分母) 위에 뿌리박아 마치 부식작용하는 곰팡이의 집단처럼 번식해가고 있다. 하여 분자가 확대되면 확대될수록 한정된 어머니 즉 일정한 대지로부터 양식을 빨아들이는 그들 공중기구는 기근을 모면할 수 없을 것이며 영양실조에 빠지게 될 것이며 종국에 가서는 생존경쟁의 광기성에 휘몰려 맹목적인 상쇄로써 불경기를 타개하려고 발악하고 발광하고 좌충우돌하기에 이를 것이다. 무수한 기생탑의 층계 아래 장(章)과 절(節)과 구(句)의 마디마디 들어붙어 꿈틀거리는 부분품으로서 물리적 기능을 행위하고 있는 형형색색의 이들 맹목 기능자는 항상 동업자들끼리의 경쟁에서 도태될 위태성을 의식하고 있는 것이기 때문에 스스로의 안전한 영업입지를 닦기 위하여 왼눈 곰배팔이를 다시 더 사상(捨象)하고 바늘 끝만 한 시점에다 전역량을 집중하여 특수 특종한 기능을 뽑아 늘이는 일에로 기형적 분지(分枝)를 거듭하고 있다. 현대의 예술, 종교, 정치, 문학, 철학 등의 분업스런 이상 경향은 다만 이러한 역사적 필연 현상으로서만 설명이 될 수 있을 것이다. 모든 것은 상품화해가고 있다. 이러한 광기성은 시공의 경과와 함께 배가 득세하여 세계를 대대적으로 변혁시킬 것이다.

세계는 맹목 기능자의 천지로 변하고 말았다. 눈도 코도 귀도 없이 이들 맹목 기능자는 인정과 주인과 자신을 때려눕혔고 핸들 없는 자동차같이 앞뒤로 쏘아 다니며 부수고 살라 먹고 눈깜땡 깜을 하고 있다. 하다 지치면 뚱딴지같이 의미없는 물건을 만들어도 보고 울고불고하고 있는 것이다. 기생탑과 국가학과 지구는 스스로 길러 내놓은 이들 병신 자식들의 비칠거리는 발길에 차이고 받히고 파괴되면서 있다.

현대 문명에 비관론적 해석을 부여한 몇몇 동서(東西) 지성들의 이야기는 나의 이러한 주장에 유력한 증언의 하나가 되어줄 것이다.

오늘날 인구는 맹목 기능자들의 모임인 누상(樓上) 회의에서 계수기에 의해 집단으로 거래처분되고 있다. 백만명짜리, 천만명짜리가 한꺼번에 한다발로 묶이어 조변석개 이리저리로 흥정된다. 정치 전문 맹목 기능자들은 그 흙 묻은 발로 우리 백성들의 머리 위를 밟고 돌아다니면서 귀 익은 호령, 졸음 오는 연설들을 하고 있다. 사실 부끄럽게도 우리는 이제까지 그들에게 우리 신상에 관련된 모든 처분권을 완전히 위임하고 살아가는 우리도 똑같은 맹목 기능자였다. 비행기에 탑승한 일개 유원인(類猿人)이 던진 성냥갑만 한 화약에 의하여 순식간에 50만의 시민이 죽으면서도 거기 항거하여 단 한마디 입 벌릴 장사는 없었던 시대다. 뿐만 아니라 그것은 오히려 인류 분업문화의 빛나는 성과로서 하늘 높이 찬양됐던 것이다.

이것을 만들기 위해 거대한 공장기구는 죽은 백성의 형제와 그들의 지능과 손과 발과 가정과 표정을 시장에서 매상(買上)하여 흡수 흡연하였으며 이러한 가운데 수천수만의 목숨과 일생이 눌어붙어 말라빠진 문명탑의 어둠침침한 왕궁의 바닥에선 발췌 주조된 귀동왕자 50만 단위의 권력자를 모셔내 오게 됐던 것이다.

문명인은 대지를 이탈하였다. 그들은 고향을 버리고 차수성 세계 속의 문명수(文明樹) 나뭇가지 위에 기어올라 궁극에 가서는 아무도 아닌 그들 스스로의 육혼(肉魂)들에게 향하여 어제도 오늘도 끌질을 하고 있는 것이다. 그들을 실은 공중 풍선은 날이 갈수록 기세를 올려 하늘 높이 달아날 것이다. 마침내 인간은 아마도 지구를 벗어날 것이며 지구의 파괴를 기억할 것이며 인조 두뇌를 만들어 자동(自動) 시작(詩作)을 희롱할 것이다. 그러나 그것이 어떻단 말인가. 나는 생각한다. 모든 생물의 물질적 능력엔 동물로서의 한계가 숙명지워져 있을 것이라고. 아무리 서구적인 무서운 노력으로 하늘 끝에 이르기 위해 벽돌을 쌓아 올려본다 하더라도 그 하늘 끝은 나타나주지 않을 것이다. 그들의 활동은 흡사 끓는 찌개 냄비 속에 일어나고 있는 분자들의 운동 현상과 비슷한 것일 것이다. 물이 끓으면 물방울들은 증기화하여 공중 높이 날아갈 것이다. 마지막에 가서 냄비 속은 텅텅 비어버릴 게 아닌가. 그러면 찌개는 어디로 갔단 말인가. 그러나 냄비 속을 벗어난 수분은 이미 찌개는 아니다. 찌개의 역사는 냄비 속에서 종말을 고한 것이다.

여름이 가고 가을이 오면 모든 나무의 열매는 토실히 여물어 스스로 땅에 쏟아져 돌아올 것이다. 그들 인류수도 그 이상 지엽(枝葉)을 뻗칠 수 없을 곳까지 이르러 열매와 열매를 두루 뭉쳐가지고 말없이 땅에 쏟아져 돌아올 것이다.

그 차수성 세계 속의 문명수 위에서 귀수성 세계의 대지에로 쏟아져 돌아가야 할 씨앗이란 그러면 어떠한 것이어야 할 것인가.

○○가(家), ××가라 함은 연구실과 기구와 문명과 점포에 각각 흩어져 모체계의 부분품으로서 자기의 생존 근거와 자기의 가능성을 못박고 있는 눈먼 기능자를 의미한다.

주산가는 사무용 탁상에 앉아서 자기 앞으로 돌아오는 계산표만 하루 종일 검산해내는 눈 먼 기능자이다. 그에게 은행기구나 국가기구나 세계 인식이란 애당초 시점 밖의 이야기다.

즉 그는 소원적 부분품에 지나지 못한다.

사실 전경인적으로 생활을 영위하고 전경인적으로 체계를 인식하려는 전경인이란 우리 세기에서 찾아볼 수가 없다. 우리들은 백만인을 주워 모아야 한 사람의 전경인적으로 세계를 표현하며 전경인적 실천생활을 대지와 태양 아래서 버젓이 영위하는 전경인, 밭 갈고 길쌈하고 아들딸 낳고, 육체의 중량에 합당한 양의 발언, 세계의 철인적·시인적·종합적 인식, 온건한 대지에의 향수적 귀의, 이러한 실천생활의 통일을 조화적으로 이루었던 완전한 의미에서의 전경인이 있었다면 그는 바로 귀수성 세계 속의 인간, 아울러 원수성 세계 속의 체험과 겹쳐지는 인간이었으리라.

코스모스는 가을에 피는 꽃이다. 긴긴 여름 동안 허공 속으로 푸르게 성장하기만 한다. 그러나 이따금 그 세계 속에서 예외를 발견한다. 세상이 모두 푸르기만 한 무성한 여름날 한송이의 꽃이 빠알갛게 피었다 쏟아져간 여름날의 코스모스를 보고 초록 동산의 동료 나무들은 웃었을 것이다. 그러나 이윽고 가을이 와 하늬바람이 불면 자기들도 자기 후손들을 시켜 언젠가 여름날 호올로 피었다 쏟아져간 그 코스모스와 똑같이 발화해야 할 것이다.

인류의 여름철 지구 이곳저곳에선 이들 코스모스꽃이 불완전하게나마 몇송이 피어났다. 그들은 세상을 알았고 인생을 알았고 그렇기에 자기 위치에서 가을로 돌아갔다. 불경 저술인, 오천언 (五千言)의 발언인(發言人), 성서 저술인, 이들은 무더운 여름날 호올로 피었다 쏟아져 돌아간 철 이른 꽃들이었다. 그들은 직업가도 전문가도 기술자도 맹목 기능자도 아니었다. 그들은 차수 세계 문명수 나뭇가지 위에 붙어산 뜨물은 결코 아니었다.

그들은 대지 위에서 자기대로의 목숨과 정신과 운명을 생활하다 돌아간 의젓한 전경인적인 육혼의 체득자, 시(詩)의 철(哲)의 '인(人)'들이었다. 세계 정신의 원초적이며 종말적인 인식 위에 개안했던 그들은 그 정신을 우주와 세계와 인생에서 발산하고 돌아간 위대한 대지의 철인이요, 시인들이었다. 성서나 오천언은 과거가 남겨놓은 인류 유산 중 어느 무엇과도 바꿀 수 없는 전경인 정신이 투영되어 있는 거대한 시편들이다. 2천년 문명사에 기록되어온 수없이 많은 군소 사상가들, 군소 시인들은 이 불경이나 성서의 거대한 둥구나무 밑에 피어난 자질구레한 잡초들에 지나지 않는 게 아니었던가.

오늘 우리 현대를 아무리 살펴보아도 대지에 뿌리박은 대원적 (大圓的)인 정신은 없다. 정치가가 있고 이발사가 있고 작자가 있어도 대지 위에 뿌리박은 전경인적인 시인과 철인은 없다. 현대에 있어서 시란 언어라고 하는 재료를 사용하여 만들어낸 공예품에 지나지 않는다. 시인의 시인 정신이며 시인혼이 문제되지 아니하고, 그 시업가의 글자 다루는 공상의 기술만 문제된다. 핵분열 연구가가 할리우드 광대에게 입힐 기구망신스런 옷을 꾸며내듯, 또는 발광한 빠리의 화가가 자기도 모를 색채로 화면을 난칠해놓듯, 시업가들은 언어를 화구 재료로 하여 무의미하고 불투명한 공예품을 만들어내고 있다.

차수성 세계의 톱니 쓸린 광풍 속에서 시인스런 소성(素性)을 가진 정신인들은 자기의 거점을 대지에 뿌리박기 전 주위 세계의 현란한 분위기에 넋을 잃고 말았다. 정신분석학, 경제이윤론, 인구론, 응용미학 등이 대량으로 쏟아져 나와 각 분과 과학의 빛나는 성과를 다퉈 뽐내며 영화·녹음기·텔레비가 등장하여 인생의 위악적 욕구를 보다 많이 충족시켜주게 됨에 이르러 그들 시인스런 사람들은 사회의 한편 구석 연구실이나 찻집 속으로 도사려 들어가 단자(單字) 미학이나 어구 나열법에 하염없는 신경을 쏟고 있었다. 치차와 동력이 세계를 압도하여 시인의 주위에까지 밀려 들어갔을 때 시인은 모든 털구멍을 닫아 아랫목에서 단어를 뜯고 있었다.

그들은, 정치는 정치가에게, 문명 비평은 비평가에게, 사상은 철학 교수에게, 대중과의 회화는 산문 전문가에게 내어 맡기고 자기들은 언어 세공만을 전업으로 맡고 있다.

고답파의 대변자는 말한다. 시인의 임무는 언어의 순화에 있을 뿐이다. 미의 세계는 열등한 지성과는 전혀 관계가 없는 세계라고.

발레리는 기하학을 전업하고 있었다. 다다는 로마문자 26개를 나열해놓고 세기적 권태에 하품 치고 있는 관중들을 불렀다.

입체파는 건축을 지면 위에 시도했다. 모더니즘은 교수들로 조직된 신사단, 신묵시파는 댄스홀 옆 골목에다 간판을 내걸고 빈약한 개업 파티를 열었다.

이러한 운동은 물론 구라파를 중심하여 일어났다. 그러나 이틀도 못 가서 눈치 빠른 각국의 문화 도매상인들은 구색들을 갖춰가지고 바다를 건너갔다. 소위 후진국이라고 불리어지는 반식민지적 수도마다에선 최신식 수입품 선전 광고가 푸짐히 나붙고.

무슨 파, 무슨 주의자 등 근대적인 명칭으로 불리우는 모든 지식 분자들을 한묶음하면 '밀려난 특종 계급'이 된다. 그들의 문화는 특수층의 주형적 정신 현상인 것이다. 그들이 역사상에 논 역할은 눈곱에 불과하다. 그래서 하는 수 없이 나약한 병자의 노래가 아니면 대학 연구실 속에서의 언어연금술이거나 그것도 아니라면 독존적 귀족문화만이 우리 시대의 시인 전부를 차지하게 되는 것이다. 문학은 문학 전문가들끼리의 특수문화가 되어버렸다. 백성과 그들의 아무런 연분도 없어졌다. 그들은 그들대로 만백성의 살림 마을인 대지를 이탈하여 마치 무리떼 지은 하루살이의 덩어리처럼 하늘 높이 달아나고 있다.

시란 바로 생명의 발현인 것이다. 시란 우리 인식의 전부이며 세계 인식의 통일적 표현이며 생명의 침투며 생명의 파괴며 생명의 조직인 것이다. 하여 그것은 항시 보다 광범위한 정신의 집단과 호혜적 통로를 가지고 있어야 했다.

그래서 하나의 시가 논의될 때 무엇보다도 먼저 그것을 이야기해놓은 그 시인의 인간정신도와 시인혼이 문제되어져야 하는 것이다. 철학, 과학, 종교, 예술, 정치, 농사 등 현대에 와서 극분업화된 이러한 인간이 가질 수 있는 모든 인식을 전체적으로 한 몸에 구현한 하나의 생명이 있어, 그의 생명으로 털어놓는 정신 어린 이야기가 있다면 그것은 가히 우리 시대 최고의 시가 될 수 있을 것이다. 시인이란 인간의 원초적, 귀수성적 바로 그것이다. 나는 생각한다. 시는 궁극에 가서 종교가 될 것이라고. 철학, 종교, 시는 궁극에 가서 하나가 되어 있을 것이다. 과학적 발견 —— 자연과학의 성과, 인문과학의 성과, 우주 탐험의 실천 등은 시인에게 다만 풍성한 자양으로 섭취될 것이다.

하여 내일의 시인은 제왕을 실직게 할 것이며, 제주를 실업케 할 것이며 스스로 천기를 예보할 것이다. 그는 태허를 인식하고 대지를 인식하고 인생을 인식할 뿐이며, 문명수 가지나무 위에 난만히 피어난 차수 세계성 공중건축 같은 것은 그 시인의 발밑에 다만 기름진 토비로서 썩혀질 뿐일 것이다. 차수성 세계가 건축해놓은 기성관념을 철저히 파괴하는 정신 혁명을 수행해놓지 않고서는 그의 이야기와 그의 정신이 대지 위에 깊숙이 기록될 순 없을 것이다. 지상에 얽혀 있는 모든 국경선은 그의 주위에서 걷혀져나갈 것이다. 그는 인간의 모든 원초적 가능성과 귀수적 가능성을 한 몸에 지닌 전경인임으로 해서 고도에 외로이 흘러 떨어져 살아가는 한이 있더라도 문명기구 속의 부속품들처럼 곤경에 빠지진 않을 것이다.

하여 시인은 선지자여야 하며 우주지인이어야 하며 인류 발언의 선창자가 되어야 할 것이다.

여름철의 장구한 세월을 살아온 우리 인류, 차수성 세계 문명수 가지나무 위에 피어난 난만한 백화를 충분히 거름으로 썩히울 수 있는 우리 가을철의 지성은 우리대로의 인생 인식과 사회 인식과 우주 인식과 우리들의 정신과 우리들의 이야기를 우리스런 몸짓으로 창조해내야 할 것이다. 산간과 들녘과 도시와 중세와 고대와 문명과 연구실 속에 흩어져 저대로의 실험을 체득했던 뭇 기능, 정치, 과학, 철학, 예술, 전쟁 등 이 인류의 손과 발들이었던 분과들을 우리들은 우리의 정신 속으로 불러들여 하나의 전경인적인 귀수적인 지성으로서 합일시켜야 한다.

거두어들일 사람이 따로 있을 것을 기다려, 거두어들여 하나의 열매로 뭉쳐놓을 사람이 따로 있을 것을 기다려 인류는 5천년간 99억의 인종들을 구사하고 시험하여 산간과 들녘에 백화만초로 피어 있게 흩어놓았던 것이다. 백화만곡의 흐드러지게 쏟아져 썩는 자리에서 유구하고 찬란한 내일의 꽃은 피어날 것이다.

전경인의 출현을 세기는 다만 대기하고 있다. 암흑, 절망, 심연을 외치고 있는 현대의 인류는 전경인 정신의 체득에 의해서만 비로소 구원받을 수 있을 것이다.

인류수 나뭇가지 위에 피어난 뭇 나뭇잎들을 한 씨알로 모아가지고 우리들은 땅으로 쏟아져 돌아가야 할 이른 가을철의 선지자가 되어야 한다.

그리하여 대지 위에 다시 전경인의 모습은 돌아와 있을 것이고 인류 정신의 창문을 우주 밖으로 열어두는 서사시는 인종의 가을철에 의하여 결실되어 남겨질 것이며 그 정신은 몇만년 다음 겨울의 대지 위에 이리저리 몰려다니는 바람과 같이 우주지(宇宙知)의 정신, 이(理)의 정신, 물성(物性)의 정신으로서 살아남아 있을 것이다.

그리하여 그것은 곧 귀수성 세계 속의 씨알이 될 것이다.

(『자유문학』 1961년 2월)

60년대의 시단 분포도
신저항시운동의 가능성을 전망하며

　오늘, 1960년대의 한국 풍토에는 적어도 2백명 이상의 시인들
이 할거하여 제가끔 특정한 역사적 제약 속에서 민족 얼의 창조
작업에 참여하고 있다. 이 특정한 역사적 제약이라고 하는 말에
최대한의 의의를 주어 오늘의 한국 시단을 분류해보려는 것이 이
소론에 붓 적시는 목적의 하나이다. 이제까지 시를 얘기해온 많
은 비평가·시인들의 시론을 종합해보면 우연하게도 하나에서 열
까지 수법비평(手法批評)의 한계를 벗어나지 못하고 있었으며, 또
한 벗어나려 노력하지도 않았었다는 기이한 현상을 발견하고 놀
라게 된다. 수법비평이란(이것은 미술비평이나 소설비평에서도
마찬가진데) 역사적 토대나 사회적 상황에 뿌리 늘인 시 정신·인
간 정신을 대상으로 삼지 않고 다만 표면에 나타난 제작상의 기
술 문제만을 소재로 삼기 때문에 항시 조석(朝夕)으로 변조(變調)
하는 기교상의 표정을 뒤쫓느라고 지엽 문제에 말초신경질이 되
어버리기가 일쑤다.

비평이란 상황 의식의 집중이다. 개개 시인이 처우한 사회적·역사적 기반에 충분한 고려를 베풀지 않는 비평은 공전의 되풀이가 있을 뿐이다. 몇몇의 비평가는 S씨에게 신라의 하늘을 노래하는 것은 현대에 대한 반역이어니 오늘의 전쟁, 오늘의 기계문명을 노래해보라고 거의 강요하다시피 대들었지만, 그것은 마치 계룡산 산중에서 칠십 평생을 보낸 상투 튼 할아버지에게 "당신도 현대에 살고 있으니 미국식으로 재즈 음악에 취미를 붙여보시오"라고 요구하는 것과 별 다름이 없는 무리한 강매였던 것이다. 내 생각으론 S씨는 S씨대로의 사회적·역사적 영토색(領土色)이 칠해진 사상성이 그분의 체질 속을 흐르고 있을 것이기 때문에, 이미 장년기를 넘어선 그분에게 자기 천성 이외의 어떤 음색을 요구한다는 것도 옳지 못한 일이다. 아마 세상의 모더니스트들이 총동원하여 비평의 화살이 아니라 보다 가혹한 폭력을 앞장세워본다 할지라도 그분에게 시도상(詩道上)의 가면무도는 기대할 수 없을 것이다. 시는 기술이기에 앞서 체질이다. 그래 나는 이 글에서 이제까지 유행됐던 수법비평·기술비평의 방법을 우선 지양하고, 자칫하면 도식적 기계주의에 떨어질 위험성을 충분히 경계하면서 시인들의 사회적·역사적·사상적 처지에 기초를 둔 시단의 분포도를 소묘해보려 한 것이다.

먼저 두갈래의 큰 흐름(선명하진 않으나 그러나 큰)이 떠오르는데 하나는 시정적(市井的)인 생활, 사회적인 현실에 중탁(重濁)한 육성으로 저항해보려는 경향의 사람들이며, 또 하나는 예술지상주의적 경향에 몸 적신 사람들이다. 이 예술지상주의적 경향의 조류는 세개의 이질적인 시단, 즉 이조적(李朝的)인 향토시의 촌락과 문명 도시적인 현대감각파와 순전한 언어 세공가들로서 구성되어 있고, 맨발스런 육성으로 노래하려는 육성파(肉聲派)들의 물결 속에는 도시 소시민적 생활 시인들과 역사에의 저항파가 몸을 담고 있어 사실상 우리나라에는 다섯개의 이질적인 시단이 분포하고 있는 셈이 되는 것이다.

① 향토시의 촌락

바람 따스한 이조(李朝)의 정자로, 신라·백제의 논밭으로, 그리고 외래 식민자들의 횡포 밑의 전원에로 면면히 깔려 그 향토적이고도 재래적인 자세로 토착적 인생을 생리(生理)해가고 있는 일군의 식물성 시인들, 이 계열의 사람들은 한국 풍토의 전형적인 선비들로서 8·15와 6월전쟁에 이르도록 예술지상주의적 변두리에서 그 청록(靑鹿) 같은 순수 감성을 추구하며 살아왔다. 어떤 의미에서 이 계열의 사람들은 한국 전통의 정통파적 위치에 놓여 있다. 지금도 농촌에 가면 갓 쓴 할아버지들이 긴 장죽을 물고 봄·가을 유우(儒友)들을 찾아다니며 풍월(風月) 시조를 읊조린다. 토속적 종교를 가지고 있는 이분들은 유·불·선(儒佛仙) 그 가운데서도 다분히 노장적(老莊的)인 체취를 풍기는 맑고 깨끗한 한국 순수 정신의 추구자들이다.

아까 말한 S씨를 필두로 한 이 계열의 시어 속에는 한국 민족의 영원한 하늘, 투명한 바람과 같은 정서가 깃들어 있다. 그것은 근엄한 음악 아니면 종교 이전의 종교적 상태. 왕조적인 이조사회에 풍월을 영탄하는 양반문학과 압제에 항거한 서민문학이 상립(相立)해왔었음을 상기하면서, 오늘 이분들이 처한 역사적·사회적 위치를 고려해본다면 혹종(或種)의 시사를 얻을 수 있을 것이다. 그러나 우리나라엔 8·15와 6월전쟁을 전후하여 유교적인 사회구조가 거의 파괴되면서 있다. 구선인(求仙人)들의 마을 앞을 탱크와 데모와 실업(失業)이 행진하고 있다. 그럼에도 이분들은 역사의식이나 지성의 형안(炯眼)을 욕심 부리지 않는 것이다. 현상적인 세계(침략·실업·악정·전쟁 등으로 가득 찬 현실)를 경원한다. 때로는 반항도 한다. 6월전쟁과 4월의거를 전후하여 표징된 바에 의하면 이분들은 더러 통곡도 하고 절규도 했다. 그러나 그것은 어디까지나 식물성적 순수 반항이었다. 때리면 반발적으로 화를 내는 순하디순한 피부의 자연반응과 같은 것이었다. 골격 — 지적·사상적 — 이 없는 색채만의 반항 색채, 그래서 그것은 사회개혁이나 노자(勞資) 투쟁이나 교향악이나 유엔 회관, 인공위성, 러셀과의 대화는 차마 내질(內質)해볼 수 없는 애조 띤 풀피리며 수묵(水墨)이며 하늘과 바람인 것이다. 이분들의 고향은 '적어도 정신적 고향은' 이조적인 농촌, 그 변모하지 않는 전원 풍취다. 이런 것에의 향수는 한국 사람이면 누구에게나 있다. 또 실상 우리 한국 시인들의 영원히 마르지 않는 풍성한 원초 감성의 고향이기도 한 것이다. 나도 이따금 깨끗이 다듬은 고의적삼을 입고 시골길을 걸어보고 싶어지는 때가 있다. 그러나 몇발자국도 못 가서 다시 돌아와 옷을 벗고 걸레를 둘러야 마음이 편안한 것이다. 절량(絶糧)과 실업(失業)이 민족 전체의 표정이었기 때문이다.

② 현대감각파

구도(求道) 시인들이 전원의 아취 속에서 유불선의 변경을 소요하고 있을 때 (물론 이 소요 속에는 그 당시의 청록파도 포함되는데) 이분들의 반현대·반역사성을 들어 팔매질하면서 6월전쟁 이

쪽저쪽에서 부산·대구·서울에 첫소리 깃발을 나부낀 세칭 모더니스트들이 있었다. 이분들은 지금 사분오열이 되어버렸지만 좌우간 그 모더니스트들의 토치카까지를 접수하여 서구적인 감각, 현대적인 기교로 어깨를 넓히면서 시 작업 —— 시 작업이란 말들이 이분들에겐 잘 어울린다 —— 하고 있는 일군의 사람들이 바로 이 현대감각파다. 왕조사회에서 상층 지식계급이 이조적인 언어와 감성으로 풍월에의 율조를 가야금 뜯고 있을 때 현대사회(소위 민주자유주의라고 하는)에서의 상층 지식인들은 현대적인 언어와 기교로 예술지상을 탐구하고 있었다. 이분들은 상업자본주의적인 풍조에 젖은 도시 교육(이것은 정신적인 의미에서의 비유에 지나지 않지만)을 받았다. 이 영토 속에는 퍽 우수한 시인들이 양적으로도 많이 살고 있다. 이 현대감각파와 향토파의 혼동될 수 없는 경계가(마치 오늘의 도시와 농촌처럼) 그어져 있다. 그러나 뒤에 얘기할 언어세공파나 시정파(市井派)나 저항파하곤 서로 섞여 살 가능성이 무시로 열려져 있어서 개중엔 어제와 오늘 그 위치가 뚜렷이 변이해가고 있는 분들이 많이 있다. 가령 「고전적인 속삭임 속의 꽃」을 쓴 J씨 같은 분은 얼마 전까지만 해도 육성으로 사회의 저변을 가슴 아프게 뚫고 나가던 시인인데 작금에 와서 그 살냄새를 꽁꽁 묶어버리고 탐미(예술의 근엄)를 작품하고 있는 것이다. 이 계열의 사람들이 생산한 작품 가운데 몇몇은 50년대 60년대의 서구풍이 물든 한국 문학의 훌륭한 기념탑으로서 고전 속에 살아 빛날 것을 의심치 않는다. 그러나 시인은 기념탑만을 건립하는 사람들은 아닐 것이다. 실내악이나 유미주의 속에 파묻혀서 유리쪽으로 바깥세상을 내다보는 정도의 현실에의 성의로는 맨발 벗고 거리서 절규하다 쓰러져가는 60년대의 사람들에게 면목이 서지 않는다.

③ 언어세공파

현대감각파와 이웃 집안 간이라 할 수 있는, 어쩌면 현대감각파에게 언어를 실험해서 그 통계 자료를 제공해주고 있는 고문단이라 할 수도 있는 이 계열의 사람들은 한국적인 다다이즘이라고나 할까.

이분들은 그 정신적 고향을 대학 실험실 속에 소속시키고 있다. 좀 이상한 비유가 될진 모르지만 이분들은 구두장이가 구두 부속품을 만들고 브로치 상인이 브로치를 만들어 팔듯이 단어를 화구(畵具) 재료로 삼아 도시 백화점 문화를 장식해주고 있는 사람들인 것이다. 수년 전부터 자주 논란됐던 현대시의 난해성을, 그 현대성을 구성하는 주요 불가결한 여건처럼 옹호해온 분들이 바로 이분들이었으며 또한 이분들의 작업을 눈치 보고 있는 아까 말한 현대감각파의 몇몇 사람들이 있었다는 것을 우리는 기억하고 있다. 이분들의 작업을 몇몇 철없는 비평가와 중견 시인들은 오늘날까지도 콧등 간지럽게 칭찬해오고 있지만, 내 생각으론 이 언어세공파의 영토는 다만 문법미학사의 일 항목에서나 논의되어야 할 시험대 연구실에 지나지 못하는 것으로 안다. 그리고 이것은 두세 사람(희생을 각오한)으로 족한 분야인 것이다. 시작(詩作)에 '지(知)'적 참여를 주창한 사람들이 바로 이 세공파와 먼저 말한 현대감각파라고 기억되는데, 이분들이 말한 '지'라고 하는 것은 역사를 투시하고 사회를 비평하려는 눈으로서의 지성(시인의 사상, 인생안, 사회안社會眼)이 아니라, 다만 언어 세공을 노닥거리는 데 있어서의 기교상의 손재주·눈재주를 의미하고 있었던 것이다.

한국의 최근 10여년 동안의 시사(詩史)는 이상에서 말한 향토시인·현대감각파·언어세공가들에 의해 오로지 색칠해졌었다. 하나는 유선적(儒仙的)인 토착 인생이요, 뒤의 둘은 연합군의 진주와 함께 흘러들어온 신사도적인 도시 감성이었던 것이다. 전자는 전원적 심성과 민속과 전설을 바람에 섞어 노래 부르려 할 때, 후자는 서구 감각과 작시상(作詩上)의 기교를 제일 강령으로 내세워 도시적인 서정을 조각하고 있었다. 한국에 아카데미파가 있었다고 한다면 바로 이 ① ② ③의 계열이 이에 속할 것이다. 이분들의 특색은 한마디로 말해서 문화적인 귀족풍인 것이다.

④ 시민 시인

육성으로 노래 부르는 시민들(서울 시민)이 있다. 남조·병화·치원·금찬·수영·목월 등 제씨. 이분들의 육성은 활자를 통해 그대로 서울 시민의 가슴속에 스며든다. 고답스럽지도 기교겨웁지도 않은 소박 그대로의 시민의 정서(다분히 중류하中流下의 도시소시민적인)가 고달픈 월급쟁이·지식인·소상인들의 공감을 불러일으키고 있는 것이다. 목월씨는 4월 훨씬 이전에 이미 청록(靑鹿)의 세계를 개운히 탈피하고 있었다. 이분들은 탐미적인 아카데미즘에의 칩거를 거부하고 실업(失業)의 거리, 부정(腐政)의 가두(街頭)를 쏘다니면서 가난한 시민, 쓸쓸한 애인을 노래하고 있는 것이다. 심장에서 흘러나오는 시어는 언어의 타계적(他界的) 건축을 불허케 하며 신을, 사랑을, 선정(善政)을, 평화를, 물가의 안정을 기구하여 마지않는다. 그러나 그뿐 자기들이 처한 도시적 지식인 감성의 극한된 울타리(역사와 사회에 대해 취한 수동적인 자세)를 넘어서서 다음 차원에로 진입해보려는 모험은 하지 않는다.

⑤ 저항파

이 계열의 사람들은 세계사와 조국의 인생적 현실을 능동적 지성으로 밝혀 현대의 역동적인 화술로 조직해가려 하고 있는 것 같다. 지금은 싸우는 시대다. 언어가 민족의 꽃이며 그 민족의 공동체적 상황을 역사 감각으로 감수받은 언어가 즉 시라고 할 때, 오늘처럼 조국과 민족이 그리고 인간이 굶주리고 학대받고 외침(外侵)되어 울부짖고 있을 때, 어떻게 해서 찡그림 속의 살 아픈 언어가 아니 나올 수 있을 것인가. 이분들은 그 시 정신의 뿌리를 사회에 늘이고 있다 하여 맨발로 현실의 흙 속을 뒤지고 있는 것이다. 가령「조국상실자」「휴전선」「파고다공화국은 위험선상」등(이외에도 많지만)은 이 계열에 속한다. 기교는 거칠고 수법은 파격적이다. 그러나 그것은 정신에 치중하는 사람이 가지는(이것은 체질이 주는 일종의 선천성이라고 생각되는데) 어쩔 수 없는 결함(옷치장 안하는 것도 결함이라면)이다. 사회개조에의 새로운 물결이 이 계열 근처에서 싹틀 날이 불원 있을 것을 나는 믿는다.

맺는 말

이상에서 나는 오늘의 시단을 다섯개의 영토로 색칠해보았다. 어느 것 하나 건드리면 아픈 우리의 살이 아닌 것이 없다. 그러나 수술엔 때가 있다. 우리의 반성은 너무 늦어져가고 있다. 이조적 양반의 연장인 영탄 문화와 구미 식민세력의 앞잡이에 묻어 들어온 명동 사치품 문화가 어떻게 해서 15년 이상씩이나 중앙 무대에서 마이크를 독점하고 있을 수 있단 말인가. 시가 주문(呪文) 대신으로 씨족이나 부락공동체의 정신적 주인 역을 맡아가고 있는 시대도 있었다. 그러한 사회에서의 시는 정치·종교·예술의 종합적 현현체로서 민중 앞에 빛났었을 것이다. 인류 문화의 위대했던 여명기에 우리는 이러한 시인의 왕국을 가졌었다. 성서나 불공(佛供) 또는 기타 제종(諸種)의 우수한 예언서 속의 언어들(나는 그것을 시라고 믿고 있다)은 지금까지도 2천년 전의 그 향기 높은 예술적·마술적 영향력으로 동서의 많은 문명 민중에게 짙은 구원의 그림자를 던져주고 있다. 오늘의 시인들은 정치는 정치 전문 기능자에게, 종교는 종교 전문인 목사에게, 사상은 직업 교수에게 위임해버리고 자기들은 단어 상자나 쏟아놓고 원고지 앞에 앉아 안이한 삼류 서정쯤 노닥거리면 된다고 생각하고 있는 것이다. 민중 속에서 흙탕물을 마시고, 민중 속에서 서러움을 숨쉬고, 민중 속에서 민중의 정열과 지성을 직조(織造)·구제할 수 있는 민족의 예언자, 백성의 시인이 정치 브로커, 경제 농간자, 부패 문화 배설자들에 대신하여 조국 심성(心性)의 본질적 전열(前列)에 나서 차근차근한 발언을 해야 할 시기가 이미 오래전에 우리 앞에 익어 있었던 것이다.

(『조선일보』1961년 3월 30~31일)

시와 사상성

기교 비평에의 충언

　어제오늘에 일어난 일은 아니지만 요새 시평(詩評)들을 보면 거의가 시단은 '불황'이요, '저조'요, '침체'다. 이런 말거리들은 10여 년래의 관용어가 아니었던가 한다. 그럼에도 불구하고 매달 30~40편씩의 시가 발표되고 있고, 1년이면 3백~4백 편, 그리고 새로운 이름들은 나날이 늘어만 가고 있다.

　그러는 동안에 어느덧 전후적(戰後的) 혼란은 가시어져가고 있고, 시단은 동인지(성격은 좌우간에)로 활기를 띠기 시작했고, 새로운 장르(시극 같은)를 모색하는 운동은 움트기 시작했고, 시인들은 한국의 영토를 점차 반성의 발걸음으로 채워가려 노력하고 있는 것이다. 그리고 좋은 작품들, 놀랄 만한 좋은 작품들은 사실 하나둘 나타나고 있는 것이다.

　그러면 그분들은 어디를 보기에, 그리고 어떠한 눈으로 보기에 한국 시단은 항시 '불경기'요 '저미(低迷)'란 말인가. 과연 코리아적 곡식이 심어진 의욕 찬 평야를 눈여겨보고 하는 소리들인가.

서구적 빌딩 위의 협소한 하늘만을 보며 건성으로 중얼거려보는 잡담들은 아닌가. 그리고 과연 그분들은 시의 정신이 곧 인류 정신이라는 사실을 자각하면서 살아가고 있는 사람들인가.

시를 '솜씨' 또는 '손재주'라고 오해하고 있는 것들은 아닐까. 그러나 이런 이야기는 물론 직업적 비평가들에게만 주어져야 할 이야기는 아니다. 그것은 한국 시단 20년래의 유행이었었으니까. 구미풍 의상학에 열중한 나머지 제 육신의 성장에 신경을 쓰지 않았던 것이다.

대전 후 한국의 교육이 영수학관식(英數學館式) 교육이었다는 것은 다 아는 사실이다. 인격의 도야 대신 영자(英字) 암기가, 교육 내용 대신 교육의 형식이 단연 우위에 놓여져왔다.

이 비근한 일례는 그대로 8·15 후의 우리 문화 전반에 특히, 시의 경우에 어떤 시사성을 던져주고 있다. 달러 원조와의 상관성에서 양성되어진 비교적 현학적인 식자층(시인이 아니라)들이 시의 중앙 시장에 도사리고 앉아 단어 상자를 쏟아놓고 기법 연구에 몰두하고 있다. 물론 그분들이 사용하고 있는 척도는 이조 5백년 한학자들이 백낙천·두보의 기류(技流)를 빌려다 잣대로 삼았었듯이, 오늘의 그분들은 릴케·엘리엇 등등의 조사법(措辭法)을 지존한 잣대로 삼고 있다.

그분들은 지면이 있을 때마다 그 외국 시인·외국 비평가들의 이름을 신주처럼 모셔들고 나온다. 그리고 말마다 외래어투성이다. 그건 마치 변두리 소공장에서 나오는 껌이나 비누일수록 포장 상표는 순 영어인 것이 15~16년래의 습속이었듯이. 그러면 시의 정신은 어디서 찾을 것인가. 시의 사상성, 그것이 가지는 인류 정신에의 원초적 구심점은 어디서 찾을 것인가.

18년의 방종은 너무 길었다. 한국 근대화기의 새벽에 춘원·육당 등은 어찌하여 '민족문학'을 들고 나오지 않으면 아니 되었었던가를 생각해봐야 할 그런 지경에 오늘 우리의 문학은 이르고 있는 것이다.

얼마 전 유능한 시인과 한 평론가와의 사이에 논전(論戰)이 벌어졌을 때, 그 논전이 이념·사상의 영역으로 발전하지 못하고 지엽 문제, 특히 어휘 트집, 단자(單字) 경쟁으로 떨어져버리는 것을 보고, 우리는 거기에 한국 문학의 슬픈 현실의 얼굴을 볼 수 있었던 것이다.

무자각한 사대적 비평가 및 천박한 기교 비평가들은 그만 입을 다물거나 아니면 탈피의 아픔을 치러야 할 때다. 구미풍 일색으로 칠해진 재즈층(層) 하늘에 오곡이 무르익을 까닭이 없다. 우리의 검은 땅을, 그리고 그 평야에서 '인간 정신'을 찾으려고 노력하라.

(『동아일보』 1963년 12월 11일)

7월의 문단
공예품 같은 현대시

　시가 생활에서 멀어졌다고 흔히들 말하지만, 그래도 현대인의 구심(求心)은 여전히 시의 세계를 동경하고 있다. 가계부, 포장되어가는 도로, 물가 앙등, 맹목 기능자적 과학의 진보 등에 아무리 매달려봐야 거기 인간의 궁극적 내면은 부상(浮象)되지 않는다. 시는 늘, 가장 원초적이며 본질적인 인생의 핵에 의미를 부여한다. 그래서 훌륭한 시인이란 그 사고 속에 가로막힌 장벽이 없는 정신인(精神人)을 말한다. 그는 석간에서 읽은 세계의 표정이나 사회면 기사를 호흡하되 목구멍으로가 아니라 가슴·아랫배, 더 깊숙이 내려가서 발끝으로까지 빨아들였다가 그 가운데서 연민과 기쁨과 진실을 읽고 또 노래한다.

　김수영씨의 「꽃잎」(『현대문학』)을 읽으면서 한국의 하늘 아래 맑게 틔어 올라간 한그루의 정신인을 보았다. 그의 마음의 창문은 따로 있는 게 아니라 온몸 전체가 그대로 삼베 적삼처럼 시원스럽게 열려 있는 소통로이다. 꽃잎이 들어와선 바람이 되고 모터 소리가 들어와선 향기가 되고 깡통 조각이 들어와선 물결이 되어 나간다. 가로막는 장벽이 없다. 청계천을 흐르는 오물도, 주림도, 적(敵)도, 국경도, 쇠뭉치도 들어와선 물결로, 바람결로 녹아서 흘러 나간다. 깊고 높은 진폭은 우리들을 놀라게 하고 가슴 트이게 만든다. 그 깊이와 무게에 있어서 많이 다르긴 하지만, 황명걸씨의 「딱한 친구」(『동서춘추』), 황금찬씨의 「5월의 나무」(『동서춘추』)도 또한 우리들의 심혼(心魂)을 흔들어주고 간다.

아랫배 근처가 아니면 가슴 근처가 막혀 있는 시인들이 있다. 고추장은 좋지만 버터는 받아들이지 않는다. 또는 기독교는 좋지만 불교는 받아들이지 않는다는 등등. "그러나 그 장벽을 스스로 무너뜨리는 혁명을 치르지 않는 한 그 시인의 소승성(小乘性)은 거기 굳어버린다." 이들은 대개 영탄조의 회고 취미에 빠져 있다.

손끝과 앞이마로 시를 조작하고 있는 사람들이 있다. 브로치 상점 옆에 상업 간판을 내건 시업가(詩業家). 7월 시 30여편을 읽으면서 소위 '현대시'를 권장해온 전후 20년간의 모모 시인들의 편벽된 과오가 퍽 큼을 다시 한번 실감했다. 모두는 아니지만, 그들은 책상 위에 단어 상자를 쏟아놓고 색감을 찾아 이놈 저놈 핀셋으로 주워다가 원고지 위에 배열한다. 앞이마와 손끝과 핀셋으로 마치 가내수공업가가 브로치를 만들어내듯.

우리들은 정신을 찾아 각고의 길을 헤매야 한다.

시에서의 피나는 노력과 고심이란 흔히 잘못 알고 있는 것처럼 기교나 수사법을 두고 이르는 말이 아니다. 그것은 높은 경지에 이르려는 정신인의 구도적 자세를 말하는 것이다.

수운(水雲)이 삼천리를 10여년간 걸으면서 농노의 땅, 노예의 조국을 본 것처럼, 석가가 인도의 땅을 헤매면서 영원의 연민을 본 것처럼, 그리스도가, 그리고 성서를 쓴 그의 제자들이 지중해 연안을 헤매면서 인간의 구원을 기구(祈求)한 것처럼 오늘의 시인들은 오늘의 강산을 헤매면서 오늘의 내면을 직관해야 한다.

자기에의 내찰(內察), 이웃에의 연민, 공동 언어를 쓰고 있는 조국에의 대승적 관심, 나아가서 태양의 아들로서의 인류에의 연민을 실감해봄이 없이 시인의 나무는 자라지 않는다.

(『중앙일보』 1967년 7월 19일)

8월의 문단

낯선 외래어의 작희(作戲)

15일은 강산이 분단된 지 만 25년이 되는 날이다. 분단되기 전 30여년간 서울의 시가는 일본어 간판으로 장식되어 있었다. 분단 후 오늘까지 22년간 서울의 상품은 알파벳으로 장식되어 팔리고 있다. 해방 전 한국의 시인들은 행이었을까, 불행이었을까, 식민지 백성임을 자각하면서 살았다.

그들은 일본 사람들과 싸우다 투옥되었거나, 산간벽지로 유랑하면서 풍월을 노래했거나, 아니면 주어진 상황에 안일하면서 비지 먹은 돼지처럼 국민가요나 작사하고 있었다.

오늘 우리들은 백 달러밖에 안 되는 국민소득 주머니로 국민소득 사천오백 달러인 미국 사람들과 똑같은 양복, 똑같은 구두, 똑같은 텔레비전 프로를 즐기려 눈물겹게 안간힘하고 있다.

우리 시인들은 조국의 위치에 대한 상황 의식 없이 마치 홍수에 떠내려가는 거품처럼 맹목 기능자가 되어 사치스런 언어의 유희만 흉내내고 있다.

영문학 숭상의 비평가나 시인들은 지난 22년간 기회 있을 때마다 모든 지면을 총동원하여 구미식 잣대로 한국 문학을 재단하려 했었다. 영국의 아무개 시인, 프랑스의 아무개 비평가, 미국의 아무개씨 등의 글 구절들을 신주 모시듯 인용하면서.

그들의 공이었을까, 오늘 한국 시의 불모(不毛)는.

성 프란시스, 미켈란젤로, 릴케…… 이달에 발표된 어느 시인의 20행도 안 되는 작품에서 추려본 어휘들이다.

뿌리는 어디 갔을까. 미사여구 나불거리는 혀만 남고.

조유경씨의 「신농부가」(『신동아』)를 읽으면 그런대로 이달엔 농촌에 눈을 돌리려는 시인이 있음을 발견하고 기뻐진다.

오늘의 우리 시들은 어쩌면 그렇게 한결같이 도시적이고 소비적이고 장식용품스럽고 응용미술 아니면 재즈 음악인가.

인간의 원초적인 시 정신은 어디 갔을까. 인간의 처음이자 마지막인 그 혜안은 어디 갔을까.

그 '말씀'은, 그 반도의 슬기는, 그 반도의 가슴은 어디 갔을까. 그 반도의 배짱은 어디 갔을까.

22년간 원조물자의 범람 때문에 진정한 시인의 뿌리내릴 토양은 멀리 차단되고 있었단 말일까.

다방이나 대학 연구실이나 중앙 도시의 빌딩만이 우리 조국의 현실일 수는 없다. 총인구 가운데 7할을 차지하고 있는 굶주리고 헐벗고 학대받고 있는 농어촌은 그럼 누구의 현실이란 말인가.

22년간의 원조물자와 언어 세공업자들의 맹목적인 노력의 퇴비를 밑바닥에 충분히 썩혀서 자양분으로 흡수할 수 있는 자만이 다음날 위대한 정신인의 영광을 차지할 수 있으리라.

(『중앙일보』 1967년 8월)

9월의 문단
확 트인 이야기로 빛을 본 모국어들

　지하에 묻혔다가 열엿새 만에 살아 나온 한 광부의 이야기가 우리들에게 큰 감동을 주듯, 박재삼씨의 「고향 소식」(『세대』 9월호)을 읽으면 그 시 속에 흐르는 한 시인의 따스한 진정과 체온이 우리를 감동시킨다.

　설탕만 마시던 입안에 고추 양념, 버무린 소금기를 집어넣었을 때 우리들의 혀가 번쩍 깨어나듯 황명걸씨의 「세븐 데이스 인 어 위크」(『세대』)나 김대규씨의 「양지동 946번지」(시집), 「아카바 만 통신」(『시와 시론』 11)을 읽으면 그 시 속에 흐르는 폭로된 진실이 우리의 깊숙한 내면 안창을 긁어준다.

　한라산 정상에 올라 시로미밭을 밟고 서서 우러러보던 밤하늘, 그 시퍼런 우주 속에서 불어오던 바람의 물결을 마시면서 우리들의 무릎 아래가 뉘우쳐지고 그 순간 영원으로 팽창해감을 느꼈듯, 김수영씨의 「여름밤」(『세대』)을 읽으면 그 시 속에 흐르는 예지와 뛰어난 감성의 숨결이 우리들에게 영원과 허무와 종교적인 경건을 느끼게 한다.

하나는 소월이 부활한 것 같은 향토적인 인정 속에서 샘솟는 감동, 다음 하나는 직물적(直物的)인 폭로, 그리고 마지막 것은 저항과 구도(求道) 위에 세워지는 초탈자(超脫者)의 정신 자세.

자신의 흥이나 감동도 없이 손끝이나 이마로 조각되어지는 '이야기 없는 시', 수공예품이나 브로치가 범람하는 오늘 이러한 가슴에서 샘솟아오는 속이 튄 이야기가 있는 시편들을 대할 수 있었다는 건 우리 모국어의 행운이라고 보아야 할까? 그렇다.

그러나 우리들은 당장 극복해야 할 많은 문제, 후진성들을 가진 채 오늘을 또 넘기고 있다. 가령 얼마 전 모 신문사에서 신시 60년 기념 특집으로 40명의 대표 시인을 선정하여 역사 속에 던졌다. 시인이 돼지가 아니고 진딧물 같은 맹목 기능자가 아닌 이상 역사 앞에서 엄숙해야 하며, 모국어의 얼굴 하나하나 앞에서 가슴을 털어놓을 줄 알아야 한다. 스스로 만들어놓은 터부를 왜 스스로의 손으로 깨뜨리지 못하고 있는가.

시인이나 편집자들은 이제 그만 스스로 만들어놓은 터부를 깨뜨릴 줄 알아야 한다. 그것이 곧 근대화 작업이다. 불쌍한 바지저고리끼리 외면하고 묵살하고 있는 동안에 우리가 기둥이라고 믿고 있는 큰 나라들은 저희끼리 공공연하게 통상도 하고 연구도 하고 교류도 하고 있지 않은가.

며칠 전 미국 상원 군사 전문위원 모씨는 이다음 전쟁 후보지로 또다시 한국이 유망시된다고 말했다. 그리고 그는 덧붙이길 "이번 한국에서 전쟁이 일어나면 그땐 핵전쟁을 회피할 길이 없을 것이다"라고 말했다. 나는 요새 거리를 걸으면서 사람들의 얼굴을 유심히 들여다보았다. 한국말을 쓰는 누구의 얼굴에서도 싸우고 싶어하는 얼굴, 핵전쟁을 이 땅에서 지니고 싶어하는 얼굴 빛을 발견할 수가 없었다.

　무서운 이야기다. 이러한 상황 속에서 진정한 슬기, 진정한 시인이 있다면 '말씀'해야 된다. 피맺힌 언어로, 아니면 창자 터지는 노래로.

(『중앙일보』1967년 9월 19일)

지맥(地脈) 속의 분수

한반도 위에 그 긴 두 다리를 버티고 우뚝 서서 외로이 주문을
외고 있던 천재 시인 김수영. 그의 육성이 왕성하게 울려 퍼지던
1950년대부터 1968년 6월까지의 근 20년간, 아시아의 한반도는
오직 그의 목소리에 의해 쓸쓸함을 면할 수 있었다. 그는 말장난
을 미워했다. 말장난은 부패한 소비성 문화 위에 기생하는 기생
벌레라고 생각했다. 그는 기존 질서에 아첨하는 문화를 꾸짖었
다. 창조만이 본질이라고 굳게 믿었다. 그래서 육성으로, 아랫배
에서부터 울려 나오는 그 거칠고 육중한 육성으로, 피와 살을 내
갈겼다. 그의 육성이 묻어 떨어지는 곳에 사상의 꽃이 피었다. 예
지의 칼날이 번득였다. 그리고 태백(太白)의 지맥 속에서 솟는 싱
싱한 분수가 무지개를 그었다.

정말로 순수한 것, 정말로 민족적인 것, 정말로 인간적인 소리
를 싫어하는 구미적(歐美的) 코카콜라 상품주의의 촉수들이 그이
를 미워하고 공격했다. 그날 밤 그 좌석버스의 눈이 먼 톱니바퀴

처럼 역시 눈이 먼 관료적인 보수주의의 톱니바퀴가 그를 길바닥에 쓰러뜨렸다. 그가 어느날 대폿집에서 한 말을 잊지 못한다.

"신형, 사실 말이지 문학하는 우리들이 궁극적으로 무슨무슨 주의의 노예가 될 순 없는 게 아니겠소?"

그러나 그의 커다란, 사슴보다도 천배 만배 순하디순한 눈동자를, 기계문명의 부속품들은 궁지로 몰아넣으려 했다.

한반도는 오직 한 사람밖에 없는, 어두운 시대의 위대한 증인을 잃었다. 그의 죽음은 민족의 손실, 이 손실은 서양의 어느 일개 대통령 입후보자의 죽음보다도 앞서 5천만배는 더 가슴 아픈 손실로 기록되어야 할 것이다. 그러나 시인 김수영은 죽지 않았다. 위대한 민족시인의 영광이 그의 무덤 위에 빛날 날이 멀지 않았음을 민족의 알맹이들은 다 알고 있다.

（『한국일보』 1968년 6월 20일）

시인·가인(歌人)·시업가(詩業家)
오늘의 작가 상황·시

몇년 전 나는 모 지상(紙上)에서 오늘의 한국 시단을 조감하면서 그 경향을 다섯가지 색깔로 분류해본 적이 있었다.

즉 향토시인들, 도시감각파들, 언어세공파들, 시정(市井)시인들, 참여시인들.

바람 따스한 이조(李朝)의 정자 밑으로, 신라·백제의 논밭으로, 그리고 외래 침략자들의 횡포 밑의 전원 아래로 면면히 깔려, 그 향토적이고도 재래적인 자세로 토착적 인생을 생리(生理)해가고 있는 일군의 식물성 시인들.

이분들은 한국 풍토의 규범적인 선비들로서 그 많은 사회적 소용돌이 속에서도 조금도 변하지 않고 오늘까지 예술지상주의적 변두리에서 그 사슴 같은 순수 감성을 추구하여 살아왔다. 지금도 농촌에 가면 갓 쓴 할아버지들이 긴 장죽을 물고 봄·가을 유우(儒友)들을 찾아다니며 풍월을 읊조린다. 그들의 언어 속에는 한국의 드높은 하늘, 그 투명한 바람과 같은 정서가 깃들어 있다.

그러나 왕조적인 이조사회에 풍월을 영탄하는 양반문학과 압제에 항거한 서민문학이 상립(相立)해왔었음을 상기하면서, 오늘 이분들이 처한 역사적·사회적 위치를 고려해본다면 우리들은 여기에서 어떤 교훈을 받을 수도 있을 것이다.

향토시인들이 이렇게 전원의 아취 속에서 산수(山水)의 변경을 소요하고 있을 때, 거기 반발하며 약간 금속성이 섞인 언어를 가지고 머리를 들기 시작한 일군의 시인들, 이게 바로 도시감각파다.

왕조사회에서 상층 지식계급이 왕가적(王家的)인 언어와 감성으로 풍월에의 율조를 가야금 뜯고 있을 때, 현대사회에서의 상층 지식인들은 도시적인 언어와 구미적(歐美的)인 기교로 유리 그릇을 닦고 있었다.

언어세공파들은 책상 위에 단어 상자를 쏟아놓고 거기에서 핀셋으로 마음에 드는 빛깔의 낱말들을 골라 원고지 위에 나열한다.

이분들은 그 정신적 고향을 대학 실험실 속에 소속시키고 있다. 좀 이상한 비유가 될지 모르지만, 이분들은 구두장이가 구두 부속품을 만들고 브로치 상인이 브로치를 만들어 팔듯이 단어를 화구(畫具) 재료로 삼아 도시 백화점 문화를 장식해주고 있는 사람들이다.

이분들은 시에서 문맥적인 의미를 완전히 거세시킨다. 수년 전부터 자주 논란되었던 현대시의 난해성을, 그 현대성을 구성하는 주요 불가결한 여건처럼 옹호해온 것이 바로 이분들과 앞에서 말한 도시감각파들이었다는 것을 우리들은 기억하고 있다.

그리고 한편 시작(詩作)에 '지적(知的)' 참여를 주창한 사람들도 바로 이분들이었는데, 이분들이 말하고 있는 '지적'이라고 하는 말은, 역사를 투시하고 사물의 본질을 파헤치려는 눈으로서의 지성이 아니라 다만 언어 세공을 노닥거리는 데 있어서의 기교상의 손재주·눈재주를 의미하고 있었던 것이다.

시정시인들은 유리 그릇 닦기나 낱말 주워 맞추기와 같은 손재주꾼들이 아니라 육성의 시인들이라는 점에서 향토시인들과 그 체온을 같이한다.

향토시인들이 전원의 학이나 달을 목가적인 목소리로 노래하고 있었다면, 시정시인들은 현대 상업도시의 급격한 비대로 말미암아 도시로 흡수되어오는 농어촌 아가씨들의 애환, 그 애환에 후광 입은 검은 도시의 하수도와 월급봉투의 서정을 상공업어(商工業語)적인 목소리로 노래한다.

참여시인들. 이분들은 시는 '기교'가 아니라고 주장한다. 그렇다고 서정만도 아니라고 얘기한다.

시는 자아와 세계에의 개안(開眼)이며, 자아와 이웃에의 애정이며, 그 성실성의 결정이라고 한다.

이상 다섯가지의 색깔로 오늘의 한국 시단을 개관해보았다. 그러나 이러한 조감도는 결코 고정되어 있는 그림도 아니며 또 절대적인 것도 아니다. 살아 있는 현실이란 늘 꿈틀거려 흘러가며 변동하고 있으니까, 그리고 보는 이의 눈에 따라서 세상은 한가지 색으로도 5백가지 색으로도 보이는 법이니까.

그래서 이번엔 나는 그 또 한가지의 눈으로 오늘의 한국시의 정신구조를 들여다보고자 한다. 그 또 한가지의 눈에 비친 한국시는 세가지 계층으로 유별(類別)되었다. (물론 이러한 작업은 나 자신의 정서의 반성과 구도 자세를 위해서만 소용되는 것이겠지만.)

시업가들과 가인들과 시인

여기서 '시인(詩人)'이라고 말할 때의 '인(人)' 자는 특별한 뜻을 가지고 있다.

돈벌이와 관계있는 소위 '쟁이'들의 직업 명사 끝엔 '가(家)'나 '사(師)'가 붙는다.

이발사·구두수선가·요리사·의사·초상화가·성악가·소설가·철학가 등등 이루 헤아릴 수 없을 정도로 많다.

그러나 유독 시인만은 시업가(詩業家)라고 부르지 않고 '인' 자를 붙여준다. 그리고 그 옆에 '철인(哲人)'이 역시 '인' 자를 달고 훨훨 소요하고 있다.

시인과 철인. 무슨 업가(業家)가 아닌 시인과 철인들은 과연 무엇을 천부(天賦)받고 태어난 사람들일까.

철인은 인생과 세계의 본질을 그 맑은 예지로 통찰하고 비판하는 사람이다.

시인은 인생과 세계의 본질을 그 맑은 예지만으로써가 아니라 다스운 감성으로 통찰하여 언어로 승화시키는 사람이다

오늘의 문명의 특징을 한마디로 표현하자면 '분업'일 것이다.

설교는 목사가, 성가는 성가대가, 성서는 전문 연구가가 떠맡아가고 있다. 한 사람의 인체에도 이미 수백명의 분업 의사가 엉겨붙어 제가끔 눈·코·귀·아랫배·윗배 가운데 한가지씩만을 떼어가지고 달아났다. 세상은 맹목 기능업의 세계로 화하고 말았다. 머지않아 손톱·발톱 미장 전문의가 새로 나타나도 아무도 놀라지 않을 세상이 되었다.

철학 교수는 있어도 철인은 없다. 시업가는 있어도 시인은 드

물다.

상업문화, 물질 만능의 도시문화 속에서 시인스런 소성(素性)을 가진 사람들이 자기도 모르는 사이에 현란한 영업간판들에 매료되어 수공예품 상점 옆에다 '시업' 간판을 붙여놓았다.

그리하여 이웃 가게 사람들이 손끝으로 인형·도자기들을 만들어내고 있는 것과 같이, 그들은 언어를 재료로 하여 손끝으로 언어 상품을 만들어내고 있다.

이러한 경우 그들은 '시인'이 아니라 '시업가'인 것이다.

가인(歌人)들의 세계가 있다. 이들에게는 '인' 자를 붙여주는 것이 마땅하리라. 왜냐하면 그들은 근대 상업자본주의가 전성기를 이루기 전의 이조(李朝) 전원 속에다 그 정신적 소요의 뿌리를 늘이고 있을 것이기 때문에.

가인들은 노래한다. 두뇌의 참여를 거부하고 그 부드러운 가슴만으로 노래한다. 손끝 재주를 부리거나 기구망신스런 흉내를 내려고 하거나 단어 상자를 쏟거나 하지 않는다.

그러나 '보는 눈'이 없다. 세계의 본질을 통찰하는 눈. 그리하여 자아를 갈아엎는 부단한 수도자의 자세.

노래는 있어도 참여, 즉 자기와 이웃에의 인간적인 애정, 성실성이 결여되어 있다.

이러한 것들을 우리는 '시인'에게 기대해본다.

시가 주문(呪文) 대신으로 씨족이나 부락공동체의 정신적 주인 역을 맡아가고 있던 시대도 있었다. 그러한 사회에서의 시는 정치·종교·과학의 종합적 현현체로서 민중 앞에 빛났을 것이다. 인류 문화의 위대했던 여명기에 우리는 이러한 시인의 왕국을 가졌었다. 성서나 불경, 수운의 『동경대전(東經大典)』 또는 기타 여러

가지의 예언서 속의 언어들(나는 그것을 시라고 믿고 있다)은 지금까지도 2천여년 전의 그 향기 높은 예술적·학술적 영향력으로 동서의 많은 문명 민중에게 짙은 구원의 그림자를 던져주고 있다.

오늘의 시인들은 정치는 정치 맹목 기능자에게, 종교는 종교 전문 기능자에게, 사상은 직업교수에게 위임해버리고 자기들은 단어 상자나 쏟아놓고 앉아서 핀셋 장난이나 하려 하고 있는 것이다.

자기와 이웃과 세계, 그 인간의 구원의 역사밭을 갈아엎어 우리들의 내질(內質)을 통찰하여 그 영원의 하늘을, 그 영원의 평화를 슬프게 그리고 있는 것이다.

(『대학신문』 1967년 3월 24일)

선우휘씨의 홍두깨

석가와 한 사람의 시인이 세상을 주유하고 있었다.

어느날, 월남 땅을 지나다, 얼굴이 앳된 한 미국 병사의 주검과 그리고 그 옆에 나란히 누워 있는 한 여자 베트콩의 주검을 보았다.

석가와 시인은 가던 길을 멈추고 서서 그 자리에 무릎을 꿇었다. 그리고 두 손을 합장하고 앉아 그 두 주검의 이마 위에 명복의 기도와 눈물을 쏟았다. 그리고 그들은 일어나 길을 떠났다.

국민학교 학생과 수사관이 지나가다 이 광경을 보았다. 그리고 그들은 제가끔 자기 선생님과 자기 상관에로 달려간 것이다. 빨리 일러야 한다고 생각하며.

"선생님, 저기 베트콩의 주검을 보고 눈물을 흘리는 사람이 있어요, 수상해요." 또는 "상관님, 저기 미국 병사의 주검을 보고 서럽게 우는 놈이 있어요, 틀림없이 백색인 것 같아요!"

오늘, 우리의 현실 속에 뿌리박고 서서 우리의 존재를 아파하며 괴로워하며 슬퍼하다 돌아간 한그루의 불굴의 정신, 영원히 끝날 줄 모르는 구도 자세의 시인이 있었다.

그는 문학은 선우휘씨가 주장하는 바와 같은 '고급의 장난'은 결코 아니라고 말했다. 그는 문학을 '애정'의 수단이요 그 본질이라고 보았다. 인간성에의 애정, 자기 이웃에 대한 애정, 그리고 현상과 그 내면에게로 쏟는 굽힐 줄 모르는 성실성.

자기와 자기 이웃에 쏟는 이 굽힐 줄 모르는 작가로서의 성실성이 그분에 의해 '참여'라는 말로 표현되어졌다.

그러자, '참여'라는 낱말은 싸르트르의 어휘이며 싸르트르의 참여는 색깔이 수상한 어휘이니 그 말을 쓸 테면 알아서 쓰라는, 아닌 밤중에 홍두깨 같은 공갈이 문단에 뛰어들었다. 관료적인 냄새, 코카콜라 상품적인 냄새가 물씬 나는 폭력이었다.

드디어 논쟁이 시작되었다. 그러나 문학의 본질을 '애정' '연민'이라고 생각하는 사람과 고급의 '장난'이라고 생각하는 사람들 사이에 대화의 광장이 형성되어질 리가 처음부터 없었다. 과연 '장난'은 장난을 낳아 미리 얻어맞게 만들어놓은 상대편의 글과 때리고 있는 자기 쪽의 글을 나란히 실어 내보내면서, 이걸로 시합은 끝내겠다고 선언함으로써 그 일간지의 편집자는 다시 한번 비신사적인 비열성을 과시했다.

세계문화자유회의에서부터 머리를 쳐들기 시작했던 그 폭력은 드디어 지난달 『아세아』 창간호에 실린 선우휘씨의 글 「현실과 지식인」에 의해 그 보기 흉한 꼴을 적나라하게 세상에 노정시켜놓고 말았다. 이제 가리어진 데라곤 아무데도 없다. 치부까지 드러내놓고 정신인들의 마을에 뛰어든 그의 손엔 몽둥이가 쥐어져 있다.

부끄러운 이야기다.

선우씨에 의하면 이 땅에선 서러워하는 것도 죄가 된다. 시인이 구원의 피안, 그 내일을 동경해도 반국가죄가 될 우려가 있다. 네가 노래하는 내일이란 언제를 뜻하고 있는 거냐고 협박한다. 코카콜라 상품주의라는 말로 구미 문명을 비유해도 죄가 된다. 코카콜라라는 말이 아니라 사실은 다른 말로 표현하고 싶었던 게 아니냐고 생트집을 잡고 대어든다. 그리고 그의 주변에 모여 있는 한두 사람만 빼놓곤 아무도 믿어줄 사람이 없는 희한한 신학설을 들고 나온다. 즉, 모든 '진보'는 전체주의 혁명 사상을 긍정하는 통로로 직결된다고.

몰라서일까?

아니면, 알면서도 자기 비위에 맞지 않기 때문에 단순히 중상(中傷)해보려고?

첫째번의 경우, 즉 몰라서라면 공부를 해야 한다.

세상은, 특히 관리들이나 장사꾼들의 세상이 아닌 창조자들의 세상은 단차원이나 2차원의 세계가 아니라는 사실을 알아야 한다. 선우씨의 눈으로 보면 세계는 백색이거나 적색이거나의 2색으로만 보이는 모양인데, 무지개의 빛깔만 보아도 일곱가지 이상의 색깔이 있다는 것을 알아야 한다. 자유주의 사회 속에서 사는 작가가 자기 현실에 불만을 느낀다는 것이, 어째서 그것이 바로 전체주의를 긍정하기 위한 수단이라고 해석되어져야 한단 말인가.

적백(赤白) 노이로제에 걸려 있는 사람 같다. 유치하리만큼 정치주의적이다. 작가의 편에 서서 작가 정신으로 많은 세계 현상 가운데 사소한 하나의 현상에 지나지 않는 정치적 표정을 요리해보려는 게 아니라, 반대로 정치학적인 편에 서서, 그것도 2차원적인 2색의 올가미만 신주처럼 모셔 받들고 나와서 작가들의 자유로운 정신적 꽃밭을 협박하려 하고 있다.

문학은 괴로움이다. 인류란 영원한 평화, 영원한 사랑, 그 보리수나무 언덕 밑의 찬란한 열반의 꽃밭을 향하여 다리 절름거리며 묵묵히 걸어가는 수도자의 아픈 괴로움이다.

인간의 내면을 괴로워하고 부단히 차원 높은 그 정신적 가치를 창조해가려 안간힘하고 있는 작가·시인들의 내면세계는, 국민학교 2학년 식의 사고방법, 적이냐 백이냐 식의 2차원적 사고방법을 저 발밑에 깔아뭉개고 벗어나서, 4차원·5차원, 아니 무한차원의 세계 속을 높이 주유하려 하고 있다는 사실을 우선 배워야 한다.

시인은, 아니 창조자는 영원한 자유주의자이다. 그는 영원한 불만자요 영원한 부정주의자이다.

이러한 것을 대강 알고는 있으면서도 딴 뜻에서 트집 잡아보려는 것이라면 그건 더욱 서글픈 일이다.

이조 당쟁사에서 우리들은 수없는 우리 조상들의 불쌍한 얼굴을 읽었다. 가만히 앉아 있으면 심심하니까, 또는 자기 벼슬자리를 더욱 공고히 다지기 위해서 가상 적을 조작한다. 그리고 관가에 가서 무고해 바친다. 아무개가 어제 땅을 치며 통곡하는데, "망할 놈의 세상, 망할 놈의 세상!" 하는 걸 보니 그자가 필시 성은을 업신여기는 반역자일시 분명하다고.

그러한 우(愚)를 오늘 또다시 이 땅에 재연시켜보겠다는 배짱일까?

그렇다면 이건 중대한 의미를 지닌 사건으로서 이 땅의 문학사, 아니 문화사에 기록되어 남겨져야 할 것이다. 해방 후 20여 년 동안의 자유로웠던 작가·시인들의 무대 속에 갑자기 몽둥이를 들고 뛰어든 정치 촉수적 테러리즘. 작가의 자유를 협박하려는 폭력의 등장. 이것이야말로 오히려 전체주의적인 행위와 일맥상통한다는 인상을 주는 까닭은 무엇일까?

지성인들의 논쟁은 지성적인 논쟁에서 시작하여 지성적인 논쟁으로 끝내야 한다. 자기가 궁색한 입장에 몰렸다고 하여 금세 무슨 법 조항을 들고 나와 상대방을 궁지에 몰아넣어보려고 논리를 비약시켜가면서 무고를 일삼는다는 것은 아무리 좋게 해석하려 해도 예술가의 행위라곤 도저히 인정할 수가 없다·

다시 한번 말하거니와 문학은 수도하는 사람들의 것이다. 그것은 영원한 괴로움이요, 영원한 부정이요, 영원한 모색이다.

안이하게, 세계를 두가지 색깔의 정체(政體) 싸움으로밖에 인식하지 못하는 군사학적·맹목기능학적 고장난 기계하곤 전혀 인연이 먼 연민과 애정의 세계인 것이다.

(『월간문학』 1969년 4월)

신저항시운동의 가능성

　지금은 싸우는 시대다. 언어가 민족의 꽃이며 그 민족의 공동체적 상황을 역사 감각으로 감수(感受)받은 언어가 즉 시라고 할 때, 오늘처럼 조국과 민족이, 그리고 인간이 굶주리고 학대받고 외침(外侵)되어 울부짖고 있을 때, 어떻게 해서 찡그림 속의 살 아픈 언어가 아니 나올 수 있을 것인가.

　어느 것 하나 건드리면 아픈 우리의 살이 아닌 것이 없다. 그러나 예술엔 때가 있다. 우리의 반성은 너무 늦어져가고 있다. 이조적(李朝的) 양반의 연장인 영탄 문화와 구미 식민자본 세력의 앞잡이에 묻어 들어온 명동 사치품 문화가 어떻게 해 수십년간이나 중앙 무대에서 마이크를 독점하고 있을 수 있단 말인가.
　민중 속에서 흙탕물을 마시고 민중 속에서 서러움을 숨쉬고 — 민중의 정열과 지성을 조직·구제할 수 있는 민족의 예언자, 백성의 시인이 정치 브로커, 경제 농간자, 부패문화 배설자들에 대신하여 조국 심성(心性)의 본질적 전열(前列)에 나서서 차근차근한 발언을 할 시기가 이미 오래전에 우리 앞에 익어 있었던 것이다.

우리들의 발언은 천만길 대지로 쏟아져 돌아가기 위한 미미한 몸부림인지도 모를 일이다.

시인은 선지자이어야 하며 우주 지인이어야 하며, 인류 발전의 선창자가 되어야 할 것이다.

이미 쌓여져가고 있는 축대 위에 돌멩이 하나 보태주고 간다는 것, 그리고 이미 이루어진 고목 위에 따라 올라가 많은 동류와 함께 귀뚜라미의 노래에 협주해본다는 것, 이런 일들은 모두 순리로운 일일 것임에 틀림없다.

그러나 새로운 우리 이야기를 새로운 대지 위에 뿌리박고 새로운 우리의 생각을, 새로운 우리의 사상을, 새로운 우리의 수목을 가꿔가려 할 때, 세상에 즐비한 잡담들의 살림은, 그리고 생경하고 낯선 토양은 우리의 작업을 기계적으로 방해할 것이다.

황량한 대지 위에 우리의 터전을 마련하고 우리의 우리스런 정신을 영위하기 위해선 모든 이미 이뤄진 왕국·성주·문명탑 등의 쏘아 붓는 습속적인 화살밭을 벗어나 우리의 어제까지의 의상·선입견·인습을 훌훌히 벗어던진 새빨간 알몸으로 돌아와 있을 수 있어야 하는 것이다.

문학은 문학 전문가끼리의 특수문화가 되어버렸다. 백성과 그들과는 아무런 연분도 없어졌다. 그들은 그들대로 만백성의 살림 마을인 대지를 이탈하여 마치 무리떼 지은 하루살이의 덩어리처럼 하늘 높이 달아나고 있다.

시란 바로 생명의 발언인 것이다.

시란 우리 인식의 전부이며, 세계 인식의 통일적 표현이며, 생명의 침투며, 생명의 파괴며, 생명의 조직인 것이다. 하여 그것은 항시 보다 광범위한 정신의 집단과 호혜적 통로를 가지고 있어야 한다.

시업가(詩業家)는 많아도 시인은 드물다.

오늘의 시인들은 정치는 정치 맹목 기능자에게, 종교는 종교 전문 기능자에게, 사상은 직업 교수에게 위임해버리고 자기들은 단어 상자나 쏟아놓고 앉아서 핀셋 장난이나 하려 하고 있는 것이다.

자기와 이웃과 세계, 그 인간의 구원의 역사밭을 갈아엎어 우리들의 내질(內質)을 통찰하여 그 영원의 하늘을, 그 영원의 평화를 슬프게 그리고 있는 것이다.

(『다리』 1971년 10월)

전통 정신 속으로 결속하라
남북의 자유로운 문화교류를 위한 준비회의를 제의하며

우리는 퍽 어려운 시대에 처해 있는 걸로 안다. 정치가 힘을 다하면 쇠잔하여 건조한 소리를 낸다. 부드러운 문화의 정신적 기름을 원하고 있는 증좌다. 어느 때나 그렇다. 정치란 건실할 때 문화적 내실도의 외현(外顯)이다. 정치가 망령을 부릴 때 그 사회, 그 시대의 장년적(壯年的) 문화 정신은 썩어 있음을 의미한다. 오늘날이 그렇다. 책임은 정치에 있는 게 아니다. 이 시대, 이 사회 우리 배달 조국의 지성의 빈약에 그 원인(부패의)이 있다. 얼마 전 북한 작가동맹 위원장이 남북한 문화교류를 제의해왔다. 그 저의가 기만적인 것인지 정략적인 것인지 아니면 함께 붙들고 몸부림칠 수 있는 순수한 진정에서 나온 것인지는 알 길이 없다. 또 그런 것은 문제도 되지 않는다. 우리는 종전 후 15년간 북한은 북한대로, 남한은 남한대로 너무 이질적인 강압 속에서 운명(運命)해왔다. 이 이질적인 운명의 구둣발이 우리에게 온갖 아픔을 가져다준 것이다. 그것을(그 구둣발을) 우리 강토(제주에서 압록까지)에서 불식해보자고 나는 이 소론에서 주장하려는 것이다. 이런 운동 (혁명)을 현존의 정치에서 기대한다면 우매의 극(極)이다. 한국의 중견 평론가로 알려져 있는 곽종원씨가 지난 1일자『민국일보』에 「남북 문화교류 제의의 이면」이란 걸 썼다. 곽씨의 말대로「탑」을 쓴 북한 작가동맹 위원장의 제의가 상투적인 정치선전이라면 그에 못지않게 곽씨의 생각 역시 남한의 수구적 정치세력을 대변하는 공식 언명이 아니랄 수 있을 것인가. 정치를 확신한다면 맹종 (盲從) 침묵으로 족한 것이다. 문화(인간 정신)는 정치의 괴뢰가 아니다. 전혀 타여적(他與的)으로 강제되어 분단된 조국의 공동체적 운명을 서러워하는 사람이라면 차마 그렇게 상투적인 아무개 집단의 공식 답변처럼 피 없는 언어를 흉내낸 것으로 만족할 순 없을 것이다. 젊고 싱싱한 민중 지성이 지금 어느 역(域)에 이르렀음을 기성세대(일제 말기의 문화적 파편인들)는 알아야 할 때다. 왜 북한 정치집단의 대변자들의 제의에만 답변하려 하는 것인가. 왜 그곳 사람들의 정치적 흥정에만 눈을 팔고 있는가. 조국의 운명에 당신들은 그렇게도 수동적이고 소극적인 하품밖에 줄게 없단 말인가. 그렇다면 한국 문학인·지성인의 체면을 생각해서라도 권외(圈外)에서 발언해야 할 것이다. 우리는 조국(남북한)의 역사적 주인임을 각성하자. 적극적으로 나서서 조국의 운명을 연구하고 모색·실천하고 발언해야 하는 것이다. 우리밖에 아무도 맡길 사람이 없다. 그것을 당신들은 회피하려고 해왔다. 문화적인, 정신적인 결속을, 조국의 실질적인 통일을 촉진시킬 수 있는 것이라는 신념을 나는 가지고 있다. 물론 남북한 양 지역의 상층부 기성세력(정치적인)이 누룩때가 되어 우리의 앞날을 덮고 있음을 알고 있다. 그러나 그것은 우리의 민중적 지성의 힘이 보

다 성장하여 알차지면 자연 터져 벗겨지거나 체온에 흡수되어 체
질화하거나 안 되면 칼로 벗겨버릴 수도 있을 것이다. 전체주의
도 방임주의도 우리의 체질이 아님을 조국의 양쪽 현실이 증명하
고 있다. 제주에서 아리랑을 부르기 시작하면 두시간도 안 돼 평
양 압록까지 합창이 번질 것이다. 날짜를 택해 판문점이나 임진
강 완충지대에 그리운 사람들끼리 모여 아리랑을 합창해보자고
제의하는 사람이 남북을 통해 아직 없다는 것은 쓸쓸한 일이다.
조국의 자주적 통일을 원하는 비정치적 문화단체나 개인들로 구
성된 남북문화교류준비위원회의 예비위원을 조성하기 위해 자
유로운 분위기를 중립지대나 기타 비정치적 지역에 마련하도록
우리들은 구체적인 방안을 모색해야 할 줄 안다. 북한정부나 남
한정부는 순수한 문화인(문학인·예술인)들의 자유로운 교류를
위해 제반 편의를 제공할 마음의 준비를 갖추어야 할 때다. 무서
워한다는 건 정치 브로커들의 신경과민이거나 수관노(守官奴)들
의 협심 증세이다. 동족인의 얼굴이나 문화를 무서워한다면 영세
(永世)분단을 원하고 있는 소치다. 국제 정세의 귀결을 기다리자
는 것은 미소(美蘇) 양 세력의 처리만 기다리고 우리는 칼도마 위
에 생선처럼 누워 있으라는 말과 같다. 그들 외부 세력을 우리 문
화국민이 지성적 운동으로써 좌우할 수 있음을 자신하라. 우리의
의견을 그들 외부에 반영하여 영향을 주라. 우리는 아무에게도
이용당하고 싶지 않다는 것을 남북 공동으로 선언하라.

　　그것을 위해 배달 지성의 교류 회동은 기필코 있어야 할 것이다.

(미발표 유고)

발레리의 시를 읽고

만약에 발레리가 남북이 피투성이가 되어 싸우고 있는 금일의 조선에 생존하여 그의 절친한 가족의 하나가 어느 편한테 희생되었다고 하자. 그래도 발레리는 그러한 난해의 시를 썼을까.

결코 그렇지 않다. 만약에 그가 조선의 현실에서 살고 있으면서, 비참한 환경으로부터 밀려오는 직접적인 타격을 받고 있다 하면은 시대적인 것 현실적인 것 대중적인 사실에서 도저히 눈을 뗄 수 없었을 것이다. 그리고 또는 그가 사실대로 불란서에서 생활하면서라도, 만약에 근대자본주의 경제조직이 고도로 발달된 불란서 내에 피지배층으로 속해 있어 절실한 피지배자로서의 구속과 제약을 받고 있을 경우라면 역시나 사회적인 현실에 무관심할 수는 없었을 것이다.

그러나 그는 불행히도 자본주의 문명의 '건강'한 발전기에서 생활하였고 또한 그의 사회적인 지위는 사회적인 구속이란 느낄 수 없는, 모든 것이 만족한 행운아로서의 처지에 있었던 것이다

(이것은 내 추측).

다시 말하자면 쉴러나 또는 조선에 있는 시인들처럼 현실적인 무거운 파도를 체험한 게 아니라 그는 현실로서의 사회적인 사정에 무의식적이리만치 충분히 만족하고 생활한 것이었다.

우선 결론부터 내리거니와, 그의 시는 발숙기(發熟期) 자본주의 문명의 잉여물인 것이다. 누구나 뱃속이 불룩하게 먹어놓고 성(性)을 흡족히 향락하고 나면은 그때는 딴 여러가지 재미있는 일을 하고 싶어진다. 노래도 하고 공상도 하고 무엇을 연구하기도 한다. 모든 환경이 적당한 현실에 포만을 (무의식적으로) 느낀 하나의 천재가 남들이 따라오기 어려운 곳에 가서 남들이 모르는 일을 하고 싶어하게 된 것은 너무나도 있음직한 노릇이었다.

그는 현실적 사실에 대해서 직접으로 관심을 가질 필요가 없었다(그만치 그는 사회적으로 자유스러운 지위에 있었다). 그렇기 때문에 천재인 그는 인간 사회가 아닌 저 공중에 '시'라는 집을 지어놓고 그 속에서 수사학을 뇌작거림으로써 자기의 영웅심리적 '에네르기'를 발산시키고 있었던 것이다.

그는 남들의 집에서야 죽이 끓든 밥이 끓든 전연 상관이 없었다. 마치 현 개인주의 체제 속에서 유행되고 있는 스포츠가 인간 전반의 생활과 전연 무관하고 특기적 마술쟁이 풍으로 흐르고 있듯이, 즉 마라톤 하는 사람이나 역도 하는 사람이 명예욕에 현혹되어 그야말로 기진맥진의 지경이 되도록 일초를 다투고 일 그램*을 다투는 데 무아열중하듯이, 그는 시의 상아탑 속에서 '수사

---

* 원문에는 '一瓦'라고 되어 있다. 일본어에서 1그램을 말한다.

학'이라는 일거리를 붙들고 '언어'의 요술을 연출시키는 데 열중한 '말'의 사기사(詐欺師)였던 것이다.

아직은 역사적으로 불편한 모순율이 표면화되기 전의 합리적인 건강한 발전기(發展期)로서의 당(當) 문명은, 문명 도취의 잉여물로서 또는 여흥의 결과로서 '발레리'라는 "언어의 마술사"를 만들어낸 것이었다.

그러면 발레리가 연구한 '순수한' 수사학 속에는 무슨 심원한 사상이나 무슨 원대한 목적이 내포되어 있기에 그렇게도 꾀까다롭게 되어 있는 것일까?

그렇다고 수긍할 수는 없다. 그렇다고 해서 또 내용을 전적으로 무시하기도 곤란하다. 그러나 아무튼 발레리가 계획한 것은 어느 요원한 사상이 아니라 "언어의 나열"의 기술에 오히려 그의 총역량을 경주하려 했다는 것만은 짐작할 수 있다.

이것은 어떠한 결과를 가져왔을까? 자기 자신도 알기 어려운 말을 쓰게 되었다. 그것은 기술이 비범한 하나의 요리사가* (사람들이 먹는) 요리를 만든다는 이름 아래 요리실에서 남들이(사람이) 먹지 못하게 고의로, 또는 고의가 아니면 자기의 비상한 솜씨가 만들고 있는 요리의 묘법에 도취한 나머지 무의식적으로 사람들이 먹지 못한다는 것을 망각하고 모양과 향기는 좋으나 깨물어 먹지는 못할 딱딱한 사이비 요리를 만드는 것이나 마찬가지 결과였던 것이다. 그렇기 때문에 그것은 구경할 수는 있어도 사람의 감정이 먹을 수는 없는 것이 되어버렸다.

---

* 원문에는 '"쿠-크"(料理人)가'로 되어 있다.

발레리의 이러한 소위를 나는 영웅심리(주의)의 소행 또는 독선주의의 발로의 결과라고 단정짓고 싶다.

그러므로 그의 지력이 아무리 우월한 것이었다 함으로도 그의 소위 "지성의 시"는 우리와는 유기적인 아무런 관련도 없는 것이며 그것은 다만 협벽(俠僻)한 자기만족이나 그렇지 않으면 어쩌다가 발레리처럼 일없는 "유한가인(有閑歌人)"으로 하여금 맹목적인 찬미의 말을 발하게 하는 외에 아무런 작용도 없었던 것이다.

그러나 재차 말하거니와 그가 만약에 오늘의 조선 땅에서 살고 있다면은 천치 바보가 아닌 이상 언어 나열의 요술법에만 정신을 팔고 있을 여유는 절대 있을 수 없었을 것이다. 과도기의 혼잡, 비약, 비명, 피, 사형, 독재, 파계, 매음, 이러한 모든 것의 물결이 역시 인간인 그의 지성에도 가실 수 없는 타격과 제약을 줌으로써 그도 필연적으로 단어의 옷치장이 아니라 충일하는 현실의 내용을 따 담으려 절규했을 것이다.

그러나 나는 결코 발레리가 실험한 난해의 창작을 무조건 멸시해버리려는 것은 아니다. 왜냐하면 이것도 역시 어찌 됐든 "인간의 지성"의 산물이기 때문이다.

그러나 다만 내가 말하려 하고 싶은 것은 시대와 사회에 따라서 이러한 종류의 예술지상주의 시인이 예외적으로 있을 수도 있는 것이었지 결단코 시의 본질과는 하등의 관련성이 없다는 것이다. 하물며 조선 같은 현실에서, 아니 인류 문화가 위대한 실험기에 들어선 현 세기에 있어서 이런 종류의 독선적인 궁따는 소리를 하고 앉았는 자칭 지성인이 있다면 그것은 마땅히 인류의 버림을 받아야 할 가장 우매한 인간 정신의 사기사라는 것을 말하려 하는 것이다.

(1951년 11월 5일)

전환기와 인간성에 대한 소고

어느 하나의 가치체계가 노쇠하여 몰락하려 할 때 인간 사회의 질서는 경제적으로 문화적으로 정신적으로 걷잡을 수 없이 헝클어지고 만다. 이 시기에 있어서의 인간 사색의 경향은 필연적으로 허무주의와 회의주의에 발판을 둔 향락적 이기주의에 흐르지 않을 수 없다.

그러나 이 반면 여기에 만족지 않는 민감한 지성인들은 그들의 독특한 탐구심을 적극적으로 조종함으로써 혁명적이며 파계적(破戒的)인 이론체계를 세워보려는 경향도 나타나게 된다. 즉 막다른 골목에 다다른 이데아가 피로한 나머지 쓰러지거나 또는 이데아적 질식에서 벗어나 새로운 진로를 찾으려고 우왕좌왕하게 되는 것이다.

이러한 경우 특수한 환경에서 자라나 예외적으로 진보한 사상을 체득하고 있는 천재들을 제외한 사람들은 보다 의식적이거나 무의식적이거나 '무엇을 할 것인가?' '무엇이 진리이며 무엇이 영원한가?' 하는 따위의 세기말적 리얼리즘에 담닉된 나머지 자기 생활의 궁극 목적을 가장 현실적(이상의 반대)이고 체험적인 육체적 자기만족에다 합리화시키려 하게 된다.

그러나 현명한 이성인들은 엉망진창이 된 질서 혼란과 이데아적 고갈의 현실을 하나의 과도기적 현상으로서의 순간적 소용돌이로서 간파할 수 있는 지성을 소유하였음으로 해서 후세인으로부터 선각자 또는 천재라는 이름을 받게 되는 것이었다. 바꾸어 말하자면 이러한 전환기에 있어서의 인간 정신의 경향은 두갈래로 나눌 수 있다.

즉 하나는 막다른 현실을 인식지 못하고 맹목적인 현실 긍정으로 흐르다가 몰락기의 희생물이 되어 없어지는 것이요, 다른 하나는 막다른 현실을 막다른 현실로서 의식하고 어디까지나 현실을 부정하며 묵은 탄산가스만 가득 차 있는 묵은 방(房)을 포기하고 나와 제멋대로 신선한 곳을 찾아보려고 치명적인 노력을 기울여 인간 정신에 플러스를 가하는 것이다.

인간 자신의 지혜가 만들어놓은 '신'이라는 상전 앞에 인간 자신이 무릎을 꿇고 역자연적(逆自然的)인 생활을 지속해오던 중세 말기에 단떼라는 천재가 나왔다는 것은 지극히 당연한 필연이었으며 포학의 도를 넘었던 러시아 제정 말기에 여기에 반항한 수많은 천재 똘스또이나 고리끼 같은 문호가 나왔다는 사실도 피할 수 없는 인과율이었던 것이다.

그러나 여기에서 주의해야 할 것은 그들이 더듬은 길은 전(前) 체제의 부정을 위한 부정에 머문 게 아니고 어디까지나 본연의 인간다운 모습을 찾으려 몸부림친 것이었다는 것이다. 바꾸어 말하자면 가장 인간적인 인간의 나체(피줄기)를 근저(根底)에 두고 그 위에다 문명이라는 축적물을 쌓아올릴 때 그 문명체계의 난숙기, 즉 축적물의 최고봉에 오르면 근저에 놓여 있는 인간성은 문명이라는 축적물의 부피로 말미암아 망각당하거나 무시되고 마는 것이며, 마침내 그 봉우리에서 급강하하여 그 문명체계가 몰락기에 이르렀을 때 축적물의 도괴(倒壞)와 희박(稀薄)으로 말미암아 근저에 흐르고 있는 인간성을 가깝게 감각할 수 있는 가능성이 많아지는 것이다.

그리하여 인류사에서 이러한 가치 변동의 현상이 되풀이될 때마다 민감한 반항아들이 머리를 들고 인간적인 인간의 알몸을 보듬어보려고 몸부림친 것이었다.

그렇기 때문에 루쏘는 부정(不正) 그것으로밖에 안 보인 문명을 부정(否定)하고 인간은 자연으로 돌아갈 것을 절규했으며, 석가 역시 부정(不正) 그것으로서의 왕궁과 재물을 버리고 참한 인간을 찾으러 산중으로 들어간 것이었다.

그러나 어느 하나의 가치체계가 초창기에서부터 전성기에 이르는 동안 보편적인 면에서 이 동안의 인간 정신은 자기 손으로 축적하여가고 있는 현혹할 만한 문명에 도취된 채 문명에 따르는 온갖 현실 긍정적 명예, 재산, 허영에 의해서 무의식중에 짓밟혀가는 인간성에 대해서는 반성을 할 여유조차 없어지는 것이 상례이다.

그리하여 인간 정신을 교묘히 홀리며 달아나던 문명체계가 막다른 골목에서 흠집이 져 부서지려 할 때, 그때 비로소 인간은 무의식적이건 의식적이건 정신을 차리어 인간성으로 돌아오는 것이다. 인간성으로 돌아오려 하는 이 현상은 복잡하기 짝이 없이 만갈래로 표현된다. 자살, 자포자기, 이기주의, 향락 경향, 퇴폐성, 이단자, 은퇴, 음탕(淫蕩), 갈등, 천재 등등.

그러나 이렇게 복잡한 사상(事像)도 두가지 갈피로 나눌 수 있으니 그 하나는 수동적인 것이요 하나는 능동적인 것이다(물론 이 수동이나 능동의 대상은 가치체계의 인과율을 말한다). 전자의 것은 환경의 변화로 말미암아 환경이 요구하는 대로 자기 자신을 내맡기어 거의 무의식중에 육체적 또는 정신적 자기만족*의 경향으로 기우는 것이요, 후자의 것은 인간으로서의 모든 정열과 이성을 다하여 의식적으로 환경을 조리(調利)**함으로써 얽힌 매듭을 풀어헤치고 인간 본연으로서의 인간 그것의 모습을 어루만져보려 노력하는 것이다. 전자는 역사의 희생물로 되어 소멸하고 후자는 역사의 창조자가 되어 자죽을 남기는 것이라 말할 수 있을 것이다.

이러한 혼란기에 전자와 같은 이기주의 경향이 제방 터진 봇물처럼 쏟아져 나오면 수많은 사람들이 이 경향을 대상으로 매도와 비판과 호소로써 응하여 이것을 막아보려 하지만, 이러한 개개인의 비판적인 노력만으로써는 도저히 걷잡을 수 없는 것이 이 유행병의 피할 수 없는 운명이다. 이것은 결국 새로운 인간성의 자유해방의 보장 아래 발랄하게 등장하는 신가치체계의 건설만이 해소할 수 있는 인간성적 난치병인 것이다.

(1951년 10월 15일)

---

* 원문에는 '자아만족'으로 되어 있다.
** 원문대로이지만, 우리말에는 이 단어가 없다. 한자의 뜻대로 굳이 번역하자면 '이롭게 조정하다'의 의미로 해석할 수 있을 것이다.

문화사 방법론의 개척을 위하여

　모든 과학에 있어 그러하듯이 역사학에서도 그것이 통일된 체계적 과학으로서 행세하기 위해선 무엇보다도 먼저 과학적 조직적 방법론이 수립되어야 할 것이다. 이러한 과학적 방법론의 수립을 위한 시험은 이제까지 많은 연구자들에 의해서 시도되어왔으나 많은 경우에 있어 그것은 본질적 오류를 범했거나 또는 묵은 방법론에 대한 미온적 절충적 태도를 포기하지 못한 채 그대로 지속하는 결과를 가져오고 말았다.

　자연현상까지를 포함한 인류사회 현상은 유기적인 인과율에 기조를 두고 부단히 운동 발전하는 사적(史的) 과정의 '모멘트'에 불과하다. 그렇기 때문에 우리의 의식 속에 반영되는 현상계의 어떠한 사실이라도 발전해가며 있는 과정으로서 파악되어야 할 것이며, 그렇다면 현상계(물질과 정신)를 대상으로서 취급하고 있는 모든 과학 자체도 필연적으로 사적(史的) 법칙을 자신 속에 포함하고 있는 사적(史的) 존재에 불과할 것이다. 다시 말하면 모든 사물은 표면적으로 각이(各異)하지마는 본질적으로 일관되어 있는 '사(史)'라는 심줄을 지니고 있는 데는 일치하고 있는 것이다.

그렇다면 오직 문화사과학만이 인간 과학의 유일한 최고적 지위를 차지해야 할 것이며, 기타 과학은 문화사과학의 산하에서 문화사과학을 위한 분업적 특수임무를 실천하고, 이렇게 함으로써 인간 과학이 정상적 합리적 궤도에 올라설 수 있게 되는 것이 아닐까! 여기에서 한가지 말해두어야 할 것은 흔히 사(史)라 하면 과거의 사실만을 추상하는 경향이 있으나 그것은 과거의 사학방법론이 범했던 오류의 잔재이며, 사실에 있어 '사'라는 말의 진의는 현상을 통해서 발견하는, 그 현상 속에 내재하고 있는 근본적 발전법칙, 즉 사물 발전의 과거, 현재, 미래를 꿰뚫고 발전하는 궤도를 의미하는 것이다.

이제까지의 역사학은 자체의 체계적 방법론의 결함으로 말미암아 타 과학에의 종속적 또는 역사 발전의 지표와는 무관한 순수한 전기적(傳記的) 표면적 사실 그것의 연구에만 탐닉하는 맹목적 형이상학에 빠지고 말았다.

이러한 왜곡된 방법론을 낳게 하고 그것을 오래도록 보수(保守)하게 만든 직접적 원인의 하나에는 어느 하나의 국가권력이 자체의 영구한 유지, 보존을 목적하고 고의로 선사(先史)를 위조한 데 있을 것이다.

일본이 세습적 군주국가의 무궁 안정을 누릴 목적으로 사회성을 망각한 추상적 인물 중심의 왕통 혈계(血系)를 조작해놓고 국민으로 하여금 자신의 권력에로만 정신을 통일 집중시키려는 교활한 정책을 썼다는 것은 이것의 좋은 예일 것이다.

우리나라의 역사 속에는 이것보다는 무질서한 형이상학적 단편이 산만하게 흩어져 있다. 신라 박혁거세의 난생설만 하더라도, 원시적 무계급적 씨족사회 형태가 부족적 유계급적 왕족세습 사회 형태로 발전 비약하는 모멘트에서 지배권으로서의 왕의 존재를 신격화 절대화함으로써 지배권을 피지배자로부터 엄연히 구분하려는 의욕의 마술적 표현이었을 것이라는 것을 간과해서는 아니 될 것이다.

이러한 면밀한 분석은 속성과 본질, 현상과 법칙의 변증법적 통일 작용을 무시하지 아니하는 과학적 방법론의 체득에 의해서만 수확(收獲)할 수 있는 것일 게다.

(1952년 1월)

동란과 문학의 진로

　동란은 어제도 오늘도 계속되고 있다. 갖은 미명을 다 뒤집어 쓴 살육, 약탈, 파괴, 매음, 자살, 정복, 시장 침탈, 이러한 사실들이 사태를 이뤄 눈앞에서 범람하고 있다. 이것은 다만 관조계(觀照界)의 현상으로서만 그치는 게 아니라 끊임없이 우리의 생명을 위협하며 우리의 인간성을 부상(負傷)시킬 것을 요구하고 있다.

　이러한 환경 속에 직면한 우리의 나어린 문학은 그의 난항(難航)의 키를 어떻게 어느만큼 잡아야 할 것인가. 이것은 우리 민족 문학의 역사적 과제가 아닐 수 없는 것이다. 그리고 이러한 역사적 과제는 이제까지의 문학 태도처럼 매지근한 미온주의적 태도로서는 도저히 담당할 수 없는 것이며, 마땅히 칼로 자르는 듯한 혁신적 능동적 문학 실천으로써만이 처리할 수 있을 것임을, 그리고 또한 새로운 단계로 끌고 나갈 수 있을 것임을 전제해둔다. 이러한 전제 밑에 나는 먼저 이 동란이 가지는 바 성격을 잠깐 고찰해볼까 한다.

인간은 원시사회로부터 오늘날까지 휴식 없는 싸움을 지속하여오고 있다. 그러나 그것은 역사의 진행과 함께 점차 큰 규모의 형태로 변이하여왔다. 부족끼리 전쟁이 민족 간의 전쟁으로, 이것이 다시 더 큰 국가 간의 전쟁으로, 이것은 연맹국과 연맹국 간의 전쟁으로, 그리하여 이것이 지금에 이르러 이 동란에 투영된 앞날의 대전(大戰)의 모습은 하나의 세계와 다른 하나의 세계의 전쟁을 의미하고 있다 할 것이다.

이러한 의미에서 관찰할 때, 어떻게 보면 이번의 전쟁은 세계가 하나로 통일되기 위한 전초전인지도 모른다. 그러나 이러한 각도로만 사고해간다면 형식주의적 추상에 사로잡힐 우려가 있기 때문에 시야를 현실적 현상계로 돌려야 할 필요가 있을 것이다.

조국의 백성들은 헐벗은 거지가 되어 남으로 북으로 돼지떼처럼 몰려다닌다. 이방인들은 내 나라 동포들과의 협조 아래 내 나라 내 백성들의 도시와 농촌을 모조리 회진(灰盡, 灰塵)*시키고 말았다. 가는 곳마다 기아에 기진맥진한 백성들은 마지막 남은 기력을 다하여 도적과 사리(私利)와 모략과 아부와 상쟁을 지속하고 있다.

그러나 이러한 반면에도 조국 운명의 구출 타개를 위하여 사색하고 행동하고 있는 많은 인간성이 있음을 간과해서는 안 될 것이다. 평상시에는 평범한 인간의 마음속에서도 그 사람이 어떠한 극도의 곤경에 직면했을 때엔 남이 모르는 위대성이나 또는 비굴성이 분출되어 나옴을 우리는 흔히 볼 수 있다. 이와 마찬가지로 지금 이 동란에서는 내 나라 사람만이 아니라 이국인들의 정책까

---

* 원문에는 '灰盡'이나 사전에는 '灰塵'.

지도 포함한 인간성 일반의 극추(極醜)와 극미(極美)가 노골적으로 노출되어 세기말적 전시장을 개방하고 있는 것이다.

동란의 성격을 구체적으로 구명해보지도 못했지만 이상을 요약해서 말한다면 현 동란은 인간 문명과 인간성의 전람회적 성격을 함유하고 있는 것이라 할 것이다.

그렇다면 이러한 현실에 대하여 문학 정신은 어떠한 태도를 가져야 할 것인가. 아직껏 여세를 뽐내려 하고 있는 고답파적 문학 정신과 같이 문학예술의 순수성을 수호하기 위하여 현실계의 피비린내 나는 현상으로부터 귀와 눈을 가리고 소위 예술의 상아탑 속으로 피신해야 할 것일까. 또는 그것이 아니고 현실에 문학 실천의 발판을 두긴 둔다 함으로도 단지 그 대상을 사진 찍듯이 기계적으로 재현할 뿐인 저속한 사실주의(寫實主義) 문학과 같이 인간 생활에 돌처럼 차야 할 것인가.

나는 서슴지 않고 이 두가지를 모두 거부하면서 새로운 문학 정신 수립을 위하여는 첫째, 작가나 시인의 능동적 주체의 확립(이러한 주체의 확립은 동란의 현실이 우리에게도 강력히 요구하는 것인 것이다)이 있을 것을 제언한다. 능동적 주체의 확립이라 함은 두말할 것 없이 인생을 긍정하는 입장에서 인간 생활에 능동할 수 있는 보편타당성을 가진 자아(주관)의 확립을 뜻한다. 이러한 자아는 결코 협소한 자기만족적 자아가 아니어야 하며 어디까지나 민족과 인류가 갈망하는, 인간 생활의 보다 나은 행복에 지표를 둔 보편적 자아가 아닐 수 없는 것이다. 이러한 능동적 자아가 애매한 종교나 미신의 성질을 내포한 것이 아니어야 함은 물론이다. 다시 말하면 인간 생활의 최고 이념과 일치하면서, 또한 그 이념은 관념론적 관념이 아니라 이념에로의 진보를 위하여 현실적으로 있어야 할 구체적 실천적 지표를 설계하고 있는 그러한 능동적 자아의 확립이 있어야 한다는 것이다.

이러한 능동적 주체의 확립은, 문학 실천 이전에 있어 의식적으로 확립하려 노력한 결과 이루어질 수 있다기보다도 오히려 진지한 태도로 문학 실천을 함으로써 주체의 확립이 이루어질 수 있는 것인지도 모른다. 그러나 요는 이 두가지 실천의 선후 문제가 아니라 창작 실천을 함에나 자아의 개척을 함에 있어서나 인류 생활을 긍정하여 어디까지나 그들과 함께 생사를 같이하려 의욕하는 진지한 태도로만 임한다면 능동적 주체의 확립은 필연적으로 작가, 시인의 생리가 되어질 것이다.

그렇다면 다음에 현실의 해부, 인간성의 구명을 말하고 싶다. 현실이 아무리 추악하고 구역하고 싶은 정도로 저주받을 사태라 하더라도 작가, 시인은 어디까지나 현실에 애착을 기울여야 할 것이다.

수천년간 쌓아올린 인간의 지혜의 결산물에 의하여 인간 자신의 문명이 유린 파괴되며 인간에 의하여 인간이 살상되고 있는 것이 현실이다. 이것은 절대적인 운명도 아니다. 다만 인간의 행동에 의한 결과인 것이다.

내 나라의 무고한 백성이 죄 없이 자꾸 죽어만 가는데도 작가, 시인은 자기 세계의 이데아적 독방에 칩거하여 꿈과 꽃만 뇌작거려야 할 것일까.

만약에 어느 작가, 시인이 있어 자기들이 이상으로 삼고 있는 순수문학을 완전히 실천할 수 있었다 하자. 그렇다면 그 시인은 실상인즉, 시인이 아닐 것이다. 왜냐하면 시인이란 피가 있어야 할 것임에도 그 시인은 피가 없이 돌처럼 차가운 사람이었음으로 해서 비로소 현실 인간(피맺힌 동포 형제)의 아우성에 무감각하고 자기 혼자 풍월을 읊을 수 있었을 것이기 때문에.

현실계는 끊임없이 우리를 제약하며 또한 우리한테 제약받는다. 작가 시인은 있는 대로의 귀 코 눈 감각을 총동원하여 개방하여야 할 것이다. 비록 비애일망정 추악일망정 현실은 우리의 가슴에 벅차도록 풍부한 소재를 제공하고 있다.

시 정신의 위기

빈번한 작품 표절에 관하여

얼마 전 이동주(李東柱)씨는 모 지면에서 일본 작가의 시를 표절한 모씨의 비문학적 양심을 개탄한 바 있었다. 아울러 그 모씨의 표절시를 전혀 모르고 월평에서 칭찬했던 모 시인의 실수도 또한 아프게 지적했었다.

이런 이야기들은 당사자들을 위해서나 우리 문학의 존엄을 위해서나 또는 먼 후손들의 역사밭을 위해서나 활발히 논급(論及)되어야 할 문제들일 줄 안다. 그러나 여기 국내 작가가 국내 작품을 표절한 문제가 등장한다.

감출 필요가 없으리라. 그것은 오히려 악을 양성할 결과를 가져오게 하는 것이 아닐까. 몇달 동안의 무겁고 답답했던 은인자중(隱忍自重)을 깨뜨리고 여기 결단을 내려 붓을 드는 소이(所以)가 있다.

자, 손을 주세요. 밤이 깊었어요.

(…) 우리가 포옹턴
하늘에 솟은 바위, 그 밑에 깔린 구름.
붉달은 바위 위에서 웃으며 잠들던 아무것도 걸치지 않았던
당신의 붉은 몸.

(…)

산맥을 넘어간.

소녀들의
흰 발이여.

지금은 바람 잔
언덕 위.

(…)
들노래처럼
사라져간

그리운
이름
이름이여.

(…)

얼마나 좋은가

그리고 나의 발아래 저렇게 많이
산의 경사(傾斜)를 좇아 무진한 돌들이

(…)

가리워진 안개를 걷게 하라.
국경이며 탑이며 어용학(御用學)의 울타리며
죽가래 밀어 바다로 몰아넣어라.
(…)

                    ── 졸시 「이야기하는 쟁기꾼의 대지」에서

손을 주고, (1행 略)
우리가 끌어안던 하늘에 솟은 바우. 그 밑에 깔린 구름
그 바우 우에서 웃으며 잠들던
아무것도 걸치지 않은 당신의 알몸
당신의 흰 발등 흰 발등
지금은 바람 찬 강물에 사라져간
이름
이름이여.

(…)

얼마나 좋은가

당신의 발아래 저렇게 많이
비탈진 골짜기를 쫓아

(…)

가리워진 안개를 걷게 하라
(…)

── 함모씨의 시 「한강부교(漢江浮橋) 근처」의 일부

앞엣것은 1959년 1월 3일자 『조선일보』에 신춘현상작품의 감목으로 발표되었던 필자의 장시의 일부이고, 뒤엣것은 지난해 10월호 모 문예지에 활자화된 함모씨의 시의 일부이다. 나는 제한된 이 지면에서 이런 일이 자주 일어나지 않을 수 없이 되어버린 오늘의 사적(史的) 상황을 논할 겨를을 가지지 못했다.

다만, 시인이란 이름의 전세기적(前世紀的) 향수가 연연(戀戀)되어 허영(虛榮)이나 조급(早急) 앞에 천년 산* 창조정신이 거꾸러져서는 안 될 일임을 지적한다. 심장 속에서 넘쳐 솟는 자기 얘기가** 없을진대 입을 다물자.

화창한 오월, 신록 피어난 가로수와 산악을 바라보며 이런 종류의 글 때문에 원고지 앞 마주앉아 있어야 한다는 것은 서글픈 일이다.

우리 모두는 침해만 없으면 경건히 살아나가는 것을 최선의 덕으로 여길 줄 아는 순한 목숨들일 것이다. (끝)

---

* 원문에는 '살은'이나, 오늘의 문법에 맞지 않다.
** 원문에는 '얘가'로 되어 있으나, 다른 글을 미루어 볼 때 '얘기가'라야 맞다.

만네리즘의 구경(究竟)*
시의 표절로 타개될까

    활발한 문학운동이나 참신한 유파운동의 소용돌이치는 나라
에서는 비평가의 안목이나 편집자의 안목이 시인에게 뒤떨어져
있지 않다. 이 양자의 촌분(寸分)을 다투는 앞다툼 속에서 창조문
화는 부력을 얻어 향상되는 법이고, 시인의 천재도 십분 힘을 얻
어 정신을 내뻗는 법이다. 그러나 우리 고장의 비평가들은 웬일
인지 자기와의 공리적 이해관계가 없는 작품 감상, 작품 비평은
애당초 이를 하지 않으려 하며, 또한 일부 편집자들은 연래(年來)
의 편견스러운 편파적 만네리즘 속에 깊이 안면(安眠)한 채 좀처
럼 그 도화경(桃花境)을 헤어나오려 하지 않고 있다. 이러한 창조
영역에의 관심의 소원(疏遠)을 틈타서 이따금 농락이 횡행하고 또
는 새로운 힘에 밑받침된 창조정신이 용솟아 오른다고 하더라도

---

* 이 글은 평론 「시 정신의 위기」와 비슷한 내용의 글로 보인다. 이 글을 먼저 쓴
   다음(1961년 가을로 추정), 이듬해 5월에 수정하면서 제목도 바꾼 것으로 짐
   작된다.

그대로 묵살되기 마련이다. 빈곤의 탓일까.

얼마 전 나는 「시인정신론」(『자유문학』 2월호)이란 글에서 차수성적(次數性的) 메카니즘의 세계에선 시인들도 바람에 날린 허깨비처럼 대지에의 착근(着根)을 잃고 아무데나 간편한 기구(機構) 벽에 가 붙어 서서 단어미장업(單語美粧業) 같은 영업을 개업하려 하고 있다고 지적한 바 있었다. 그래서 이들 '시업가(詩業家)'들이 급기야에는 핀셋으로 예쁜 낱말 향기 좋은 문장 구절들 따위를 아무데서고 주워다가 육류 모조 상품을 진열해놓음으로써 범람하는 세상 생존경쟁에서의 궁지(窮地)를 타개하려고 애쓰게 될지도 모르리라는 것을 또한 「60년대의 시단 분포도」(『조선일보』 3월 30~31일자)에서 예언한 바 있었다. 그러나 우리 주변의 대다수는 아직도 이 말이 무슨 뜻인지를 모르고 있다. 각설하고.

그러면 이번에 있은 일도 이런 종류의 객관적 상황이 빚어낸 만네리즘의 종(終) (…)

(이하 원고지 5~8면 유실)

앞엣것은 1959년 1월 3일자 『조선일보』에 신춘문예 현상작품의 감목으로 발표되었던 필자의(그때에 한해서 석림石林이라는 필명을 썼었음) 장시의 일부이고, 뒤엣것은 지난 10월호 『현대문학』에 활자화된 함모씨의 시의 일부이다.

나는 제한된 이 지면에서 개인적인 충고 같은 것을 쓸 생각은 없다. 그리고 그이를 문단에 이끌어 올려 손질해서 내보낸 추천 선생에게까지 연관을 맺게 해줌으로써, 나아가서는 십여년래의 한국문학계의 통폐였던 제자양성 제도에까지 문제의 귀결을 이

166

끌어 갈 의도도 또한 지금은 없다. 그리고 그런 글을 물론 모르고 싶었을 잡지사 측에게는 더욱 할 말이 없으며 오히려 미안한 느낌이다. 다만 나는 한국의 문단이 곤한 잠에 취해 있다고 해서 전원(全員)의 시인, 비평가, 편집자가 다 잠자고 있는 것은 아니며 또한 세상과 독자들의 이목도 어두운 듯하면서 의외로 너무 밝은 것이라는 것만을 그저 증거해주고 싶을 뿐이다.

시인이란 이름의 전세기적(前世紀的) 향수가 연연(戀戀)되어 허영(虛榮)이나 조급(早急) 앞에 천년 산* 창조정신이 거꾸러져서는 안 될 일이다. 심장 속에서 넘쳐 솟는 자기 얘기가 없을진대 입을 다물자. 물론 변명은 있을 줄 안다. 장난, 아니면 우연의 일치. 그렇다면 납득이 갈 수 있는 해명을 기대하고 싶다. 화창한 하늘 단풍 쏟는 북한산을 바라보면서 이런 종류의 글 때문에** 원고지와 마주앉아 있어야 한다는 것은 서글픈 일이다. 우리 모두는 침해만 없으면 경건히 살아나가는 것을 최선의 덕으로 여길 줄 아는 순한 목숨들인 것이다. 〈필자 시인〉

* 역시 원문에는 '살은'이나, 오늘의 문법에 맞지 않다.
** '글 때문에' 부분은 원고지가 파손되어 보이지 않는다. 다만 앞글과 대조하여 유추한 것이다.

제3부

수필

서둘고 싶지 않다

내 고향 사람들은 봄이 오면 새파란 풀을 씹는다. 큰 가마솥에 자운영, 독사풀, 말풀을 썰어 넣어 삶아가지고 거기다 소금, 기름을 쳐서 세살짜리도, 칠순 할아버지도 콧물 흘리며 우그려 넣는다. 마침내 눈이 먼다. 그리고 홍수가 온다. 홍수는 장독, 상사발, 짚신짝, 네 기둥, 그리고 너무나 훌륭했던 인생 체념으로 말미암아 저항하지 않았던 이 자연의 아들딸을 실어 달아나버린다. 이것이 인간들의 내질(內質)이다.

오늘 인류의 외피(外皮)는 너무나 극성을 부리고 있다. 키 겨룸, 속도 겨룸, 양 겨룸에 거의 모든 행복을 소모시키고 있다. 헛것을 본 것이다. 그런 속에 내 인생, 내 인생 설계의 넌출을 뻗쳐볼 순 없다. 내 거죽이며 발판은 이미 오래전에 찢기어져버렸다. 남은 것은 영혼.

'치대국, 약팽소선(治大國若烹小鮮)'

노자(老子) 오천언(五千言) 속에 있는 말이다.

'대국을 다스림은 흡사 조그만 생선을 지짐과 같아야 한다.'

조그만 생선을 지지면서 젓갈 수저 등을 총동원하여 이리 부치고 저리 부치고 뒤집고 젖히고 하다보면 부서져서 가뜩이나 작은 생선살이 하나도 남아나지 않을 것은 물론이다. 그러므로 수선 피우지 말고 살짝 구우라는 것이다.

나도 내 인생만은 조용히 다스려보고 싶다. 큰소리 떠든다고 세상 정치가 잘되는 것이 아니듯이 바삐 서둔다고 내 인생에 큰 떡이 돌아오진 않을 것이다. 그날이 와서 이 옷을 벗을 때까지 산과 들을 바람결처럼 흘러가는 것이다.

얼마 아니 지나면 가로수마다 윤기 짙은 새잎이 화창하게 피어날 것이다. 그리고 그 신록의 푸짐한 경영 밑에 젊은 구둣소리가 또각또각 먼 꿈을 싣고 사라져갈 것이다. 그 사라져가는 언덕 너머 내 소년 시절의 인생의 꿈은 사리고 있었다.

언젠가 부우연 호밀이 팰 무렵 나는 사범학교 교복 교모로 금강 줄기 거슬러 올라가는 조그만 발동선 갑판 위에 서 있은 적이 있었다. 그때 배 옆을 지나가는 넓은 벌판과 먼 산들을 바라보며 '시'와 '사랑'과 '혁명'을 생각했다.

내 일생을 시로 장식해봤으면.

내 일생을 사랑으로 장식해봤으면.

내 일생을 혁명으로 불질러봤으면.

세월은 흐른다. 그렇다고 서둘고 싶진 않다.

(『동아일보』 1962년 6월 5일)

사족(蛇足)

　제3부의 장시「이야기하는 쟁기꾼의 대지」는 1959년도 1월 3일 자『조선일보』에 신춘 현상문예 작품이라는 제목으로 발표되었 던 작품이다. 당시 이 시는 심사위원들 사이에 그리고 신문사 측 과의 사이에 이른바 어려운 문제가 개재되어 있었다는 이야기로, 지상(紙上)에 나타날 때 군데군데 20수행(數行)이 삭제되어 있었 다. 여기 그것을 보완했다.

　제2부는 정착생활을 하는 동안에 씌어진 작품들 가운데 손에 닿는 대로 몇개 추려보았다. 단「나의 나」만은 스무살 때의 것. 방 랑생활, 군대생활을 포함하는 나의 어려웠던 서른살 고비가 낳아 놓은 것 가운데 이것도 아쉬움을 참고 몇편만 골라 옮겨 쓰면서 제1부라 했다.

　금강 연변의 긴 밤들을 함께 겪어온 친구들, 그리고 이 시집을 알게 모르게 후원해준 동시대의 여러 이웃들에게 깊이 고개 숙이 며……

1963년 입춘날에.

(시집 『아사녀』 후기, 1963년)

금강 잡기(雜記)

몇해 전 금강 연변에 있는 백제 고도 B읍에서 일어났던 일이다.

갑자기 온 천지를 뒤집어놓을 듯 쩌렁쩌렁대는 뇌성벽력에 놀라 마을 사람들은 새벽잠을 깼다. 그런데 그 천지를 째는 듯하던 뇌성은 단 10분도 못 가서 잠잠해지고 하늘은 다시 씻은 듯이 맑아지면서 새벽별들이 초롱초롱 빛나기 시작했다. 어제저녁 잠들 무렵까지 그렇게 좋던 하늘에 이게 무슨 뜻하지 않았던 이변이냐고 마을 사람들은 만나는 사람마다 수군댔다. 그러고선 아침 해가 두어발 동켠 산마루 위에 솟았을 때였다. 마을과 읍내는 놀랄 만한 소문에 의해 온통 뒤집혔다.

아까 그 천둥·번개가 있기 조금 전 세 사람의 여승이 조약돌이 가득 담긴 바랑들을 허리·어깨에 졸라매고 나란히 서서 강 속으로 걸어 들어가 죽었다는 것이다. 사건인즉 이러했다.

강가엔 백제 패망 시의 애절한 전설을 간직하고 있는 조그만 고찰(古刹)이 하나 있었고, 그 절간엔 며칠 전 젊은 여승 셋이 찾아들어 묵고 있었다. 경주에 있는 무슨 절인가에서 두달 동안의 승려 재강습을 받고 다시 자기 사찰인 이곳에서 오륙십리 떨어져 있는 무량사(無量寺)까지 가는 도중 잠시 이 B읍의 유서 깊은 고찰에 들러 하루 이틀 여독도 풀 겸 쉬어가자 함이었다.

초여름의 관광객이 심심찮게 찾아오는 이곳에서 회색 승려복을 단정하게 차려입은 그들은 이틀을 묵으면서 보트도 타고 모래성도 쌓고 조약돌도 주우면서, 때로는 사탕장사 아저씨며 기념사진사 아저씨들과 가벼운 농담도 주고받으면서 조용하게 날을 보냈다.

이때 벌써 그들의 행동에서 심상치 않은 기미를 발견했었다는 사진사의 말에 의하면 세 여승은 아침저녁, 사람들의 눈을 피해가며 예쁜 조약돌들을 주워 모아 각기 자기의 바랑 주머니 속에 가득가득 채우고 있었다 한다. 그리하여 마지막 날 밤 절의 주지와 사진사 아저씨를 청해놓고 작별인사를 했다. 과자와 호콩을 사다 대접하며 내일 새벽 일찍 첫 버스로 떠날 예정이니 없으면 간 줄 알아달라고……

다음 날 새벽 그들은 조약돌들이 가득 담긴 무거운 그 바랑 주머니들을 어깨에 걸머져 허리에 꽉 졸라매고 귀신도 모르게 조용히 일렬로 늘어서서 강의 중심을 향하여 서쪽으로, 서쪽으로 걸어 들어갔던 것이다. 그러나 어찌 뜻하였으랴, 불행히도 발견자가 있었다. 건넛마을 사공이 날씨를 보러 문밖에 나왔다가 어스름 속에서 물소리를 내며 강 속으로 걸어 들어가는 이상한 세 그림자를 발견하고 놀라 이웃 청년들을 부르면서 소리질렀다. 그러자 그와 때를 같이하여 주먹 같은 소나기 빗발이 온 천지를 덮으면서 난데없는 그 무서운 뇌성이 하늘과 땅을 뒤엎어놓았던 것이다. 소나기와 천둥이 가라앉은 다음 사공과 부락민, 절간의 승려들은 모든 배들을 동원하여 낚시와 삿대로 강물 속을 더듬었다. 두어시간 만에 시체 하나가 낚시에 걸려 물 위에 올라왔다. 사진사의 말에 의하면 가장 나이가 어린 여승이라 했다. 자기 말로 열여덟…… 그러나 스물두살과 스물네살이라던 두 여승은 끝끝내 나타나주지 않았다. 그 후로도 영영 종적을 감추고 말았다.

그날 나는 장화를 신고 강변에 나가보았다. 소나기가 후리고 간 산·들·밀밭·보리밭을 초여름의 투명한 햇빛이 영롱하게 비춰주고 있었다. 한길씩 되는 호밀밭 사이를 걸어가자니 아랫도리는 물에 빠진 사람 모양 흠뻑 젖어버렸다. 눈에 보이지는 않았지만 강 언덕 쪽에서는 굵은 남자들 목소리며 아해들, 그리고 아낙네들의 수런대는 소리들이 점점 가까이 들려오고 있었다. 호밀밭이 다하고 드디어 강 언덕에 나섰다. 많은 사람들이 강 언덕에 서 있었다. 정복 경관의 모자에 붙은 모표가 화사한 햇빛을 반사하고 있었다. 강 위에선 아직도 대여섯척의 배들이 물속을 뒤지며 오락가락하고 있는데, 이쪽 모래밭에선 많은 사람들이 둘러서서 무엇인가를 내려다보고 있었다. 나는 그리로 갔다. 둘러서 있는 사람들 사이에 끼여 보았다. 축축한 모래밭에 거적때기를 깔고 그 위에 그 열여덟살짜리라는 여승의 시체를 눕혀놓고 있었다. 내가 도착하자 금세 공의(公醫)의 검시(檢屍)가 끝나 하얀 백광목 휘장이 덮여졌지만 나는 그녀의 너무도 앳된, 그 이 세상 아무것에도 상관이 없다는 듯한 평화스런 얼굴, 오뚝 선 지적인 콧모습, 흰 목언저리, 그리고 곱고 긴 열 손가락을 똑똑히 보았다. 그러나 무엇보다도 나를 충격케 한 것은 왼쪽 팔뚝에 밤알만큼씩 역력히 흉터져 있는 네개의 우둣자죽이었다. 그녀의 몸에선 그녀의 신분을 알아볼 만한 아무러한 증거물도 나타나주지 않았기 때문에 그녀의 본명이며 본적이며를 알 까닭이 없었지만, 그 우둣자죽은 그녀의 고향이며 어렸을 시절이며를 나로 하여금 생각하게 해주었다. 어딘가에 그녀의 추억 묻은 마을과 길들, 그리고 소꿉동무들이 자라고 있을 게 아닌가. 설사 부모형제가 없는 고아였다 할지라도 우두 놓을 때 그의 주변엔 누군가가 있었을 것이 아닌가.

나는 그곳을 빠져나와 강기슭을 거슬러 한없이 걸었다. 언젠가 버리고 온 내 가슴에 낡은 담장이 자취 없이 무너져 내리고, 그 무너져 내린 담장의 자리 위에서 조그만 꽃씨 하나가 말없이 떡잎을 갈라내고 있는 느낌이었다.

이승 저켠 피안의 세계에 무엇을 보았길래 그들은 세 사람이 동시에 서쪽 하늘을 향해 합장하고 행렬 지어 한가닥 미련 없이 점점 깊어지는 물속으로 걸어 들어갈 수 있었을까. 무엇이 그들로 하여금 멀고 먼 그 겨냥을 향해 아무 잡티 없이 달려가는 빠른 화살이 되게 했을까. 그리고 또한 그들의 죽음에 하늘은 어찌하여, 우리를 낳아준 자연은 어찌하여 그 주먹 같은 소나기와 뇌성벽력을 조화했을까.

그것은 필연성에 의한 조화였을까…… 아니면 해후였을까……

알 것 같으면서도 모를 일이다. 그러나 다만 나는 그들의 행동 결행에의 의지 앞에 고개 숙이고 싶었다. 아무의 눈에도 뜨이지 않게 하기 위해 밤을 택했고, 거기다가 물속 깊이 가라앉아 다시는 시체를 남에게 발견되게 하지 않기 위해서 무거운 자갈바랑을 몸에 묶고는 흔한 유서 나부랭이, 유품 하나 남기지 않고 깨끗이 일렬로 승천했다고 하는, 그 극적인 죽음 앞에 위대한 예술에서

와 같은 법열(法悅)을 느끼고 있었을 뿐이다. 그들이 바랐던 것은 떠들썩한 이 남은 세상의 소문이 아니고 그대로 슬쩍 숨어버리고 싶었던 것이리라.

나는 요새도 가끔 그 세 여승의 죽음을 생각하면 종교·예술이 지니는 어떤 지상의 자세 같은 것을 그들의 마지막 행렬에서 느끼게 된다.

(『재무(財務)』1963년 10월)

시끄러움 노이로제

　현대인의 병 가운데 시끄러움 노이로제라는 병이 있다 한다. 이 병은 특히 도시인에게 많다.

　옛날의 문화는 전원 중심의 문화였기 때문에 옛날 사람들의 귀에는 새소리, 물소리, 바람 소리, 나뭇잎 굴러가는 소리들만이 들려왔던 것이다. 아니고 사람 소리라야 기껏 짚신 끄는 소리, 열두폭 비단 치맛자락 끄는 소리, 아니면 도란도란 구수한 이야기 목소리뿐이었을 것이다. 그러나 요샌 다르다.

　좀 한가하다고 생각되는 날 집안에 누워 있다가 무료하기도 하고 좋은 음악이라도 들려올지 혹 알 수 없다는 기대에서 라디오 스위치를 돌려본다. 그러면 그 달콤한 기대는 언제나 스위치를 돌리자마자 볶아대는 기관총 소리 같은 약광고에 산산조각이 되어버리고 만다. 다행히 귀가 따가운 약광고가 아니고 다른 것이 튀어나왔다 하더라도 결과는 대개 거기서 거기다. 드라마가 튀어나왔다고 하자. 온갖 상소리, 비명소리의 전람회장 같은 싸움판

장면이 아니면 엉엉 땅바닥에 주저앉아 통곡하는 장면이다. 그 통곡도 한국 사람답지 않게 어찌나 길고 유치한지.

가령 뉴스가 튀어나왔다고 하자. 사람이 사람을 죽인 이야기, 누가 누구를 사기하고 달아난 이야기, 그 못된 부끄러운 이야기들을 전투상황 중계하듯 기계적인 음성으로 쏘아붙여댄다. 그러고는 또 시끄러운 그 금속성 광고 소리.

밖에 나오면 이 시끄러움은 더한층 목청을 돋운다.

자동차 소리, 호각 소리, 클랙슨 소리, 외치는 소리, 깨어지는 소리.

찻집에 들어가본다.

스피커에서는 거의 소음에 가까운 재즈 음악이 흔들리는 몸체로 발악을 한다. 그 발악은 분명히 우리가 살아온 이곳의 풍토하고는 전혀 인연이 먼 생경한 소음이다.

쾅! 하는 소리에 중추신경이 찡하고 톱질을 받는다. 아리다. 여급이 찻잔을 팽개치듯 탁자 위에 때려눕혀놓고 간다.

짤그락! 하는 소리에 또 한번 놀란다. 이번에는 찻잔을 될 수 있으면 깨어져버려라 하는 듯이 할퀴어가지고 사라져버린다.

신문을 본다. 대문짝 같은 활자들이 용틀임하면서 우리의 피로한 신경 앞으로 육박해온다.

극한적인 언어들. 그건 우리의 귀를 통해서가 아니라 눈을 통해서 신경을 시끄럽게 만들어준다. 너무 모질고 맵고 아픈 기사들뿐이다.

거리에 나오면 건물보다도 훨씬 큰 간판 글씨들이 우리의 눈을 시끄럽게 골탕 먹여준다. 그것도 전혀 미술적인 고려 없이 원색으로 크고 무식하게만 쓰려고 경쟁한 간판들.

그래서 요새 나는 흔히 두 귀를 솜으로 막고 다니기가 일쑤고 색안경은 거의 날마다 쓰고 다니게 됐다.

빛깔이 있는 안경을 쓰면 시끄러운 원색 양철조각들이 조금은 부드럽게 보이기도 하거니와, 정 보기 싫은 것이 있다면 눈을 슬그머니 감고 있어도 아무도 남들이 알아채지 못하니까 이상히 생각할 사람이 없어서 좋다.

그런데 두 귀를 솜으로 막고 다니는 문제만은 다시 생각해봐야 될 일이다. 얼마 전 골목길을 걷다가 자동차한테 봉변을 당했다. 최신형 자가용 하나가 내 오금 뒤에서 급정거를 했다. 클랙슨 소리를 못 들었냐는 것이다. 그 길이 내가 알기로 분명히 '제차 통행금지' 구역이었지만, 따지다보면 귓속의 솜도 뽑아내야 되겠고, 그러다보면 시끄러움은 더욱 큰 시끄러움의 시련을 겪어야 할 것 같기에 아무 소리 없이 피식 웃어주고 내 발길을 재촉했다.

귀와 눈을 통해서 보이고 들려오는 이 시끄러움, 하루도 24시간, 한달도 서른날, 1년이면 열두달, 날마다 상승 일로 기승하여 가는 이 시끄러움 속에서 해방을 얻는 무슨 길은 없을까.

세상 사람들의 소리와 표현이 좀더 부드러워지고, 좀더 저음으로 낮아지고, 좀더 정감 있는 폭신폭신한 살 소리로 녹아 스밀 수 있게 된다면 이 세상은 얼마나 다정스러워지고 평화스러워질까.

나는 지금 분명히 시끄러움 노이로제 중증에 걸려 있는가보다.

(『국세(國稅)』 1968년 1월)

산, 잡기

일요일이면 나는 산에 간다.

산이라야 북한산 아니면 관악산이지만 가도 가도 싫증을 느낄 수 없는 것이 또한 이 산들이다.

휴일 아침 아내에게서 도시락을 서비스 받아가지고 우이동행 시내버스를 탄다. 가진 것이라고는 노트와 도시락과 방한 잠바가 들어 있는 조그마한 륙색 하나뿐이지만 경우에 따라서는 맨손일 때도 있다. 맨손으로 갈 경우에는 백운대 바로 턱 아래 있는 백운산장에 가서 그곳 아저씨에게 점심을 부탁하거나, 아니면 우이동 종점 음식점에서 깍두기가 들어 있는 30원짜리 도시락을 싸가지고 올라간다.

일요일의 수유리행 버스는 언제나 (한여름과 한겨울만 빼놓으면) 만원이다. 보통의 만원이 아니라 그야말로 초만원이어서 차장도 운전수도 등산객들도 허리끈을 바짝 졸라매고 정신을 차려야 된다. 그러나 그 붐빈 차체 속에라도 한번 들어서만 놓으면 아직 종로인데도 벌써 흐뭇한 산 기분 속에 휩쓸려 들어가버리고 만다. 완전한 등산장비를 갖춘 중고교생·대학생들, 그리고 30대·40대·50대들의 의기(意氣)에 차 있는 세련된 몸가짐, 햇볕에 탄 얼굴 속에서 하나의 동지적인 사랑 비슷한 것을 발견해낼 수 있기 때문이다. 눈들이 맑다. 산 타는 사람들치고(물론 술과 기생들을 차고 산 입구에서 주정하는 사람들은 산 타는 사람이 아니니까 제외되지만) 눈동자가 맑지 않은 사람이 없다. 어떻게 보면 순박이 지나쳐서 우둔에 가까우리만큼 그저 맑다. 이런 것을 가리켜서 옛 성현은 아마 "인자(仁者)는 산을 좋아하고 현자(賢者)는 바다를 좋아한다"고 말했는지도 모른다.

버스에서 내리면 나는 으레 백운대 코스를 밟는다. 물론 우이암 코스로 해서 도봉산으로 가는 길도 좋고 우이령으로 해서 오봉(五峰)으로 오르는 골짜기도 좋다. 그러나 뭐니 뭐니 해도 역시 해발 8백여 미터의 백운대 상봉(上峰)에 올라서서 인천만 너머의 서해와 임진강 건너편의 휴전선 북방지대, 거기에 면면히 이어나간 강원도 지계(地界)의 연봉(連峰)들, 그리고 접시를 엎어놓은 것 같은 남산, 그 밑에 깔려 있는 '서울'이라고 하는 이름의 장난감 같은 조그마한 시가지들을 눈 아래 굽어볼 수 있는 맛과는 비교가 되지 않는다.

나는 대개의 경우 혼자이기 때문에 상봉에 올라서면 싫증이 날 때까지 마음껏 바람도 마시고 담배도 피우고 전망도 하고 한다. 많은 낯선 사람들 틈에 끼여서 옷자락을 나부끼며 서해에서 불어오는 바람을 시원스럽게 심호흡해볼 수 있다는 것은 역시 이 산만이 가지는 자랑이 아닐까 한다. 그 바람을 마시고 있노라면 한 10년은 젊어질 것 같은 기분에 취한다.

나는 어려서부터도 산이 좋았다. 씨근덕거리면서 꾸준한 땀방울 끝에 그 정상을 정복하여 거기 두 발을 버티고 올라서서 바람을 천천히 마셔보는 그 맛, 그 멋. 한번 마실 때마다 10년, 아니 천리만리 멀고 먼 역사며 영감(靈感)이며 추억이며 생령(生靈)들이 내 피 속을 속속들이 스며들어와 굽이쳐가는 것만 같은 그런 느낌이 드는 것이다. 그러노라면 내가 지니는 산상(山上)에서의 동행 없는 고독(?)은 오히려 고고(孤高)의 감정에까지 승화되어 다시없는 자신이 산맥의 심(心)을 타고 발바닥으로 해서 서서히 젖어올라와 심지를 솟구치게 해주는 것이다. 이 순간에 느끼는 일종의 법열(法悅)! 이 순간에 느끼는 하늘 뚫을 듯한 의지의 고양(高揚). 경건으로 통하는 옷깃을 여미고 싶어지는 숙연한 마음. 이런 것들이 나로 하여금 산을 떠나지 못하게 하고 있는지도 모른다.

좌우간 소월의 시가 아니더라도 나는 산이 좋아서 산에서 살아가고 싶다.

냄새

두 연인은 걸었다.

찬 바람이 부는 겨울 밤거리다. 외투 깃을 세워도, 세워도 저녁 내 걸은 두 사람의 피곤한 몸은 으스스하기만 했다. 그렇다고 다 방이나 홀에서 시간을 보내기엔 그들의 취미가 높았다.

불빛이 새어 나오는 창문 안의 수런수런한 말소리를 들으며 두 사람은 똑같이 그들에겐 언제 저런 따뜻한 그들만의 방이 마련될까 하고 생각했다.

어느 음식점 앞에서였다. 문득 그는 말했다.

"그 냄새 참 구수한데."

여인은 살짝 웃으며 외투 속의 그의 손을 가만히 잡아끌었다. 두 사람은 다시 도란도란 그들의 인생을 의논하며 사라져갔다.

한겨울 밤.

거리에서 맡은 구수한 내음.

허기진 젊은이의 미각을 잡아당긴 그 내음의 의미는 순수하다. 먹고 싶었던 것이다. 그러나 다만 그것으로 족하다.

질리도록 코를 박고 먹어버렸으면 삼십이 넘은 지금까지도 두 사람의 가슴에 그 내음이 그리도 그리웁게 남아 있지는 않았을 것이다.

이제 두 사람의 인생은 한 고비 넘겼다. 그렇게 부러워하던 다스운 불빛이 새어 나오는 그들만의 방에서, 오늘은 그들의 어린 것의 재롱을 웃어가며 수런수런 인생을 밤알처럼 익혀가고 있다.

책상 앞 벽에 비스듬히 기대앉아 담배를 피우고 있던 그는 문득 이런 말을 했다.

"그날 밤, 그 어느 음식점 속에서 새 나오던 그런 냄새 나는 찌개 좀 끓여보우."

여인은 그날 밤처럼 그저 빙긋 웃을 뿐이다.

그녀는 생각한다.

여학교 시절, 교정 라일락 꽃나무 밑에서 맡은 짙은 꽃 내음, 뒷동산에서 어린 시절에 맡은 들국화의 은은한 향기, 꽃가게에서 맡은 장미꽃의, 젊음을 뇌쇄시킬 듯한 농향(濃香), 이런 것은 다 잊을 수 없다. 아름다운 추억과 함께 서정시처럼 이따금 가슴을 촉촉이 적셔준다.

그러나 냄새도 인생과 함께 자란다. 이제 그녀의 손엔 어린것의 기저귀 냄새와 살림살이를 거두는, 여인들의 손에 풍기는 시큼한 냄새가 배어 있다. 그녀는 어린 시절에 들국화나 라일락 냄새에서 피워보던 꿈보다 그녀의 손으로 주물러 감각하는 이 시큼한 냄새에서 더 큰 꿈의 현실을 맛보며 즐거워할 것이다.

여인은 땀에 젖은 남자의 가슴에, 남자는 냄새 풍기는 여인의 머리칼에 각각 하루의 피곤을 묻고 행복에 젖는 것이다.

그는 생각한다. 옆을 지나가는 여인의 지분(脂粉) 냄새에서 여성을 그리워하던 젊은 시절은 얼마나 철없는 시절이었던가 하고.

그는 이제 값비싼 인공향료가 혐기스러워진 자신을 느낀다. 변소에까지 수도를 놓고 닦아내는 서양인들의 인생은 얼마나 무미한가. 닦고 또 닦고, 향료와 크림으로 체취를 위장하려는 인생은 얼마나 위선적인가.

어린것의 요에서 풍기는 비릿한 지린내에서 부성애의 극치를 체험한다.

땀에 전 지게꾼의 담배쌈지에서 풍겨오는 체취, 흙 속에서 생생하게 올라오는 우주의 향취, 그러나 무엇보다도 밤에, 발랄한 그들의 젊음을 태우는 성(性)의 내음은 아름다운 향기의 왕자가 아니랴. 냄새는 인생과 함께 무르익는다.

바닷가에 가보았는가. 비린내를 풍기는 바다의 내음은 억만년 말없이 일하는 그들의 땀내가 아닐까. 바다는 스스로 닦는 일이 없다. 바다는 스스로 화장하는 일이 없다. 그럴 필요가 없기 때문이리라. "우리도 바다처럼 인간의 내음을 한껏 피우며 살자"고 두 사람은 속삭인다.

나의 이중성

동성이나 이성이나를 막론한 뭇 나의 벗들과 교제함에 있어 만약 편지로만 교우할 수 있다면 나의 벗들과 나 사이의 관계는 거의 원만을 유지할 수 있을 것이며 나아가서는 어느정도 벗들로부터 신망을 받을 수 있을는지도 모르리라.

왜냐하면 글월만의 교환이란 사상만의 교환을 의미하는 것이며, 사실 이렇게 나의 멋없는 표정이나 태도를 통과할 필요 없이 사상 감정을 순수한 수단으로, 즉 글월의 형식으로써만 표현할 수 있다면 나는 누구에게나 어색함이 없이 자연스럽게 자유스럽게 대할 자신이 있기 때문이다.

그러나 사정은 이것을 허락지 아니하니 어찌하랴. 인간인 이상 누구에게나 있는 것이겠지만, 그러나 나에게 있는 이 생명의 모순성, 성격의 불균형, 내부의 생명과 외부의 표정의 불일치 등등의 이러한 갈등은 쉬 그 예를 찾아볼 수 없을 만큼 좀 정도를 지나친 심각한 것일 게다.

나는 이제까지에 수없이, 특히 이성과 상대했을 때, 나의 이러한 성격의 부조화로 말미암아 예기치 않았던 오해를 받아왔으며 정신적인 치명상까지 입어왔다. 그럴 적마다 나는 나의 몸뚱어리를 깊은 낭어덕에 매달아 용서 없이 채찍과 비판을 퍼부어왔다. 그러나, 오늘 또다시 이 상처 위에 아픈 상처 하나를 다시 더 받을 줄이야……

나는 K.H.를 대할 적마다 귀여운 생각이 더해갔다. 형식적인 인사만 받는 정도로 무미 평범한 사이를 만들고 싶지는 않았다. 그렇다고 색깔이 다른 무슨 깊은 관계를 희망한 것은 물론 아니다.

다만 그를 순진하고 귀엽게 생각하는 본능에서, 그를 예뻐해주고 싶었고, 그의 앞에서 나의 점잔을 없애버리어 자유스러운, 툭 털어놓은 태도로 대함으로써 음지를 감추고 있지 않은 어린애 같은 가까운 사람이 되어주고 싶었기 때문이었다. 그래서 나는 오늘 J.의 집에서 K.H.를 만나자 반가운 김에 두서너 마디의 죄 없는 농담을 던져주었던 것이다.

나의 이 단순한 가벼운 농담 속에 무슨 죄가 있었단 말일까. 그는 불쾌한 모욕받은 듯한 표정을 감추지 못하고 역력히 드러내놓았던 것이다.

필시 자유스러운 분위기를 만들기 위하여, 또한 나의 호의를 표시하기 위하여 입 밖에 내놓은 농담이 본의가 아니면서도 그렇게 표현되는 나의 어조의 빈정투와 목청(음성)의 기계적이고 냉랭함과 표정의 어색한 불안정성으로 말미암아서, 그에게는 빈정거림이나 멸시로 들린 모양이며 그렇기 때문에 그는 소녀로서의 치욕과 모욕을 여지없이 느낀 모양이었다.

나는 나 자신이 미웠다. 그러나 절망적인 미움은 아니다. 나는 오랜만에 나라는 사람의 인간성에 대해서 적극적으로 사색해볼 기회를 얻었다.

나라는 사람이 가는 곳마다에서(주로 이성과 대할 때) 상대방에게 생채기를 주거나 또는 나 자신이 생채기를 입거나 하지 않고는 못 배기게 되는 근간의 원인이 어데 있을까. 그것은 어쩌면 언제나 무엇에나 극단으로 흐르기 쉬운 이단적인 나의 성격을 남들이 특히 신경이 예미(銳微)한 여성들이 이해해주지 못하는 데 있는지도 모른다.

그러나 나는 그것으로 말미암아서 나 자신을 비운에 빠뜨리고 있는 나의 인간성의 심각한 이중성, 극단의 감정과 극단의 이지의 불균형 등을 간과해버리지는 않으련다.

나의 사상은 때에 따라선 너무나도 극도의 이지만에 치우쳐 지배되고, 때에 따라선 너무나도 극심한 감정만에 의하여 지배된다. 평정을 얻지 못하고 무시로 분류처럼 내닫는다.

그러나 극단의 이지적 방향에 흘렀다고 해서 감정이 완전히 자취를 감추어 이지 속에 매몰되어버리지는 아니하는 것이며, 오히려 이지가 극심하면 할수록 감정도 정비례하여 강력해져서 이지의 뒤를 그림자처럼 쫓아다니며 이지에 대하여 불평을 토로하는 것이다. 이와 반대의 경우에도 마찬가지다. 이러한 나의 내적 생명의 갈등 상극, 이것이 나의 인간성의 숙명적 불행의 핵이 되고 있는 것일 게다.

이러한 내적 생명의 불일치, 상호 이반으로 말미암아서 행동적 능동성이 없는 수동적으로 방황하기 쉬운 성격이 만들어지고 말았다. 이것은 사상과 행동의 불일치, 바꾸어 말하면 수줍음을 의미하는 것이다.

그밖에 환경과 나의 의사 감정의 상호 갈등에서 빚어지는 내 생명의 타격, 그러면서도 이에 굴복하지 않으려는 나의 타고난 고집, 그러나 나에게 환경에 공격할 행동적 능동성이 결여되어 있을뿐더러 설령 있다 함으로도 솔직히 직선적으로 언동할 것을 용납해주지 않는 환경의 감시, 이러한 까닭으로 해서 어쩌는 수 없이 나의 습벽이 되어버린 빈정거림투가 있는 것이다.

이러한 나의 여성다운 수줍음이나 빈정투는 내가 여성답게 수동적으로 언동할 적에는 아무런 모순도 발생할 우려가 없는 것이지만 일단 내가 능동적으로 언동할 적엔 여지없이 파괴적인 꼬리를 드러내놓고 마는 것이다.

만약 상대방(주로 이성)에게 조금이라도 적극적인 호의를 표시하고 싶은 심정에서 한참 동안 마음속에서 가다듬은 말을 정색으로 이야기한다면 나의 수줍음으로 인해서 상대방에게는 엄격한 부자유한 딱딱한 것으로 이해되며, 또한 역시 호의를 표시해주고 싶은 심정에서 정색을 버리고 아무렇게나 자유명랑한 농담을 해볼라치면 나의 자부심과 빈정투로 말미암아서 상대방에게는 빈정거림이나 냉소나 조롱으로 해석되고 마는 것이다. 항시 내심(內心)과 표현이 불일치한다.

진심으로 정색으로 하여야만 할 말이 상대방에겐 농담으로 들리며, 우스갯거리로 생각지도 않고 하여야 할 말이 상대방에겐 진담으로 들린다. 마음속에서 나 혼자 생각하고 있는 감정은 질서를 잡은 동적인 것이다. 이것을 그대로 글로써 옮기거나 또는 아무도 없는 데서 나 혼자 말과 표정과 행동으로써 표현해본다면 아무 거리낌 없이 나의 마음속에 끓고 있는 감정 그것을 그대로 재현할 수가 있는 것이다.

그러나 그것이 조심성을 갖고 대해야 할 필요가 있다고 직감되는 사람의 앞에서 표현될 때 비로소 예기치 않던 불합리한 오해를 받게 되고야 마는 것이다. (남의 앞에서일지라도 만약 나의 얼굴을 가리고 이야기한다면 아무런 어색함이 없이 의사가 표현될지도 모르리라.)

이러한 수줍음이란 어쩌면 위선, 위태(僞態)와 혈육을 같이하는 것인지도 모른다. 그렇다면 나는 저주받을 위선자인 것이다.

가령 내가 어느 여성을 마음속으로 연모하고 있다 하자. 나의 내부 생명이 욕구하고 있는 연정이란 언제나 어느 누구의 그것과도 비교할 수 없을 만치 뜨거운 열정인 것이다. (이것만은 자부한다.) 이러한 경우 그 여성과 만나서 평범하지 않은 이야기를 주고받는다. 나는 반드시 실패하고야 만다. 나의 열정이 뜨거우면 뜨거울수록 그와 반비례하여 나의 어조는 냉랭해지고 나의 표정은 거만(또는 산만 소홀)해지기 때문에 그 여성에게 오해를 주거나 부자유를 강요하게 되는 것이다.

그러나 이럴 때 표정과 어조의 매개를 받지 않고 글로써만 나의 연정을 엮는다면 나의 심정이 그대로 전달될 수 있는 것이다.

그리고 우리 둘의 마음이 어느정도 융합되었을 때 그때엔 직접 만나 대화해도 오해를 주지 않을 뿐만 아니라 오히려 상호이해를 증진시켜갈 수 있는 것이다. 왜냐하면 우리 둘이 얼마쯤 서로를 이해할 수 있고, 또한 불안정한 긴장이 좀 가시어진 뒤라면 언제나 나의 언동에서는 수줍음도 어색함도 사라져버리어 나의 내심과 외형은 자연스러이 소박하게 일치하는 것이기 때문이다. 이것은 사상이 비슷한 동성의 새 벗과 사귈 때 아무런 부자연스럼 없이 나날이 우정이 깊어감을 느꼈던 사실로써 증명할 수 있다. 그러고 보면 나의 타고난 성격, 수줍음만이 무엇보다도 큰 실패의 씨인지도 모른다.

이제까지에 제법 많은 여성들이 은근한 호의를 나에게 표시해 준 일이 있었다. 그러나 나는 의례히 그들이 주는 호의를 모른 척 하고 회피하거나 그렇잖으면 그들이 표시해주는 호의를 가만히 앉아서 받는 데 그치는 극히 수동적인 반응태(反應態)만으로써 일 관했다. 그러나 나의 이러한 태도는 본심에서 우러나오는 것이 아니다.

마음속에서는 그들의 호의가 고마이 생각되었고 그들의 호의 에 될 수 있는 한 적극적으로 보답해주고 싶었지만 나의 언동이 이것을 자유스러이 들어주지 아니하기 때문에 나는 수세를 취하 는 수밖에 없는 것이다. 그러면 그들의 거지반은 나의 부동하는 정적 태도를 곡해해버리고 만다. 그리하여 나는 그들로부터 돌처 럼 냉정한 사람, 사귈 수 없이 엄격한 사람이라는 화인(火印)을 찍 히게 된다. 실로 나는 이렇게 해서 얼마나 많은 나를 찾아드는 아 름다운 인연을 파괴하였으며, 나에게 주어지는 행복된 시간을 얼 마나 허다히 공허하게 만들었을 것인가.

(1951년)

어느날의 오후

그것은 어느 오후의 일이었다.

나는 머릿속이 잔뜩 무거운 것을 느끼고 신선한 바람을 쐬러 강변 둑길을 찾아 나갔다. 이 둑은 나의 과거와는 여러모로 인연 깊은, 말하자면 추억 많은 곳이었다. 깊을 대로 깊어진 가을 정경이 어떻게 보면 겨울 같기도 하고 어떻게 보면 이른 봄철 같기도 했다.

나지막한 언덕을 넘어섰다. 그러니까 갑자기 둑 밑에서 시끌덤병한 고함소리들이 들려왔다. 방죽에서 사람들이 고기를 잡고 있는 것이었다. 나는 둑에 올라섰다. 상쾌한 강바람이 폐 속속까지 스며들어왔다.

멀리 강 벌판에서는 무나 배추를 뽑아 들이는 사람들인지 희뜩희뜩한 점들이 움직이고 제철도 되지 않았는데 일찌감치 소리개 한마리가 겨울에 하듯이 하늘을 선회하고 있었다.

방죽에서는 여전히 시끌시끌했다. 십여명이나 되는 장정들이

5, 6일씩 소비해가면서 넓은 방죽물을 품어 말려놓고 가물치, 치리, 장아, 붕어, 새우, 하여튼 고기라고 이름 붙는 것은 모조리 주워 담고 있는 것이다. 거기에 개펑꾼들이 대든다. 그러면 고기의 주인들은 사정(私情) 없이 고함을 지르고 눈을 부릅뜨고 욕지거리를 하고 한다. 사실 그것도 그럴 것이 이들 고기의 주인들은 모두가 실직한 무직자로서 정체된 생산가(生産街)를 등지고 들로 나와 원시인들처럼 수렵을 함으로써 다만 쌀 한됫박이라도 벌어보려고 노력하는 사람들인 것이다.

나는 잔디 위에 아무렇게나 주저앉았다. 긴 우억새 풀들이 단풍 들어 노을색처럼 불타고 있었다. 갈피 잡을 수 없는 착잡한 생각들이 머릿속에서 곤두박질치며 지나갔다. 실업, 빵, 생존경쟁, 전쟁, 인류, A.S.의 애수적인 얼굴, A.S.의 편지…… 이때 나는 가까운 곳에서 발자국 소리가 들리는 것을 의식했다. 보니까 둑을 내려가고 있는 사람이 있었다. 그는 의외에도 A.S.의 아버지가 아닌가……

머리에는 아주 험집이 진 털모자를 눌러쓰고, 바래고 낡은 오버를 걸친 등에는 속이 비어서 홀쭉한 류색이 업혀 있고, 손에는 단장, 고무신 신은 발에는 감발이 감겨 있었다. 해는 한발만큼도 못 남았는데, 지금부터 강을 건너 험한 산길 삼십리를 걸어서 집으로 가려는 것인가 보았다.

그는 논두렁 하나를 건너섰다. 그러더니 주춤거리고 서서 지팽이를 땅에 놓고 오버 호랑에서 성냥과 담배를 꺼내서 피워 물었다. 그러고서는 지팽이를 집어들고 또 세월없이 걸어가는 것이었다. 행인 하나 없는 시골길을 혼자서 어쩡어쩡 걸어가는 그의 뒷모양을 볼 때 그의 모습은 너무나도 고독해 보였다. 나는 도무지 무슨 영문인지도 모르는 마술에 걸린 사람 모양 어리벙벙하니 맥없이 서글펐다. 저 사람은 왜 저렇게 외로운 것일까? 그럴 까닭이 없지 않은가. 저이의 딸 A.S.는 부여에서는 말할 것도 없거니와 가는 곳곳마다에서 젊은 청년들의 관심의 적(的)이 되고 있는 사람이 아닌가. 허구많은 사람들이 그의 뒤에서 그를 우러러보는 그러한 딸을 가진 아버지가 저렇게 초라할 수가 있을 것인가. 이 순간 나의 눈앞에서는 달콤한 그리고 피 묻은 기억들이 주마등처럼 지나갔다. 자기의 빛나는 젊음을 통틀어 나에게 바칠 것을 언약했던 A.S.…… 6·25의 경과로 말미암아 그에게 주어진 육체적 정신적 타격. 너무나도. 처녀로서의 꽃 같은 그에겐 너무나도 가혹했던 타격. 이에 자연히 따르는 가정 내의 불안정한 표정……

이러한 것으로 생각이 미칠 때, A.S.의 아버지의 그러한 고독한 모습은 마땅히 어울리는 너무나도 당연한 모습으로 보였다. 그의 아버지가 지금 느끼고 있을 조선 사람으로서의 고뇌. 이것보다는 더욱 심각할 A.S.의 비창(悲愴)…… 당연한 것이었다. A.S.의 아버지가 저렇게 서글픈 까닭은…… 비단 그것은 A.S.의 아버지뿐이 아니라 보다 많은 조선 사람들의 고적(孤寂) 그것일 것이었다.

나는 내 정신으로 돌아왔다. 해는 평화스럽게 타면서 금세 산을 넘어가려 하고 있었다. 아직도 A.S.의 아버지는 나루턱 못미처의 모래밭을 걷고 있었다. 걸음을 걸어감에 따라 등어리에서 이리저리 흔들리는 륙색이 왜 그런지 나의 마음을 울고 싶게 만드는 것이었다.

(1952년)

엉뚱한 이론

　나는 때때로 이러한 것을 생각한다. 우리 사람들은 무엇 때문에 살고 있는 걸까? 우리들은 무엇을 하여야 할 것인가?

　이러한 의문이 나의 사색을 괴롭힐 때 남들이야 어떻게 주장하든 나는 나로서의 여기에 대한 생각을 합리화시키려고 애쓴다. 그리하여 나는 나대로의 판단을 이어간다. 사람들이 살고 있는 까닭은 생식을 위해서이다. 지구상에 생활하고 있는 모든 동물들이 그러하듯이 인간도 역시나 종자의 번식만을 유일한 생활 목적으로서 내포하고 있는 것이다. 이 생활 목적을 무시하거나 경시해봐라. 그것은 문제가 되지 않는다. 왜냐하면 생식운동의 절대성을 무시한다면 절종(絶種), 즉 인간의 존재를 부정하는 것이 되기 때문이다. 흔히 사람들은 인간은 만물지영장(萬物之靈長)이라 자칭하면서 동물과 인간을 근본적으로 분리시키려 애쓴다. 그러나 생물학적으로 고찰할 때 이것은 너무나도 무지몽매한 인간들의 자기도취인 것이다.

태양광선이 없다면 다른 지구상의 모든 생물과 똑같이 인종도 사멸하리라는 것과, 개나 원숭이나 새가 새끼를 퍼뜨려놓고 죽어가는 것과 마찬가지로 인간도 자손을 낳아놓고 죽어서 흙이 되고 흙이 되고 한다는 것을 눈으로 볼 때 동물로부터 인간을 엄연히 구별하려는 주장에 하등의 타당성도 인정할 수 없는 것이다.

그러면 인간에겐 이성이 있다고 말할 것이다. 내가 한발짝 양보하여 이성이란 인간에게만 있는 것이라고 하자.

그러나 개는 인간의 코와는 비교도 할 수 없을 만큼의 발달된 후각의 기능을 갖고 있으며, 개미는 제 몸무게의 16배의 물체를 운반할 수 있는 힘의 기능을 가졌으며, 거미는 인간이 하지 못할, 제 몸에서 실을 제조하는 기능을 갖고 있지 않나.

즉 그렇기 때문에 인간에겐 이성의 기능이 부여되어 있다. 그렇다면 또 예술욕이니 명예욕이니 유희욕이니 하는 따위의 감정을 인간의 성욕과 동등시함으로써 이러한 욕망이 본질적 인간 생활에 있어 불가결의 것이라고 말할지 모른다.

그러나 문제를 앞으로 돌리면 모든 동물 생활의 절대 목적은 오직 번식에 있는 것이며 또 이것을 위하여 성욕은 유일한 최고 수단으로서 존재하고 있는 것이다.

그리고 또 식욕은 성생활의 지속, 즉 성교 '에네르기'를 축적하기 위한 한 수단으로서의 본능인 것이다. 그렇기 때문에 식욕은 성욕 만족을 위한 기본적인 수단에 불과한 것이면서, 또 그 반면 성교 '에네르기'를 양성하는 이 식욕이 없이는 성생활이 잠시도 유지될 수 없는 것이다.

그리하여 우리 동물 생활에 있어서 식생활과 성생활을 제외한 모든 활동은 성생활(식생활도 포함)의 합리화 내지는 효과를 고양시키기 위하여 봉사하는 것이거나 또는 성생활의 클라이맥스와 클라이맥스 사이의 진공 시간을 소비하기 위한 심심풀이인 것이다. 그렇기 때문에 성교 시의 클라이맥스에 육체의 전세포가 통틀어 흥분했을 때 그 동물의 전체(육체와 정신)는 그 순간 이상의 아무것도 바라지 않고 오직 그것에만 "완전히" 만족하고 마는 것이다.

그러나 이 행복의 순간을 제외한 나머지의 모든 생활의 욕구에는, 즉 먹는 일이나 명예를 얻는 일이나 노는 일에 있어서는 언제나 그 이면에 현재 이상의 무엇, 바꾸어 말하면 의식적이거나 무의식적이거나 성적 형태에로 향하는 욕구를 간직하고 있는 것이다.

인간이 돈을 벌려고 애쓰는 이유는 돈 자체에 목적이 있는 게 아니고 오히려 돈을 많이 소유함으로써 성적으로 자유롭고 행복할 수 있다는 습관적인 잠재의식에서 기인된 현상이며, 인간이 무용을 하고 노래를 하고 하는 현상은 성적 향락의 여흥의 형태이거나 또는 성생활에 대한 변태적 내지 의식적 모방의 한 형태인 것이며, 인간이 아무 영양분도 없는 연초(煙草)를 기호(嗜好)하는 이유는 식생활과 성생활의 사이의 허무한 시간에서, 성 만족과 유기적인 관련이 있는 식욕을 만족시키려는 식(食) 만족의 모방(시늉)을 함으로써 무위의 시간을 없이하려는 무의식적 목적에서인 것이다.

그렇기 때문에 인간에게도 역시 유신론자*의 말과 같은 어느

선천적으로 부여되어 있는 지상적(至上的)인 생의 목적(목표)이 있는 게 아니다. 그것은 유기적인 태양광선과 지열에 의해 자연 발생적으로 발생한 '아메바'가 대자연환경의 작용에 의해서 생물학적으로 생존하여가듯 인간의 발생, 생존도 이와 조금도 다름없는 자연법칙의 결과인 것이다.

그렇기 때문에 인간의 지상 목적은 정치도 아니며 철학도 아니며 예술도 아니며 다만 순리일 따름이다. 정치나 예술이나 철학이나 명예 같은 것은 다른 동물에 비해 좀 발달된 두뇌조직을 가지고 있는 인간이 인구의 증가와 함께 상대방을 지배해보려는 교활한 이성 작용에 의해서 결과된 산물인 것이며, 원시시대 이후로 이렇게 인간들이 두뇌 신경세포를 사용하여온 결과, 네 발로 기어다니다가 두 발로 걸어다니고 그러자 필요치 않은 꼬리가 없어져서 흔적만 남아 있듯이 그와 반대로 인간의 두뇌세포는 자연도태의 법칙 아래 딴 동물에 비해서 고도로 발달되어온 것이다.

이상에서 나는 인간들이 살고 있는 목적은 '아메바'가 살아가듯이 역시 자연의 순리임을 말했다. 그러면 우리 인간은 무엇을 하여야 할 것인가.

이 문제는 간단하다.

즉 인간은 문명시대 이후로, 두뇌 신경의 교활한 발달 응용으로 말미암아 그것들에 의해 구속받고 있는 "성적 인간 생활의 자유"를 가지기 위하여 이름 좋은 질곡을 벗어던지기에 인간으로서의 총역량을 경주해야 한다.

두뇌 운동의 과잉이나 또는 탈선으로 말미암아 인간의 알몸 위에 축적되어가고 있는 '불필요한 문명'을 전인류의 생활에서 집어 동댕이치고 태양광선의 작용에 의한 인간 생명의 순리에 가장 순리적으로 순응하여 살아가면 된다.

이것은 인간성의 해방에로 가는 유일한 길이다.

(1951년 10월 28일)

단상 모음

1

'싸움'이란 '친화력'과 똑같이 만물의 자연스러운 생존 현이다.

낮에는 상승 현상 가운데서 싸움하고 밤에는 고요 속으로 돌아와 쉬면서 친화한다.

2

모든 예술은 사랑이다.

시는 사랑하는 생명의 불붙은 마음이다.

3

주위엔 무지(無智)가 꽉 차 있소.

아마 하늘이 석(石)을 훌륭히 몰락케 하기 위한 연극으로 석(石)

의 주위의 모든 여건들의 지(智)의 지침들을 모두 헝클어놓은 모
양이오.

4

나에게 힘을 주소
욕망을 주소
살고자 하는 그 의지를 주소.

5

울고 싶지 않소
정말
하나도 울고 싶지
않소.
웃고 싶지도 않소
정말
하나도 웃고 싶지
않소.
이대로 돌이 되고 싶소
이대로 굳어
백년 후
천년 후
조용히 부서져버리고
싶소.

6

물리(物理)입니다.

만생물(萬生物)의 역사는

지(智, 변명)는 비극의 시초였습니다.

물리는 아름다운 조화 속에 살아갑니다.

지는 무질서한 갈대밭입니다.

갈대밭이 불탄 다음 겨울의 대지 속에서는

조화 이룬 은밀한 사랑이 충족되어갑니다

물리를 막을 순 없습니다.

있다면 그것은 어리석은 허식(虛飾).

(눈 감고 야웅 하는 격).

저녁 향연에 몰린 하루살이의 떼 모양

마음들의 물리는 끊임없이 변동하는 것.

싫어도 그것은 하는 수 없습니다.

7

괴테

언어의 향연

영원한 여상(女像)

순수 언어미의 창조

순수 연애미의 창조

똘스또이

사상의 정착

심원한 인류애

괴테에겐, 언어는 미 자체였고

똘스또이에겐, 언어는 의상이었다.

하나는 무르익은 사회관계(토대) 위에 장식처럼 핀 온후한 귀족문화요.

하나는 모든 사회적 역사적 인과관계를 포괄하여 지고의 방향으로 이끌고 나가려는 '힘'의 문화이다.

8

춘원·민촌·심훈

뭐니 뭐니 해도 아직까지 그들이 세운 탑에 견줄 만한 탑이 한국 땅엔 없다.

모름지기 현대의 작가들은 그 실속 없는 '새로움'을 자랑하기 전에, 이 선배들이 더듬고 간 그 정력적인 징신 앞에 모자를 벗으라.

기술(技術)은 다음, 그다음에 이야기하자.

9

한시(漢詩)

암시가 풍부한 수묵화.

사설스런 우리들의 일상어와 상위(相違)한 점. 그것이 커다란 하나의 매력이다.

어느 일정한 기간 사람들은 이것을 혹 무시해버릴 수 있을지 몰라도, 곧 그들의 취미는 이러한 사상(思想) 문자를 다시 찾게 될 것이다.

10

시인이여.

율(律)을 버리라. 된장을 끓이라.

그러나 시인이여. 새로운 율을 다시 제작해야.

11

독성(毒性)적인 네 정신의 노동을 육체가 지탱해갈 수만 있다면 네 일생은 세계를 뒤헝클어놓고 말 것이다.

———중복날

"수상록"을 위한 노트에 붓을 적시며.

(1958년 7월)

12

가엾게 살다 돌아간 사람들을 위하여 그들의 얼굴을 생각해보자. 자기의 욕망대로 타고난 성격을 휘둘러가며 살다 돌아간 사람들은 다복하여라.

13

비평가란 열등 기생충이다.

단, '직업'으로 그것을 가지고 있을 경우에.

14

청산하자.

이제 모든 것을 끝내버리자.

너야말로 죽어 마땅한 오직 한 사람이다.

　　　　　　— 빚쟁이가 문 앞에 와 찌적대는 생일날 아침에

15

사람이여

너무 멀리에 있다

그러면서 나를 동정하고 있다고

제발이여 생각지 말아달라.

나의 죽어가는 숨소리에 귀 기울인 사람

이 세상엔 한 친구도 없었다.

당신은 다만 마당에 잔치를 베풀고

굶어 죽어 나올 애인을 기다리고 있었다.

　　　　　　　　— 현기(眩氣)로 쓰러진 아침

16

슈베르트의 선율이, 산 넘어 불타는 저녁노을이, 병원길 뜯어 맡아보는 한잎 들깻잎 냄새가, 꺼져들어가는 내 생명의 마지막 등불에 기름을 보태주고 있었다.

17

전쟁은 물리적 필연 현상이다.

18

머지않아 인류는, 그들의 전역사를 통하여 꾸준히 모색하여온 창조적 미의 극치, 종합예술의 찬란한 시대를 가지게 될 것이다.

아마도 그것은 시(詩) 악(樂) 무(舞) 극(劇)의 보다 놓은 조화율의 형태로서 나타나게 될 것이다.

19

지구상의 만물은 한그루의 나무다

우주 안의 만물은 더 큰 한그루의 나무다.

어느 개체, 어느 생명이란 그의 모체로서의 지구수(地球樹)의 존립을 떠받치기 위한 지구 물질(우주 물질)의 국지적·임시적 현상이다.

양자강 변에 살고 있는 한 소녀와 나와는 한 살〔肉〕이다.

지구의 일면(一面)에 밤이 내려 그곳 생물들이 잠자고 있을 때 낮의 개체들에 집착되었던 '정(情)'으로부터 해방된 지구 물자(物子)들은 서장(西藏) 고원에 있으나 황하 유역에 있으나 금강 변 오막살이 속에 있으나 그들을 한가지 칠흑으로 덮은 어둠과 함께 하나의 물자적(物子的) 세계, 하나의 '이(理)'의 세계로 융화되어버린다. 이것을 영혼의 촌락, 영혼의 대기권이라 이름할 수 있다.

인간의 정(情)이나 의식은 이(理)의 맑은 흐름을 감촉하지 못한다.

다만 기개(幾個) 특수한 인간들의 해어진 의식 포장 너머로 이(理)의 맑은 체구가 이따금 감촉된다.

의식적 인간이란 마치 물사마귀와 같아서 분자구조가 조밀할수록 찌꺼기의 정수만 남게 된다.

의식으로부터의 탈피, 의식 막(幕)의 제거, 정(情)으로부터의 해탈, 이 길만이 영혼의 호흡을 이(理)의 맑은 세계에로 터놓아주는 오직 한길이다.

20

초인이라 무엇인가.

정(情)의 세계로부터 완전히 해탈된 사람을 말한다. 하므로 그의 발판은 이(理)의 세계에 부침(浮沈)하고 있다.

성인이란 무엇인가.

그것은 정(情)의 세계를 세속에 비해 보다 자유롭고 폭넓게 왕래하면서 정의 세계에 지상적인 질서를 세우려 노력하고 있는 사람이다.

21

성인에겐 눈물이 없다. 철두철미 인간적이다.

초인에겐 표정이 없다. 천상천하의 일에 신령스럽게 통하고 있을 뿐이다. 그는 빛을 띤 목석이다. 아니면 아무것도 없는 맑푸른 허공이다.

22

성인의 정(情)은 그 구성된 물질 밀도가 희박하다. 자유롭고 가볍고 투명하기가 때로 대기와 같다. 그의 정은 횡으로 전인류적이고 종으로 전역사적이다.

범인(凡人)의 정은 그 구성된 물질 밀도가 물사마귀와 같이 딱딱하다. 그가 가는 곳 어데든 탈이 생기고 그가 뜬 자리 언제나 상흔이 남는다.

23

우리들이 잠들었을 때 현상적 정(情)이 거세된 우리들의 생명은 영혼의 촌락으로 그 촉수들을 뻗쳐 각기 그 모체수(母體樹)의 생활 사정에 귀 기울이게 된다. 이때에 영몽(靈夢)이 생긴다.

잡몽(雜夢)과 영몽은 엄연히 구별된다.

24

영적으로 이적(理的)으로 우수한 개체일수록 먼 거리 먼 미래를 예감한다.

영혼의 촌락에서, 내일, 모레, 열흘 뒤에 있을 사정들을 물어가 지고 돌아오는 우리 생명들의 충실한 천재성을 편고(偏固)한 연구 실 과학은 알아보지 못한다.

그것은 연구실 과학 자체가 '정'의 현상학이기 때문이다.

25

연구실 과학은 비과학이다. 실험과학에서 흔히 미신이라고 멸 시해버려 오는 그 미신 속에 진리의 과학은 더 많이 숨어 있다.

26

초세상적, 초우주적 흐름 속에 기초 둔 신비로운 생명들의 그 분 위기를 원시적 정력으로 벽돌 쌓듯 쌓아올리는 실험실 과학의 무 모(無謀)가 과연 붙잡아볼 수 있을 것인가. 어림도 없는 이야기다.

27

범인(凡人)들은 그의 생활 전체가 성적(性的) 행위이다.

이 숙명적인 냄새를, 수도자는 그의 몸에서 떼어버리려고 노력 한다.

범인들은 도덕이란 이름의 화장품을 만들어냈다. 그들이 부도

덕한 증거다.

들에서 크는 짐승이나 산에서 자라는 꽃나비는 순수하게 힘을 다하여 자연껏 물리적 음양(陰陽)을 행사한다. 수치를 모른다.

여기 비하여 범인은 추악 무쌍한 비자연물이다. 간사한 지혜로 눈만 가리우고 털이 난 손으로 수치를 더듬는다.

세상에 수치를 아는 짐승은 범인밖에 없다. 그들이 추한 까닭의 유일한 자료이다.

세상에 범인보다 속악(俗惡)하게 추하게 서투르게 만들어진 짐승이 또 어데 있겠는가.

이 불구적인 결함을 보충하기 위하여 기개(幾箇)의 재질들은 정신문화를 두들겨 맞추는 데 노력했다.

수도자의 길은 하늘로 가는 길이 아니다. 두루 돌아와 다시 지상을 가는 길이다.

28

인간은 미와 진과 선을 추구한다. 그것은 인간이 이것들을 가지고 있지 못하기 때문이다. 인간의 좌석은 비미(非美) 비진(非眞) 비선(非善)이다.

예술과 종교는 인간을 상부로 이끌어 올리려는 길이 아니다. 하야(下野)의 짐승이나 꽃에게로 내려가려는 안타깝고도 처절한 몸부림이다.

29

짐승은 예술과 종교를 필요로 하지 않는다. 그들은 이 모든 것을 생명과 함께 가지고 있기 때문에.

30

인간에겐 두가지의 상반되는 힘,
상부로 올라가려는 힘과 하부로 내려가려는 힘이 움직이고 있다.
그것은 태양인력과 지구인력의 상반 작용으로써 설명이 된다.

31

바닷물은 안개가 되어 하늘로 오른다.
구름은 비가 되어 다시 바다로 내려온다.
초목은 번성하여 하늘로 솟는다.
잎과 씨앗과 대궁은 하늘로부터 다시 땅으로 쏟아져 내려와 썩는다.
썩은 것은 새 초목을 마련하여 다시 하늘로 솟아오른다.

32

인간의 좌석은 공중에 있다.
인간의 반자연적인, 정복 자연적인 작업은 하늘 높이 벽돌을 쌓아올리고 있다.
그들의 타성적인 작업은 광성(狂性)에 휘몰려 삽시간에 태산 같은 사구(砂丘)를 만들어놓는다.

사다리를 점점 높여만 간다.

33

한편 인간의 향수적인 예지적인 물력(物力)은 스스로의 질량에 의하여 대지로 굴러떨어져버리려 몸부림하고 있다.

34

자연을 정복한 역사를 인간은 체험한 일이 있는가. 앞으로도 인간은 자연을 정복할 수 있다고 믿고 있는가. 끝일 줄 모르는 소지(小智)의 어리석음이여.

자연을 정복한 것이 아니라 인간은 다만 자연을 이용하고 있을 뿐이다. 그것도 극히 보잘것없는 미미한 부면(部面)의 소역사(小驛舍) 간(間)을 달린 자연의 궤도차에 잠시 올랐다 내린 정도의 것이다.

그대들이 원자 태양을 폭발시키거나 우주선을 날려 보내거나 자연의 힘차고 튼튼한 화차(貨車)는 그 모든 것을 뱃속 한편 구석에 소화시키면서 무언의 여행을 계속할 것이다.

35

인생을,

시는 구성하고. 그것을

무용은 즐겁게 한다.

(그것에 무용은 목적을 부여한다.)

36

도를 닦고자 하는 사람,

이(理)를 보고자 하는 사람은

별수 없이

옷차림부터도 달리 가져야 한다.

37

금욕 수도자의 문장, 평탄하고 말이 적다.

(광범한) 애인을 가지고 있는 수도자의 문장, 정력적이고 말이
많다.

38

문명을 장식하는 사람과 문명을 창조하는 사람이 있다.

현실은 언제나 문명을 장식하는 사람의 편에 있었다.

39

모든 사람이 나를 버렸을 때 나는 철인(哲人)이 될 것이다.

세상 만인이 나를 따를 때 나는 시인이 될 것이다.

역사 속에 이름을 남긴 큰 수도자는 모두 이 두 길을 함께 지닌 자들이었다.

40

사내에게 철없이 먹히는 여자, 버릇없이 까부는 여자, 행적이 지저분한 여자, 그들은 틀림없이 어려서 자랄 때 동리 사람들에게 아침저녁 인사를 할 줄 몰랐던 사람들이다.

동리 어른들이나 이웃 나이 많은 남자 친구들에게 만날 때마다 아무 이물 없이 '정식'으로 조석 인사를, 또는 상호 대소사 인사를 교환할 줄 아는 색시는 끝끝내 그의 인격을 단정히 견지하여 자기 생활을 보살펴간다.

그렇지 못하고 이웃과 공식적인 교제가 없이 자란 여자는 비공식적인 좁은 문을 남의 눈을 피해가며 만들어놓거나, 아니면 자신도 의식지 못하는 사이에 보기 흉하게 인격이 짜부러져 터져버리거나 해버린다.

딸의 장래를 염려하는 부모들이여
그로 하여 공식적인 인사법이 습관 되게 만들어라.
다만 그러면 된다.

41

문명을 건축해가고 있는 힘은 체계에의 의지다.

42

인간에 충실하려는 사람은 체계를 싫어한다.

체계란 철갑옷이다.

43

인류가 멸하면 딴 생물이 그 이(理)를 섭취할 것이다.

인구가 늘어갈수록 개체들이 소유하는 이(理)의 양은 희미해진다.

우주간에 이(理)의 양이 없다.

인구가 희박했던 고대

그 개체들에 드나들었던 이(理)의 양은 보다 풍부했다.

44

농업을 주업으로 하고 있던 시대에는 가족 단위가 즉 노동 단위였었다. 그러니까 가정이란, 노동으로 뭉쳐진 공동집단이다.

그러나 오늘날에는 아버지는 고무신 공장에 다니고 아들은 공화당 당원이고 딸은 맥주회사 타이피스트다. 그들끼리는 전혀 이해관계를 달리하는 기구 속에 들어가서 화폐를 벌어들인다. 오늘에 있어서의 가족이란 단지 혈연관계에 지나지 않는다.

옛날에는 하루 종일 같은 농장에 나가 일을 했지만 요새는 전혀 엉뚱한 곳에 가서 제각기 다른 일들을 하다가 마지못해 저녁에만 돌아온다. 저녁에만 모이는 집단, 이것이 오늘의 가족집단이다.

그러니까 성(性)에 대한 가치 관념이 전혀 달라진다. 옛날에는 다 큰 아가씨가 어느 가족집단, 즉 노동집단에 소속이 돼야 먹을 수 있고 입을 수 있고 안심할 수 있었다. 그래서 시집가기를 원한다. 그러나 오늘은 가족집단과 상관없이 사회집단, 공장집단, 시장집단 속에 뛰어듦으로써 생활의 수단을 획득할 수 있게 됐다. 즉 가족집단이 아니라, 사회집단 속에 자기 개인을 투여시킴으로써 자기생존의 방편을 잡을 수 있다. 그래서 오히려 어느 개인에의 소속을 의미하는 결혼을 그다지 달갑게 생각하지 않는다. 옛날 사람들은 결혼을 대단한 영광으로 생각했지만 오늘 사람들은 오히려 귀찮은 것으로 생각하고 있다. 가족제도가 파괴될 가능성을 내포하고 있는 시대……

또 한가지, 옛날 사람들은 아들딸을 자본으로 생각했다. 노동력·농토를 확장하는 것처럼, 또는 소나 말을 많이 가지는 것처럼, 기운 센 아들딸을 많이 가지고 싶어했다.

그러나 오늘엔, 가족집단이 아니라 사회집단이기 때문에 아들딸은 크면 사회집단 속에 말려들어가 버리고 만다. 그래서 부모들은 별 이익을 가져다주지 못하는 아들딸을 많이 낳을 필요가 없다고 생각한다. 가능한 한 자기들만의 향락 속에 빠져들어가려고 한다. 이런 잠재적인 욕구를 눈치 빠르게 알아차린 의학이 피임기구를 만들어냈다.

피임에 의해서 인간들은 향락과 생식을 완전히 분리시키는 데 성공했다. 이것이 앞으로 어떤 새로운 역사를 인류에게 가져다줄지 두고 볼 만한 일이다.

45

존재에는 세가지의 형태가 있다.

실상적(實象的) 존재, 상상적(想像的) 존재, 언어적(言語的) 존재.

실상적 존재와 상상적 존재의 중간에 위치하고 있는 것이 언어적 존재다.

상상도 존재이기 때문에 상상이 가능한 것은 실제적으로 존재가 가능한 것이다. 인간이 상상할 수 있는 것들은, 사실로 존재할수 있는 것들이다.

실상적 존재들은, 가령, 재떨이나 바위나 구름은, 언제나 그 시간, 그 장소에밖에 존재하지 못한다.

그러나 상상적 존재들은, 시간과 공간의 제약을 넘어서서 서로의 교합을 가능케 하고 있다.

46

이웃사람들을 해치는 독소. 아무리 미워해도 제거되지 않는 독소가 있다. 발로 이까려 땅바닥에 죽여 없애도 여전히 그 독소는 없어지지 않고 마치 노래기 냄새처럼 그 자리에 살아남는다. 생명력이 진할수록 그 독소도 진하다.

그렇다면 독소란 모든 생명력의 본질이란 말인가.

47

큰소리치며 살아가기란 땅 짚고 헤엄치기 하듯 쉬운 것이다.

양은그릇을 맘대로 내팽개치며 살아가기란 역시 땅 짚고 헤엄치기 하듯 쉬운 것이다. 그러나 잘못하면 금이 가는 사기그릇을 유리상자 다루듯 조심조심 소리 안 내고 다투어 모시기란, 성인군자 수도하듯 어려운 일이다.

꽃잎이 나비에게 속삭이듯 그렇게 조용히, 조심조심 속삭이며 살아가기란 무거운 십자가를 지고 골고다 언덕을 올라가던 예수의 땀방울만큼이나 값지고 어려운 일이리라.

그래서 오늘의 문명인들은 편리하고 쉽게 살아가는 길과 어렵고 공손하게 살아가는 길의 두갈래 길 속에서, 방황하지만, 물론 내팽개치며 소리소리 지르며 쉽고 편리하게 살아가는 길 쪽을 택하고 있는 것이다.

48

노자의 『도덕경』이나 『장자』를 읽어보면 그것이 바로 시(詩)임을 알 수 있다. 우리들이 흔히 시에서 기대하고 있는 필요한 요소들이 그 글들 속에는 듬뿍 담겨 있다.

성서나 불경도 마찬가지다. 그때 사람들은 그런 글의 형식을 통하여 그 시대인의 정신과 의지를 집약시켰던 것이다.

요새 사람들이 시라고 우기고 있는 그 언어세공품(細工品)들을 보면 측은한 생각이 앞선다.

미사여구는 브로치 문화에 기생하고 있는 또 더 작은 장식문화에 지나지 않는다. 현대에 와서 시 정신의 원형은 오히려 산문비평 정신 속에 살아남아 있는지도 알 수 없는 일이다.

49

자본주의 사회에서의 사람들은 화폐를 벌기 위해 살아간다. 화폐로 적당하게 벌어들인 사람들은 인생을 즐기기 위해 화폐를 사용한다. 돈 많은 사람들은 인생을 최대한으로 즐기는 방법들을 모색한다. 오락이나 쇼 구경도 인생을 즐기는 방법 가운데 한가지씩들이다.

인기 유행가 가수나 텔레비 배우들이 많은 화폐를 저축하고 자가용을 사고 고급 주택을 몇개씩 가질 수 있는 것도, 그들이 돈 많은 귀족들의 식사 후와 침식 전의 따분한 시간을 즐겁게 해주는 일을 하고 있기 때문이다.

반대로, 차원이 높은 예술이나 학문을 연구하는 사람들은 헐벗게 마련이다. 그것은 그들이 하고 있는 일은 돈 많은 귀족들의 이쑤시는 시간을 즐겁게 해주는 일이 아니기 때문이다.

50

식료품 상점의 부부. 남편이 오십원짜리가 아닌 육십원짜리 대포를 마시고 왔다 해서 하루 종일 말도 안 하고 쏘아붙이기만 한다. 그러다가도 손님이 와서 통조림을 달라고 하면 맨발로 뛰어나가 생글생글 웃으며 오십원 육십원씩 깎아주며 즐겁게 장사를 한다. 그러나 손님이 가면 또 들어와서 오만상을 찌푸리고 앉아 남편더러 나가라고 소리지른다.

애정이나 인정보다는 돈뭉치가 훨씬 값지고 소중한 것으로 여겨진다. 그 여자가 그러고 싶어서가 아니라 화폐 만능의 사회가 그 여자로 하여금 그렇게 살아가도록 강요하고 있는 것이다.

51

스칸디나비아에서는 아름다운 석양, 꽃리본 단 딸아이의 손 이 끈 대통령이 백화점에 칫솔 사러 나오신다. 탄광에서 퇴근하는 광부들의 작업복 뒷주머니마다 기름 묻은 책 하이데거 러셀 노자 장자. 휴가 여행 떠나는 국무총리 서울역 삼등 대합실 매표구 앞 에 뙤약볕 맞으며 줄지어 서 있으려니 그걸 본 서울역장 더우시 겠소나라 인사 한마디. 평화스러이 자기 사무실로 걸어가는데 남 해에서 북강까지 넘실대는 물결 굽이치는 꽃밭 잉잉거리는 꿈나 비. 이름은 잊었지만 뭐라던가 하는 그 중립국에선 대학 나온 농 민들 트럭을 두대씩이나 가지고 별장에서 살지만 대통령의 이름 을 모른다고 하는데 애당초 어느 쪽의 전쟁에도 총 쏘는 장난에 는 가담하지 않기로 작정한 그 나라, 그래서 어린이들은 총 쏘는 시늉을 안 배우고도 아름다운 놀이들이 많은 그 나라. 자기 나라 논밭 위엔 억만금을 준대도 싫소. 사람 상처 내는 미사일 기지도 탱크 기지도 허락하지 않았으니 아름다운 흙밭 위엔 입맞춤과 타 작과 춤과 꽃다발 쏟아지는 강강수월래.

52

반전(反戰), 반폭력, 반정(反政) 데모들이 세계 여러 나라에서 잇 따라 터지고 있다. 데모하는 사람들의 성분, 그들의 구호야 어떻 든 간에 그 데모를 충격 주고 있는 핵심적인 힘은, 인간 속에 잠재하고 있는 '무정부'에의 의지이다.

인간의 순수성은, 인간의 머리 위에 어떠한 형태의 지배자를 허용할 것을 원하지 않는다.

민주당을 지지하는 선한 시민이 공화당 정부를 욕하는 것은 민주당을 지지하기 위해서가 아니라, 현재 자기들의 머리 위에 군림하고 있는 간섭자로서의 현 정권을 부정하기 위해서 취하는 '무정부'에의 의지의 발로인 것이다. 다시 말해서 '민주주의'에의 의지의 발로인 것이다.

민주주의의 본뜻은 무정부주의다. 인민에 의한, 인민을 위한, 인민의 정부, 이것은 사실상 정부가 따로 존재하지 않는다는 것을 뜻한다. 인민만이 있는 것이다. 인민만이 세계의 주인인 것이다.

그래서 인민은, 아니 인간은 세계 이곳저곳에서 머리 위에 덮쳐 있는 정상(頂上)을 제거하는 데모들을 하고 있는 것이다.

소련 국민들은 우상, 스탈린을 제지하는 데 성공했고 프랑스 국민들은 드골의 코를 쥐고 네 권위도 별게 아니라고 협박해본다. 그리고 한국에서는 1960년 4월 그 높고 높은 탑을 제지하는 데 성공했다.

53

고대인들은 물을 퍼마시기 위해서 물병을 만들었다. 현대인들은 값비싼 물병을 실내에 장식해두기 위해서 자기 인생을 희생시킨다.

옛날 사람들은 자기 몸을 보다 아름답게 꾸미기 위해서 보석을 몸에 달았다. 그러나 요새 사람들은 보석을 소유하기 위하여 자기 인생을 바친다. 옛사람들은 인생이 목적이었지만, 요새 사람들은 보석이 목적이다. 옛사람들은 주어가 인생이었지만 요새 사람들의 주어는 인생이 아니라 보석이요 인생은 수식어이다.

물컵을 들고 가던 어린아이가 마루에서 미끄러져 넘어지면서 물병을 깨뜨렸다. 어머니가 허겁지겁 달려간다. 어린아이의 손에서 피가 흐른다. 그러나 어머니의 눈에 보이는 것은 갓 청소해놓은 마룻바닥이 엎어진 숭늉물로 더럽혀졌다는 사실, 갓 갈아입힌 어린아이의 스웨터가 숭늉물에 더러워졌다는 사실, 그리고 무엇보다도 어머니의 눈에 가장 큰 충격을 주는 것은 하나의 재산목록인 유리컵이 깨어졌다는 사실이다. 그래서 오만 짜증을 내면서 어린아이를 욕하고 팬다.

이럴 때 그 어린아이의 손에서 흐르는 피보다도 사실은 그 어린아이의 마음속에 새겨진 깊고 아픈 보이지 않는 그늘이 문제가 되는 것이다. 집안이 더러워지면 다시 닦아야 한다. 옷이 더럽혀지면 다시 빨아서 기워 입혀야 한다. 컵이 깨어졌으면 깨어진 컵 조각을 잘 주워서 쓰레기통에 버려야 한다. 이 모든 일들은 사람이 사람을 위해서 즐거운 마음으로 당연히 해야 할 일들인 것이다. 우리들이 생활한다는 그 생활이 바로 이런 것을 의미하는 것이다.

유리컵의 깨어짐을 애석히 여기고 아깝게 여김은 유리컵을 하느님으로 모실 위험성이 있다는 증거다. 마룻바닥이 더럽혀짐을, 입은 옷이 더럽혀짐을 무섭게 여기는 것은 그 마룻바닥이나 옷 조각을 하느님으로 미신(迷信)할 위험성이 있다는 증거다. 사람의 즐거운 인생을 위해서 청소도 하고 유리컵을 사들이는 것이다. 집안을 깨끗이 장식하기 위해서, 유리컵의 진열을 위해서 인생이

봉사하고 있는 것은 아니다. 경우에 따라서 유리컵이나 청소는 없어도 살아갈 수 있다. 왜냐하면 생활의 주어는 인생이지 가구가 아니기 때문이다.

54

옛날 사람들은 자기 친구 집을 방문할 때 삼십리건 백리건 자기 발로 걸어서 찾아갔다.

요새 사람들은 차에 실려서 간다. 그것도 대개는 혼자서 몰고 가는 차가 아니라 목적지가 제각각인 많은 사람들이 잡탕으로 타고 가는 버스.

그래서 현대인은 자기 의지로 가는 것이 아니라 타의에 의해 내밀려 가는 것이다. 가다가 고장나면 서서 기다린다. 가다가 언덕에서 뒹굴면 함께 굴러떨어져서 다쳐준다. 일어나서 다시 가면 또 실려서 흔들리면서 다시 끌려간다.

자기 두 다리로 걸어서 찾아갈 때와 무슨 기계에 실려서 흔들리면서 접근해갈 때와는 그 찾아가는 사람의 심적 상황에 커다란 차이가 있을 것이다.

한쪽에는 넘치는 의지가 샘솟고 있고, 한쪽에는 밀려가는 종속이 있을 뿐이다. 걸어서 다니던 사람들은 독립국가를 건설할 수 있었고 차에 실려서 다니는 사람들은 식민지 생활에 알맞는다. 걸어서 다니는 사람들은 인간의 주체성을 믿으며 살 수 있는 사람들이고 차에 실려서 다니는 사람들은 인간의 주체성을 믿지 않는 사람들이다.

그들은 기계에 봉사하기 위하여 자기 처자를, 그리고 자기 인생을 희생시킬 수 있는 자들이다. 그들은 자동차를 하느님으로 섬기려 하는 자들이기 때문이다.

55

사람과 사람 사이의 표현 중에 가장 진실된 것은 눈감고 이루어지는 육신의 교접이다.

그다음으로 진실된 표현은 눈동자끼리의 열기이다.

여기까지는 진국끼리의 왕래다. 그러나 다음 단계부터는 조락이다. 그다음 단계란 것이 바로 언어다.

그것도 피부를 마주 보며 눈앞에서 이루어지는 언어의 왕래는 비교적 진국이다. 수화기로 통한 전화의 대화. 이건 현대인이 만들어낸 가장 비겁한 가면이다. 거짓과 거짓, 사무적인 타산으로 이루어지는 기계적인 표현.

56

내가 야윈 건 내 마음이 착해서 내 조국이 야윈 건 내 조국의 마음이 착해서 비계가 많은 건 이기자(利己者) 증거 뼈만 앙상한 건 마음이 허한 탓.

①순교자(종교)
②오락자(화폐)
③촉수(집권자)

57

행복과 불행은 마음먹기로 좌우할 수 있다. 아픔과 기쁨은 마음으로 좌우 안 된다. 그건 현실이기 때문이다. 행복은 관념이기 때문이다.

58

늘 있는 것은 존재하지 않는 것이다. 햇볕은 금세 없어진다. 지나가는 것이니까 귀하다. 지나가는 것이니까 햇빛이다. 늘 있으면 햇빛이 아니다. 부존재(不存在)다.

59

"돈만 있으면 다 돼"라는 말은, 인간 문화의 수준이 인간 생활에 필요한 만큼의 어떤 양과 질을 가지고 있다는 증거가 된다. 이제 남은 일은 분배다. 분배하면 된다.

"돈만 있으면 무슨 일이든지 이루어진다." 돈이란 본질이 아니요 '약속'이기 때문에 '약속'은 정신에 의해 지배된다.

60

너를 보러 왔었다. 허공서 두레박 매달려 나려오듯. 우리들의 세상은 음산하였다. 치마를 끄을며 둘이는 춤췄다. 안개는 솟다 흩어지고 앉은 자리 돌방석은 체온에 달궈갔다.

61

너를 보러 왔었다. 묻은 손서 사랑이 눈 웃듯. 우리들은 모른 척 살아갈 수 있었다. 도라지 칡순 사근사근 씹으며 아라리 고개 넘어 젖빛 다리(脚)는 있었다.

62

불어서 불어서 가고 있을 바람이여
산골짝 푸른 잎을 풀어 헤칠 바람이여
그러나 그날에도 바람은 살아
여름 펄 외로운 눈섶 불어 헤칠 바람이여

길 가다 들은 아름다운 노래였었네.

63

예술 작품은 이론이 아니다.

완전무결히 이론체계가 통일된 과학이 아닌 이상 개개의 작품은, 통일의 단편 또는 측면이다. 이러한 특질적인 단편 또는 측면들은 이것이 서로 모여 하나의 원만한 예술 영역을 형성한다. 여기에서 특질적인 측면이라 함은 물론 개성의 다양성을 의미하는 것이다.

그렇기 때문에 어느 예술가의 개성적 작품 경향은 남성적이요, 어느 예술가의 경향은 여성적이요, 어느 것은 희락적이요, 어느 것은 비애적이요라는 다면성이 피할 수 없는 필연이며 이러해야만 진실인 것이다. 즉 상반되는 이 개성의 다양성은 서로 견제하며 변증법적으로 발전해가는 것이다.

예술의 개성적 특징이라는 것은 운동 발전하는 예술의 생명력이다. 만약에 하나의 예술이 강하지도 않고 유(柔)하지도 않고 희(喜)도 아니고 애(哀)도 아니고, 균형이 잡힌 중간치기 적당한 경향이라면 그러한 예술은 우리들이 추상(推想)으로밖에 그려볼 수 없는 관념의 예술이며, 따라서 현실적 예술로서는 부존재(不存在), 만약에 하나의 예술가가 이러한 감정의 원만한 평형을 목적하여 여기에 성공했다면 그것은 벌써 생명 있는 예술의 영역을 벗어나 강제로 조작된 정돈된 사물(死物)인 것이다.

제4부

일기

1951년

○월 ○일*

눈부시는 듯한 사업도 연애도 가지지 못한 나의 생활은 자연 졸음이 오는 권태 그것이다. 내일을 기다리는 버릇뿐이 아니라 지난날을 그리고 고향을 그리는, 찰나적이나마 쌈빡쌈빡하는 추억의 맛조차 잊어버렸다. 그 대신 요새 들어 날마다이다시피 나의 덤덤한 하루의 일정한 시간을 먹구름처럼 이겨붙이고 내리누르는 지옥의 공포가 디밀려오는 것이다.

해 질 무렵 저녁 먹기 전, 시간으로 말하면 아마 너댓시에서 비롯하여 일곱시경까지의 사이, 무어라고 말하면 알맞을까……

에이 집어치우자. 그저 무서운 시간. 온종일 혈맥의 한구석에서 대기(待機)하고 있던 찰거머리 같은 인정(가족을 향한)이 마구 기세등등하여 이성(理性)(?)과 물고 찢고 갈피 잡을 수 없이 분열

---

* 실천문학사의 판본에서는 "○월 ○일" 식으로 표시했으나, 실제 육필원고에는 날짜 표시가 없다. 독자들의 편의를 위해 여기서도 "○월 ○일"로 표시해둔다.

상극하는 수라장? ……

아니다. 이 표현은 완전히 영점. 말로써는 도저히 테두리조차 건드릴 수 없는…… 여하튼 자기모순 자기분열의 정신적 고통. 자체의 생명을 파괴해버리고만 싶은……아마 이중인격자가 부딪치는 극도의 불행인가보다. 아니 무위한 인간의 권태의 변형……

○월 ○일

어느 사진쪽을 모델로 삼고 여인상(女人像)을 시험했다. 삼십분 동안 그야말로 문자 그대로의 열정을 기울였나 보다. 예술품 창작 과정에 있어서 맛보는 정열, 애인을 찾아 가시밭길을 헤쳐가는 정열.

붓을 놓았다. 밥풀로 벽에 붙였다. 한걸음에 뒤로 멀리 물러섰다. 꿈속에처럼 환영이 나타났다. 정신을 가다듬으려 애써 깨면서도 눈은 자석에 붙은 것처럼 벽을 떠나지 못했다.

온몸의 전신경을 모아 한곳 벽에로 내뿜는 긴장의 일순. 잠시 후 나는 경련에서 깨어난 사람처럼 비로소 숨을 내품으며 새챕으로 바라봤다. 실물처럼 떠오르는 여인의 둥근 얼굴. 통 내가 그린 것 같질 않다. 아니 내가 그렸음으로써 이다지 좋을 것이리라.

분명 그의 눈은 애수적이다. 아무리 보아야 질리질 않는다.

동무들이 왔다. 보고서 좋다 한다. 혼자서 잠들기가 미안하다(여인에 대해서). 참지 못하여 입을 맞추어 부볐다. 그리고 눈에서 코, 코에서 입을 더듬으며 잠들었다.

이제까지 자신의 작품에 대해서 이번처럼 행복(?)을 느껴본

적은 없다. 시에 있어서나 그림에 있어서(물론 주관에 가까울 테지만).

음악과 시와 미술과 무용.

밥 다음에, 연애와 함께 필요한 것.

체력만 건강했더라면 그럼으로써 노력하는 습관만 나에게 있더라면 작곡도 미술도 과학도 천재적으로 창조해갈 수 있겠으리라마는……

늘 애창하는 일본인의 노래를 그 곡에 맞추어 가사를 지어 부르다.

> "プーシキンの歌"*
> 춤을 추는 달밤에
> 피리 소리 흐르고
> 노래하는 강변에
> 춤을 추는 그림자
> 외로이 춤추는
> 눈물 어린 아가씨
> 꽃잎팔을 밟으며
> 춤을 추는 아가씨

---

* 실천문학사의 판본에서는 빠뜨린 것으로, 노래 제목으로 보인다. 번역하면 '뿌시낀의 노래'이다.

"雪は理想のやさしさよ"*
홀로이 서서 피어 있는 꽃
그대는 이상(理想)의 얌전함이여
바람 불 테면 불라
소낙비 올 테면 오라
들꽃은 이상의 고적함이여
눈보라 몰려오라
바닷물 넘쳐오라
흰 눈은 이상의 순직함이여.

4월 25일
시험 삼아 문예사(文藝社)에 내볼까

　너의 무덤에서

온종일
한가한 공동묘지엔
흔건히 지쳐
해가 딩굴다

함부로 갈큇발이
훼비고 간

---

* 역시 실천문학사의 판본에서는 노래 제목들을 빠뜨렸다. 제목을 번역하면 '눈
은 이상의 상냥함(다정함)이어라'쯤이 될 것이다.

가난한 애장 우에
계절은 땀을 흘리며
거기 나물 뜯던 언덕을
아련히
기어가는 하오(下午)

각시풀 다듬던 연한
너의 뼈마디는
지층을 적시며
오늘도 산화(酸化)하는가······
정(貞)이.

밤마다 새푸라니
놀래였나
지표가 구겨졌다.

　　어느 계절의 마을

흐므시 느러진 마을을
피리 소리가
뽑혀가면 (나부끼면)
마을은
맥을 풀고 조은다.

초로쟁이 쑴바구도

이젠 쇄서
마을은
가죽잎이며
풋보리 냄샐
코가 헐도록 그립누나.

심산히
마을을
재가 날르면 (허기가 싸고돌면)
피리 소린
눈을 못 뜨고 쫓긴다.

　　어데 없는가

그 타는 눈빛으로
나의 온 정열을 이끌어
불살러줄 사람은(연인은)
어데 없는가.

"연(戀)"아 황홀히 나타나
날 미치게 하렴 그러면
키쓰는 안 해줘도 좋다
나 홀로 어프러져
눈물 쏟으며
나 홀로

아

연민을 호흡함이

죽고프도록 달겠고나.

근 달포를 두고 추억하는 행복한 기능마저 잃었었다. 추억의
실마리를 도맡다시피 하던 예민한 후각(嗅覺)이 침전 상태에 있었
던 것이다. 이것은 코가 병든 것이 아니라 나의 과거 생활 전부의
정서를 적셔놓은 시골의 냄새가 극히 드물고 아스팔트, 먼지, 기
름, 화장료(化粧料), 연기 등등 도시적인 무수한 향기의 뒤범벅인
혼합향만을 마시고 있기 때문으로 해서였던 것이다.

그러던 것이, 침체만으로 덮였던 도시에 기계기름을 쪼개 엎고
철의 고갈을 제쳐놓으며 계절의 봄이 등장했다. 아무리 아스팔트
로 거리를 뒤덮었다 해도 바람이며 햇빛이며 수채 구석이며 사람
(생명)들은 봄을 터질 듯이 함뿍함뿍 흡쥐고 계절의 향기를 품기
시작했다.

오늘 나는 무슨 냄새인가를 언듯 마시고 참으로 오랜만에, 청
국 밀이 훌적훌적 패나는 정경의 달콤한 향수(鄕愁)를 씹었다.

이런 귀한 찰나는 불림이 없이 왔다가 쫓김 없이 스러졌다.

S.H.와의 우정은 만날 적마다 엷어가고 있는 것 같다. 그는 어
딘지 나에 대해 인색하다. 어느 모로 보면 애써 나를 경멸하려 하
며, 그 티를 나에게 보이려고 힘쓰는 것도 같다. 가끔 내가 딴 사
람에 하듯이.

그는 자신이 '정열적'임을 자부하면서 실상 그 정열은 차게 심
만 따지는 이지의 테두리를 잠시도 나오질 못하고 있는 듯이 보

인다. 극히 '로맨틱'하지 못한 그는 단순하고 유치한 맹목적 공식주의자의 범주를 아직 벗어나지 못한, 순진한 정신연령에 있다.

한 이데아의 충복이 되고자 애쓰는 그는 반면에 무의식적 자기모순을 범하여 키가 병적으로 커야만 한다고 고집하며 키 작은 사람을 은근히 경멸하는 등의 극히 피상적인 짓거리를 붙잡고 신경을 부리어 어느 개인을 혐오하려 드는 것이다.

4월 28일

건실하게 지녀오던 아름다운 나의 연애관에서 탈선하여 가장 원시적인 계집의 살집에만 육체적 충동을 탐내오던 무서운 치욕의 이삼개월이 나를 끌고 내닫더니 오늘 무심히 읽은 두어 마디 글이 그동안의 흑막을 걷어치우고 깨끗한 제 길을 파헤쳐낸 것이었다.

문철민(文哲民) 역의 『젊은 베르테르의 슬픔』 첫 페이지에 "지난날, 지금으로부터 십년 전, 내가 보다 더 젊던 시절에 이 책을 읽으라고 권해준 그리운 E.O.에게 이 졸역을 바친다"라고 쓴 글을 봤다. E.O.는 물론 역자의 애인이었으며 문학을 이해하는 인텔리 여성이었음에 틀림없다.

상대방으로부터 육체적 감미만을 마시는 것이 건실한 연애가 될 수 없으며, 보다 더 정신적 양식을 풍부히 흡수할 수 있는 경우에 정열적 연애는 성립될 수 있을 것이다.

조숙한 두 소년은 우정 속에 초련(初戀)의 미묘한 신비의 일단(一端)을 울렁거리는 수치(羞恥)를 가지고 무자각하나마 벌써 느끼고 있었던 것이었다. (『수레바퀴 아래서』*에서)

모든 사물과 사물의 정당한 비교 내지 비판에 있어서 항용 분석원리가 될 수 있는 잣대는 '본질'이며 이차적인 것으로 '정도(程度)'가 있다.

현실에서 내가 보고 체험하는 사물들 그것이 그 자체의 전부가 아니며 언제나 그것(사물)은 과거와 미래, 존재와 무 사이의 길에 나타나고 있는, 발전하는 역사의 과정으로서의 부분에 불과한 것이다.

그렇다고 해서 인간의 머리가 눈앞의 부분밖엔, 미래도 존재도 사유할 수 없으며 구상할 수 없다 생각함은 과학을 무시한 우매가 아니면 몰락하는 우주관의 자포자기가 아닐 수 없을 것이며, 오히려 이것을 파악하는 기능을 가진 동물이 즉 인간이라 말함이 타당하다고 보겠다.

가령, 여기 팔매친 돌맹이가 공중을 날고 있는 어느 찰나를 찍어 관찰했다 하자. 과학하는 인간은, 순간에 돌이 그은 선을 전체적 포물선의 부분으로서 파악할 수 있을 뿐만 아니라 그 돌이 이제까지 부딪쳐온 위치를 연결하여 거의 정확한 반호(半弧)를 발견할 수 있을 것이고, 앞으로 어떠한 궤도를 그어가리라는 것쯤은 기하적 역학적으로 능히 설계할 수 있을 것이다. 마찬가지 이치로 인류의, 보다도 만상(萬象)의 규칙적으로 발전하는 법칙을 통

---

* 원문에는 '車輪の下'라고 되어 있는데, 헤르만 헤세의 소설을 말한다.

해서 과거와 미래, 존재와 무의 운동을 현미경 속에서처럼, 진실로 과학의 눈을 가진 과학자들만은 볼 수 있을 것이다.

여기에 있어서 무지한 고집쟁이들이 흔히 범하기 쉬운 상투적 오류의 하나는, 날아가는 큰 돌멩이가 아니라 거기에 묻었다가 떨어지는 작은 모래알을 붙들고서 좋아라 '후유' 하며 여지없이 문제의 핵심이 그 모래알 속에 있는 줄 믿고 그것에 집착하는 그것이다.

5월 3일

모든 사물의 존재 가치는 상대적인 데 있다. 모순과 대립을 향유하지 못한 사물의 운명은 무와 사(死)를 지향할 뿐이다.

만약 어느 사물의 고립적 존재를 인정한다 하여도 그것은 그 사물 자신의 존재 의의를 부인하는 것이며, 순간의 영원에로의 팽창을, 곧 정지를 의미할 것이다. 유와 무, 명과 음, 이성과 감정, 남성과 여성, 지배계급과 피지배계급 등.

자신이 자신의 존재를 반영해보는 거울, 그리고 공이 벽에 가 부딪쳤을 때 벽의 반발력에 의한 공의 운동 의식, 반대로 물체가 자신에 영사(映寫)됨을 보고 자체의 존재 가치를 자각하는 거울, 공의 압력을 감각하고 아울러 반작용하는 힘을 체험하여 스스로의 뚜렷한 존재 의식을 자각하는 등……

미움과 사랑. 증오의 댓가는 증오로 받고 애정의 보람은 애정으로 얻어야 했다. 모든 것에 대한 미움만을 품고서는 잠시도 살 수 없을 것이며 또한 가짜 기독교인 말처럼 무차별적인 사랑만을 발현하라 해도 이것은 졸가리 없는 희극밖엔 되지 못할 것이다.

무질서한 현실 속에서 변장하고 나타나는 복잡한 사건들을 걷어치우고 생생한 밑바탕을 들여다보건대 생물의 본성은 미움과 사랑을 그 숙명적 소성(素性)으로 내포하고 있다.(?)

미움만을 요리하고 있는 젊은 그가 또 한가지 있어야 할 사랑, 그중에서도 더욱 절실한 이성애를 향유치 못해 고뇌하고 있다는 것은 지극히 당연한 일이었다.

젊은 그의 애틋한 애정의 향연(香煙)은 어느 고층건물의 확성기를 통해서 울려 나오는 「헝가리 광시곡」을 들을 때, 그리고 철로 연선(沿線)의 푸른 보리밭이 일제히 모감이를 내놓고 그 풍성히 푸른 빛 속에 묻혀 흰 어린애와 흰 나비가 움직이고 있는 정경을 볼 제, 그리고 저녁 짓는 부엌으로부터 흘러오는 밀짚 타는 내도 같고 밀수제비 끓는 내도 같고 한 흐뭇한 냄새를 숨이 가쁘도록 마셔볼 때 잊었던 달콤한 추억과 아름다운 희망을 맘껏 느끼면서 하도 좋아서 저절로 눈시울이 스르르 감기고 머리가 조용히 저어지며 호흡이 깊어졌다.

전주에서처럼 이러한 자극제나 풍부했음 얼마나 좋을까. 남모르는 풍요한 감정생활의 행복……

5월 ○일

석류알처럼 알알이 쏟아져 나오다가도 늠름한 물너울처럼 출렁거리는 피아노 소리.

소잡(騷雜)한 아스팔트와 먼지 사이를, 율동미를 함유한 무수한 흰 발들이 걸어가면 도시 흰 발들이 아까웁다.

멀리 산이 바라보이고, 푸른 하늘과 푸른 들판 사이로 가르맛
길 같은 흰 길이 뻗어나간 그러한 시골 정경 속에서, 저쪽 산 밑으
로 사라져버리는 소의 울음과, 아득히 보리밭을 어루만지며 헤어
오는 훈풍에 어울려 치맛자락을 하늘하늘 나부끼며 소요하는 흰
발들이.

상상만 하여도 얼마나 질투가 나도록 아름다운 정취냐.

그보다도, 여중 졸 이상의 소위 모던 인텔리들의 흰 발이 크게
뜻하는 바 있어 농촌 구석으로 들어와 미개한 부녀들과 온종일
손이 부르트도록 땀을 흘리고 나서, 석양이 비낀 검푸른 흙을, 뜻
을 나누는 사람의 흰 발과 함께 가즈런히 밟고 갈 때…… 아 꿈이
다 꿈, 그러나 있을지도 모른다. 아니 있다고 믿자.

뿌시낀*의 『예프게니 오네긴』 속의 한 구절이 떠오른다.
"아 그 옛날
그 강변을 거닐던 아름다운 흰
발들은
지금쯤
어드메 땅 위에서 소요하고 있을는지!"

헤르만 헤세의 『수레바퀴 아래서』**를 탐독하는 동안 감명된 바
많았다.

문안엘 갔다 오는 동안 인간 혐증(嫌症)이 나서 혼났다. 욕지기

---

* 원문에는 일본어로 되어 있음.
** 역시 원문에는 일본어 '車輪の下'로 되어 있다.

가 나도록 교만하게 입을 빼또롬히 다물고 눈 흘기는 얼굴, 웃음이 터져나오도록 어색하게 점잔을 피우고 섰는 얼굴, 시들은 외처럼 쭈그러진 보기 민망한 얼굴, 귀쌈을 후리고 싶도록 입을 뻥하니 벌리고 우둔한 눈방울을 두리번거리고 있는 얼빠진 못난 얼굴, 머릿기름이 민들 흐르고, 지방질이 많은 얼굴 속에서 뱁새눈처럼 작은 눈이 더욱 가늘어지며, 모가지에 핏대를 올려가면서 껄껄 웃는 얼굴.

정말 모두를 시원하도록 두들겨버리고 싶은 충동이 인다.

나는 다른 사람이 나를 볼 적에도 이와 같은 싫증을 느낄까 두려워 얼굴을 가린 채 볼일을 집어치우고 방구석에 와 숨어버렸다.

5월 ○일

몸에 안 맞는 누르틱틱한 병대 양복과 값싼 회색 쓰봉을 걸치고 다니니까, 아마 어느 부류의 사람들 눈엔 거지처럼 뵈나 보다. 그렇지 않을 수 없을 것이다. 오히려 좋다.

차 속에서 혹은 거리에서 유심히 관심을 가지고 나를 관찰하는 눈방울을 하루에도 여남은씩 만난다. 젊고 총명한 여인의 눈, 젊은 청년의 시선. 제각기 다른 여러가지 성질의 시선들일 게다. 아무렴도 좋다. 다만, 그 많은 시선들 중에 그 무슨 열정에 불타는 시선이 한줄기라도 있음을 굳게 믿는다.

5월 6일

숫처녀의 사랑은
터질 듯이 연하다.
색시(婦人)의 사랑은
고기처럼 찔기다.

5월 어느날

내가 걷고 있는 길과
그가 걷고 있는 길이
뚜렷이 일치하는, 그러면서
나는 그를 위하여
그는 나를 위하여
이것은 또 길을 위하여
스스로를 희생할 줄 아는,
그러한 동반자, 님은
어델 가야 있는가.

5월 ○일

가련한 자신을 의식했을 때 나도 몰래 소스라치는 바람에 옆에
선 사람들로부터 얼굴을 피해야 했다.
　무자비한 허영의 희생이 되려 하는 정(淨)한 젊음…… 위대천만!
모든 유혹으로부터 피하자. 그리하여 나의 길을 걸어가자.
　옷이란 단순히 몸을 가리는 게 아니라 미적 가치가 있는 것이

었다(물론 근대문명의 소산이지만). 모든 계급사회에 있어서 이 미적 가치는 인류 전체의 미적 해조(諧調)로서가 아니라 필연적으로 어느 특정된 부유층의 독점적 사치로서 존재하는 것이었다. 이쯤 되면 옷이 내포하고 있는 본연의 미적 가치는 간데온데없이 매몰당하고, 다만 경쟁적 이기심의 기호로서의 우상이 있을 따름이다. 왜냐하면 모든 것이 자유경쟁적 부르주아 사회에 있어선 모든 것이 정당한 가치를 인정받아 존재하는 게 아니고 축적재산 소유욕의 경쟁적 탈취 대상으로서 존재하고 있음으로다. 다시 말하면 본질이 아니라 형식이 치중되는 것이었다.

그러기에 모두 아침 굶고 저녁도 어찌 될지 막연한 인사들이 그래도 마카오 시늉만은 잊지 않고 무릎에 칼날을 세워 거리를 활보하는 것이다(이런 경쟁적 사치는 비단 물질 면뿐이 아니라 모든 면에서 다 그랬다).

그러면 또 이 등쌀에 새파랗게 젊은 철없는 남녀들까지 싸잡혀 날뛰는 것이다. 투철한 이성과 이념을 가지지 못한 사람치고 이 유행을 따르지 않는 사람이 없으며 비록 자본의 능력이 부족해서 한발 끼지 못하는 사람들은 정신적으로나마 무척 고민했다.

이러한 현상은 고도로 발달된 자본적 자유경쟁사회의, 특히 난숙기에 있어선 당연한 귀결이라 할 것이다. 멋모르고 이 허영의 희생이 되고 있는 남녀 학생들이 우습고도 딱하다. 자본사회 사람은 가시옷을 뒤집어 입는다(남에게 가시를 안 보이려고).

○월 ○일
각 신문에 활자화되었던 것이었다. 그후 그는 24대 1이라는 입학전(戰)에서 승리하여 J시의 사범학교 관비생(官費生)으로 입학하였다. 사범학교에서도 그는 천재라는 별명으로 알려졌다.

이태 전 여름, 그는 여름방학을 얻어 K읍에서 B읍까지의 뱃길을 골라 오십리 물길을 통통선에 몸을 싣고, 수군거리는 밀보리밭과 잔잔히 깔린 모래밭 사이 K강 물을 따라 굽이굽이 올라갔다. 선객(船客)이라곤 열명밖에 되지 않았다.

여덟은 모두 성년(成年)들이었고, 깨끗한 학생복을 차린 그와, 경기도 말을 하는 스물이 될까 말까 한 단정한 처녀와, 둘만이 늠름히 젊은 채 남들의 온 시선을 받고 있었다. 그들은 어느새 쉬 친해졌다.

둘은 난간에 짜란히 서서 시야에 전개되는 모든 아름다운 것, 현란한 모든 것들을 바라보고 있었다. 누님처럼 다정한 그 처녀는 서울 모 여학교에 있으며 방학도 되고 해서 휴양차 B읍 근처의 친척집엘 간다는 것이었으며, 나중에 그는 서울 주소까지 적어주며 언제든 꼭 찾아오라고 열심히 당부하는 것이었다.

그러자 소낙비가 온통 강물에다 물팡개를 치며 날쌔게 휘몰아갔다. 그때 그 처녀는 그의 다스운 손으로 중학생의 조그만 손을 쥐어 뱃속으로 이끌었다. 소낙비가 멎자 또다시 나와 남실거리는 금물결과 먼 산과 푸른 하늘을 함께 전망했다.

그때 그 서울 처녀는 진심으로 그를 이뻐해주고 귀여워해주었다.

그를 그림처럼 예쁘다고 아껴주던 아름다운 처녀의 주소를 무슨 일론가 분실하고 만 것이 노상 사무치도록 서글펐다……

거리의 소녀여,* 2년 전 그 사범 학생의 환영(幻影)을 흐시지 못하여 하는 그 처녀여. 옷에 정신을 빼앗기지 말라. 진주처럼 영롱한 그의 알몸은 잠시 병대복을 뒤집어쓰고 나다니며 있나니, 오늘 아침 그대의 눈살을 찌푸리게 하며 그대의 비단저고리를 스쳐간 그 때 묻은 병대복의 속에 바로 그대가 찾는 그 환영은 감춰져 있었느니라……

그는 하루에도 수없이 코웃음쳤다. 어느 때는 아무데건 상관없이 소리내며 나오는 대로 웃었다. 그의 천성으로 말미암아 과거가 찬란했듯이 그는 현재도 남모르는 성성한 경지에서 눈부신 내일의 서곡을 무늬 놓고 있는 것이었다……

물론 애초부터 고의로 그런 것은 아니고 다만 없는 관계로 불가불 누추한 행색을 하지 않을 수 없어 수중에 있는 것을 되는대로 걸쳐온 것이 이제는 일종의 숨은 영웅적인 우월감을 그 속에서 느끼게 되는 것이어서 그의 요새 생활은 어느 모로 보면 오히려 자극이 풍부한 생활이라 할 수 있었다……

과부 사정은 홀아비가 안다는 격으로, 더러 모든 유혹으로부터 피하자. 그리하여 나의 길을 걸어가자.

5월 14일

나의 코는 천재다

모든 계절의 향기를 하나 빼놓지 않고

예민하게 찾아낸다

---

* 원문에는 '껄이여'로 되어 있다. '껄'은 'girl'.

도무지 슬퍼 죽겠다

도시 좋아 죽겠다

양지 쪼여 썩는 시궁창의 습한 냄새

조기 굽는 냄새

보리 잎팔과 독사 삐비의 풀 냄새

바람인지 무엇인지 모르는 낯익은 냄새

일제히 패나는 넓은 보리밭을 보면

그 위에 가 원대로 뒹굴어보고 싶어졌다.

서울에 와 있으면 하늘 보는 버릇을 잊는다. 해도 안 본다. 먼 산도 안 본다. 땅도 안 본다. 모두가 제 눈높이만 바라본다.

시골에서 일과처럼 천기(天氣) 보던 일이 문득 생각나서, 하늘과 해를 우러러보고서야, 몇주일 만에 보는 하늘이며 핸가 하고 이제까지 통 무관심했던 것을 비로소 깨달았다.

길이 미어질 듯이 빽빽이 밀려가는 구경꾼들. 번질한 차는 그 사이를 인파의 저항을 받으며 마치 눈먼 능구리처럼 슬슬 삐져나왔다.

날은 한여름처럼 뜨거웠다. 이따금 더운 훈풍이 스쳐갔다. 얼음과자가 세났다. 비행장에서 뒤끓고 있는 것이 사람뗀지 먼진지 분간키 힘들었다.

나는 둑 위 사람들 속에서 Y.J.를 발견하고 숨다시피 빠져나왔다.

5월 17일

그 누군지 모르는 그 누구여(님이여)

가자 이렇게

빛나는 너의 눈동자와 나의 눈빛과

석화(石火)가 일도록 부딪치며

마주 보며 나를 따라오라

보리도 팼더라 종다리도 떴더라

껍질을 훕쓴 새순이며

온갖 아름다운 꽃 모두 펴나는

넓은 벌판

처녀지로 가자

아 누군지 모르는 그 누구여(님이여)

5월 23일

조선 작가의 작품엔 강력한 인상이 빈약하다. 생생한 예술성이 빈곤한 때문일 게다. 어느 작가의 작품을 보더라도 자연 묘사나 또는 심리 묘사에 있어 약속이나 한 것처럼 모두가 우리의 귀가 헐도록 외워버린 상투적 술어를 그대로 주워 늘어놓는 것이었다. 가령 가을 정경을 그리는 데도 "단풍잎이 떨어졌다" 등의 상식 이전의, 극히 흔하고 녹슨 말로써 넘겨버리는 것이다.

물론 이상(以上) 한 말은 일반적인 개평(槪評)이었고, 구태여 인상 깊은 장면을 찾아내려 하면 전연 없는 것은 아니었다. 즉 내가 읽은 것 중에는 민촌(民村)의 『고향』에 나오는 농촌 묘사의 몇군데, 춘원의 역시 시골의 정경 묘사, 상허의 그것(『제2의 운명』의 묘지의 장면) 등, 몇군데는 후일까지도 쉬 가시지 않는 인상을 주기 때문에 간신히 개개의 작품의 특징을 유지해가고 있다.

이런 의미에서 특히 『상록수』 같은 것은 너무나 이지적이고 기계적이기 때문에, 읽고 나서도 도무지 무엇이었는지 인상이라곤 전연 없다 해도 지나친 독단은 아닐 것이다. 이와 반대로 이름있는 외국 작가의 작품을 읽고 나서는 몇해가 되도록 그림처럼 선명한 인상이 가시지 않을 뿐 아니라 도리어 날이 갈수록 그리워지는 정이 더하여가는 것이다.

괴테, 쉴러, 도스또옙스끼, 똘스또이, 고리끼, 뿌시낀, 뚜르게네프 외 다수 등등, 모두 풍부한 예술성의 발견자들이었다.

5월 ○일
밀대 모자 그늘 아래 웃음 웃던 그 얼굴

어느새 제돌이 돌아왔다. 모래밭과 동무들과 그리고 J.H.와 그리고 더 많은 아름다운 것들을 체험한 그 시절의 제돌이 돌아왔다.

5월 ○일
성격을 묘사하는 데 있어서도 진지한 필치로써 이모저모로부터 특징지워가고 있으므로, 읽을수록 한 인간이 점점 또렷또렷이 조각처럼 부출(浮出)되어 나온다. 작중인물이 이성(異性)일 때에는 오래도록 연정을 느끼기도 하고, 동성(同性)일 때에는 우정을 사무치도록 의식하기도 했다.

5월 25일

모든 것이 그저 될 대로 되어가는 세상이다.

여기에 벌통이 있다. 어데나 마찬가지로 왕벌이 있어 왕벌 자신과 낡아가는 벌집을 유지하기 위해서 벌 전체를 혹사하고 있었다. 꿀벌들의 수효는 자꾸 늘어 집이 비좁아 곧 터질 지경이다. 왕벌과 대신(大臣)벌들은 몇대를 내려오는 벌틀이 비록 다 낡았으나마 헐릴까봐 아까워 황겁지겁 눈을 뒤집었다. 유각(遺殼)과 제 목숨을 잠시나마 지탱하려고, 건실한 신식 건물을 설계하는 꿀벌들을 모조리 죽이려 대들었다. 이제까지 선조가 쌓아올린 과학과 지혜를 총동원시켜 꿀벌의 모가질 끊는 데 이용했다. 마침내는 맨주먹인 꿀벌들이 어쩌는 수 없이 전멸에 가까운 운명을 맞았다. 건잡을 수 없이 해어져가는 헌 집과 텅 빈 통 안에 멀쩡한 왕벌이 부하 두서넛 더부리고 있을 뿐이었다.

헌 집을 안 부수려고 새집 지으려는 기사(技士)들을 화장(火葬)한 이야기.

5월 ○일

이상의 「날개」가 생각나지 않을 수 없는 노릇이다.

어느 결에 환해져서 눈을 떠보면, 옆 이불에는 네개의 발이 이불 밖으로 삐져나와 보였다. 자세히 보니 그 저쪽 잠자리는 요 이불을 펴놓은 채 고대로이다. 버림받은 놈처럼 나 혼자서 잠들어버린 새에 모든 것은 진행되었구나.

거기까지는 그저 괜찮다 하자. 그 꼴을 기어이 나에게까지 보이지 아니하면 안 되나——

도리어 내가 부끄러웠다. 같은 침실 속의 셋은 다 같이 젊었다. 그저 될 대로만 되어간다.

5월 28일

모든 사람의 필요에 응하여 모든 사람은 각자의 소질을 노동으로 100퍼센트 발휘할 수 있는 세상. 자기의 이익이 곧 모든 사람의 이익과 일치하는 체제.

인간다운 생활, 즉 사업과 연애만이 가치를 지니는 그러한 사회. 그럼으로써 사람들이 지폐나 명예 같은 쓸데없는 것에 대한 소유욕적 에네르기를 허비할 필요 없이 살 수 있는 사회.

사회적 기생충인 부동층(浮動層)이 없고 또한 있을 필요조차 없는 기구. 그러므로 전인류의 5할(노인, 어린이와 병신을 제외하고)이 넘는 기생충들의 노동력이 생산에 주력되어질 조직(상인, 은행, 군인, 정객, 지주 등).

이리하여 인간과 인간 사이에(부자간에도) 발생하는 물질적(상품적) 채무 관념이 자연히 해소될 세상.

이 얼마나 저절로 신명나는 아름다운 세상이냐.

5월 29일

너 같은 놈은, 이 지상에 삐져나온
진물투성이의 부스럼 같은 것이다.

——「영락자(零落者)의 군(群)」*에서

아무리 생각해도 오늘의 일이 꿈만 같았다. 사무실에서 우연히 그를 봤을 뿐 아무 일도 없었던 것이 6가에 와 전차를 탄다는 것이 정말 신기하게도 그와 한차를 타게 됐다. 중학생을 사이에 두고 그와 나는 손잡이를 쥔 채 밖을 내다보다가 괴상하게도 동시에 둘은 얼굴을 돌려 눈이 마주치자 그야말로 무의식중에 똑같이 고개를 숙여 알은체를 한 것이었다. 사실 그와 나는 같은 교실 안에서 몇달 동안 지내왔건만 이제까지 말 한마디 없었던 것이었다.

그의 입에선 '파스' 이야기가 나왔다. 그리하여 둘은 충무로에서 내려 동화(東和)로 갔다. 거기서 볼일을 보고 남대문까지 걸어오면서 둘은 가지런히 발을 맞추어 제법 구면처럼 행동했다. 게다가 모레 아침 열시에 동화에서 만나기로 약속까지 하고 헤어진 게 아닌가. 공연히 마음이 초조해진다. 달콤한 흥분이 가슴을 울린다. 그러나 이것이 연정의 영역에 속하는 것이 아님을 나는 자신한다. 말하자면.

---

* 원문에는 「零落者の群」으로 되어 있는데, 고리끼의 소설이다. 1921년 일본평론사에서 출간되었다.

5월 31일

약속대로 오늘 만나서 볼일을 보다.

웃음 띤 얼굴로 작별을 고하고 헤어졌다.

6월 ○일

어떻게 하여 살아나갈 것인가. 날마다 뼈저리게 박도(迫倒)하는 생활의 위협. 내 몸의 생활자금을 내 손으로 획득하게 돼야만 독립한 나의 권리를 주장할 수 있는 게 아닌가. 더구나 변변치도 못한 아버지*의 생활비에서 훗날 무엇으로 갚겠다고〔報酬〕 진물 나도록 짜내먹어야 한단 말이냐.

제 손으로 노동할 수 있는 연령이 되면 병신이 아닌 담에는 제 손으로 벌어먹어야 한다. 빚을 내가며 돈 부쳐주는 집에서는 나 하나 졸업만 하면 큰 수나 생길 줄 믿고, 갖은 수선을 다하여 열심히 투자하고 있는 셈이다.

나는 벌써부터 짭쳐 죽을 것만 같다. 마땅히 노(老)·아(兒)는 국가에서 공양(供養)하게 될 세상.

그러고 저러고 간에 아침저녁으로 먹는 밥이 늘어가는 아버지, 어머니**의 살을 씹어 먹는 것인 줄 뻔연히 알면서도 어쩌는 수 없이, 피할 나위 없이 날마다 되풀이해야만 되는 나의 숙명(?)이 비길 데 없이 우스울 따름이다.

제 발과 손과 허벅다리를 베어 먹어가면서라도 살려고 몸부림하는(죽지 못하여 하는 몸부림일지라 해도) 나(?)의 꼴이 무엇이

---

* 원문에는 'Fa'로 되어 있다.
** 원문에는 'Fa, Ma'로 되어 있다.

256

라 할까, 그저 그냥 그렇다.

오늘은 해전 웃었다. 아무데서나 웃음이 터져나왔다. 정체 모를 웃음이. 이리하여 젊은 놈이 죽느니라.

딴 데 문과로 옮겨보려 했더니 수속금만 칠만원이다.*

6월 ○일

취직의 가망성이 없고 따라서 서울 생활의 불안정성이 나날이 짙어갈 바에야, 차라리 시골에 가서 한 일년간, 즉 서울에 직장이 나설 동안 밥벌이나 해가면서 휴양 겸 문필이나 착실히 가다듬다가 올라올 작정으로 반갑잖은 고향을 찾아갔던 것이다. 그러니까 학기시험 때만 왔다 갈 심산으로. 그러나 사실 서울을 떠나기에 여간 주저한 게 아니었다.

물론 내가 지금으로부터 들어가려 하는 생활의 지역이 막연하고 불안한 곳임으로 해서도 그렇겠지마는 그보다도 짓누르는 생활의 위협을 오히려 헤치고 솟아나오는 그리움과 아쉬움의 부여자(賦與者)로서의 귀여운 소녀에 대한 안타까운 미련과 섭섭함이 서울에 남음으로써였다.

제일 매혹적으로 집요히 나의 마음을 사로잡은 채 놓아주려 들지 않는 이는 물론 Y.J.였다(며칠 전까지도 나는 Y.J.를 Yong J.인 줄 알았다. 그러나 잘 알고 보니 Yong J.와 내가 이 Yong J.로 안 Y.J.와는 아주 딴 여성임을 발견했다. 그러나 이름은 그냥 Y.J.로

---

* 원문에는 '七萬圓也'로 되어 있다.

써야겠다). 그리고 이외로 두서넛의 얼굴이 나타났다. 물론 이러한 것들이 모두 순전한 연정은 아닐 게다(?). 말하자면 인간으로서 갖는 인간적인 인정, 이것일 게다.(?)

마치 영원한 이별이나 하려는 것처럼 비장한 상념이 자꾸 연달았다. 그냥 울어버리고만 싶었다. 그러던 것이 막상 시골엘 가보니 예기한 이상으로 소년적인 고뇌는 심각해갔다. 그러나 무엇보다도 가정의 분위기와 나의 감정이 잘 어울리지 않아 언제나 서투르게 어색하게 겉도는 데 딱 질렸다느니보다도 마치 가시방석에 앉은 듯이 고통이 가시잖는 바람에 차라리 눈물겨웠다. 아버지*의 눈과 마주쳐본 일이 없었다. 내가 그를 정면으로 바라본 일이 없으니까. 아니 옆에서도 한번 안 봤다.

이러한 나만이 이해할 수 있는 칼끝 앞에서의 연극을 하지 않을 수가 없는 그러한 분위기에서 벗어나자는 오직 일념으로 직장도 찾아보지 못한 채, 즉 만사를 제폐하고 서울로 되돌아온 것이었다.

그러나 서울에 오면 서울 생활에 또 질린다. 이것도 아니고 그것도 아닌 제3차적 새로운 것. 서울과 시골의 침체되고 무미한 생활의 관습을 극복하고 새로이 개척되어야 할 눈부신 생활로(生活路)!

---

* 원문에는 'Fa'로 되어 있다.

1952년

6월 29일

간밤엔 비가 좀 나려서 대지는 싱싱해졌다.

온종일 얇은 구름이 오락가락하였으나 별 비는 오지 않았다. 수박밭에 가는 길에, 좁은 논길에서 황소와 비켜서려다 소가 납 띠는 바람에, 신발 신은 채 물논에 빠져버렸다.

6월 30일

온종일 이슬비 소낙비가 번갈아 오락가락하다.

밤에 엄림(嚴林)* 집에서 우리 사이를 배회하고 있는 암운을 제

---

* 친구로 추정됨.

거하는 일을 하다.

종일토록 골치가 빠개질 듯이 아팠다. 그렇게 쑤시고 아프다가
좀 낫느니라 하면 낫는 게 아니라 이제는 머리가 천근만근 무거
워지는 것이다. 호흡이 좀 불편스러운 것 같다.

남들은 나를 가리켜 행복한 사람이라고 말한다. 나와 나의 생
활을 부러워하는 사람이 음으로 양으로 제법 많이 있음을 나는
알고 있다.

그러나 나는 오늘도 홀로 누워서 남몰래 자살을 생각하고 있었
다. 수월히, 보기 싫지 않게 해치울 수 있는 방법을…… 고통을 덜
느끼고 일을 끝마칠 수 있는 수단을…… 그러나 나는 이 결심을
오늘도 또다시 보류하기로 결론짓고 말았다.

기왕에 생명을 포기할 바엔…… 지상에 나왔던 보람이나 남기
고…… 나와 같은 불행한 사람이 다시는 우리의 후대에 생겨나지
않게 하기 위하여…… 나의 생명을 값있는 댓가와 바꾸자. 바꾸
어 얻은 그 댓가를 후손들이 나눠 갖게 하기 위하여……

7월 2일

아침나절엔 이슬비가 실없이 나리더니 점심 후부터는 날이 개
이기 시작했다.

참외막 짓다……

오랜만에 참으로 오랜만에 오늘 아침은 잠자고 일어난 기분이 가뜬했다. 어쩐지 가볍고 달콤한 맛이 있었다. 살 것 같았다. 아마, 늘 베개를 베지 않고 자다가 어제 처음으로 베개가 베고 싶어서 베개를 베고 잤더니 그래 그 효과인가 보았다.

　한낮에 들어서는 여전히 또 머리가 무거웠으나 그전의 정도와는 비교도 되지 않고 대체로 온종일 기분이 시원했다.

　석양—이렇게 멋지고 아름다운 석양도 드물었을 것이다.

　푸르게 개인 투명한 하늘. 이파리마다 윤기 돈는 석양빛을 받아 반사하면서 하늬바람에 휩쓸려 이리로 물결쳐 밀려오는 잔작한 참나무 덤풀의 언덕, 서녘 하늘가에 선을 그어놓은 그 언덕 너머에서, 바위에 부딪쳐 부서지는 흰 물거품같이 정열적으로 깨어진 구름조각이 흩어져가고 그 구름보다 더 높이 그리고 멀리엔, 하늘이 얼비치는 엷은 조개구름이 비단결보다도 곱게 황금빛으로 빛나고 있었다. 그 구름 있는 쪽에서, 시원한 바람은 쉴 새 없이 참나무 덤풀을 쓸어넘기면서 불어와 나의 앙가슴과 머리털을 씻겨주고 지나갔다.

　노을빛 하늘을 배경으로 하고 커다란 사람의 그림자가 언덕이 그은 선 위를 밟음길로 지나갔다. 그의 바짓자락은 바람에 나부꼈다. 어느 영화의 주연이 시적인 정서를 표현하기 위하여 출연하는 정경과 같은 인상을 주었다.

　가슴속까지 휩쓸고 지나가는 시원한 바람…… 노을빛 구름 너머 먼 하늘…… 무엇이고 하고 싶었다. 이 바람처럼 통쾌한, 저 하늘처럼 원대하고 위대한, 저 구름처럼 낭만적인 그러한 일을 하고 싶은 충동이 용솟음쳤다.

오랫동안 메마를 대로 메말라버린 감정과 풀죽을 대로 풀죽어버린 희망이 금세 단비를 맞은 듯 새파랗게 소생하여 일어났다…… 대자연은 언제나 나의 가장 좋은 반려였다. 자연에게서 얻는 충동과 자극이 없었던들 나는 이미 오랜 옛날에 이 세상을 포기했을지도 모를 일이다.

실로 나는 얼마나 많이, 기진맥진했던 육신을 이 자연의 기식(氣息)으로 말미암아서 구원받았으며 얼마나 많이 의지와 희망을 가로막는 암운을 이 자연의 숭고한 미로 말미암아서 씻어버릴 수 있었던가……

7월 3일

오늘도 어제 아침처럼 자고 일어난 기분이 좋은 편이었다.

커다란 섬 같은, 흰 구름덩이를 가운데 놓고 번개같이 날랜 괴상한 물건이 동에서 서로 아래에서 하늘 위로 신비스러운 음향을 뽑으면서 휘저어댔다. 이제까지 보아오던 제트기보다는 훨씬 형(型)도 크고 속력도 날랬다.

정신이 황홀해졌다. 마치 과장된 만화를 보는 듯한 현상이었다…… 앞으로 있을 전쟁을 상상해보다.

아름다운 달밤……

7월 4일

몽정(夢精)이 나오더니 몸이 느리터분하고 온종일 머릿속이 지저분했다.

아마 필시 아들을 만나보러 가는 모양이었다. 먼길을 걸어오는 듯 한 손엔 명수건을 가지고 연신 이마의 땀을 씻으며, 단정하게 풀을 먹여 다듬은 삼베 바지저고리에다 대님을 동이고 머리에는 갓을 썼다. 등 뒤에서는 걸음을 좇아 쉴 새 없이, 무엇이 묵신하게 든 보자기가, 지팡이에 걸어서 어깨에 멘 보자기가 졸랑졸랑 흔들렸다. 그는 둑에서 꼴을 베는 어느 젊은 일꾼에게 길을 묻더니 곧 안내를 받자 황송하다는 듯이 허리를 두어번이나 굽신굽신거리며 치하를 하고 또 걷기 시작했다. 저 보자기엔 무엇이 들었을까…… 아마 필경 강제소집이나 강제징용을 당해 간 아들을 만나보러 가는 길이겠지…… 그래서 저 보자기 속엔 그 군인의 뱃속으로 들어가기 위한 하지감자 삶은 것이 들어 있겠지……

7월 6일 (신체검사)

어제 오늘 수박밭에 가서 담뱃물 비눗물을 뿌려주다.

맥고모자 깃을 앞으로 숙여 쓰다가 문득 하이얀 모자를 비스듬히 쓰고 사진에 나타나는 일본의 황후를 생각했다. 금은보석으로 전신을 감싼 일국의 황후…… 전국의 청년 남녀들은 남몰래 그 황후의 행복된 운명을 부러워하고 또는 마음속으로 그를 질시하고 있었을 것이다. 그러나 만약에 그가 남들이 부러워하는 것과는 정반대로 하소연할 곳 없는 불행한 비밀을 간직하고 있었다면은……? 즉 그의 애정생활, 다시 말하면 성생활이 미치고 싶도록 불만스러운 것이었다면 모든 국민으로부터 앙모(仰慕)받는 명예도 모든 청년 남녀들로부터 찬미받는 아름다움도 아무 쓰잘데 없는 한갓 뿌리 없는 둥치와 같은 것에 지나지 않았을 것이 아닌가…… 그러면 그는 가슴속으로 아무리 명예와 지위와 황금이 눈부시도록 황홀하다 하더라도 애정의 만족을 얻을 수 없는 그러한 천황과 사느니보다는, 차라리 맨주먹 맨손일망정 목마른 애정을 채워줄 수 있는 일개 시골 농부의 처가 되어 살 것을 간절히 원했을 것이다.

7월 ○일

이 밭 가운데에는 두개의 고분(헌 묘)이 엉성한 뗏장에 묻혀 갈아엎지 않은 채 남아 있다. 묘라고 해야 이미 평지가 되어버린 한평 남짓한 풀섶이다. 해마다 쟁기질할 때 이 못자리만은 갈아엎지 않고 남겨준다는 이것이 후손이 땅속에 묻힌 선조의 뼈다귀에게 베풀어주는 최대의 은총인 것이다. 지금은 모두 밭이 되어 있는 이 일대가 지금부터 한 30년 전에는 왕솔이 우거진 산이었다고 한다. 그것을 이곳 주민들은 나무를 베어내고 떼를 떠 엎어서 밭을 일구기 시작했다. 그 무렵에 이 산에는 묘가 제법 많이 있었을 것이다. 그래서 밭을 만드는 사람들도 처음에는 묘터만은 멀찍이 남겨놓고 나머지 지역만을 파 엎었을 것이다. 그러나 묘를 쓴 묘 임자들은 연년(年年)이 죽어가고 어떤 사람은 살 곳을 찾아 먼 데로 이사를 갔을 것이다. 그리하여 밭의 임자는 바뀌고 새로운 밭 임자들은 자기 밭의 평수를 넓히기 위하여 이제는 지키는 주인들도 없어진 묘를 갈아엎어버리거나 혹은 갈아엎지는 않는다 하더라도 한평 남짓한 묘의 시늉만 남겨놓고 씨를 뿌렸을 것이다. 그러나 한평 남짓한 뗏장을 이렇게 남겨준다는 마지막 양보도 결코 죽은 사람을 생각하는 마음에서가 아니라, 다만 그렇게 함으로써 자기에게 이로울 것이라는 선조로부터 내려오는 습관을 거역하지 못해서 하는 짓인 것이다.

그렇지만 이 뗏장 속에 든 뼈다귀에 대해서, 산 사람들은 이 이상 후하지 못할 것이다. 얼마 안 가서 못자리는 자취 없이 사라져버리고 그 속에서 나온 뼈는 후손의 손에 의해 추려져 묵은 방죽물 속에 팽개쳐져버릴 것이다.

그 사람도 살았을 젠 열렬한 연애도 했을 것이다. 얼굴상을 찌푸리기도 했으리라. 만인에게 호령도 했을 것이다. 지금 살아 있는 사람들이 하고 있듯이……

그렇다면 지금 살아 있는 사람들도 얼마 안 가서 모두 죽어버린다. 그러면 그들의 죽은 육신은 어데로 가는가. 모두 지구의 표면에서 썩어갈 것이다. 그러면 그들의 육신을 구성하고 있던 영양소와 에너지는 대기와 지표에 분산되어 지상의 생물들을 기르는 거름이 될 것이다. 그러면 여러가지 형태로 변형한 영양소와 에너지는 여러가지 형식으로 다음 세대 사람들에 의하여 그들의 육령(肉靈)에 흡수된다. 그렇다면 멸망이라는 게 존재치 않는다. 우주 속에 흐르고 있는 에너지와 정기(精氣)의 끝없는 변형 유전이 있을 따름이다.

그렇다면 '나'는 이 세상에 처음으로 생겨난 '나'가 아니지 않은가. 언젠가 나는 이미 오랜 옛날에 '사람'이라는 모습을 이룬

적이 있었다. 그것은 몇번인가 되풀이되었다. 지금이 몇번째의 인간 형태 수립인지 모른다. 이번의 인간 형태 수립이 곧 또 파괴되면, 나의 육령은 역시 나처럼 허물어진 나의 애인이라도 좋고 벗이라도 좋은 어느 사람의 육령과 합작하여 또다시 인간 형태를 수립할 것이고, 그것은 다시 또 변형하여 어데로 흘러갈지 모른다. 나의 전신(前身)인지도 모르는, 또는 A.S.의 전신인지도 모르는 옛 못자리에서는 가냘픈 풀벌레가 달빛을 곡(哭)하고 있다.

　김(金)은 입가에 뜻 모를 미소를 띠우면서 긴 한숨을 내쉰다……

7월 11일

수박 여섯통 처음으로 개시하다(12,000원).

　수개(數個)의 '테마'가 구상되려다가 허물어지고 허물어지고 한다.

무엇인가 힘있는 것이 곧이라도 분만될 듯한 기운이다.

　논에 나는 풀이름 외우다.

보풀, 접시풀.

7월 12일

한국(漢國)이 군복 입고 오다.

266

개, 엄림(嚴琳), 홍(洪), 강물에 가 목욕하다. 강물이 석양을 받아 붉게 번득이었다.

솔밭에서, 해가 저물자, 한낮 동안 어느 깊은 산골 속에서 지금을 기다리고 있었다는 듯이, 시원한 바람이 일제히 불어왔다. 그것은 마치 오늘의 임종시(臨終時)가 밀려오는 것을 함께 조상(弔喪)하는 것처럼…… 얼마 안 가서 천지에 군림해올 밤을 조심성스럽게 이끌어 오는 전초대(前哨隊)의 쇄도처럼……

저녁 바람은 일제히 불어왔다……

외막에서 자다.

피리를 불고 있노라니까 어두운 둑 위에서 아가씨들의 웃음소리, 박수소리가 들려왔다.

밤이 이슥해서 온 세상이 괴괴하게 잠들어버리자.

7월 21일

과거를 깨끗이 불살라버리고 싶다. 일기나 작품을 불살라버림으로써 부끄러운 과거의 험집을 모조리 도려낼 수 있는 것이라면 당장이라도 어제날까지에 속하는 모든 것을 불살라버리고 싶다.

7월 31일

아들을 빼앗긴 어머니들, 아들딸을 놓친 어머니들, 제밥 먹여 곱게 길러놓은 아들딸들을 엉뚱한 놈이 와서 끌어다가 저희들 대포 밥에 써먹는다. 누구를 위해주는 전쟁이기에 농사짓는 우리들이 싸워 죽어야 하느냐. 침략당해도 좋다. 침략당하는 건 우리 인민이 아니라 너희들 몇몇뿐일 테니까.

너는 늘 이러한 말을 주머니에 넣어가지고 다니면서 써먹는다. 불쌍한 우리 인민들의 생명을 보호하기 위해서 싸우는 전쟁이라고…… 그러나 천만에! 애당초 그러한 동정은 별로 고맙지도 않았다. 제발 귀찮게 굴지 말고 고만 물러가주기를! 그래서 우리를 누가 달려와 뜯어먹든 말든 그대로 내버려두라. 어차피 네가 아니면 우리를 뜯어먹을 사람은 딴 데는 없을 테니까……

이 집 저 집에서 초상집 같은 곡성이 울려 나온다. 아들을 산 채로 빼앗기는 원통함에서……

곡만을 알고 있는 노래에다 가사를 만들어 붙여서 엄림(嚴林)과 함께 부르다. 노래 이름도 만들다.

「집시의 춤」
구름은 흘러라 달빛은 남실렁
숲속의 아가씨들 밤을 새워 춤춘다
여레히 춤추는 눈물 어린 아가씨들
꽃잎팔을 밟으며 춤을 추는 그림자.

8월 4일

오후, 엄림(嚴林), 유(兪)와 더불어 대왕이 펄에 나가다. 펄 일대에는 외막들이 숲처럼 서 있다. 그 가운데를 아득히 활등처럼 굽어나간 시원스런 둑길.

아직도 뜨거운 여름인 줄만 알았는데 산두벼가 팼다. 언제까지 앉아 있어도 싫증이 나지 않을 것처럼 주위의 전망이 모두 신기로워 보였다. 노래를 불러본다. 여기저기에서 원두막 사람들이 이상한 눈초리로 우리를 살펴본다. 그들의 마음이 불안하다는 증거이다. 어데서 군복 하나만 비뜩해도, 어데서 쥐 소리 하나만 크게 나도 그들의 가슴은 덜컥 나려앉는다. 우리의 가슴도 미안과 불안에 싸인다.

해가 질 무렵, 주머니 속에 달랑 있는 천원으로 참외를 사먹다.

둑을 타고 돌아오는 길, 갈보들로 착각한 여학생들 셋과 동반해 오다. 우리는 그들을 난봉난 계집들로 간주하고 닥치는 대로 골려댔다. 나는 또다시 탈선을 했다. 무대배우처럼 언사와 표정을 의장(擬裝)해가지고 번접한 사람을 행세하려다 여지없이 파멸을 맛보고야 말았다. 자신이 찢어 죽이고 싶도록 미웠다. 나는 그러한, 나에게 당치도 않은 소질 없는 짓을, 왜 애당초 했던 것인가.

어두워서 집에 돌아오다.

자기비판의 밤……

8월 ○일

나는 또다시 몸서리나는 고독 속에 빠졌다.
고독이 그리우면서 또한 고독이 무서워진다.

책무와 의무가 싫으면서 책무와 의무가 가지고 싶어진다.

8월 17일

비행접시 — 고도 2만 미터. 속(速), 유성(流星). 레이더로 포획하려다 실패(미국). 기체와 같은 것이다. 소련 마크가 그려져 있더라. 원자폭탄 장비가 되어 있었다.

서구방위군 — 군사 지도자들 얼굴에 주름이 잡히다. 군비 생산, 병력 형성 부진. 영·불의 국내 경제 고갈로 인한 비협조. 각처에서의 비등하는 재무장 반대 여론.

2대 힘의 균형,
이 균형의 파괴. 힘의 차층(差層) 생기(生起).

5, 6일 전부터 건강이 좀 회복되었다. 아침에 일어나면 머릿속이 개운하게 맑아진다. 하루 종일 기분이 상쾌하다. 잘 때가 되면 신비스러운 듯 달콤한 졸음이 안개처럼 조용히 순식간에 찾아든다. 그래서 이러한 하루하루의 시간을 전부 독서에 바치는 데 조금도 장벽이 없다.

『부인의 지위와 사회진화(婦人の地位と社會進化)』(Rappaport 저) 읽다. 그리고 끄로뽀뜨낀의 『상호부조론(相互扶助論)』에 착수하다.

신경 계통의 건강은 수면에 의해서 좌우된다.

무엇이 쓰고 싶다. 마음속에서 쉴 새 없이 맴도는 감정이 많이 있지마는 그것을 정확히 표현할 단어가 없다. 적어도 내가 알고 있는 말 속에는 그 감정에 해당하는 단어가 없다.

입을 다물고 마음속에서 시를 외어본다. 말 없는 시가 박력 있는 리듬에 휩쓸리어 면면히 뻗어나간다. 눈을 감고 그림〔畵〕으로써 시를 형상화시켜본다. 말 없는 시가 아름다운 그림에 또렷또렷이 상징되어 산 피가 흘러내린다……

이제는 펜을 들고 원고지 앞에 앉는다. 그러나 그 그림과 그 리듬은 아직껏 생생하게 나의 머릿속과 심장 벽에 자리잡고 있으나 제각기 임무를 맡아야 할 말〔語〕들은 모두 쥐구멍을 찾아 울상을 하고 도망쳐버린다

8월 19일

새벽녘에 꾼 꿈과 오늘 하루의 생활이 거의 정확하게 들어맞았다.

H의 M을 만나서 거부(拒否) 이야기, 참외 먹다……

오후, 오랜만에 조(趙) 집 가다. 종구 집……

밤, 국희(國姬) 집에 가다. 그의 M과 인사. 그는 더 커보였다.

희미한 별빛이 두서넛 새 비치는 캄캄한 밤. 혼자서 인적 없는 고갯길을 넘어오다.

무엇을 새로 얻은 것 같으면서 무엇인가 하나를 잃어버린 듯한 심사이다.

8월 21일

엄림과 자전거로 은산(恩山) 가다.

강물이 많았다.

전실(前室)의 아들한테 매 맞은 계모……

생강 사다 주다.

우물가에 대추가 주절주절 열렸다.

그 밥 해먹는 소녀는 나를 보고 반가워서 숨는다.

작년의 여름과 그저께의 여름과……

벌써 곱은 볏나락을 까먹다.

가을을 먹은 셈이다.

병역 도피한 아들 대신으로 끌려가는 부모네들

희멀건 눈방울에선 무시로 물이 흘러내렸다.

무성(舞姓) 집 들르다.

아해한테서 소식 듣다.

오래전에 부산 갔다고.

그는 F가 없다.

기이하게도 조씨(趙氏)라고.

8월 22일

자전거 하나에 엄림과 둘이 타고 충화(忠化) 가다.

막에서 참외를 사먹고 가방 속에 사 넣고.

하늘이 깨끗이 개이고 바람은 시원했다.

낯모르는 농군들과 함께 농담을 주고받으며 험한 고갯길을 넘었다.

송씨만 살고 있다는 마을을 보다……

목적하고 간 인표(仁杓)는 부여 갔다고……

영생(永生)이 오다. 그의 집에서 자다.

'마음의 향로(向路)' 이야기를 하다.

산골이었다. 배 먹다.

밤에 비가 나리기 시작했다.

타향의 밤. 구수한 밤……

아저씨가 준 7천원으로 노자(路資) 쓰다.

8월 23일

오전 중 줄곧 비가 퍼붓다.

인표(仁杓) 집에서 아해들과 장난하고 놀다.

칼국수 먹다.

정오가 좀 지나서 볕이 잠시 들었다. 인사를 하고 귀로에 나서다. 자전거를 밀고 어제 온 고갯길을 넘다. 전신에서 땀이 비 오듯 했다. 전신의 피가 열에 보대껴서 뛰쳐나올 듯 날뛰었다.

간간이 소낙비가 지나갔다. 냇물이 넘쳐서 다리가 거의 다 파묻히려 했다. 내가 앞에 서고 그는 뒤에서 따르고, 배꼽까지 차는 물속에서 발로 길자리를 더듬어가며 냇물을 건넜다……

규암 나루터의 풍경은 제법 항구다운 맛을 주었다. 늘어선 하꼬방마다 화장품 사치품의 황홀한 진열과, 희고 둥근 얼굴들의 풍년……

타향 산골의 어젯밤이 그립다……

8월 30일

쌍북리 가다. 구(具)와 함께.

과자가 나오고 포도주가 나오다.

오후, 넷이서 부소산 오르다. 내려다보이는 들판에서 새 쫓는 소리들이 가차웁게 울려온다. 홍수가 나서 강물은 제법 벅차다. 낙화암 위에서 사진 찍다. 사진에 넣을 글자를 가지고 의견들이 구구하여 웃음보따리를 터트리다. 사비루(泗沘樓)에 낙서되어 있는 것을 모조리 읽어보다. 멀리 떠난 친구들의 필적을 찾고 그 자리에 돌처럼 서다……

고란사에서 비를 피하다. 조용하다. 깨끗한 색시 하나가 나왔다 숨어버린다.

어두워질 무렵 쌍북리로 돌아오다. 쉴 새 없이 비가 퍼붓는 캄캄한 밤, 구(具), 엄림, 나, 셋이서 아무러한 우비도 없이 고갯길로 해서 집에 돌아오다. 헤드라이트를 피하여 온다는 게 둠벙으로 들어섰다. 풍덩풍덩 빠지다.

윗집에서, 호졸곤히 적셔진 옷들을 벗어버리고 새것으로 갈아입으니까 개운하기 한량없다.

비는 여전히 오락가락하다. 셋이서 따뜻한 잡담을 꽃피우다.

9월 1일

구(具) 가다.

차부(車部)에서 12시까지 기다리다.

방공 연습.

섭섭하다……

슬픈 군상(群像), 우울한 족속. (정세는 나의 성격으로 하여금 이렇게 양조(釀造)되도록 강요하고 있다.)

보리만 곱삶아 먹기 시작한 지 한달, 외출하려야 와이셔츠 하나 없다.

기어이, 제2국민병 등록을 하다.

우울하다. 옷 속에 가시가 들어 있는 것처럼 신경질이 발작한다. 하고 나서는 후회하면서도 괜히 M에게 퉁명스레 쏘아붙인다.

9월 2일

하루 종일 쉬지 않고 비가 퍼붓다. 옷이며 책상이며 벽이며 모든 것이 축축하니 누지다.

아해들에 대한 가정교육이 가장 중대한 교육이다. 그 아해를 둘러싼 형제나 부모들의 감화가 직접 그 아해의 성격, 인간성을 개조한다. 그 아해의 보호자들은 한마디의 말, 한가지의 행동을 함에 있어 그것을 받아들일 아해의 심리작용까지를 예측하고 책임성 있게 신중히 행해야 된다. 그 아해는, 주위에 있는 감화자들의 언동 여하에 따라서, 신경질도, 고집쟁이도, 자홀광(自惚狂)도, 비굴자도, 용감한 사람도, 박애가(博愛家)도, 위대한 사람도 될 수 있는 것이다.

시시로 변하는 가벼운 표정에까지 나타내서, 그 아해에게 총애나 미움을 표시해서는 안 된다. 아해의 하는 일에 대해서는 언제나 대범하게 관찰해야 하며, 원칙적으로는 아해의 하는 짓을 극히 위험한 일이 아닌 이상 내버려두어야 한다. 표면성을 띤 지나친 사랑은 아해로 하여금 엄살쟁이나 자홀광이 되게끔 만든다. 표면성을 띤 지나친 엄질(嚴叱)은 아해로 하여금 자존심을 모르는 비굴한 성격이나, 무조건 불평하는 우울한 인간이 되게끔 만든다.

어른의 때때의 기분에 따라서, 아해를 장난감처럼 귀여워하다 혼내다 미워하다 하면은 그 아해는 변덕쟁이나 신경질이나 속아지쟁이가 되어버리고 만다. 한마디로 말하면, 어른은 기분에 좌우되어 아해들을 이랬다 저랬다 해서는 아니 된다. 아해들을 마치 어른들의 심심풀이하기 위한 노리개나 장난감처럼 알고 아무렇게나 무질서하게 건드러서는 아니 된다.

원칙적으로 그들의 하는 모든 일을 내버려두어야 하고, 간혹 시정을 해주어야만 될 일이 있더라도 질책이나 간사스러운 말로써가 아니라 될 수 있는 한 아해가 보고서 번볼 수 있는 암시적인 직접 행동으로써 교정해주어야 된다.

9월 6일

지루한 장마도 끝나다. 오랜만에 외출하다.

「전설 같은 풍속으로 돌아가자」「무명화(無名花)」, 자작 두편을 국희에게 베껴 주다. 오래전부터 여러차례 부탁해온 것을 오늘서야 생각났기 때문에……

이광수의 「방랑자」 읽어 마치다.

9월 9일

『죄와 벌』 읽어 마치다.

머릿속이 선풍을 겪은 뒤의 삼림처럼 동요하고 있다.

자기의 저지른 일을 '쏘냐'에게 고백하면서 그는 이러한 말을 했다.

"기아(飢餓)에서만 한 짓이라면 지금 나는 행복했을 것이다"

사실 그랬다면 전 생명에 깊이 뿌리박고 있는 기아의 갈망과 돈에 대한 욕망의 감정이 단연 우세하여, 모든 딴 감정 ─ 공포심이나 경련증을 얼마만큼이라도 집어삼킬 수 있었을 것이기 때문에 별일이 없었을 것이다. 그렇지 않고 그가 행위한 바와 같이 논리적인 사고에서 결론을 얻어 행위하였다 하더라도, 그 논리적인 결론이 보다 실천적이고 현실적인 경험을 토대로 하여 거기에서 당연히 우러나온 것이었다면 역시 아무 일이 없었을 것이다. 그러나 그로 하여금 이 행위를 하도록 내몬 것은 육체적 요구도, 보편적인 체계로서 완전히 조직된 사상도 아니었다. 그것은 몇달 동안에 방 안에 앉아서 혼자서 사고해낸 산술적인 이론이었던 것이다.

그는 실패했다. 그러나 그 실패가 그의 머릿속에서 싹트기 시작한 그 사상의 가치를 근본적으로 무시하는 것을 의미하지는 않는다. 그 사상과 논리가 아직 유년기에 있다는 것을 의미하고 있다. 그의 이데아 자체가 덜 익은, 비조직적인, 비무장적인 하나의 조숙물(早熟物)이었다.

그는 방법론적 오류를 범했다. 그는 실천의 시초부터 종말까지 사회 전체를 적으로 돌리고 완전히 고립상태 속에서 일관했다. 적으로 돌려진 사회 전체의 어둡고 무거운 압력은 그의 미숙한 이데아로 방위(防衛)된 조그만 심장을 꼼짝 못하게 내리쩌 눌렀다.

9월 13일

공주를 들러서 부산 가려고 차부(車部)로 가다. 여행증이 미비돼서 첫차를 놓치다. 하늘은 흐리고 이슬비가 나리다.

빈 대합실에는 한 눈이 먼 아가씨가 커다란 보따리를 들고 들어왔다. 입술엔 엷게 '베니'가 칠해져 있었으나 제법 화장한 지가 오래되는 모양이어서 빛깔이 바랬다. 머리는 여학생들이 하는 것처럼 양쪽으로 갈라땋았고 바짝 추켜올려 입은 검정 서지 바지가 살이 없는 엉덩이 위에서 보기 싫게 비꼬여졌다.

그는 앉아서 보따리를 끌렀다. 나에게 보이기를 수치스러이 생각하는 것처럼 그는 보따리를 가로막고 서서 제법 민첩히 손발

278

을 놀리면서 울긋불긋한 커다란 보따리를 끌렀다. 좀 낡은 커다란 체경(體鏡)이 궁굴어 나왔다. 그리고 이어 분갑, 베니갑, 비누갑, 치마저고리, 그밖에 몇가지의 옷들이 엿보였다. 채곡채곡 다듬어서 개어놓은 옷들이란 모두 한두 물씩 입어서 이미 빛이 없어진 것들뿐이었다. 그는 깨끗한 손수건 하나를 내어놓고 보를 묶었다.

그는 마음속에 무슨 초조한 일이 있는 듯이 앉았다 일어섰다, 멍하니 땅만 바라도 보다, 문 앞에 서서 비 오는 거리를 내다도 보다, 도무지 종잡을 수 없는 몸가눔을 하고 있었다. 흰창만 있는 한쪽 눈이 깜빡거릴 때마다 무엇을 간절히 애원하는 듯한 안쓰러운 애수가 얼굴 전면을 휘엄질해 갔다.

그는 줄곧 한쪽 손을 흰 로타이 아래로 넣어서 가운데 배를 만지고 있었다. 아마 어쩌면 뱃속이 불편한지도 몰랐다. 과음을 해서…… 아니면 허기가 져서…… 그는 생기 있는 처녀다운 활발함을 보이려 노력하는 것 같았으나 모두 허사였다.

나이는 분명히 스물 안쪽이었으리라. 그럼에도 그의 얼굴은 시들고 빛이 없어서 그의 얼굴에서 소녀다운 부끄러움이나 희망의 빛을 찾는다는 것은 도저히 불가능한 일이었다. 그는 이 세상에 단 혼자인 것처럼 생각되었다. 날개가 찢어져 바닷물에 떨어져서 외로이 물결에 항거하는 갈매기처럼……

이때 밖에서, 손색없이 깨끗한 의상을 차린 화안한 아가씨(여학생)의 얼굴이 거침새없이 들어섰다. 그 뒤에는 트렁크를 든 어머니가 따랐다. 이때 가슴 아픈 놀랄 일이 생겼다. 이 신인(新人)을 본 한눈 먼 아가씨는 어데 깊은 상처라도 불의에 찔린 것처럼 얼굴이 침울하게 찌그러지며 무슨 위압에 눌려 곧이라도 짭쳐 옴

츠러들 것 같은 가련한 표정을 점점 무거이 눈빛에 나타내는 것
이었다……

아담스런 그가 누굴까?

논산으로 돌아서 공주 가다. 늦어서 도강 못하고 여관에 자다.
'미모의 적' 보다.

9월 14일
천안행 타고 수촌(水村)서 내려 길 걷다.

벗이여
훗날 무덤 속에 누워서
그대와 지나치던 그날을 추억하자.

구름이 내려앉은 산고개를 넘어가다.
구(具)는 방에서 책 보고 있었다.
옥수수, 감, 먹다. 배가 살살 아프다. 햇밤을 실컷 발라 먹다.
가을은 자꾸만 뼛속에 사무쳐간다.
밤에, 방랑 시절 이야기하다.

9월 15일
구(具)와 그의 어머니 여장(旅裝)을 들고 정안(定安)까지 가다.

험한 산길.

망명하던 그날, 동행 소녀와 함께 쉬던 그 주막집 보다……

장날이었다. 쇠주 한잔씩 마시고 냇가에로 가 포플라 그늘 밑에 앉다.

일제시의 학교생활 이야기를 하다.

해 저물 때 장꾼들과 함께 돌아오다.

둘이 앞날의 생활을 꿈꾸다.

황혼에 물들어가는 산골길을 남녀 학생들이 넘어오다.

산길이여

훗날 마음 있는 자 이 길을 지나거든

나와 같은 불우한 인간도 디뎌 간 일이 있다고 전해주려무나.

9월 16일

부산은 후일 가기로 하고 집으로 돌아오다.

구(具)가 고개까지 바래다주다.

공주에서 버스 타다.

낯익은 학생들…… 뇌염 휴학 제주도로 가는 군인……

부여. 교육국. 아저씨. 사과.

9월 25일

가을비 나리는 역, 어느 색시가 부산 차표 두장을 사다 주다. 차창 가에 자리를 잡고 구(具)와 마주 앉다.

대구에서 오른 두 아가씨, 전형적 부르주아 태생의 여학생과 전락한 소시민의 고파(苦波) 속에서 쪼들려 살아온 아가씨. 하나는 웃을 적에 얼굴 전체가 통틀어 웃고, 하나는 입술 가에로만 은근한 웃음이 나타났다. 하나는 노파와 자리다툼을 하였고, 하나는 조금도 불만 없이 서서만 있었다. 맑은 눈동자를 가진 하나는 그 투명한 눈빛으로 수심 없이 나의 눈을 조색(操索)하면서 나의 얼굴 지척 앞에서 물었다. "아즉도 비가 오시나요?" 그리고 하나는 우리의 앞을 지나면서 공손한 묵례(默禮)를 하고 지나갔다. 입가에 미소를 띠우고……

비 나리는 밤의 어두운 부산 거리. 그래도 거리엔 잡답(雜踏)이 끊기질 않는다.

9월 26일

학교 가다.

서대신동, 서면, 메리야스 공장. 남씨가 받은 소주 마시다. 빵집, 구(具)의 얼굴이 붉다.

전시학생증 받다.

이동희씨 집 가다. '브랜디' 마시다.

역 앞으로 가다. 어두워졌다.

구(具)는 술이 깨지 않았다.

"하숙집에 갑시다" 소리의 사태 속에서 호흡하다.

구가 찾는 방은 불 땐 온돌방이었다.

나는 아무데고 좋았다. 허름하기만 하면……

구와, 우리의 생활 태도에 관해서 논란하다.

10월 4일

갈 곳도 작정하지 아니하고 엄림과 길거리에 나서다. 가을과 명절이 우리로 하여금 방구석에 처박혀 있을 것을 못하게 만들었다. 촌길, 산길, 마을 앞 들이 울긋불긋한 색으로 채색되었다.

신작로 들길 논길을 걸어 어느덧 한번도 와본 적 없는 강변 조용한 솔밭 속으로 들어섰다. 솔밭 속엔 오두막집이 달랑 하나 숨겨져 있었다. 정연히 들어박힌 솔밭 위에서는 신비로운 바람의 소리가 끊일 새 없이 높이 울려가고 있었다. 우리는 솔밭 가에로 나와 강물로 떨어진 낭떠러지 위의 솔나무 그늘에 철푸덕 주저앉았다. 낭떠러지 밑으로는 진한 하늘빛 강물이 흘러간다. 멀리 그늘진 낙화암의 골짜기엔 유현한 남빛 그림자가 깃들여, 완만한 강기슭의 선과 흰 모래밭 위에 웅장한 무게와 전설 같은 신비성의 인상을 주면서 나타났다. 강 건너 물가에는 세마리의 늙은 학(황새)이 멀찍멀찍이 서서 제각기 딴 곳에 머리를 두고 무엇을 깊이 생각함인지 또는 졸고 있음인지 그림처럼 꼼짝 않고 서 있었다.

'비(悲)'의 감정은 유가 무로 화하는 과정의 산물이며, 즉 멸망이 지니는 생리이며, '희(喜)'의 감정은 무에서 유가 발생하는 과정의 산물, 즉 창조가 지니는 생리라…… 부단히 움직이는 구심력…… 상대성…… 상호부조…… 도덕 감정의 기원…… 우주의 형성…… 무한대…… 무엇인가 전부를 안 것 같으면서 순식간에 아무것도 몰라지는 '원리'의 무지개……   물들어가는 들판의 저 멀리에선 흰옷 입은 아낙네들이 목화를 따고 있었다. 강 건너 마을에서 농악 소리가 크게 작게 들려왔다.

돌아오는 길, K.H. 집 앞을 지나오다. 그는 방문을 비시감치 열어놓고 밖을 내다보고 앉아 있다가서 나를 보고 수줍게 웃으면서 쫓아 나와 인사를 했다.
"오빠 여기 오지 않았어?" 나의 이 물음에 그는 눈을 빠끔히 떠서 정색을 하고 "아니오……?" 했다.
그의 어머니도 나오시다. 놀다 가게 하라고 붙들다……

10월 6일
경일(庚一) 집에 가다.

밤. 난장판. 씨름 구경 가다.

구주(歐洲) 미개종족 사이에 전쟁이 벌어졌을 때, 그들의 시장은 그들 시장의 평화를 보호하기 위해서 '아나야'가 된다. 어떠한 권력도 어떠한 무력도 이 시장의 자유와 평화를 감히 침범치 못한다.
조선 민족의 '난장'이라는 이 풍습도 그와 비슷하다. '아나야' '난장' 둘 다 n 음이 들어 있는 점에서 발음도 비슷한 인상을 가져온다.
중국에 만약 이러한 풍속이 남아 있다면 그들은 어떠한 명칭을 붙이고 있을까.

새벽 2시까지 씨름 구경 하다.

10월 8일
밤. 씨름. 쌈. 노름. 주정꾼. 앵매기.

10월 11일
날씨가 쌀랑쌀랑 추웠다. 눈이라도 나릴 듯한 기세이다.

오후, 조(趙)와 함께 K.H. 집에 가서 놀다. 그의 눈웃음, 그 어머니의 친절, 그 조카의 몸살, 조(趙)의 호담(豪談), 농담, 이러한 것들이 아늑한 방 안에서 우리들을 따슷따슷한 가족적인 분위기 속에 어울리게 하는 데 비상한 효력을 가져왔다.

10월 12일
여행증 만들다.

조(趙) 오다. K.H.와의 코스모스 사진.

불성(不成)……

K.H.와 그의 언니에 관한 흥미 많은 이야기.

부디 행복되거라, K.H.여 K.H. 언니여…… 다시는 만나지 못할지라도 잘들 걷거라……

암담, 혼돈, 무감각, 압력, 심연, 절정.

내사 차라리 없어져나 봐야겠다.
정말로 없어져나 봐야겠다.
누구든지 나를 와 끄을고 가려마.
악마여, 세상에서 제일 포악한 악마여
너라도 좋다. 어서 바삐 와 나를 데리고 가거라.
(숨이 막히기 전으로 너희들 사탄의 천지로 날 꾀어 가거라.)

10월 14일
약속보다 하루 늦어 공주 가다.
구(具), 소 팔아가지고 떠나다.

10월 15일
비 나리는 새벽의 산길 삼십리
조치원에서 부산까지 줄곧 서 가다.

10월 16일
학교 나가다. 졸업사진 이야기. 구(具)의 수난.

10월 19일

엄림과 부소산. 황혼에 돌아오다.

가거라 어데든 너의 바라는 곳
너를 바래주는 사람 없어도
무섬 타지 말고 물귀신 산귀신 울어 예는
음심(陰深)한 암흑 속을 빛도 없이 가거라.

누나 누나가 진정으로 누나의 끓어오르는 색정을 어쩌지 못해
서 그러한 길로 밟아섰다면 누나 찰코 나는 누나의 행복을 생각
하여 마음이 놓이겠습니다. 그러나 누나 만약 누나가 내어주는
육체의 댓가로 지폐를 사들이기 위해서 누나 마지못해 몸뚱이를
빌려주는 것이라면…… 누나 진정으로 말씀해주시오.
　그렇게도 못 참게 배가 고픕디까. 그렇게도 못 견디게 어머님
이 불쌍했습니까.

10월 20일

　밭에 나가 콩걷이 하다. 손바닥이 부르트고 벗겨지고 구멍 뚫
리고 하다. 한참씩 일하고 나서 쉴 때에 보드러운 땅바닥에 철푸
덕 앉아 흰 무 밑동을 벗겨 먹는 맛.
　열차 속에서 만난 그 모더니스트, 설마 내가 이런 줄은 모르
리다.

　부(父)가 자(子)를 가꾸는 것은 사교이다. 자(子)와 부(父)와 서

로 상호부조하는 버릇이다.

(이 관계는 이론에 의해 성립된 것도, 제도에 의해 마련된 것도 아니다. 즉 상호부조라 하는 버릇은 생물의 종種의 보호와 진화를 위해서 생물들이 본래 가지고 있는 가장 큰 무기 가운데의 하나이기 때문이다.)

1953년

3월 17일

표독한 바닷바람마저 나를 업신여기어 탑세기를 불어다 뒤집어씌워준다.

눈이 멀었나 보다, 눈먼 무서움이여.

귀가 먹었나 보다, 귀먹은 외로움이여.

사람들은 멀리에 있어, 까마득히 없는 세상에나 있나 보다. 운명은 나를 놀리기 위하여 코 없는 구데기들 속에 나의 혼을 몰아넣어놓고 구박하는 것이다. 나는 의붓자식처럼 많은 사람들 중에 다만 혼자서 상가 거리를 걸어간다.

사람들은 얼굴들마저 차림차림마저 나와는 사귈 수 없이 달라 금화(金貨)로 포장한 사랑들을 안고 저희끼리 골목에서 골목 속으로 숨어버린다.

여기는 나의 고국이 아닌가보다.

오 어덴지 있을 인정이여.

나의 굶주린 몸부림들 받아줄 거룩한
다만 하나 인정이여.
악머구리떼같이 악을 쓰는 무덤들 가운데 서서
숨가쁘게 악마처럼 외쳐보는 고향이여.
눈물겨운 인촌(人村)이여.
억천마리 까마귀떼라도 그것이 나의
마지막 이단을 쪼아 먹는 것이라면
내맡겨주마.
오, 이대로 죽어버리고 싶은 훌륭한 순간이여.

3월 20일

하나를 우세케 하라
하나에게 승리를 주라
지(智)와 정(情)의 평형 조화는 영(靈)의 상쇄,
육(肉)의 부패를 마련할 뿐이어라
그 어느 하나의 내달릴 길을 열어주라
나머지 것은 우세한 그 하나에게 동화돼서, 변질한
자신의 '에너지'를 승리자의 발광에 보태줄 수 있도록 ──
타산과 감정을 함께 살지 못하게 하여라
상식과 천재를 함께 여행하지 못하게 할지어다
하나를 부축해서 이기게 하라
그러면 그것이 미친 지랄이래도 좋다
다만 진실된 미소 속에서 그는 무엇인가 할 수 있으리라
                              ── 다대포 가는 버스 속에서

3월 20일

마을 사람들은 되나 안 되나 숙덕거렸다.
봄이 발병났다커니,
봄이 위독하다커니,

눈이 휘둥그레진 수소문에 의하면
봄은, 머-ㄴ 남쪽 바닷가에 갓 상륙해서
동백꽃 산모통이에 잠시 쉬고 있는 중이라는
말도 있었다

그렇지만 봄은 맞아 죽었다는 말도 있었다
분(憤)이 난 악한한테 몽둥이 맞고 선지피
흘리며 거꾸러지더라는……

마을 사람들은 되나 안 되나 숙덕거렸다
봄은 자살했다커니
봄은 장사지내버렸다커니

그렇지만 눈이 휘둥그레진 수소문에 의하면
봄은, 뒷동산 바위 밑에, 마을 앞 개울 근처에
그리고 누구네 집 울타리 밑에도, 몇날 밤
우리들 모르는 새에 이미 숨어 와서
몸단장들을 하고 있는 중이라는 말도 있었다.

　　　　　　　　　　　　　　── 다대포 바닷가에서

3월 22일

모진 바람은 젊은 목숨 위에 불어오고
비창(悲愴)한 몸부림은 민족의 혈맥 속에 숨가쁠 무렵,
그대 정다운 이름들은
인류의 고민을 나누어 지고 뿔뿔이 헤어지려는도다.
여기 꽃다이 아로새겨놓는 그리운 이름들은,
내일날 험준한 여로에 지쳐 이역의 어느
산모롱이에 뜻아니 해후했을 때,
그리고 또는 다시는 못 만날지라도
그대들 서로의 심장 속에 거화(炬火)가 되어 불기둥 이룰 것이
려니……
가거라, 인류의 진정한 벗이 되기 위하여.
그리하여 무시로 부르라, 그리운 이름이여!
신명나는 벗들의 이름이여!
           ──방명록 간행사를 위하여, 쓰러져가는 바라크 속에서

4월 1일

거짓말이라도 해다오,
그것은 꿈이었노라고.
                           ──중앙선 열차 속에서

4월 2일

내맡겨보자
신을 믿는 것은 아니나
영감을 신임하자
객관을 용납하자
세월은 흐르고
봄꽃은 싹트다
나도 자라련다
너와 같이……
그다음 부서지는 것은 상관치 않으리라
산산이 부서질망정
대기의 섭리에 따라서
우주의 암시에 좇아서
살리라, 마지막 날까지 살리라.

— 대구 빵집에서

4월 2일

내 그림자도 아마 있는가보아
사람들 눈에
나도 물건(物體)으로 보이는가보아
그렇길래, 사람들은 나를 밟지 않고
비껴가는 것이겠지

— 대구, 밤의 잡답(雜踏) 속에서

4월 2일

그들은 주력을 잃은 역사의 패잔병들,
뚱딴지같은 군소리들을 씨부렁거리면서
뒷전으로 배회한다
그들로부터 힘은 완전히 거세되었다
마치 바람 빠진 고무풍선처럼
축 늘어졌다.

줄기를 따라 흐르던 물이
크낙한 장물(障物)을 만나
뒷걸음질치며
양편 물가, 맨맛한 모래알 사이로만
실없이 스며들듯이,
그들은 역사에 부딪치기를 두려워
뚱딴지같은 군소리들만 씨부렁거리면서
뒷전으로만 배회한다.

패각의 침실이 어떻다커니
손톱이 길다커니 발톱이 길다커니
자꾸 눈파리만 한다
자꾸 신용 없이 해찰만 한다.
　　　　　── 대구에서, 새로 쏟아져 나온 시집들을 읽으면서

294

4월 4일

이중생활

A 나라(裸裸)한 전심혼(全心魂)을 항시 휘두르는 사람.

B 심혼(心魂)에 상처가 날까봐, 실천 사회생활 장에서는 소극적이고 불구적인 뒷전쟁이가 되는 사람.

인간에게 복잡한 질서가 생기면서부터 오늘날까지, 모든 인간으로부터 그것이 없어선 아니 될 유일의 귀중품으로서 총애를 받아오고 있는 그 보물들이, 사실은 아무런 보물도 아니며, 실속 없는 버릇(관습)의 빈 껍질 외의 아무것도 아니라는 사실이 일반 민중에게 폭로되어버리는 날, 인간 생활은 보다 소박해질 것이며 비굴한 비극은 인류사회에서 자취를 감추어버릴 것이다.

(딸 대 아들, 권權, 지폐, 지위……)

4월 7일

가리라 세월없이 가리라

바람이 외치는 대로 세월없이 가리라

제발, 제발이여

리듬처럼 맴돌며

쫓기는 그림자 쫓는 그림자

눈물겹게 도망하리라

눈물겹게 도망하리라

　　(사람이 무서워)

　　밤. 술.

4월 18일

아리사……

그대의 이지(理智)는 소프라노를 오히려 홀러덩 벗어났노라.

그것은 이미 리듬이 아니었노라

아리사……

어이해 그대는 인간인 것에 만족하질 못했나요

아리사, 그대는 허운(虛韻) 중에 무엇을 잡으려다 머리 끄슬렸

나요……

(그러나 나는 그대의 받은 운명에 이름없는 눈물 드리고 싶

으오)

── 『좁은 문』*을 읽고 나서

4월 18일

예술의 성격(개성, 언동, 작품, 사상)

소프라노: 하이네, 셰익스피어

---

* 원문에는 일본어책 『窄き門』으로 되어 있다.

테너: 뿌시낀, (슈베르트)

알토: 풍경화가

베이스: 보들레르, 도스또옙스끼, 베토벤

콧노래

(낙서, 눈파리): 동란 이후 쏟아져 나온 한국의 많은 시인들

4월 18일

남의 말에 열중해본 적이 별로 없었다. 독서에서 줄거리나 이름을 기억해둔 적이 별로 없었다. 그러니까 역사나 인물이나 설(説)의 인용에 대해서 백지일 수밖에……

그러나 그 대신 그것들 속에서 감정과 냄새와 인상만은 늘 흡수할 수가 있다. 그리고 한가지 재미있는 일은 이러한 역사나 지식에 대해서 인연이 먼 대신, 나의 이지(理智)와 정서는 합작을 해서 늘 제멋대로의 엉뚱한 발견을 하고 돌아다닌다(역부러가 아니라).

언어의 창작, 이치(理致)의 창조, 변명, 역설의 건축 등. 그러나 흔히 이러한 발견은, 단편적인 데서, 미정리된 채 휴식하고 만다. 나에게 맡겨진 중대한 일은, 어떻게 함으로써 이 불규칙한 창조율을 보다 심각하게 그리고 통일성 있게 발전시켜갈 수 있느냐

하는 데 있다.

5월 5일

애초엔 조선반도에 아무도 없었답니다.
정말 아무도 살고 있지 않았대요.

우리는 저어 우랄알타이 고원 양달진 골짝에서부터
양떼처럼 풍을 뜯어가며 이곳까지 흘러들어왔답니다.
즉, 우리들의 선조가 말이야요.

그래서 우리들은 어쩌커나 그 유목민들의
십대 백대 후손들이랍니다.

그래서 그런지 정말 말소리마저도 모두
비슷비슷하지요?

6월 4일

모든 것은 끝나려는도다
헛나간 나의 화살
허둥지둥 꺼꾸러지려는도다
아 가련한 인정의 결론이여
쓰레기가 돼버린 나의 순정이여.

7월 3일

나는 나를 죽였다.

가느다란 모가지를 힘줄만 남은 두 손으로 꽉 졸라맸더니

개구리처럼 삐걱 소리를 내며 혀를 물어 내놓더라.

그러나 또다시 죽여야 할 필요가 있어

비 오는 날 새벽 솜바지 저고리를 입힌 채

나는 나의 학대받는 육신을 강가에로 내몰았다.

솜옷이 궂은비에 배어서

사타구니 사이로 물이 흐르도록

나의 육신은 그래도 비겁하게 항복을 하지 않는다.

이윽고 물팡개 치는 홍수 속으로 물귀신 같은 몸뚱아리를 몰아넣었다.

배꼽까지 물이 차니까

그제사 그대로 물넝울처럼 물속에 쓰러져버리더라.

주먹 같은 빗발이 학살처럼 등허리를 까뭉갠다.

이제 통쾌하게 뉘우침은 사람을 죽였다.

그러나 너무 얌전하게 나는 나를 죽였다.

1954년

1월 21일

저세상 가서 일삼을 말,
쓸쓸하기만 하더이다
다시는 생(生) 세상 태어나지
않겠소이다.
".........."

2월 7일

세상만사가 다 귀찮아지던 날 아침
맘껏 게을러지고 싶어
자리에 쓰러져 있노라니
봄의 입맛이 콧속에 기어들어와
그럭저럭 또 살아보라고

눈물 흘려주어라

2월 ○일

너는 가고 없더라
비인 황무지엔 나만 홀로
갈대처럼 나부끼더라
아리사……

2월 ○일

안 살았었대도 좋지
영 내 자리를 꼬무로
베껴버려도 좋아
내야 안 살았었대도 좋지.

제5부

편지

1954년

1월 22일

추경에게.

아름다운 아침이었습니다. 이렇게 똑똑한 일기가 추경 계신 서울에도 베풀어졌기를 바랍니다.

도시 생활 반년 만에 돌아온 고향이라서 그런지 주인 없는 친구 집에나 간 것처럼 서먹서먹하기 짝이 없어 처음 날엔 되짚어 돌아가고 싶은 생각마저 간절했었습니다.

그러나 어머니 아버지의 지성스런 아껴주심과 누이동생들의 안타까이 사무쳐 넘치는 귀염성, 그리고 친구들의 반가운 모임과 마을 사람들과 동리 전체가 풍겨주는 어딘지 모르게 끈기 있는 향토적인 온정, 거기에 마지막으로 예나 다름없이 늘 새로운 자극과 풍부한 감동을 주는 아름다운 부여의 자연, 이러한 것들이 곧 나의 마음을 이끌어 매어주어 날이 갈수록 적적한 시골의 습관에 익어가고 있습니다.

그후, 추경의 맑은 건강 여전 청신하오며 어머님께서도 만안하시온지요. 멀리 계신 존경하옵는 인정식(印貞植) 선생께서와 아직 제가 모르는 병완(炳完) 형께서도 이 시각 건강하옵기를 특히 조선 사람 된 마음에서 기원합니다.

지표도 없이 철썩이는 바다 끝을 바라보면서 시큼시큼 황혼 속에 잠겨가는 바위 끝에 올라앉아 인종(人種)이 느낄 수 있는 가장 뿌리 된 침통한 고독감 속에 빨려들어가며 있었다는 환상이 석림(石林)의 마음을 사로잡는가 하면, 제 자신이 언젠가 고백한 일이 있는 그 해 질 무렵의 공포에 가까운 시간의 엄습에 쫓기어 마침내는 바다와 오후와 추경과 석림이 가로세로 직조처럼 엉클어져 어두운 착잡 속에 한살이 되어버리고 마는 것을 곧잘 체험하게 되는 것이 근일의 생활이었습니다! 개인의 생명의 우수쯤으로 괴로워하지 않으려 제법 애써도 보는 것이었지만 의지나 혁명이란 만병에 유효한 약은 못 되는가 합니다. 하물며 그것이 타고난 슬픔임에랴……

어제는 학우회 일 때문에 강을 건너 들길을 걸었습니다. 아득한 평야 가운데 까마득하게 활등처럼 구부러져나간 둑길을 세월 없이 걸어가면서 이러한 길을 추경과 함께 거니는 모양을 상상하고 혼자 감미로운 미소를 느껴보며, 언제인가 그러한 날이 있었대도 좋고 없었대도 좋은 그러한 머언 날에 이러한 옛이야기처럼 호젓한 들길에서 분명 추경이 아닌가 싶은 모습과 애절한 마음으로 말없이 지나쳐버린 일이 있는 듯한 낭만스런 몽환을 혼자서 어린애처럼 믿어보기도 하며 벌판 속을 더듬어갔습니다.

추경.

서신이란 정말 어느날 밤엔가의 말과 같이 싱겁기 짝이 없는 것인가보아요. 지금 석림의 지성과 심장이 느끼고 있는 표정을 어찌 다치지 않게 고스란히 백지의 힘을 빌려 서울까지 전할 수 있으리오. 석림은 끝끝내 석림으로서 죽어가라는 말인가봅니다. 때아닌 국화꽃은 새로이 피어나고 연년 허물어 들어가는 농갓집에는 굶어 죽은 쥐의 시체…… 어떠한 고난이 우리를 몰아붙인대도 결코 조국이나 백성이나 박해받는 사람들의 목숨으로부터 배반하여 도피하지는 말자고 우리 서로 마음의 심지를 돋구어주었으면 하옵니다.

개학 후 새로운 재미 많으신지요? 석림의 상경은 2월 4일경 될 듯합니다. 그동안 이야깃거리 많이 장만해두십시오.

추경의 건진(建進)을 빌며 아울러 일간 반가운 필적 볼 수 있을 것을 바라며 질서 없는 이 글월을 매듭짓겠나이다.

안녕히……

4월 15일

분명 어데선가 많이 낯익은 여인 같았습니다. 무성한 수풀이 우우 우거져 가지각색으로 노래하는 참새떼 모양 햇빛 실은 바람에 바쁘게 휩쓸렁거리고 있었습니다. 어울려 속삭이는 짙푸른 풀벌 너머로 둥근 여인의 젖가슴처럼 머얼리 널려 나아간 보라색 광야. 아득한 광야 너머 하늘과 땅이 맞붙은 지평선 저쪽에서 '집시의 달'이 피리 소리도 교향악도 되어 하늘에 소요해 흘러가고, 나의 마음은 가슴을 쥐어뜯고 싶도록 안타깝게 안타깝게만 돌아올 길 없이 몸부림쳐 울고만 있었습니다. 흰 구름 같은 양떼를 몰고 아무에게도 시선을 주지 아니하며 양떼 속에 천사처럼 외로이 서서 어데로인지 방금 사라져간 분명 어데선가 많이 낯익혀온 인상적인 소녀. 하늘 바람에 나부끼는 진달래 내리닫이를 감은 몸은 무척 수척해 보이고 얼굴은 수심 속 세상처럼 가슴 아프게 너무나 창백한 허허(虛虛)…… 가슴엔 초조에 불이 붙어서 불타옴으로 괴로움 괴로움의 화염(火炎)……

누구란 말이야. 진정 누구란 말이오…… 아, 어데로 갔기에 그의 얼굴은 왜 그렇게 창백하고, 붉은 붉은 달이 진종일 울고 난 사람처럼 쑥스럽게 떠올라온다고 했습니다.

시야는 어느 결에 주황빛에 물들어가고 붉은 단풍처럼 마음속에선 지나간 그 소녀에 대한 안타까움이 재연되어 훨훨 타오르고, 나는 그 순간에서 그냥 불타버릴 것마냥 가슴을 움켜잡고 통곡을 참다가 마침내 대지에 엎어지면서 터져나온 환영의 임자, 추경! 추경!

베개가 턱밑에 있더군요. 옆에선 코 고는 소리. 창문엔 달빛이 훤히 비치고 전신을 통해 가슴에 산처럼 쌓였던 울적이 애수처럼 선선히 발산돼 나가고, 그래도 알맹이처럼 못다 한 초련이 남아 엎치락뒤치락 앙탈이라도 해볼 양으로 눈을 감고 방금까지 진땀 흘리던 감상(感傷)을 되뇌어 회상해보았습니다.

그러자 바닷가 출렁거리는 해안선, 흰 모래밭, 태양의 연인처럼 누워 속삭이는 추경. "나뻐" "왜?" "안 나뻐" "미워" "왜?" "이뻐", 그러다보니까 또 어느 산마루였습니다. 매혹스런 입안에 진달래를 한모금 머금고 나를 반겨주는 천연스러운 추경.

4월 19일

내 마음의 고향, 추경에게.
그리움이 항시 마음속에 소용돌이치는
그대를 이름지어
내 마음의 고향이라 부르며

미워하면 미워할사록
잊자 하면 잊자 할사록
마음에 속속이 사모쳐오는 그대여

나의 사람아
불타는 가슴
찢어지게 아픈 마음
너는 부드러운 낯으로 언제나 맞아다오
나는 믿음 지어 가야만 한다

아름다운 마음
내 마음의 고향이여
나는 그대의 가슴에서 살련다
다아만 한번만인 고운 잠
길이 이루련다.

4월 21일

지난 일은 묻지 말기로 해요

생각 한번 할 적마다 가슴이 무너져요

그대의 지난 일

나는 건드리지도 않을래요

우리는 지금 좋은걸

그리고 이제부터가

우리 둘의 다순 세상인걸요

정말(情沫)……

4월 ○일

경! 그대의 건강 연초록빛 같길 비오.

낯설은 교사, 새로운 학우들, 생활 자극이 많으시겠지요. 동양 철학 강의에 많이 유심(留心)하시오……

석림은 늦어질 것 같구려. 오늘 이 편지와 함께 학교에도 우선 상세한 편지 쓰려 하오. 보아서 한 학기만 더 휴학 원서를 띄울까 하오. 꺾어온 진달래가 모두 시들었을 것만 같구려. 아직 꺾으러 가지 말고 언젠가 석림과 함께 갈 날을 위해 잠시 산보를 아끼시 오…… 응?

만날 땐 만나더라도 편지 써요! 그럼 기다려보겠어…… 응?

안녕.

5월 12일

기다리기에 지쳤을 추경에게.

아무리 쓰고 또 써도 마음에 맞지 않아 날마다 두세차례씩 써선 버렸습니다. 이러다보니 어언 오늘이 나흘째, 궁금해할 추경을 생각하면 쓴 족족 눈 딱 감고 우체통에 집어넣어버리고도 싶으나 막상 봉투에 접어 넣고 봉을 할라치면 쓴 내용이 하나도 마음에 차지 않아 도로 꺼내서 한가닥 두가닥 찢어버리곤 하게 됩니다. 편지 못 쓰는 병에 걸렸나 보외다. 이러고 보니 언어폐지론을 주장하지 않을 수 있겠나뇨.

사랑은 너무 컸어도 언표(言表)는 너무 작아서 옆에 있느니만은 못하구려. 아무리 다정한 편지 쓰고 쓴대도…… 글이 아니라 무슨 딴 표시로 마음을 연락했으면 싶으오. 봉투 속에 아무 말도 없이 그림이나 하나 아로새겨 보낼까. 세상에서 가장 뜨거운 사랑과 가장 맑은 마음을 상징하는 그림을.

추경
그대 심령 길이길이 평안하시오.
석림은 언제나 추경이 믿을 수 있는 사람이오.
만월이 가까워와요.
다시 새날까지 안녕……

5월 14일

추경을 그리면서 쓰는 글.

햇빛 받아 기름을 부은 듯 빤득빤득 팔락거리는 연록 나뭇잎들이 지나갑니다. 차는 씽씽거리며 달려가고 물결치는 호밀밭 가운데 듬성듬성 뽕나무들이 새잎을 펴내들고 푸른 오돌개를 주절주절 꿈꾸고 있습니다. 아침 햇살 속에서 아카시아 꽃향기가 짙게 풍겨 점점이 무덤들 솟아 있는 황토배기 등성이와 그 사이로 꾸불꾸불 달려오는 졸음 오는 마찻길을 깨우쳐주고 있습니다.

나는 금세 가슴이 벅차 무슨 뜻인지도 모르고 혼자 중얼거려 외쳤습니다. 오, 다시 돌아오지 못할 나의 고향이여, 오 이대로 웃으며 죽고 싶은 아름다운 향(香)바람이여…… 차가 서고 엔진이 그쳤습니다. 앞을 내다보니 잘 다듬어진 뫼마당이 있고 그 아래론 가죽나무 대나무로 울타리 세워진 아늑한 초가집 마을이 보였습니다. 이제부터 마이크를 걸어놓고 농민 한사람 한사람의 마음 속에 꼭꼭 들어가도록 다져서 선전을 시작하는 것이랍니다. 이러한 궁벽한 마을에 지프차가 들어왔다는 것이나 마이크 소리가 들린다는 것이나 일찍이 이 마을의 역사에 없었던 신기로운 일일 것임으로 해서 아해들이나 어른이나 할머니나 부녀자나 부끄러운 표정들을 하면서도 밀고 끌고 꾸역꾸역 털려 나오는 것입니다.

석림은 혼자 묏등 뒤 잔디밭에 엎드려서 이 편지를 쓰고 있소이다. 흰나비가 눈부신 이 흰 종이 가에 내려앉으려다 무엇에 생각이 난 듯 사뿐히 날아가버렸습니다. 가슴이 미칠 듯이 행복한 이 흙냄새, 이 대기 냄새…… 모조리 이 종이와 글자마다에 속속이 배어서 낼모레 추경의 다순 입술에까지 전해지겠지요. 비로드처럼 물결쳐가는 저 보릿골 너머에서 추경의 웃는 흰 얼굴이 금세금세 나타날 것만 같구려. 등 뒤에서 풀잎 따 던지는 게 꼬옥 추경의 보드라운 손길의 장난인 것 같구…… 마이크가 끝난 모양입니다. 박(朴)형이 빨리 가자고 웃으며 나타났어요. 그러면 이대로 부치겠어……

구(具)형한테 편지 부치긴 부쳤는데 하 통신사고가 많은 세상이라 마음이 놓이지 않는구만. 틈 있는 대로 들러서 21일 상경할 예정이며 그동안 기자 생활 착실히 하고 있으라더라고, 그러면 선물로 구순한 배(裵)양 얘기보따리 많이 싸가지고 가겠다더라고 전하시구려. 이만 씁니다. 함께 가장 굳센 포옹 보내드리오. 안녕.

10월 ○일

경, 오늘은 외출할 수 있을 것으로 생각했었더니 마음대로 되지 않는군. 단기훈련을 받음이 좋대서 훈련을 받고 있는 중인데 아직도 삼사일 남은 모양이야. 이것이 끝나는 대로 아마 만날 수 있겠지.

요샌 밤마다 꿈이야. 경이 쎙둥거리고 돌아가는 꿈. 무성한 추억의 재연. 어제가 추석, 구(具)와 함께 야외 외출을 했었지. 낯선 마을을 산책하는 고향 잃은 두 군복을 상상해봐. 동리 사람들이 수군거리면서 구경들을 하고 있고.

경, 추석쉼 잘했어? 부침이 좀 가지고 와. 생각만 해도 단침이 꿀꺽꿀꺽 넘어가. 산 넘고 내 건너 육로길 백오십리만 찾아오면 돼. 열번 스무번 재고 끝에 스스로 택한 길이었기에 망정 나는 기어코 부지하고 있는 것이오. 강제된 어쩔 수 없는 길이었다면 석림은…… 예상했던 그대로 고행의 길이야. 입맛이 떨어져서, 그렇지만 설마 쓰러지지야 않겠지. 군기는 상세(詳細)를 금하고 있어. 실상 재미로운 생활이야, 후일을 위해선.

곧 만날 터이니까 그날이 오기까지 소식 없이 살려 했더니 웬 바람인지 갑자기 경의 이름을 맘껏 외워보고 싶어져서 돌발적으로 붓 들었어. 어쩌면 일년을 두고도 경의 집 앞을 디디지 못할지도 몰라. 금말?

학업이 재미로울지어라. 단풍 드는 가을, 어여쁜 경! 잘 살아요.

10월 21일

경에게.

주인 없는 방에 들어오기가 미안했지만 경의 체온이 배어 있을 의자에 잠시나마 앉았다 가구 싶은 유혹 때문에 들어와서 앉아보는 것이었어.

이 냄새, 이 공기의 감촉. 경이여, 그러나 운명은 우리의 길을 장해하고 있구려. 언제나 다시 만날 수 있을는지조차 막연하게 암담한 시조(時潮)가 먹구름처럼 다시 눈앞을 가려오고.

진즉에 너무도 분노했던 불길의 잿더미가 다시 죄업(罪業)이 되어 석의 주위에 창을 쏘지 않는가…… 기구한 노릇이다.

경만은 괴롭히지 않으려고 있는 힘을 다 조여봤지만, 경이 아니고서 이 천지 그 누구한테 이야기할 수 있는 이가 있겠는가. 그렇다고 경, 조금도 걱정할 것 없어. 이제까지도 살아올 수 있었던 석. 항거하기 위해서 태어났다고 자부하던 석. 모순을 지양하기 위한 끊임없는 투쟁 속에서 참되고 꿋꿋하고 아름다울 수 있는 혼. 경의 그 항시 진실하게 빛나고 있는 눈동자가 어느 두메에 사는 조선 사람의 것임을 명상할 때 석림은 웃으면서 하나하나의 압정(壓政)을 찢어나갈 수 있는 용기가 굳어져와. 석림이 설사 한 사람의 불쌍한 목숨을(다만 한 사람의) 건지기 위해서 쓰러진다 할지라도 웃으며 죽을 수 있는 지조(志操)를 부어주는 사랑의 원천, 경이 되어주오. 악에 항거하는 것이 애당초 석림이 받은 천명일진대. 귀여운 아니 청정한 경, 혹여 그대 혼자만의 괴로움, 아니

신경과다가 있거든 어서 바삐 씻어줘.

석은 어데를 가나 그대의 정신이 평안하고 행복하기만을 길이 바라고 싶어. 어느 때보다도 부디 나날이 즐겁기를……

석 소식은 또 곧……

자유로운 경, 안녕.

11월 13일

외로운 어린이를 물가에 혼자 남겨두고 온 것처럼 마음이 놓이질 않는구려. 그대가 집 쪽으로 돌아가질 않고 한데로 걸어나가는 걸 보고 올랴 하니 찬 바람이 볼을 때릴 적마다 오버깃을 여미며 어느 텅 비인 고샅길을 비련처럼 걸어가고 있을 모습이 춥게 떠올라 마음이 갈 바를 몰라 했지만 마침내는 걷다가 발이 피곤하면 그대 방 따뜻한 아랫목에 돌아가 이부자리 위에 전등불과 책과 즐거운 공상을 안고 평안히 뒹굴 것을 생각하니 내 마음 좀 거든해집디다.

먼지를 뒤집어쓰고 석은 오늘도 무사히 돌아왔소. 떠날 임시면 항시 그렇게 앙탈을 피워야만 직성이 풀리시는지요. 책상 앞에 앉으니 마음은 줄곧 아래로 아래로만 스며들면서 못다 풀고 온 정회가 주인 없는 모닥불을 지펴주는구려.

11월 14일

오늘은 이 친구가 서울 나가야 할 일이 생겨서 부득불 약속을 못 지키오.

경, 이렇게 귀중한 약속까지를 어겨야 하는 부자유한 석림을 자각할 때 야속하기 그지없구려. 휴가는 아직 미정이오. 기다려 줘…… 석림이 갈 때까지……

안녕.

1956년

1월 5일

추경.

더불고 못 올 경우엔 부여(扶餘)를 삼가야겠다던 자약이 깨지고 말았음을 반겨주는 동생들과의 웃음 다음에 다시 더 쳐다보고 즐겁게 웃어야 할 경이 없음을 깨닫고야 의식했습니다. 이러다간 또 사흘도 못 가서 상경하고 말 것 같군요.

이 편지가 늦은 까닭은 하향 중간에서 이틀을 머물러 온 탓입니다. 그날 온양에 와, 구(具)선생이 대구병원에 입원 중 휴가를 얻어 공주 본가에 가 있다는 소식을 듣고 그길로 추격하려 했으나 수레가 없어 구선생 누님 댁에서 유(留)하고 새벽 동틀 무렵의 수레를 이용, 천안 공주 간의 광정이라고 하는 조그만 정류소에서 내려 산골길 삼십리를 단숨에 걸었습니다.

벌써부터 빨갛게 단장하고 있는 봄버들(냇버들)의 순. 산골엔 봄이 대담하게 와서 운동하고 있습니다. 늦은 가을에 익어두었던

멍가 송이를 꺾어들고 이다음 경의 저고리 고름에 달아주리라 생각했다가 그만 목이 갈증 나서 고갯길 넘다가 다 따먹고 말았습니다(용용?).

구(具) 부인께선 산골 시가살이에 얼굴이 야위어간답니다. 구 선생도 곧 나올 것 같답니다. 하룻밤을 반 새우고 다음 아침 그러니까 어제 아침 훨훨 공주로 그 나루터를 지나 나와서 부여 차를 탔습니다.

재미스런 에피소드는 이다음 서울 가서 선물 주기 위해 이 자리선 아끼겠습니다.

나 혼자 왔다고 집에선 특히 동생들이 퍽 섭섭히 여깁니다. 사과를 사갖고 와서 언니가 주더라고 했더니 하숙이가 눈이 뚱그레지며 사과 하날 골라 들고 "그럼, 이, 이, 이 사과 서울 언니가 나 먹으라고 줬어?" 하는구려. 그래서, 응 그렇다 했더니 입이 함박만큼 벌어지지 않겠소.

경.

저 — 기, 저 — 뭣이더라……또 이담 얘기할게……

아직 며칠 날 상경한다고 부러지게 얘기할 수 없어. 여로(旅勞)가 회복되는 대로 곧 또 편지 쓰지. 경, 그대의 감미론 화신(花信)이 보고 싶구려. 제일 마지막 그대 싸인 자리에다 경의 향기로 키스가 자죽한……

그럼 안녕.

경의 성실 앞에 행복한 석림.

1월 9일

추경 앞.

자모님 모시고 그대의 오동통한 몸 강녕(康寧)하시나이까.

자기와 자기의 애인의 목숨이 사의 위협 속에 싸여 살벌한 순간에도 애인의 가슴에 오히려 평화스럽게 몸을 의지하고 서서 전쟁은 왜 하는 거지요 하고 묻던 카로린느처럼 철없는 경이여……

탁구 많이 배웠어? 경이 미워서 상경하지 않기로 했어!

그런데 경, 아무리 생각해봐도 석림의 주위에 석이 열패감을 느껴야 할 사람은 하나도 없는 것 같은데…… 철없는 카로린느가 홧김에 내뿜은 앙탈에 지나지 않는 게 아닐까? 그렇지 않으면 경이 잘못 본 게 아닐까? 실상 말이지 석은 자존광(自尊狂)이 돼서 타와 비교해서 스스로를 패의 위치에 놓아본 적이 스물여섯해 동안 아마 한번도 없었던 것 같은데……?

경이 절실히 한 말이라면 그는 누구인가. 그리고 그의 어떠한 면이 석에 승하였다고 생각되었는가를 비판 서술해줘봐. 그래서 만약 경의 통찰이 정당했다고 긍정되면 석은 경에게 상을 수여하고 경이 좋아하는 더 좋은 석이 되기 위하여 노력하지……

눈이 하이얗게 덮이니까 강가로 나가고 싶군…… 경은 떼놓구 혼자서. 화나?

동생애들은 날마다 언니 타령이구. 우리 집 윗방은 옛날 그 사교장의 부활(경이 없으니까). 낮이나 밤이나 찾아와선 주정들을 해서 요샌 주정 받아주다보면(주정이래야 푸념이지만) 하루해가 가고 머리가 띵띵하구먼…… 동인집을 내자구들 열의들이 대단한데, 나야 글쎄 어떻게 할까 하구만 있지.

서울은, 병선양이 오시라구 오시라구나 하면 갈까?

경! 안녕.

6월 7일

경에게.

이외에도 부여는 명랑한 모습을 나에게 보여주었어.

보리밭과 밀밭, 하늘과 바람, 친구들과 가족들.

울타리, 마루, 닭장, 변소, 뒤뜰 앞뜰 말끔히 새 편목으로 수리, 다듬어서 집안이 눈에 띄게 밝아졌고.

어머니 기상(氣相) 퍽 나아지셨고 아버지도 그렇고. 아해들이 앞뒤로 토끼처럼 뛰어다니며 잘 놀고.

부채도 거의 다 떼어버리며 있는 중이라 하고.

이번 경을 동반코 귀가할 것도 생각하고 있던 모양이고.

경네 집에서 사 쓰는 그 기름은 아무래도 가짜인 모양 같던데. 왜냐니까, 집에선 내가 곧 서울 또 가게 될 줄 알고 왈(曰) 이번 갈 때엔 참기름 한병 가지고 가라고. 사이다병으로 하나에 천원 하니까 서울에선 더 비쌀 게라고. 그래서 서울에선 350원 한다 했더니 그것은 참기름이 아니라 콩기름이거나 먹으면 골치 아픈 가짜 기름일 게라고……

어떻게, 원기소 샀어? 나도 하나 사서 먹기 시작했는데.

내가 한 말 하나도 잊어선 안 돼. 침상 앞에 씨붙여놓고 아침저녁 선서하도록 해.

320

음력 구월 하늘 높고 말 살찌는 바람, 국화, 코스모스 어우러져 핀 가운데서 천지백성에게 우리의 그것을 밝혀보는 재미스러움. 집안에선 쾌히 접수해주며 으레 그러려니 짐작하고 있었다고. 속으로 아마 대단히 만족해하시는 모양이라 이것저것 물어싸면서 늘 뜬 기분이시지…… 경, 어때, 시집가는 아가씨 마음은 평정하시온지?

어젯밤 교장선생을 만나보았어.
징집 영장이 유죄라 아직 나오지 않았다고…… 그래서 더 기다리기로 했지. 구(具)서방도 아직 무직이라고 하더군. 지금은 도신(道新) 산골에서 부인과 염불 외우고 있다고. 그리고 이곳 친구 유지들 옛날과 조금도 변함없이 그대로 살고 석림만이 변해왔다고 야단들이라. 왈(曰), 신노자(新老子)라고.

어머님께도 안부 여쭙고. 화투 많이 치셔서 많이 지시고 따님 사탕 많이 사다 드리시라고 말씀드리더라고 그렇게 일러드려, 알았어!
지금 을숙(乙淑)이란 놈이 계란을 가지고 비칠거리며 달려와서 안나! 안나! 하고 디미는 바람에 더 못 쓰겠군……
편지 안 기다릴게.

6월 17일
경양께.
세번째 쓰는 편지요.

오늘 아침은 군산 친구를 전송하고 돌아와 늘어지게 한숨 자고 일어났더니 몸과 마음이 거뜬해져서 곧 날아갈 것 같구려.

서울에서 쓰던 장시 정리를 마치고 며칠 전부터 다시 하나 쓰기 시작했는데 언제쯤 완성될지는 자신도 아직 모르겠소. 이번에는 보다 만족할 만한 수확 거두게 되리라 자부하고 있소. 몸도 많이 회복되어진 것으로 생각되오. 이것 모두 경의 음덕이라 스스로 믿고 있소. 열번 백번 고마울 뿐이오.

뒤곁에 앵두가 엊그제 봉투에 넣어 보낸 것보다 한층 익어서 둥울둥울 열렸고 앞밭에 외는 꼬옥 을숙이 새끼손가락만큼씩 커서 꽃 맺고 있소.

아침저녁으로 두레반 둘레에 모여 수저질 하노라면 모두들 다 있어 즐거운데 꼭 하나 빠져 있어 허전하오.

틈틈이 낚시질도 다니고 꽃밭도 손질하고 하숙이 을숙이 몰고 바람도 쏘이고

경양. 아마도 이사를 가신 모양이구려. 그렇지 않으면 대문을 잠그고 배달부를 통금시키고 있거나 또는 세상 몰래 서구 유학 여행을 떠나셨거나.

그러구 보면 세번째 쓰는 이것도 경 집 대문 밖에서 굴러다니게 될 것이 아니겠소? 앞으로 계속해서 사오개월 동안 침묵을 지킨다, 그것참 재미스러운 일일 것 같기도 하오. 그런 의향에서라면 찬동할 의사 다유(多有)하오. 또는 ○○를 ○○니고 있다고 여왕님처럼 자세를 부리시는 건지? 깍쟁이처럼…… 경, 몸이나 잘 보살펴주기 바라오. 석림도 내일부터는 흥미진진한 나날을 보내

게 될 것 같기에, 미리 말해두지만, 편지 같은 것 쓸 여유가 전혀 없을 것 같소.

병선(炳善)
궁금하군……

6월 20일

경.

그대 편질 읽고 처음 좀 당황하였고, 다음 퍽 만족스러웠소. 이 제까지 이렇게 여순(女順)한 꽃다발 같은 편질 받아보긴 처음의 일이었으니까…… 석림에게 미안스러우리만큼의 유쾌한 딴 재미를 서울에서 근일 영위하고 있거나, 아니면 경이 이제야말로 정말 예쁜 귀여운 말씨를 쓰는 나의 비서가 되었거나.

그대 몸이 평안타 하니 무엇보다도 궁금증이 풀리어 즐거우오.

경만이 편지 받길 즐거워하고 석림은 배달부 같은 것 옆눈으로도 거들떠보지 않는 줄 오산하셨던 모양이구려. 나의 '버릇없는' 아씨께서……

집에서도 택일해보니까 구월 십사일이 젤 맘에 든다는 말씀이오.

서울과 부여 순한문으로 사서 교환을 한 모양인데. 석림이 보기엔 돈암동 외숙부님의 그 득의하신 어필(御筆)보다 부여 경의 시부의 필재(筆才)가 월등 상위에 위치한다 사료되오. 그래서 박수갈채를 보내는 바이오니 경도 응원하여 승패에 착오가 없도록 힘쓰기 바라며 달필상(達筆賞)은 부여에서 획득하도록 기원해주기 원하오.

예식은 서울에서 올리고, 내려와서 잔치를 여는 게 편리할 것처럼 내게는 생각되나 그러나 그것은 다음에 다시 상의하기로 하고 갑자기 지금…… 키스가 무척, 무척, 하구 싶어졌구려. (경을 꼬옥 덮품고……)

교장은 이따금 만나고 있으오. 결원이 생기기만 기다리고 있을 뿐이오. 아버지는 일이년 아무것도 하지 말고 놀아도 좋다고 말씀하시오. 그것은 나의 심적, 육체적 건강을 염려하여 하시는 말씀일 것이오.

을숙이는 철이 들어서 벌써 어른이 다 되었소. 못 알아듣는 말이 없고, 하숙이하고 싸워서 한번 지는 일이 없구. 경이 보면은 퍽 귀여워할 거요. 현국이가 오래전부터 눈 고치느라 와 있어서 과히 심심치는 않으오. 우리 잔칫날은 오~가다(애용씨를 지적)와 땅속으로 들어가는 사람(수만씨를 지적)을 만나서 한바탕 대연회를 베풀겠다고 벌써부터 날만 새면 야단이오.

뭐니 뭐니 해도 제일 행복한 건 아마 어머니인 것 같으오. 얼굴빛과 발소리와…… 아니 아버지인지도 또 모르지……

첫째, 경의 몸 잘 보살펴오. 건강하도록, 얼음과자 너무 마시지 말도록. 하루에 열시간은 자도록. 그리고…… 그리고…… 하루 한장씩 빈 봉투라도 경의 서명 찍혀 날아들어왔으면 그냥 신명이 나겠구먼.

어디……

어머님께도 안부 잘 드리오.

잘 있으오.

6월 23일

경에게.

율동적인 편지에 맘도 몸도 반하였으오.

언제 그렇게 어여쁜 생각을 하는 아가씨가 나의 옆에 있었던가 싶게……까불지 마! 요런 깍장이…… 읽어가면서 몇번이구 튕귀 쳐나온 깨물구 싶게 애긴한 나의 반응이었으오.

이곳 관습으론 예식은 신부 집에서 지냄을 통칙으로 하는 모양 이오. 신부 댁에 무슨 사정이 있다거나 또는 극빈하다든가 이러 한 경우만 예외로 하고서. 그렇게 되면 예식장, 연회, 택시, 상경 할 손님들 숙소, 이런 것들을 구체적으로 계산해보지 않을 수 없 을 것이오. 사정을 따져보아서 차후 결정을 내리도록. 어머님과 잘 상의하여서 나에게로 알려주오. (여담 한마디 하구 싶어졌군. 중매결혼 같으면 이런 이야기는 중매쟁이끼리나 수군수군하는 것인데 우린 경과 석 각각 이역二役씩을 맡아보게 되니 이런 숨은 노고를 그 뉘가 알아주리오……)

직장 가진 사람, 잔치 한번 베풀려면 집 팔고 논 팔게 되는 법이 니라고 그래서 석림은 잔치 끝나거든 취직하라고 입 가진 주위의 친구들이 정색하고 충언해오며 특히 그 유명한 현국이께서 입버 끔을 품어가며 떠들어대는 바람에 나도 별수 없이 끄덕끄덕하고 말았으오…… 우리 집 윗방에서 모두들 전원 출석하여 떠드는 광 경을 상상해보오……

새아씨를 우리 집으로 데려오기 전에 새아씨 몸에 무엇인가 하나 예쁜 품(品)을 장식해주고 싶으오. 무엇이 가장 귀여울까……

경이 아니라, 나의 새아씨 말이오.

혼담 있은 후 십이개월 만에 진황(鎭潢)이 그럭저럭 열매 돼가는 모양이고 말랭이집 아주머니 그저 예전대로 아무 일 없이 잘 사는가보오.

아버지와 어머니는 절차 결정에 관한 모든 것 일체를 나에게 맡겨버리시는 태도요. 그러니까 양가 대표는 경과 석림일 수밖에…… 그래서 우리 일은 우리끼리 둘이서 상의해가면 되는 것이 아니겠으오?

몸조심에, 마음 맑으시라.

7월 3일

경에게.

이곳 촌마을에 사는 노파 하나가 근일에 와서 광란을 일으켰다 합니다. 그는 이번 두번째 발병하는 사람으로서 동란 이개월 앞서 발광하여 세변(世變)을 예언하고 얼마 후 회복되어 엊그제까지 잘 살아왔다는 유명한 할머니요.

이러한 소문이 보리타작하는 마을 마을로 전해지자 할아버지 아주먼네 합죽 할멈들이 복채 주머니에 지팡이들을 짚고 이 길 저 길 모여 왔더랍니다. 미친 사람을 상대로 하는 복술(卜術)이니 만족한 대답은 고만두고 터무니없는 독살스런 욕을 뒤집어쓰거나 아니면 대개는 함구불언하는 그의 고집에 하루 이틀 가슴만 태우다 한숨들 쉬며 돌아들 갔더라 하오. 그러던 궂은비 오는 어느날 귀신처럼 비에 젖은 노파 하나 삼십리 길 걸어 문전에 이르렀다나…… 마침 미치광이 노파 솜버선을 주물러서 비 오는 울타리에 널다 말고 인기척에 힐끗 눈 한번 주더니 "헤헤 제 — 기 복도 많네. 아들 땜에 속 태우지? 걱정 마, 몇달 안 있으면 볼지도 모를걸. 못 봐도 소식이라도 들을꺼!"

그 이상 그의 입에선 아무 소리도 더 들을 수 없었다 하거니와 돌아오는 그 노파, 과연 외아들이 동란시 의용군에 강모(強募)되어 그후 생사 행방을 모르고 있는 중이었더라고……

경, 하루아침 우리 사는 땅덩이가 반으로 쪼개져 사이에 바다가 생겨났다는 전설…… 목숨으로도 헤어 건널 수 없는 수뢰(水雷)의 바다……

경이 그다지 보고 싶진 않지만도…… 오늘도 하루 종일 무엇인가 기다려보았으오. 헛된 꿈을 질릴 줄 없이 좇으면서. 집을 비워도 보고 문전에 나서도 보고…… 흔히 이르길 보구 싶어 병이 났다 하지만 석림은 그런 성질하군 전혀 천만만만에, 결단코 인연이 없소. 진정코! 공포하거니와……

백합이 피고 백일홍이 피고 다알리아가 피고 백도라지가 피고, 무엇보다 탐스런 건 포도. 아마 송이송이 따 담으면 경네 방에 반쯤은 찰걸? 어머니는 이걸 서울 언니에게 자랑하고 싶으신 모양이오……

왜 회신이 없으오. 그 건(件) 곧 알려주기 바라오. 그래야 다시 상의할 수 있지 않아?

하기 방학 끝나 신학기부터는 아마 자리가 날 성싶으오.

나의 경, 아니 경의 석림, 멀찍이 시월달까지 잘 있으오. 그리고 어머님께 안부 여쭙고.

경의 건강이 제일 염려되는데…… 무리하면 못써. 주의한 것 잊지 않았겠지? 석림을 아주 잊어버려!

안녕.

7월 10일

경에게.

편지는 둘 다 같은 날 받았으오. 요새 편지는 모두 낭만파인 모양이오. 보니 경 아무래도 무리하구 있는 것 같아 염려되오.

하숙이가 재잘을 떨고 있으오. 땀이 나니께 서울 언니 올 것 같다구…… 확언할 순 없어도 일간 서울 다녀와야 할 일이 생길 것 같으오. 교원자격증을 미리 신청해두도록 함이 좋을 것이라는 교장선생님의 제언이시오. 이곳에서 신청할 수도 있으나 직접 문교부에 제출함이 여러모로 유리할 것이라 하는.

경과 어머니의 의견 충분히 납득하고 있으오

이곳 어머니 아버지, 만사 찬성이오.

말랭이집 아주머니 요새도 병원에 자주 다니시는 모양이고, 조선생 어부인께서는 3남(여?)을 준비하시는 양. 노문(盧文)이 오래전부터 건강을 해치어 집에 가면 조그만 약국이 돼 있고. 진황(鎭潢)이 약혼은 성립. 현국(玄國)이 밤이나 낮이나 우리 집에서 소리

328

소리 지르고.

우리들의 이야기 다음 기회에 자세히 하지.

우리 날짜를 너무 늦게 정했어! 지금쯤 경 더불고 왔으면 얼마나 긴할까!

8월 21일

추경양께.

오늘에사 추경 생각을 했으오. 그동안 일이 좀 까다로워져서. 도(道)에 신청한 자격증도 아직 못 찾았거니와 소위 정부기구개혁안에 따라서 중앙으로부터 신채용 일체 당분간 중지하고 있으라는 시달을 받았기 때문에 조금 기다려보는 수밖에 없다는 그 위대한 구(具)교장의 의견이오. 그야말로 "원칙 아니면 죽음을 달라"식의 철저파이신가보오. 딴 이유가 아니고 그런 이유에서이니까 곧 어떻게 되겠지.

그건 그렇고, 그런데 어머님 더욱 만강하신지. 경은 더욱 유백(乳白)해지고……? 이곳은 가을이 벌써 다 갔어. 집 앞뒤로 옥수수가 이렇게 많은데…… 먹을 사람이 없어서 동네방네 모두 노나주는데…… 포도…… 오는 사람 가는 사람 실컷 따먹고 따가지고 가도 여전히 한 지붕이……

동숙에게 명을 내려서 씨앗이란 씨앗은 모조리 참외씨 수박씨 꽃씨 옥수수씨 잘 받아두라 했지. 아무리 생각해도 두달은 너무 긴데. 하숙이가 경 얘길 유머러스하게 씨부렁거려서 집안은 모두 웃음통이라……(이담 얘기해줄게. 궁금하겠지만……)

오늘 목공소에 가보았더니 양복장, 이불장 한데 붙은 것(경네 집에 있는 것과 비슷한 형식) 열댓개 만들어 놓아두고 매매하고 있더군…… 이만사천환 내지 이만칠천환, 그래서 좀 저렴한 것 찾으니까 양복장을 반으로 좁히면 양복장은 없어지고 베개장 같은 것이 되는데 그것은 이만이천환이라. 그래서 한 만오천환 정도의 것을 찾으니까, 그렇게 만들자면 양복장도 이불장도 없어지고 다만 빼닫이만 있게 되어 옷장만 될 거라고…… 추석이 지나면 물가가 퍽 오른다고. 그래 어머니와 상의하여 좋도록 결정, 알려주기 바라오.

며칠 안으로 방을 뜯어 구들을 다시 깔고 장판을 하고 할려면 좀 부산할 거요. 아버지 어머니 생활의 전체를 이러한 궁리에 기울이고 있으오. 퍽 즐겁게 그러면서 퍽 걱정스럽게…… 석림도 퍽 타산적인 사람이오. 아버지 어머니에게 부채는 지지 말라고 될수록 지지 말라고 이야기해두었소. 그 부채가 곧 나와 경의 부채가 될 것이겠기에…… 어때 이만하면 석림도 살림꾼 노릇 할 수 있겠지……?

진황이 혼인날이 우리보다 이주일 후라고. 얼마 전 정식 대면하러 처가에 왔다가 신부에게 같이 조치원 나와 마음 맞는 채단감 끊자고 제의하자 그 부모들 아직 딸 내보낼 수 없다고 강경히 거부, 그래서 혼자 오다 아무거나 끊었다고 투덜투덜하더라나.

오늘 이만 써야 되겠어. 을숙이가 옥수수를 가지고 와서 자꾸 디미는 통에 뭐 어떻게 할 수 있나, 나가서 미용체조 한번 하고 뜰

쓸고 손 씻고 저녁 먹고 해야지.

　그러면 안녕!

　나의 나.

8월 29일

　경 앞.

　방을 고치고 바닥을 새로 하고 장판을 다시 바르고 이럭저럭하느라 오늘 나흘째 토역(土役)꾼이오. 이제 며칠 쉬었다가 다시 벽 바르고 천정 바르고 뒷골방 반자 만들고 이것저것 손대노라면 무슨 소식이나 반가운 변화 같은 것이 있을 것이고 그러는 가운데 추석도 어느덧 어젯날이 되어지고 말 것을 생각하면 경 데려올 날도 눈앞에 다가온 듯 마음 조급하여지오.

　무소식이 희소식인지라, 요새는 혹 경에게서 소식쪽이 날러들어오지나 않을까 걱정이 태산 같으오. 다만 좀 염려되는 것 어머님의 안부와 경의 건강뿐이오.

　이곳 집안 식구 아래위로 모두 편안한 편이오. 을숙이란 놈도 이젠 제법 어른이 되었으오. 어머닌 우리 포도로 포도주를 담그려다가 아마 자신이 없어 그만둔 모양이오.

　들리는 말들에 의하면 신부 어머니는 혼인 시 신랑 집에 가지 않는 것이 상례로 되어 있다는 것이오. 경의 입장에서 어머님이 꼭 동행하셔야 될 것 같으면 하는 수 없는 일이거니와 그렇지가 않다면 경 자의로 적절히 처리하도록 하오. 그리고 될수록이면 여러가지 이유에서 서울 친척 가운데 '아주머님네' 참석을 제한해야 되겠으오. 여인의 참석은 경의 친구나 또는 경과 동년배의 사람에 한하게 하고 친척의 자격으로서 참석해줄 사람들은 큰 지장이 없는 한 남자만으로 했으면 여러모로 우리 함께 편리할 것 같으오.

이곳 주위의 사람들도 모두 무고하오.

외근 감독이 된 노문은 매일 우리 집으로 출근했다가 우리 집에서 퇴근한다오. 유(兪) 없는 사이에 언젠가 올라가 유 부인을 골려놓았던가. 그것이 부부싸움을 일으켜, 그것이 원인이 되어 이들의 사이에는 평화한 빛이 없으오. 아마 그 무렵의 이 친구 몹시 심심했던 모양이오. 병원집 따님도 곧 출가하신답니다.

하늘이 보이오. 투명한 하늘, 밤송이가 여물어 수수모감일 후 두둘길 쪽빛 깊은 하늘. 그곳 귀밑머리 옷자락 펄펄이 나부끼며 외로이 지나가는 나그네 하나. 물안개 뿌려 몸가짐을 다스리며 그것은 지나가는 청고(淸高)한 나의 천사. 그대는 희고 수척하고 맑고 조그마한 구슬의 작은 천사.

그때엔 사오일 앞서 상경하여 같이 일을 준비하고 함께 내려올 예정이오. 그러니 안심하오. 그리고 한가지 부탁할 것, 『시와 비평』 제2집이 나온 모양인데 부여 서점엔 없다 하오. 혹 어데 남았는지 찾아보오. 정식(正植) 작은아버지 나오시거든 석림이 안부 물어왔더라고 운운 전언드려두오. 그러면 오늘 이대로 또 이별이오.

9월 5일

병선씨께.

필경 통신사고가 생긴 것이라 믿고 있으오.

꿈속으로 예감되는바 경양의 안녕 청명히 빛나 나부끼는 줄 아뢰오.

그것은 강요된 미소가 아니라 계산된 평화가 아니라 스스로의 안위와 포기된 설움일 거요.

나는 평안합니다.

명주로 안 받쳐 무명 두루마기 내일이면 만들어진다 하오. 양복장도 이불장도 전시(戰時)니까 도리어 주천스러 아버지는 결코 만들 필요 없다 말씀하고 계시오.

있었다면 변화가 좀 있었으오. 사소하게 인 주위의 물결 그러한 것 어떻게 이 많은 세상서 눈여겨 설워하고 주저앉아 있겠으오.

주고 가는 것이오. 찢기우고 가는 것이오. 그리고 영 잊어버리고 마는 것이오.

그러나 노래는 아름다웠으오.

1958년

1월 7일

정섭이와 정섭 엄마 보오라.

오랜 날이 그동안 우리 사이를 흘러간 것 같다. 섭이의 재롱이며 그 어두침침한 방 안에서의 식구들의 티없던 웃음소리들이 지금 나의 기억 속에서 오락가락하고 있다. 지금은 외할머니 무릎 위에서 등 뒤에서 무엇인가 콧물에 씻어 먹어싸면서 아증거리고 있을 그 두리뭉실 스웨터며 미스코리아 아랫도리며 이담에 무엇인가 할 것 같은 매서운 눈 싹수를 생각해본다. 그리고 혹 섭이가 아침저녁으로 누군가를 아쉬워 찾는 기색은 없는가. 지금 나를 만나면 나를 알아보고 반가워할 것인가. 학교에서 돌아오면 목소리만 듣고도 그냥 어쩔 줄 없이 반가워 '해해'거리며 달려와 안기던 때처럼. 또 일 저질러놓고 엄마한테 매 맞지는 않는가.

고모들 할아버지 할머니 저녁에 모여 앉으면 화제가 섭이다. 고모들은 제 딴엔 남몰래 빳빳한 십원짜리를 어데다 깊숙이 모아

두며 있는 눈치다. 내가 마음속으로나마 웃을 수 있는 시간도 이 때뿐이다.

이곳에 온 후로 비교적 평온한 병석 생활이 계속되고 있다. 명의라고 이름난 한의 두 사람이 와서 보고 하는 말이 칠팔년 아니면 십여년 전에 당신은 왼편 가슴을 다친 일이 있을 것이오. 그곳에 어혈(나쁜 피)이 들어 오래전부터 농기가 생긴 것이오. 즉 요샛말로 흉부만성늑막염이오. 출혈은 그곳에서 있었소. 당연히 있어야 할 것이 있었소. 삼개월은 치료받아야 되오. 녹용은 해롭고 인삼을 써야 되오.

장난처럼 지껄이던 삼개년 계획. 그것의 귀추는 어찌 되었는지. 경은 지금 어쩌면 우리들은 불행한 사람들이라고 생각하고 있을 것이다. 과연 우리들은 지금 불행하다. 그러나 나는 흡사 아해들 같은 즐거운 생각의 창문을 오년 후 십년 후 아니면 백년 후 터놓고 있기를 한시도 단념해본 적은 없었다.

섭의 건강에 조심해주기 바란다.

어머님께 섭이 이쁘다고 장사 정신 빼앗김이 없으시도록, 그리고 사탕 너무 사주지 마시란단다고.

나는 퍽 심심하다. 소식 듣고 싶다. 창금이네 식구도 다 잘 있다. 안녕히.

1월 31일

섭이 엄마께.

2월 2일 날 이 편지가 경의 수중에 들어갈 것이다. 그러면 2월 5

일 날이나 6일 날 정섭이와 함께 내려와주기 바란다. 할아버지 할머니가 기다리고 계시다.

나의 상경을 그곳 많이 기다리셨을 줄 아나 좋지 않은 날씨에 원행(遠行)은 오히려 해로울 것 같다. 멀찌감치 입춘도 지나고 섭이 돌도 지난 다음으로 미루어두었다.

요동안 이곳에서의 치료도 그렇게 허무한 것 같지는 않아서 어데 더 좀 지속해볼 작정이다.

학교에는 휴직원을 곧 제출할 생각이다. 육개월 동안 반급료가 나온다고 한다. 지금 무슨 뚜렷한 계획을 짤 순 없다. 임기응변으로 처리해가는 수밖에.

내려올 때 『조선일보』 1월 4일자(5일자?) 구해가지고 오는 수고를 잊지 말아주기 부탁한다. 그리고 하루 앞서 전보를 치도록. "며칠 날 무슨 차로"라고만. 난방장치가 있는 태극호가 좋을 것이다. 그렇게 되면 명숙이가 논산까지 나갈 테니까.

어머님께 안부.

3월 15일

경에게.

약도 받고 편지도 받았으오. 하루만 늦었어도 약방에 사러 가야 될 뻔했는데. 정섭이 그놈이 벌써 그런 재롱을 떤다니…… 까불지 말라고 그래!

근래의 경의 편지엔 이상한 힘의 빛이 마디마디 꿈틀거리고 있어. 그것이 나의 생의 의욕을 고무시켜주고 있으오. 마치 신효한 주사약과 같이. 연전만 해도 따지려 드는 논리가 아니면 트집, 트집이 아니면 짜증, 그것도 아니면 막된 절망적인 자기(自棄)밖에 거의 보내줄 줄 모르던 곤란하게(?) 어렸던 나의 소녀가 어느덧 이렇게 변모했다는 것을 누구든지 안다면 아마 많이 놀랄 것이 틀림없소.

그런데 한가지 안된 것은(?) 경이 그렇게 넓고 크고 부드러우면 나는 어린양을 부리고 싶어져……

부여에선 피검사를 할 수 없다 하오. 그러나 그것 때문에 일부러 서울까지 장거리 여행을 하기도 힘들고, 피검사를 하지 않고는 환자 자신의 자각적 증상으로 백혈구의 정상 여부를 짐작할 수 있는 도리는 없는지 모르겠으오.

오정훈형이 역부러 집에까지 찾아와주었다니 고마운 일이오. 입원하면 치료 성적이 보다 좋을 줄은 모르는 바 아니나 우리 형편에선 욕심내지 말아야 될 세계인 것 같으오.

경과 섭이가 하루에 한번 또는 이틀에 한번은 다녀갈 것이고, 또 이따금 찾아와주는 친구가 하나나 둘은 있을 것이고, 그러는 동안에 6개월이나 1년 만에 완치해가지고 새사람 되어 새 세상에 나오는……

이 말을 듣고 아버지는 어떻게라도 해서 해보자고 궁리를 하시기 시작했소. 그러나 밤에는 앓는 노인이 되어버렸으오.

가정경제에 기적이 나타나지 않는 이상 가망 없는 일임을 경도 알 것이오. 그래서 나는 얘기 내놓은 걸 후회하고 단호하게 말했소. 입원하는 것보다 집에서 치료하는 게 여러모로 좋다고…… 입원하지 않겠다고……

학교(주산)에선 신공무원법에 의하여 휴직제가 없어졌다고 사직원을 내줄 것을 요청해왔으오.

송의원 약은 열흘 전부터 이미 안 먹고 있으오. 이곳 누가 개를 한마리 구해주길래 그걸 지금 먹고 있는 중이오.

편지나 자주 주오.

이만 쓰오.

4월 9일

경에게.

약이랑 편지 받았어.

좀 바쁘더라도 다음엔 날짜 늦지 않도록 보내줬으면 좋겠어. 이번 보내준 것으로 18일까지 먹어지니까 그 안에 도착되도록. 그리고 한번만 더 보내주면 5월 15일경 해서는 상경해서 진단받아야 할 게고, 그때까지 한달 남짓한데 정섭이 재롱이 얼마나 더 늘까. 할아버지는 정색으로, 정섭이도 보고 섭이 어미도 보러 서울 다녀와야 되겠다고 자주 말씀하셔.

학교는 지난달에 사표를 써 보냈었는데 며칠 전에 좀 다녀가 달라는 연락이 있어 아버지가 또 갔다 오셨어. 사유인즉 사표는 수리치 아니하기로 하고 1개년간 휴직으로 결정지었다고. 먼저 교감은 논산으로 전근 가고 대천에서 새 교감이 왔는데 그 새 교감이 나의 일을 자청해서 수고해주고 있는 모양이야. 교장과 서무주사를 설득시키고 도(道)에 가서 협조를 구하고……

말인즉은 "내 비록 신선생 보지는 못했으나 어느 말에 들어보니 그 사람 비상한 재주를 가지고 있다 하는데 그런 사람 이런 역경에 처했을 때 돌봐줄 수 있는 것도 큰 인연입니다"라고 평화어

관에 가서 아버지 점심 대접까지 하면서 자연하더라고.

주산 살림은 한가지도 빠진 것 없이 부여 집에 갖다 놓았어.

어머니 장사, 그리고 경 계획하고 있는 것 잘 진척되길 바라고 있어. 삼류 속담에 초년고생은 뭐가 어떻다는 말이 있지? 정섭이가 철들어서 사리분별을 하게 되기 전에만 우리들이 가주(家主)로서의 토대를 확고히 잡아놓으면 되어. 다음 편지엔 정섭이 얘기 좀 많이 써. 이만.

4월 21일

경에게

약과 편지 보았으오.

요새 환절기엔 특히 유아들이 조심해야 하는 때니까 이웃 경험 많은 할머니들에게 잘 보여서 만약 '벼슬'이거든 병원에 가지 말고 바람도 쐬이지 말고 집에서 곱게 치르도록 하구려. 병원에 가면 흔히 항생제(마이신류)를 쓰는데 유아들에겐 될수록 항생물질은 회피하는 게 좋다 하오.

벼슬이랄지 그런 유의 병은 인체에 저항력을 길러주는 '호익현상(好益現象)'이니까 약을 쓰면 오히려 해로울 수도 있으오.

예정은 5월 15일경 상경하려 했으나 조금 다가서 올라가겠소. 입원에 관해선 그때 상경해서 결정짓기로 하려오.

어린애들은 그렇게 가끔 몸살을 해야 성장도 하고 약아도 지고 귀여워도 지고 하는 법이니까 그렇게 알고.

그러면 경, 어머니 잘 모시고 있으오.

5월 23일

경에게.

전에는 모든 사람을 극과 극, 원수 아니면 사랑으로만 등장시켜 필요 이상의 저주와 아니면 필요 이상의 친밀로 균형을 잃고 좌충우돌, 대인관계를 갈피 못 잡아 하던 여인. 중용의 사교관계에서 만들어지는 '친구'라고 하는 일상스런 평범한 교제를 의식적으로 꺼려 하던(배우지 아니하려 하던) 소녀다운 편고(偏固).

지금 생각하면 우리들은 이것 때문에 얼마나 많은 신경을 허비해야 했는지 몰라. 적어도 경에 대한 나의 종종의 불만은 오직 이것에서 기인된다고 생각해왔고 경에게도 이야기해왔어. 그러면서도 우리는 서로의 향상을 확신하고 있었기 때문에 세월에 맡겨보자고 이야기해왔어. 번번이 "내버려둬봐요" 하던 경의 말이 생각나.

우리들이 이제 다시 살림을 시작하면 그전과 같은 과민성은 없어졌을 것 같아. 마음과 마음이 잘 맞아들어갈 것 같아.

서울 다녀올 때마다 경의 대인관계의 변모에 놀라고 있어. 극과 극을 잘라버린 안정된 중용의 사교성. 여자 손님 남자 손님들을 그 성격과 그 연령에 따라 적당히 척척 처리해내는 태도는 일견 중년 '여사'다운 은근한 품위가 엿보여 좋았어(그리고 보면 여사라고 하는 명칭은 퍽 귀한 품위 있는 명칭이야).

장사라고 하는 직업은 이런 의미에서 경에게 일정한 기간 퍽 유의미한 생활이었다고 생각이 돼.

흔히 '인격' 하면, 대인관계에서 그 가치가 발휘되는 것이니까. 언어, 어조, 한마디로 '말씨'가 건전해야 해. 이 건전해야 한다고 하는 것, 어느날 남자 상인과의 대화에서 그러나 깨어져버리는 것을 한번 보았어. 대인관계에서 이쪽의 입장을 굳건히 하기 위해선 간사롭지 않은 꿋꿋한 어조, 그리고 탈 잡히지 않을 예의스런 언어만이 품위를 높여주는 유일한 것이 아닐까? 경도 다음 순간 이것을 알았으리라고는 생각했지만……

여하튼 우리들은 향상할 수 있는 여지를 많이 가지고 있어. 어떠한 말을 써도 경은 화내지 않을 것이라는 자신이 있기 때문에 된 소리 안 된 소리 많이 썼어. 어데다 내놓아도 흠 잡히지 않을 규범스런 처신, 상류 사교계에라도, 농촌에라도. 석도 경으로 하여 배우고 많이 보충해가고 있어. 우리는 다시는 서로 잠시라도 미워하지 않게 될 거야.

서울만 다녀오면 얼굴이 좋아진다는 이웃사람들의 이야기. 내 생각에도 서울 있으면 여러가지 증상이 좋아져. 그 까닭은 여러 모로 궁리해봤는데 심리적인 것이라고 결론이 내려져. 마음속에 사랑이 순환하니까…… 섭에 향한, 경에 향한 그 기쁨…… 만약 경이 부여 와서도 모든 난조건을 극복하고 서울에서처럼 석을 즐겁게만 해줄 수 있다면 그렇게 해주는 것이 석을 위해서 퍽 이로울 것처럼도 생각이 들어. 그렇지만 이곳엔 경을 기쁘게 해줄 수 있는 것이 없어.

약 받았어. 부탁 두가지. 빠다에 밥 비벼 먹고 싶은데 이곳엔 없어. 조그만 통으로 하나 사 보내줘. 그리고 『보건세계』 6월호하고.
미안타는 말 할까? 관둘까?

내려오자 다음 날 알 낳는 레그혼 두마리, 개다리, 약,
한방울 한방울의 피처럼 요긴하게 쓰고 있어.

백 속에 『현대문학』 4월호는 안 들어 있었어.
섭이 머리 쾅쾅 넘어지지 않게 해야 할 텐데.

십오년 만의 보리의 대풍작으로 모두 마음 배불러하고 있어.
인도네시아의 회올바람이 무슨 일을 만들어내지 않을까 몰라.
그럼 어머님 모시고 섭과 함께 안녕.

6월 10일

경.

더위에 얼마나 고생하오. 학부 철학과를 다니던 여자가…… 이
세상은 장난이 좀 심하구려.

회답이 늦었으오. 용서하오. 구(具), 노(盧)가 와서 한 사흘 묵고
가는 바람에……

하늘의 뜻은 석의 죽음에 있는 듯하오.

다만 그녀의 정성을 하늘은 차마 저버리지 못하고 있는 양이오.

겨우 소생하려는 목숨에 이번엔 다시 또 가뭄의 세례. 알 만한
곳에 일자리를 부탁해볼 생각이오. 안정보다는 일정한 수입이 오
히려 석의 건강에 이로울 것 같구려.

경.

안녕.

7월 ○일

경에게.

무정한 사람. 편지 없기에 사람이라도 오는 줄 알았어. 매정한 사람. 아무리 속이 상해도 우리 위로할 사람 우리 서로밖에 더 있겠어. 지금도 석은 경이 옆에 있다고 생각하고 섭이의 조그만 손목을 쥐었다고 생각해야 잠이 와.

이제까지도 살았을라 조금 더 참고 견디고 이겨나가줘. 석도 극복해나가겠어. 이곳 절량농(絶糧農)들의 살아가는 모습을 보고 있으면 석은 아직도 다행한 사람이어.

서울 곧 가고 싶지만 사정이 어찌될지…… 아직. 파스(큰알)도 다됐어.

12월 4일

경에게.

네번째 보내는 편지요. 올려거든 하루라도 빨리 더 추워지기 전에 내려오오, 망설이지 말고. 이곳 모두 날마다 기다리고 있으오. 아니면 아니라고 한마디 쓰구려. 모든 이야긴 생략하고 다만 퍽 궁금하다는 얘기나 적어두겠으오. 어떻게 살고 있는지 몹시 궁금하오. 경이, 섭이, 그리고 또…… 말할 수 없이 궁금하오.

아무려나 그대들의 건생을 빌고 있겠으오.

12월 ○일

진찰권을 잊고 봉낭에 넣은 채 왔어. 그곳에 가서 이름(내 이름) 대고 새로 해달라면 돼.

어머니의 호의 뿌리치고 온 것 퍽 개운한 생각뿐야. 경이 주는 원조라면 무엇이 됐든, 암만이든 그저 고맙기만 한데. 섭이를 생각해서 또는 경 스스로의 심성을 생각해서 나아가 어머니와 석까지를 생각해서 마음 편하게 가지는 길을 애써줬으면 싶어.

경과 섭을 고생시키는 죄 모두 석에게 있어. 설마 고비가 지날 날 있겠지만……

그럼 안녕.

1959년

1월 1일

경에게.

겨우 시인 등록이 된 셈인가보오. 조선일보에 입선되었구려. 수상(授賞)이 있을지 없을지 모르겠소. 있게 되면 곧 상경해야 할 게고. 신문사 연락이 있는 대로 다시 또 편지 쓰겠소. 이런 때 옆에 있어서 함께 이야기를 나눌 수 있다면 얼마나 즐거운 일이겠소만, 그럴 수 없는 처지 가슴 아프오.

그곳 모두 별일 없는지 궁금하오. 경과 새 생명과 섭이 이렇게 불러보노라면 석은 결코 외롭지 않다는 생각이 드오. 언제나 한결같은 나의 지론이지만 그대들의 건강만을 나는 기구하고 있을 뿐이오. 어머님에게 안부 드리오.

1월 4일

경에게.

일요일이라 우표를 구할 수 없어 엽서 쓰오.

동아에선 15일 날 시상식을 하는 모양인데 물론 가작 입선자도 함께. 조선에선 가작 입선에 어떠한 처우를 할지 아직 연락이 없어 모르겠소. 당선이 아니라 가작이라니 좀 창피하긴 하오. 그러나 거기엔 심사자로서, 너무 새로운 것에 대한 너무 이방적인 것에 대한 일종의 주저와 책임 회피 같은 게 은연중 작용되었으리라 믿고 있으오. 앞으로가 문제요. 아직 보지 못했거든 구해 보도록 하오. 배달원에게 부탁하면 될 거요. 1월 2일자엔 심사평이 있고, 1월 3일자엔 장시(長時)「이야기하는 쟁기꾼의 대지(大地)」가 전재(全載)돼 있으오. 경에겐 낯익은 구절들이 많이 발견될 것이오. 그런데 퍽 섭섭한 게 하나 있소. 내가 보낸 시(詩)의 그 모습이 아니구려. 내가 가장 생명을 기울여 엮은 절정을 이루는 시구들이 근 40행이나 삭제돼 있구려. 그리고 내가 정성을 들여 개성을 표현한 낱말 하나하나가 평범한 말로 교환이 돼 있고. 그러나 이것도 그들의 뜻을 나만은 이해될 것 같기에 오히려 감사하고 있으오. 생각지도 않았던 친구들로부터 축하한다는 편지들이 날아와 저으기 기쁜 날을 보내고 있소.

1월 28일

경에게.

책 받았으오. 긴요하게 읽었소. 서울 문우들과는 편지로 연락하고 있는 중이오. 곧 올라가고 싶은 생각뿐이오. 그동안 공주를

346

한번 다녀왔고 또 며칠 후엔 대전에서 나와달라는 초대를 받고 있으오. ○○문학회에서 축하회를 열어주겠다고. 그리고 이곳 부여에서도 무엇무엇이 열린다 하고. 나의 오만인지 몰라도 어울리기가 싫구려. 그렇다고 얼굴을 아니 내놓으면 또 뭐라 뭐라 말이 많을 테고. 해서, 곧 서울로 가버리고만 싶으오. 또 쓰겠으오. 섭이 두돌 날이 오늘인데……

어머님께 문안드려주오.

제6부

기행

제주여행록
1964년 여름방학

서울 출발: 7월 29일
부여 경유
부여 출발: 7월 30일

〈새벽 꿈에 별 보다〉

1964년 7월 30일
목포 착, 일박.

유달산 오르다.

육지를 향해, "안 된다. 안 된다. 바다의 침입을 더이상 용납할 순 없지 않으냐!"고, 제의하면서 열렬히 동의를 구하고 있는 것 같은 자세의 산.

관광객들이 심심치 않다. 허술한 삼베바지를 입은 오십대 가까운 행인들 입에서 "미술가들이 보았다면……" 운운의 이야기가 흘러나온다.

역시 풍류객들이란 선질(善質)의 사람들이다. 남대문시장 속에서, 아무리 옷을 신사로 차린 사람들의 입에서라 할지라도 이런 어휘들이 튀어나올 수 있을까.

목포 원주민들의 특징을 발견했다. 살빛이 검고 눈이 가늘다. 눈동자가 약간(여자라면 매력 있게) 삐뚤어진 듯하면서 가늘다. 눈이 크면 겁이 많다는 이야기는 옳다.

평야나 야산지대를 마다하고 끊임없이 전진하여 이곳 바다 끝까지 와서 도사리고 앉았을 때는 그 선주민들의 눈동자가 맑고 크게 열려 있을 수는 없었을 것이다. 맑고 큰 눈동자들은 평화스러운 동산, 서정적인 강변에 보금자리를 폈을 것이다.

그래서 이곳엔 전진적인 다소 우직한 행동파들이 진을 쳤다.

인자(仁者)는 산을 좋아하고
지자(智者)는 바다를 좋아한다.

이름 모를 서점에 들렀더니 『아사녀』가 한권 꽂혀 있다. 물어봤더니 팔리고, 하나만 남았다고……

7월 31일

황영호로 제주 상륙.

목포 출항 ─ 11시.

제주 착 ─ 밤 9시.

소요 시간 ─ 10시간.

우수영(이순신 전승지)의 들물. 꼭 미친 물살이었다. 빠른 땐 15노트의 속력이라고.

양쪽 언덕을 연결하여 바다 밑에 쇠동아줄을 매달아 왜선들의 키(옛날엔 깊고 길었다 함)를 부러뜨렸다 한다.

해남, 옥 캐는 산. 바른편에 진도, 왼편에 완도. 백양사가 있는 내장산 산세 같은 산.

부두에 오용수(吳茸帥)형.

추자도(군도群島)를 지나며 경(憬)의 소녀 시절을 생각하다.

귀여웁게 한쪽 손가락으로 볼을 누르고 포즈를 취했던 그 모습.

뱃머리에 부서지는 흰 물방울, 한알 한알.

억만번을 휘젓고 휘저어도 모든 물방울을 다 튀게 할 수는 없을 게 아닌가.

어데서 이렇게 많은 물은 모여 왔을까. 어쩌자고 이렇게 많은 물은 엄청나게도 거창한 규모로 여기 모여들 있는 것일까.

아니면, 이 세상의 주인은 물(바다)이란 말일까. 물이 지구의 주인이란 말일까.

8월 1일

수(帥)와 함께 삼성혈.

세 굴 가운데 하나는 묻혀지고 두개만이 뱀 구멍 같은 잔영을 남기고 있었다. 구멍 속엔 수십마리씩의 딱정벌레들이 인기척을 듣고 긴 수염만 벌름거리며 잔뜩 초긴장을 하고 있었다.

고(高) 양(梁) 부(夫) 삼씨(三氏)에게 벽랑국(碧浪國)의 사자(使者)가 오곡과 세 처녀를 데려다주었다 한다.

민속박물관…… '담금병'. 등산시 물이나 술을 담아 허리에 찼다 함.

우암 송시열이 유배 왔을 때 현인 4인과 더불어 세웠다는 오현학교. 소태나무 두그루.

세화(細花) 가는 길.
시커멓게 탄 석탄똥 같은, 일푼의 여유도 주지 않고, 강하디강한 쇠끝 같은 돌덩어리들.

열녀사비국지지문(烈女私婢國只之門) 등등.
집의 수효보다도 많은 비석들.

검은 돌에 염증이 생겨 메스껍기 시작터니, 급기야 식중독.

그 구멍이 뻥뻥 뚫린 검은 돌을 생각만 해도 구역이 올라온다. 부드러운 빛깔의 돌이 그립다. 그렇다, 흰 모래, 누우런 황토흙, 누우런 황토흙이 한줌이라도 나타나면 당장 한움큼 쥐어 입에 털어넣고 씹어 삼키겠다.

대륙의 황토흙이 그립다.

폭풍 경보. 일정 연기.

동해안을 돌아 서귀포 착.

고독해지고 싶었기 때문. 수(帥)를 남겨두고 혼자서 굳이 서귀로 오다.

누구냐. 제주를 관광지라 말한 사람은. 배부른 사람들의 눈엔 관광지일지 몰라도 내 눈엔 구제받아야 할 땅이다.

그 모진 돌밭의 틈서리에서 보이는 건 굶주림과 과도한 노동과 헐벗음과 발악 아니면 기진맥진뿐이다.

제주는 구제받아야 할 땅이다.

제주는 가슴 메어지는 곳이다.

8월 2일

새벽부터 태풍.

비에 흠씬 젖으며 길가에서 게를 잡던 소녀, 천지연폭포 구경.
고(高) 22m, 심(深) 21m. 큰 뱀장어(천연기념물).

나의 여행은 어려서부터 비와 인연이 있다.
말짱하다가도 내가 떠나면 비.

횡단도로는 저녁에나 있을 거라고.
합승으로 서안을 돌아 제주시에.

돌도 구멍 숨숨숨.
귤도 구멍 숨숨숨.
사내 얼굴도 구멍 숨숨숨.
한라도 구멍.
구멍이 구멍을 낳았나 보다.

서해안에서만은 모래밭과 황토흙을 이따금 구경할 수 있다. 바람이 덜한 모양. 결국 오랫동안의 바람 때문에 제주의 모래와 잔흙들은 모조리 날아간 모양. 남은 것은 멋없고 무거운 그 돌들뿐이다.

원시적인 부락 입구에 '4H'라는 푯말이 파란 페인트, 흰 페인트로 그려져 있다. 먼 데서 바다를 넘어 들어온 저런 촉수(觸手)가 과연 얼마나 깊이, 오래, 저 토착인들의 생활 속에 스며들 수 있을 것인가.

왜 우리말의 저런 푯말이 세워지지 못하고 있는 것일까.
우리에겐 없단 말인가, 저런 정신이.

천지연에서 흰 모래가 박힌 화강암. 설악에서 흔히 보는 결 좋은 해성암(海成巖)을 발견하고 하도 반가워 혼자 큰 숨을 쉬었다.

경(憬)이 피난 와서 살던 집은 어느 집일까. 찾아보고 싶었다.
그 무렵 얼마나 많은 사람들의 꿈이, 이곳에서 땀 흘리고 있었을까.
그 애쓴 땀방울들의 보람은 지금 어떻게 열매 맺혀져 있을까. 아니면 무너지고 말았을까.

무서운 태풍이다.
한라 등반이 또 늦어진다.
차로 돌면서 천제연폭포와 안덕계곡을 구경하다

산방산(山房山)은 용암의 영향을 받지 않았다. 융기산인 모양. 제주다운 산이 아니다.

관덕정 앞에서, 산사람 우두머리 정(鄭)이라는 사나이의 처형이 대낮 시민이 보는 앞에서 집행되었다고. 그리고 그 머리는 사흘인가를 그 앞에 매달아두었었다 한다. 그의 큰딸은 출가했고 작은딸과 처가 기름〔輕油〕 장사로 생계를 잇는다.
4·3 사건 후, 주둔군이 들어와 처녀, 유부녀 겁탈 사건.
일렬로 세워놓고 총 쏘면, 그 총소리에 수업하던 국민교 어린

이들 귀를 막고 엎드렸다.

우리 오빠가 죽었다고
너 깔보고 그려쟈?!
잉?! 잉?!
빚만 내놔, 깨끗이
없어져줄게.

이년아 왜 따라다니며 지랄이야.
네 년 때문에 그날도
차사고 났었단 말야.
재수없이 따라다니는
통에. 이년아.
차를 탔으면
운임을 내! 이년아.

아니 내가
뭘 잘못했다고
그려. 빚만 내놓으면
운임도 내고 당장 멀리
가버릴게.

시집간다더니 빨리 가지
왜 지랄이냐. 쌍년아.

누가 그려.

누가 그려.

언제 누가 시집을 간대.

시집은 무슨 시집이여.

대봐!.

하오 2시, 제주시에 내리다. 태풍 헬렌 11호 광란 절정에 이르다. 초속 40m.

대낮인데도 거리엔 사람의 그림자가 없다. 광란하는 바람과 비뿐. 이따금, 흠씬 젖어 바람에 인도되며 끌려가는 여인네들. 그들의 몸뚱이. 자연의 위력 앞에 얼마나 초라한 짐승들인가.

하오 4시, 태풍 통과. 바람 비 자다.

여인숙에서 일박

8월 3일

세화(細花)행.

제주 본토인들의 식생활, 지나치게 조(粗)하다. 반찬의 '맛'을 염두에 두고 있지 않다. '맛'이 아니고 손가락으로 찍어 먹는 '짠 것'일 뿐인 모양이다.

육지의 것들은 고추장 한가지만 있어도, 칼칼하고 맵짠 이상한 감칠맛에 밥 한그릇 달게 먹을 수 있는데.

제주에서 나는 그 많은 생선, 질 좋은 미역, 김, 해산물들은 다

어데 두고 사람이 먹지 못할 이 찌꺼기 같은 것들만 먹고 산단 말인가.

하오 3시, 김녕사굴(金寧蛇窟) 구경 가다. 한국일보 지국장 박씨 등등과 더불어.

굴의 길이가 삼백 몇십 미터. 솜으로 횃불을 두개나 만들어 들고 끝까지 답사. 속이 춥다. 넓이가 십여 미터, 높이가 이십여 미터. 화산 폭발시 형성된 것.

전설엔 큰 뱀이 살고 있었다. 해마다 바람과 비로 곡식을 해쳤다. 그래서 15~16세의 처녀 하나씩을 바쳤다. 이조 중엽, 판관 모씨가 뱀을 활로 쏘아 죽임으로써 일이 끝났다.

좌우간 거대한 굴이다.

8월 4일

한라산 등반 행정(行程)에 오르다. 국민학교 현선생, 오(吳), 나. 6회의 등반기록을 지닌 현선생이 리더가 되다. 각자 쌀 닷되씩을 포함한 배낭들을 짊어지고.

하오 6시, 관음사지 도착.

탐승정(探勝亭) 정자 속에 자리 펴다. 내일 조반까지 지어놓고 자다. 춘고생(春高生) 두명이 옆에 끼다. 옆자리에서 밤을 새워 떠들어대는 제주 본토박이 대학생들.

관음사 근방 풀밭 속에서 석양 속에 풀을 뜯다가 그 근처 아늑한 곳을 찾아 발 뻗고 잠들어버리는 소떼들.

곳곳에 모닥불을 피워놓고 내일을 준비하면서 오늘 밤을 즐기는 등산객들.

8월 5일

날씨, 약간 구름.
새벽 5시 일어나다.
6시 출발.

8시 반, 탐라계곡 도착.
어깨가 아파 못 견디겠다. 러닝셔츠를 벗어 어깨 멜빵 속에 접어 받치다. 한결 낫다. 땀이 온몸에서 기름을 빼낸다.
탐라계곡에서 아침 식사. 물이 귀하다. 물을 찾아 자리를 잡았더니 많은 후속부대들이 우리 옆에 와서 쉰다.
지팡이 하나씩 만들다.

10시, 출발.
여기서부터 밀림지대. 돌도 많고 나무도 가지가지다. 돌부리가 날카롭다. 아직 젊은 산이라 그렇겠지. 풍우작용을 덜 받아서. 한라산은 고려 의종 때 최후로 폭발한 화산이다. 운석 비슷한 붉은, 덜 익은 돌덩이들이 산봉으로 갈수록 많다. 이 붉은 돌덩이는 어떻게 보면 흙 같기도 하다. 이끼가 전혀 묻지 않았다.

12시, 개미목 도착.
밀림이 끝나고 키 작은 흰 갈대밭. 잔대밭. 무릎 밑에 깔려 있다. 어깨가 몹시 아프다. 짐을 버려두고 싶도록.

우리가 올라온 밀림지대가 눈 아래 펼쳐져 있다. 그 아래로 안개 무리들이 지나가곤 한다. 이따금 보이는 먼 수평선, 중천에 떠 있다. 이상하게도 수평선이 하늘 가운데 떠 있다.

왕관봉, 삼각봉을 보며 걷다.

오후 2시, 용진굴 도착.

탐라계곡의 상류에 위치하는 곳. 용진각이 산악회에 의해 세워져 있다. 며칠 전, 두 학생이 조난한 곳.

점심을 지어 먹다.

물이 좋다.

부산 산악회원들이 회기(會旗)를 앞세우고 도착하다. 20명 가운데 여자가 3인. 용진굴 골짜기에서 밥을 짓고 있던 많은 선착객들이 박수갈채를 보내면서 환영하다. 여자 대원 3인에게 아낌없는 칭찬을 보내다. 남자 대원들은 모두 삼십대, 사십대의 장년들이다. 가장 완전한 장비를 갖춘 일행들이다. 그들이 선사한 오이냉국에 몸과 마음이 함께 쇄락해지다.

이따금 굵은 빗방울.

백록담은 안개 속에 가리워져 좀처럼 봉우릴 드러내지 아니한다.

오후 3시, 용진굴 출발.

가장 가파른 곳이다. 경사가 급해서 서서 기어오르는 듯한 느낌이다.

곳곳에 자연사한 '구상나무'의 하얀 둥치가 이국 풍취를 풍겨주면서 서 있다.

모두 한결같이 이름 모를 고산식물들.

'노가리' 나무 뽑다. 집에 가져가려고. 노가리나무 단장 만들다. 현선생의 호의.

왕관봉 능선 위에서 현선생 안내로 '시러미' 열매 따먹다. 제주 민요에 "바다에는 뒤웅박이 주렁주렁, 한라산에는 시러미가 주렁주렁" 하는 노래가 있다 한다. 새콤하고 달고, 한주먹씩 따서 입에 넣는 맛. 부인 냉병에 특효약이라 한다. 톳나물처럼 바닥에 새파랗게 깔려 있는 시러미나무에 팥알만큼씩 한 까만 열매.

4시, 백록담 도착.

동굴 속에 잘까 하산할까 망설이다.

오슬오슬 춥다.

비 지나가다.

갑자기 안개가 시야를 가린다. 순식간에 씻은 듯이 안개가 걷힌다.

백록담 둘레가 4km. 해발 1950m 백록담 물속에서 목욕하는 친구가 보인다. 그 옆에 소, 말들이 십여마리 노닐고 있다.

휘몰아치는 바람.

안개, 구름만 걷히면 먼 하계를 내려다보는 전망이 얼마나 시원할까.

날씨가 원망스러울 뿐이다. 그러나 쾌청한 날은 일년에 불과 몇날밖에 없다 한다.

서귀포까지 강행군하기로 결정. 오백나한을 단념하고 화산구 능선을 돌아 하산.

안개 때문에 병풍석을 똑똑히 볼 수가 없다.

바람. 안개.

안개 속에 가물대는 발밑의 천인단애. 발바닥이 간질간질하다.

오후 6시, 밀림지대 입구 도착.

날이 저물다. 두시간 안에 헤어날 계획이던 밀림지대에서 밤 10시까지 헤매다. 두개의 밝은 플래시로 앞뒤에서 비추면서 행군, 행군.

아무리 가도 숲을 헤어날 길이 없다. 그 길이 그 길이고 점점 발은 허청거려지기만 한다. 춘고 학생 하나가 복통을 일으키다. 오(吳)가 다리 삐다. 그래서 2명의 사고 때문에 행군이 훨씬 더뎌지다. 쉬고 또 쉬다.

뒤에서 야호! 소리. 길을 잃은 모양. 합창하는 야호! "길이 어데요!" 하는 소리. "거기가 어데로 가는 길이오" "여보시오" 적어도 십여명의 소리. 그리고 거기 화답하는 소리가 역시 우리 뒤에서 들린다. 우리도 플래시를 공중에 높이 돌려 비추면서 위치를 신호하다. 우리의 길도 자신이 없다. 나침반을 꺼내 방향을 보며 가다.

밤 10시 30분, 급기야 밀림지대를 빠져나와 남성대에 이르다.

선착객들에게서 물을 얻어 마시다. 저녁 식사. 속속 후속부대들이 도착하다.

나는 그곳에서 자고 싶은 생각 간절했으나 오, 현이 우겨서 다시 서귀포를 향해 출발. 춘고생들은 그곳에 두고. 서울서 왔다는 두 국민교 교사, 우리의 뒤를 따르다.

길 같지도 않은 길, 자신 없는 길을 걷다. 밤안개……

숲이 다하고 목장지대에 들어서다. 잔디밭.

그 잔디밭에서 두 교사는 천막을 치다. 우리에게 합숙해줄 것을 요청. 나는 환영했지만 오가 기어코 반대. 인정을 뿌리치기가 퍽 마음 아렸다. 아쉬움, 낯선 사람들과 이야기로 밤을 새울걸.

걷고 또 걸어도 끝없는 목장지대.

8월 6일

새벽 2시, 기진맥진한 오, 현. 비로소 아무데서나 자고 가자고 제의해온다. 그래서 서귀포의 불빛이 멀리 바라다보이는 곳, 길가 잔디밭에서 우비를 깔고 쓰러져 자다.

새벽 5시, 잠을 깨 보니 옆에 무덤이 있다. 그리고 그곳은 서귀포로 내려가는 큰 대로 옆이었음이 드러났다. 온몸, 옷에 내린 밤이슬. 짐을 꾸려 서귀포로 일로(一路).

6시 반, 서귀포 도착. 수박 깨 먹다. 좌석 없는 마이크로버스 표 사다. 7시 발. 횡단도로 지나 9시 제주시 도착. 도중 물장울 입구, 표고밭, 초기밭. 명미여인숙에 들러서 아침 식사 하고 12시까지 낮잠 자다.

횡단도로에 나가 풍속 사진. 수박.

이어리 해수욕장에 가다. 검은 모래밭. 사람이 없다. 파도가 높다. 해가 넘어갔다.

8월 7일

황영호로 제주 떠나다. 아침 10시.

물 위를 나는 물고기, 날치.

밤 8시, 목포 착.

여관방을 찾아다니는 포도장수, 참외장수. 돈 벌기에 결사적인 해안 여자들.

8월 8일

목포 발 새벽 5시 차로.

삼등열차는 가난의 행렬이다.

11시 논산 착. 합승으로 부여 내리니 억수 같은 소나기.

점심 먹고 군수리 논에 다녀오다. 좌섭, 정섭 데리고.

제7부

방송대본

내 마음 끝까지

1

내 마음 끝까지

M —

아직도 안 주무시고 이 시간을 기다려주셔서 고마워요. 창밖에
선 바람이 불고 있군요. 좀더 가까이, 좀더 가까이 다가오셔서 제
이야기에 귀 기울여주세요.

M —

오늘 하루, 얼마나 고단하셨어요. 하지만 지금 이 순간만은, 그
모든 잡념들을 말끔히 씻어 저 망각의 강 언덕 너머 흘려보내시

고, 음악 위에 수놓은 시 따라 명상 따라 우리들만의 세계로 거닐어보실까요? 우리 마음 끝까지 우리 마음 끝까지.

M —

인도의 시인 '타고르'라고 기억하세요? 왜 있지 않아요? 1913년 동양에선 최초로 노벨문학상을 받은 그 시인 말예요. 그 타고르가 첫사랑을 노래한 시가 있어요. 제목은 「내가 혼자」.
읽을 테니 들어보세요.

"내가 혼자
약속한 장소로, 만나러 가는 밤은
새는 노래하지 않고,
바람도 불지 않고,
거리의 집들은
말없이 입 다물고
서 있습니다.

내가 발을 내디딜 때마다
내 발바닥은 소리를 냅니다.

나는 부끄럽습니다.
나의 노래에 앉아 그이의
발자욱 소리를 듣고 있습니다.

나무 하나 까딱하지
않습니다.
물은, 잠에 빠진 보초의
무릎 위의 총검과도 같이
여울 속에 고요히 잠들어 있습니다.

사납게 뛰는 것은
내 심장입니다.
어떻게 하면 진정되겠습니까."

M ── 〈잠깐〉
"사랑하는 이가 오셔서
내 곁에 가만히 앉습니다.
내 몸이 가볍게 떨립니다.
그리곤 내 눈이 감깁니다.
밖은 점점 어두워집니다.

바람이 촛불을 불어 꺼버립니다.
그리곤 구름이 별을 가리며
면사포를 잡아당깁니다.

내 가슴속 보석이
반짝이며 빛을 발하기 시작합니다.
어떻게 그 보석의 빛남을
감출 수 있겠습니까."

M ―

첫 데이트에서, 가슴 두근거리는 열아홉 처녀의 심정이 생생하
게 그려져 있지 않아요?

"내가 혼자 약속한 장소로
만나러 가는 밤은, 새는 노래하지
않고, 바람도 불지 않고,
거리의 집들은 말없이 입 다물고 서 있습니다.
내가 발을 내디딜 때마다
내 발바닥은 소리를 냅니다."

자기가 자기의 발자욱 소리를 한발자욱…… 두발자국…… 들
으며 걸어본 기억이 계신지 한번 생각해보세요. 우리가, 우리 자
신의 숨소리와 심장의 고동 소리를 들을 수 있다는 건 행복한 일
이에요. 우리가 우리 자신에게 가장 가까이 접근할 수 있는 시간
은 오직 그 귀한 순간뿐이니까.

자동차의 클랙슨 소리…… 밀려가고 밀려오는 인파와 인
파…… 오늘 하루의 수지 계산…… 그 사람과의 거래, 밀담, 이런
속에서 우리 현대인들은 자기도 모르게 자기 자신들을 잃어가고
있어요. 자기 자신들을 거대한 톱니바퀴 속에 빼앗겨가고 있어요.
수단은 버려지고 목적만 앙상하게 남아 있을 뿐이에요. 생각해
보세요. 모든 목적지에 도달해보면, 또, 다시 허전해짐을 느끼지

않으셨어요? 가는 도중이 중요한 거예요.

좋아하는 이, 사랑하는 이를 만나뵈러 가면서, 한발자욱……
두발자욱…… 자기 자신의 발자국 소리에 조용히 귀를 기울일 수
있는 마음…… 우리 자신의 영혼의 샘에 귀를 기울일 수 있는 마
음……

이건 오랜 옛날부터 우리 동양 사람들이 아름답게 간직해온 자
랑스러운 천성이에요. 서양 사람들이 독약이나 칼로 애인을 빼앗
으려 할 때, 우리 동양 사람들은 하늘의 별과 자기 마음속의 아름
다운 진주보석을 노래하면서, 가랑잎 비집고 한발자욱 두발자욱
다가오는 사랑하는 이의 발자국 소리도 기다리고 있었어요.

하루 한번만이라도 좋아요. 그대 자신의 심장소리, 당신 자신
의 조용한 발자욱 소리에 마음의 귀를 기울여봐주세요.

M —

밤이면 가슴속 보석이 빛나기 시작한다고 타고르는 노래했어
요. 어느덧 자정인가보군요. 당신 가슴속에 영롱한 별을 심어드
리고 싶어요.

그럼 안녕, 안녕.

M —

2

내 마음 끝까지

M —

첫눈이 기다려지는 밤…… 외로움이 하이얀 베일을 쓰고 살 속
으로 스며들어옵니다.

고독한 우리들은 누구의 체온과 더불어 이 밤을 아로새겨야 할
까……

M —

"이 세상에서 가장 강한 사람은 고독한 사람이다."

「인형의 집」으로 유명한 극작가 입센은 이렇게 말합니다.

그리고 또 독일의 철인 니체는 말합니다.

"너는 안이하게 살고 싶으냐. 값싸게 살고 싶으냐. 그렇다면 항
상 군중 속에 머물러 있으라. 그리고 군중 속에 섞이어 자기 자신
을 잃어버려라."

군중 속에 섞이어 자기 자신을 잃어버리는 일…… 니체는 그걸
값싼 인생이라고 갈파했습니다.

인생은, 숙명적으로 고독합니다.

우리, 동양 사람들의 속담에 "나올 때도 혼자 묻힐 때도 혼자"
라는 말이, 우리 인간들의 숙명적인 고독을 적실하게 나타내주고
있습니다.

당신도 나도 고독합니다. 당신의 인생을 내가 대신 살아드릴 수도 없는 일이고 내 인생을 당신께서 대신 살아주실 수도 없는 일입니다. 나는 나의 인생을 살아야 하고 당신은 당신의 인생을 살아야 합니다. 그리하여 그 고독이 우리 인간의 의지를 강하게 만들어줍니다.

소설『데미안』『수레바퀴 아래서』등으로 우리들에게 널리 알려진 헤르만 헤세는「안개 속에서」라는 시 속에서 다음과 같이 고독을 노래합니다.

M —

"신기하여라, 안개 속을 헤매어보면,
모든 숲과 돌의 고독함이여,
어느 나무도 다른 나무를
볼 수는 없으니,
모든 나무는 고독하여라,

나의 인생이 아직 밝았을 때엔
이 세상은 벗들로 가득 찼건만
이제 여기 안개가 내리니
아무도 더는 볼 수가 없어라.

거역할 길도 없이 그리고 살며시
모든 것으로부터 자기를 갈라놓는
어둠의 존재들을 모르는 자는

어리석나니,

신기하여라! 안개 속을 헤매어보면,
우리들 인생의 고독함이여,
아무도 나를 알아주는 이 없으니
모든 사람은 고독하여라."

M —

"아무도 나를 알아주는 이 없으니 모든 사람은 고독하여라!"
　내 마음, 그대로를 알아주는 사람은 이 세상에 나 자신밖에 없
습니다.
　우리들은 번번이 우리들의 대화자를 잃어버렸었으며 우리의
참마음을 상대방으로부터 오해받았습니다.
　아무도 내 괴로움을 대신 맡아서 괴로워해줄 사람은 없습니다.
　내 그리움은 내 가슴속에서 뭉게뭉게 피어오르는, 나의 그리움
입니다. 다른 사람의 상념이 아닙니다. 내 자신의 것, 내 자신의
보배스런 기쁨, 내 자신을 위한 영혼의 축제입니다. 눈물도 나의
눈물입니다. 이별도 나의 이별입니다. 나 혼자서 감당해야 할 기
쁨이며 그리움이며 슬픔입니다.
　고독하다고 서러워할 것 없을 것 같애요. 고독은 우리를 슬프
게 합니다. 그러나 그 고독은 우리를 굳세게 만들어줍니다. 강하
게 만들어줍니다.

M —

서쪽 창문으로 차가운 달빛이 스며드네요.

그리운 이의 옥 같은 손길처럼…… 이 고독을 사랑하는 당신의 베개맡에, 역시 고독을 좋아하는 제가 달빛 젖은 한모금의 키스…… 감아주세요.

그리고 주무세요.

3

내 마음 끝까지

동엽

M —

"마돈나. 짧은 심지를 더우잡고,
눈물도 없이 하소연하는
내 맘의 촛불을 봐라"
　　　이상화 지음
　　　「나의 침실로」에서.

M —

날씨가 제법 쌀쌀해졌군요. 지금, 이 순간 당신께선 무얼 하고 계신지요.

밤의 고요가 꿀처럼 달콤한 황금의 계절로 접어들었습니다.

여름내 들에 나가 나뭇가지나 바위 위에서 잠자던 새들도 저녁이 되면 형제들의 체온이 그리워 초가지붕 처마 밑이나 집둥우리 찾아 바삐 바삐 돌아 올 계절이군요. 타향에 나갔던 젊은이들도 고향 생각에 남몰래 베개를 적실 계절……

밤…… 온갖 잡념을 버리고 당신과 나만의 생각에 고요히 잠길 수 있는 이 밤……

한가닥 가늘게 떨리는 촛불을 가운데 놓고 둘이 마주 앉아 밤을 새워 이야기한다면 그 이야기의 꽃들은 지구를 한바퀴 돌고도 남을 거예요.

낮은 행동하는 시간이라면……

밤은 마음들이 마음들끼리 속삭이는 시간이라고나 할까……

밤을 노래한 유명한 이상화의 시가 생각나는군요

「나의 침실로」라는……

M ─

마돈나 지금은 밤도, 모든 목거지에, 다니노라 피곤하야 돌아가려는도다,

아, 너도 먼동이 트기 전으로 수밀도의 네 가슴에 이슬이 맺도록 달려오너라.

마돈나 오려무나

네 집에서 눈으로 유전하던 진주는, 다 두고 몸만 오너라,

빨리 가자, 우리는 밝음이 오면, 어딘지도 모르게 숨는 두 별이어라.

마돈나 구석지고도 어두운 마음의 거리에서, 나는 두려워 떨며 기다리노라,
아, 어느덧 첫닭이 울고 ─ 뭇개가 짖도다. 나의 아씨여, 너도 듣느냐.

마돈나 지난밤이 새도록, 내 손수 닦아둔 침실로 가자, 침실로!
낡은 달은 빠지려는데, 내 귀가 듣는 발자욱 소리 ─ 오, 너의 것이냐?

마돈나 짧은 심지를 더우잡고, 눈물도 없이 하소연하는 내 맘의 촛불을 봐라,
양털 같은 바람결에도 질식이 되어, 얄푸른 연기로 꺼지려는도다.
M ─ 〈잠깐 고조.〉
마돈나 날이 새련다. 빨리 오려무나. 사원의 쇠북이, 우리를 비웃기 전에
네 손에 내 목을 안어라. 우리도 이 밤과 같이, 오랜 나라로 가고 말자.

마돈나 가엾어라, 나는 미치고 말았는가, 없는 소리를 내가 들음은 ─
내 몸에 피란 피 ─ 가슴의 샘이, 말라버린 듯, 마음과 목이 타

려는도다."

M —

  천구백이십년대에 "빼앗긴 들에도 봄은 오는가"라고 절규한 정
열 시인 이상화는 '마돈나'를 부르며 밤을 이렇게 노래했습니다.
  대낮을 빼앗긴 식민지 백성.
  대낮을 온통 일본 사람들에게 빼앗긴 식민지 백성들이 밤을 그
리워했을 것은 너무나 당연한 일이었을 것입니다.
  높은 거와 낮은 거와 검은 거와 흰 거와 많은 것과 적은 것과 이
쁜 것과 미운 것과, 이 모든 것들을 온 한가지 빛깔, 어두움으로
휘말아버리는 밤…… 낮엔 서로 미워하고 시기하고 어깨를 으스
대던 사람들도 일단 밤의 장막이 나리면 말없이 자기 집으로 돌
아가 겸손하게도 베개맡에 얼굴들을 묻어버리는 이 겸손……
  그래서 우리들은 오촉짜리 전등불 아래서 팔베개를 하고 누워
마음의 날개를 풍선처럼 펼쳐보게 되는 것인지도 모르겠군요. 끝
날 날이 없는 이 마음의 산책…… 벽도 없이, 담도 맘대로 뛰어넘
고, 국경도 없이, 태양계를 넘어서서 우주 밖에까지도 나들이하
는 이 자유분방한 마음의 산책,
  이, 연인들의 마음의 산책을 위해서 지구는 밤이라는 좋은 묘
약을 만들어놓았나 보아요.
  아무리 멀고 가지 못할 곳에 있는 사람들이래도 밤엔 남몰래
마음의 국경따라 만날 수 있으니까요.

M —

마지막으로「나의 침실로」가운데서 한 구절만 더 읽어볼까 요……

"마돈나 밤이 주는 꿈, 우리가 얽는 꿈, 사람이 안고 궁구는 목 숨의 꿈이 다르지 않느니,
아 어린애 가슴처럼 세월 모르는 나의 침실로 가자, 아름답고 오오랜 거기로."

4

내 마음 끝까지

M ─

영원의 달빛이 쏟아지고 있습니다. 구름장을 뚫고 내려와 온 통, 지상을 덮습니다.
내 마음이 당신의 방문을 뚫고 들어가 고요로운 속삭임을 나누 듯……

M ─

"남이 나를 소라고 부르든 말이라고 부르든 내맡겨둬라. 그리 고 참고 견디며 내 할 일이나 해라."
이것은 장자의 말이었습니다. 밤은 영원한 밤이 아닙니다. 낮

은 또한 영원한 낮이 아닙니다. 기다리고 있으면 밤이 오고 아침이 오고 대낮이 옵니다.

쓰라렸던 시간들도 참고 견디면 곧 지나가버립니다.

한겨울은 언제나 추운 밤입니다. 이때 춥다고 아무리 성화를 한들 추위로부터 벗어날 순 도저히 없습니다. 그보다는 춥다고 하는 마음을 가라앉히고 몸과 마음을 환경에 적응시키려고 노력하면 추위는 떨어질 것입니다.

우리들의 일생에는 형편이 좋을 때도 있으며 좋지 못한 때도 있습니다. 그러나 이와 같이 형편이 좋지 못한 때, 형편이 좋지 못하다고 떠들어댄다고 해서 당장 형편이 더 좋아질 린 만무합니다.

좋지 못한 형편일망정, 그 좋지 못한 형편을 기쁜 마음으로 참고 견디면서, 조용히 내일의 태양을 기다려보는 것입니다.

내일에도, 태양은, 그 눈부신 태양은, 틀림없이 동쪽 하늘에서 금빛 나래를 펴며 떠오를 것입니다.

보리는, 그 연약한 몸으로 땅속에서 겨울의 추위를 참고 견딥니다. 소설가 한흑구씨는 「보리」라는 수필 속에서 다음과 같이 보리의 인내를 찬미합니다.

M —

"너는 차거운 땅속에서 온 겨울을 자라왔다. 이미 한해도 저물어 논과 밭에는 벼도 아무런 나락도 남김없이 다 거두어놓은 뒤에 희망의 봄을 머릿속에 간직하며 차거운 서릿길을 수없이 왕래했다.

칼날같이 매서운 바람이 너의 등을 밀고 얼음같이 차디찬 눈이 너의 온몸을 덮어 억눌러도 너는 너의 푸른 생명을 잃지 않았다.

지금, 어둡고 차디찬 눈 밑에서는 너, 보리는 장미꽃, 향내를 풍겨오는 그윽한 유월의 훈풍과 노고지리 우지짖는 새파란 하늘과 산 밑을 비춰주는 태양을 꿈꾸면서 오로지 기다림과 희망 속에서 아무 말이 없이 참고 견디며 있다."

M —

밤은 영원한 게 아닙니다. 겨울도 영원한 게 아닙니다. 새벽이 올 때까진 밤의 어둠을 즐겁게 참고 견뎌야 해요. 오늘의 추위도 즐거운 마음으로 참고 견디며 봄을 기다려야 해요

M —

여러분들은 요새 그 꽃다운 일기책 속에 어떤 에세이들을 적어가고 계세요? 혹시 이 시간의 청취자들과 함께 마음의 에세이를 나눠보고 싶은 생각은 없으세요?

예, 많이 보내주세요. 이백자 원고지 다섯장 정도로 쓰셔서 동양라디오, 제작과 내 마음 끝까지 담당자 앞으로 보내주세요.

유명한 동서의 문학가들 작품을 읽어드리는 틈틈에 여러분들이 써 보내주신 수필도 이따금 제가 낭독해드리겠습니다. 그리고 함께 생각해보는 시간을 가지고 싶습니다.

그럼 여러분들의 수필, 꼭 기다리겠어요.

안녕

5

내 마음 끝까지

M —

넓고 넓은 초원에서 그리움의 꽃송이가 한송이 두송이 피어나는 시간입니다. 기다림에 지친 사람들은 벌써 돌아가고 없지만 꽃망울들은 천연스럽게 한송이 두송이 이 밤에 피어납니다.

M —

국화꽃은 가을에서부터 시작하여 한겨울까지 피어납니다.

누우렇게 물든 단풍잎 아래서 발견하는 보랏빛 들국화도 좋지만 한겨울 함박눈을 펑펑 맞으며 마당 가에 서 있는 노오란 국화도 말할 수 없이 아름답습니다.

아침에 세수하러 나가려고 문을 열었을 때, 이 어인 일인가……

온 세상은 백색으로 옷을 갈아입고 부우연 하늘로부터 하이얀 눈송이들이 펑, 펑, 꿈결처럼 쏟아져 나려오는 것을 보게 될 때, 우리들의 가슴은 파도처럼 높이높이 물결칩니다.

그러나 다음 순간, 마당가에 서 있는 외로운 국화꽃을 발견할 때……, 향긋한 웃음을 머금고 갓 피어난 국화꽃 한송이가 함박눈을 펑펑 맞으며 외로이 떨고 서 있는 것을 발견하게 될 때, 우리는 천국의 아름다움을 보는 듯한 감격 속에 도취되어버리지 않을 수 없습니다.

나비도, 꿀벌도, 방울새도 날아오지 않는 겨울날을 골라 국화꽃은 피어났습니다. 그 좋은 철인, 봄도 여름도 이른 가을철도 다 헛되이 보내버리고 하필이면 이 추운 겨울철에, 그것도 함박눈 속에서 피어나는 노오란 꽃송이……

그러나 서정주씨의 시 「국화 옆에서」를 보면, 국화꽃은 봄, 여름, 초가을을 허송세월한 건 아니었나 봅니다.

M ──

"한송이의 국화꽃을 피우기 위해
봄부터 소쩍새는
그렇게 울었나 보다

한송이의 국화꽃을 피우기 위해
천둥은 먹구름 속에서
또 그렇게 울었나 보다

그립고 아쉬움에 가슴 조이던
머언 먼 젊음의 뒤안길에서
인제는 돌아와 거울 앞에 선
내 누님같이 생긴 꽃이여

노오란 네 꽃잎이 필려고

간밤엔 무서리가 저리 내리고
내게는 잠도 오지 않았나 보다"

M —

초겨울의 마당가에 피어난 한송이의 국화꽃을 피어내게 하기
위하여 봄부터 소쩍새가 울었나 보다고, 이 시인은 노래하고 있
습니다.

그뿐만 아니라 여름날 먹구름 속에서 울던 천둥소리도 이 한송
이의 철 늦은 국화꽃을 피워내게 하기 위하여 그렇게 번쩍였다고
생각하고 있습니다.

그리고 그 한송이의 국화꽃은 모오든 그리움의 결정체라고 노
래하고 있습니다.

많은 그리움들과 많은 슬픔과 많은 기쁨과 많은 세월들이 쌓
이고 쌓여서 급기야 오늘에사 만들어 내놓은 이 한송이의 꽃……
그러기에 그 꽃에선 남다른 고결한 향기가 풍겨나오고, 높은 기
품이 감돌고, 나비며 꿀벌이 찾아오지 않아도 초조한 기색이 없
이 오히려 고고하고 수수하고 의젓합니다.

M —

한 사람의 위대한 정신이 꽃피기 위해서도 그렇게 많은 세월과
그렇게 많은 참음과 그렇게 많은 수도가 있어야 하는 법인가 봅
니다.

하루아침에 이루어지는 교양, 하룻밤 사이에 이루어지는 인격

은 금세 바닥이 납니다.

　마치, 한 자리에서도 열개 스무개씩 대량으로 만들어지는 종이 꽃과 같이.

　M ─

　국화꽃이 그렇게 많은 세월을 기다려 핀 것처럼, 우리도 오랜 세월 후에 방긋이 피어날 한송이의 꽃이 되기 위해서 남몰래 준비해가고 싶어요. 오늘 밤, 우리들이 잠든 사이에 눈이라도 나렸으면 좋겠죠? 자, 이불을 어깨 위까지 올려 덮으십시다. 그럼 안녕히 주무세요!

　6

　내 마음 끝까지

　M ─

　사람들의 발길이 한번도 닿지 않은 깊고 깊은 심산유곡에서, 물방울이 하나…… 둘…… 떨어져 나리는 시간입니다. 바다를 향해 흘러가는 우리들의 마음이, 한방울 두방울 계곡을 끼고 춤춰 가듯……

　내 마음 끝까지……

M —

"세계를 지배하는 것은 남자다.
그러나, 세계를 지배하는 그 남자를
지배하는 것은, 바로, 여자다."

이것은 누구나 다, 잘 알고 있는 서양의 명언입니다.
남자들은 세계를 지배하고 있습니다. 적어도, 겉으로 보기엔
그렇습니다.
그러나 세계를 지배하는 그 남자들은, 다시 여자들에 의해 지
배되고 있습니다.
다시 말하면, 이 세계를 지배하고 있는 것은, 다름 아닌, 여자들
이라는 이야기가 됩니다.
그럼, 여자들은 어디에서 남자들을 지배하고 있을까…… 여자
들의 근거지는 어딜까……
산일까…… 바다일까…… 거리일까……
아니면 동대문시장일까…… 사무실일까……
산도, 바다도, 사무실도 아닙니다.
그건, 동화 속의 천국처럼 포근하고 아늑한, 가정입니다.
포근함과, 아늑함과, 다스움으로, 수놓은 오색 보금자리 속에서
만, 남자들은 즐겨 여자들의 지배에 마음을 내맡기는 법입니다.

M —

일찍이, 우리나라의 예지에 빛나는 수필가, 김진섭씨는 「주부

를 노래함」이라는 수필 속에서 다음과 같은 이야기를 썼습니다.

　"주부라는 말이 가진 음향으로서 우리가 곧 연상하기 쉬운 것은, 무어라 해도 저 백설같이 흰 행주치마를, 가는 허리에 맵시도 좋게 두른 여자가 아닐까 한다. 그러한 자태의 주부가 특히 대청마루 위를 사뿐사뿐 거닌다든가, 또는 길에서도 찬거리를 사들고 가는 것을 보게 될 때 우리는 실로 행주치마를 입은 건전한 주부의 생활미를 한없이 찬탄하여 사랑하여 또 존경하는 것이다.

　"먹는 바, 그것이 곧 사람이다"라고 일찍이 갈파한 것은 철학자 루트비히 포이어바흐였다. 영양이 인간의 정력과 품위를 결정하는 표준이 되는 사실은 우리들 생활인이 일상 경험하는 일에 속하거니와, 그럼으로 우리들이 음식을 요리하는 주부의 청결한 손에 의존하고 있는 정도는 참으로 크다고 아니할 수 없으니, 말하자면 주부는 그 민족의 체력을 담당하는 중요한 지위에 서서 있기 때문이다. 따라서, 한 민족의 체력을 담당하고 있는 주부의 각자가 만일에 도마질에 능숙하지 못하고, 좋지 못한 솜씨를 가질 때, 그것은 한 가정의 우울에만 그칠 문제가 아닐 것이요, 국가의 흥망에까지 관계되는 문제가 될 것이 분명한 일이다."

　이렇게 써 내려온 김진섭씨는 다음으로, 행주치마를 두르고 집안 청소를 하는 주부, 안방에 앉아 바느질을 하는 주부에 대해서 차례차례로 아낌없는 최고의 예찬을 선사한 후에, 다음과 같이 이야기를 계속하고 있습니다.

　"사람을 찾아서 그 가정을 척 들어섰을 때 그 집의 여주인공을 보지 않고도, 우리를 일시에 포위하는 명랑한 광선과 유쾌한 공기, 그 밝음과 짙음의 정도 여하에 의하여 우리는 곧 그 집을 다스리는 주부의 사람됨을 감촉할 수 있는 것이다."

M —

　세계를 지배하는 것은, 우선, 남자라고 해두십시다. 그러나 그 남자들을 포근하게 감싸서 착한 사람이 되게도 착하지 못한 사람이 되게도 할 수 있는 것은 행주치마를 두른 여자인가봐요……
　창밖에선 얼음이 얼고 있습니다. 그러나 우리의 마음속을 활! 활! 닳고 있어요…… 불을 끄십시다. 그럼 내일 또, 안녕……

7

내 마음 끝까지

동엽

알 수 없어요.

M — 〈잔잔 잠깐〉

　바람도 없는 공중에 수직의 파문을 내이며 고요히 떨어지는 오동잎은 누구의 발자최입니까
　지리한 장마 끝에 서풍에 몰려가는 무서운 검은 구름의 터진 틈으로 언뜻언뜻, 보이는 푸른 하늘은 누구의 얼굴입니까.

M — 〈고조〉

찢어진 검은 구름 사이로 잠깐잠깐 나타났다 스러지는 맑고 푸른 하늘…… 그 하늘은 누구의 얼굴일까…… 우주의 얼굴일까…… 영원의 얼굴일까…… 허무, 그것의 얼굴일까…… 아니면 우리들의 가슴속을 흐르는

맑고,

깊고,

멀고 먼, 영원의 강물일까……

M —

알 수 없어요.

만해 스님. 한용운 시인. 천구백십구년 삼일만세 때 삼십삼인 가운데 한 사람이기도 했던 만해 스님. 일찍이 동양에서 최초로 노벨문학상을 받은 일이 있는 인도의 시인 타고르를 정신적인 거울로 삼고, 머리를 깎고 입산하여 서해가 보이는 충청남도 예산 수덕사에서 수도하며, 시를 쓰시던 스님. 그러나 그분이 도달한 정신적인 깊이나 구도적인 높이는 아무리 헤아리려 해도 너무나 높고 그윽하고 멀어서 우리 범인들로선 미치지 못할 자리인 것 같아요.

M — 〈잠깐, 잔잔〉

"꽃도 없는 깊은 나무에 푸른 이끼를 거쳐서 옛 탑 위의 고요한 하늘을 스치는 알 수 없는 향기는 누구의 입김입니까

근원은 알지도 못할 곳에서 나서 돌부리를 울리고 가늘게 흐르는 작은 시내는 굽이굽이 누구의 노래입니까

연꽃 같은 발꿈치로 가이없는 바다를 밟고 옥 같은 손으로 끝없는 하늘을 만지면서 떨어지는 해를 곱게 단장하는 저녁놀은 누구의 시입니까

타고 남은 재가 다시 기름이 됩니다 그칠 줄을 모르고 타는 나의 가슴은 누구의 밤을 지키는 약한 등불입니까"

M ―

알 수 없어요. 당신도, 나도 알 수 없어요……

다만 당신과 내가 살아가고 있는 이 아름다운 세상에, 나무들은 나무들끼리, 꽃들은 꽃들끼리, 냇물은 냇물끼리, 은밀히 자기들만의 언어로 비밀을 속삭이고 있는 것만을 어렴풋이 느낄 뿐입니다.

산이면 산, 바다면 바다, 태양이면 태양이, 거기 저렇게 당신과 나를 감싸며 오늘 하루를 자기들대로 살아가고 있을 뿐입니다. 그 이상의 뜻을, 그 이상의 생리를, 우리들은 함부로 엿볼 수 없음을 스스로 알고 우리 인간의 힘의 너무나 미약함에 서러워할 뿐입니다. 외경 앞에 마음이 숙연해짐을 느낄 뿐입니다.

"당신의 얼굴은

달도 아니엇만
산 넘고 물 건너
나의 마음을 비칩니다.

나의 손길은 왜 그리
짧아서 눈앞에 보이는
당신의 가슴을 못 만지나요.

당신이 오기로 못 올 것이 무엇이며
내가 가기로 못 갈 것이 없지마는
산에는 사다리가 없고
물에는 배가 없군요.
뉘라서 사다리를 떼고 배를
깨트렸습니까."

8

내 마음 끝까지

M —

명상의 밤이 깊어갑니다.
　명상의 다리 위로 꽃수레가 다가오고 있습니다. 꽃수레가 우리
의 곁에 이르거든 '우리' 좋아하는 꽃 한가지씩을 가지고 하늘 높

이 나래를 올리십시다. 내, 마음 끝까지…

M —

"온 세계의 소녀들이
서로, 손을 잡으면
바다의 둘레에
윤무가 되겠지.

세계의 어린이들이
사공이 되면
바다를 건너는
고운 다리를 놓겠지.

그리하여,
이 세계의 모든 사람들이
손과 손을 서로 잡으면,
지구의 둘레를
한바퀴 도는
윤무를 즐겁게 출 수 있겠지."

M —
프랑스 시인 포르 작.
「윤무」라는 시였습니다.

온 세계의 소녀들이 만약 정답게 손을 잡고 우정을 나눈다면 이 지구의 둘레에 아름다운 똬리 춤의 꽃이 피어날 것입니다.

세계의 모든 어린이들이 만약 민족과 국경을 초월하여 바다를 건네주는 사공이 된다면, 이 세계의 모든 적대관계는 사라지고 나라와 나라 사이에는 진실한 우정의 다리가 돋아날 것입니다.

우선 이렇게 순진하고 깨끗한 세계의 소년 소녀들이 마음과 마음을 합하여 서로 손목을 잡을 수만 있다면 우리가 살고 있는 이 지구에는 전쟁이라고 하는 것이 필요 없게 될지도 모릅니다.

그래서 다시 온 세계의 온 인류들이 다 바닷가에로 나와 서로 손에 손을 잡고 즐거운 윤무춤을 춘다면, 이 지구의 둘레를 한바퀴 도는, 꽃다운 지구돌이 춤이 될 것입니다.

언뜻 생각하기에 꿈같은 이야기입니다. 그러기에 오히려 아름다운 것인지도 모르지만……

그러나 우리에겐 현실이 절박한 만큼, 그만큼의 공백을 메꿀 풍성한 꿈이 다급하게 요청됩니다. 이제까지 우리 인류를 나락의 심연에서 구제해온 것은 오직, 이, 꿈이었습니다. 이, 꿈이, 아니었던들, 인류는 벌써 노아의 홍수 이전에 절망해버렸을지도 모릅니다. 그러나 아직도 인류가, 오늘 이렇게 무엇인가를 하려고 집을 짓고, 공장을 짓고 UN(유엔) 총회를 소집하고 하는 것은 우리에게 꿈이 있기 때문입니다. 가령 세계의 모든 사람들이 내일 낮 열두시에 거리로 나와 손에 손을 잡고 동·서로 늘어서서 둥글둥글 돌아가는 똬리 춤을 춘다고 생각해보십시오. 사십억의 인구가 지구를 한바퀴 도는 싱그러운 춤…… 온갖 비둘기가 희열에 넘쳐 하늘을 날아오르고 태양에선 갈채의 꽃다발이 쏟아져 내릴 것입니다.

인류가 자나깨나 갈망하는 평화…… 미움과 무기와, 싸움이 없는 지구상의 평화……

M —

"온 세계의 소녀들이, 서로
손에 손을 잡으면, 바다의 둘레에
아름다운 윤무가 되겠지.

세계의 소년들이 사공이 되면
바다를 건너는 고운 다리를
놓겠지.

그리하여 이 세계의 모든 사람들이
손과 손을 서로 잡으면,

지구의 변두리를 한바퀴 도는
윤무 춤을 즐겁게 출 수 있겠지."

M —

이 밤의 고요와 평화를 당신에게 선사합니다. 당신도 당신의 평화를 저에게 보내주세요! 네?
부디 축복받은 밤이 되시기를…… 안녕히 주무십시오……

M—

9

내 마음 끝까지

동엽

"허지만
어디엔가 그 어느
한분이 있어
이 낙하를
무한히 다정한 손짓으로
어루만져줍니다."

M—

라이너 마리아 릴케.
　그는 어쩌면 이렇게도 담담한 마음으로 이 쓸쓸한 가을을 따스운 언어로 노래할 수 있었을까요.
　그러구 보니 가을은 이젠 깊을 대로 깊어졌군요.
　그 길고 무덥던 여름날 우리들은 철도 없이 바다로 산으로 뛰어다니며 그 많은 꿈장난 돌을 얽어봤었군요.
　설악산 아니면 해운대, 아니면 서해바다의 어느 이름없는 어촌에서, 아, 그날 우리들이 참외도 깎아 먹던 그 정자나무 그늘, 아직도 그 아랜 돌방석이 그대로 누워 있을까?

"나뭇잎이 떨어집니다.
아슬한 곳에서 내려오는 양
하늘 나라
머언 정원이 시들은 양
아니라고 거부하는
몸짓을 하며
나뭇잎이
소리 없이
떨어집니다.

그리하여
밤이 되면
무거운 대지가
온 별들로부터
가을의 정적 속에
떨어집니다.

우리두 모두
떨어집니다.
여기 있는 이
내 손도
떨어집니다.

그대여 보시라
온갖 것들을.
저 만상이
떨어지고 있는 것들을.

M — 〈잠깐〉

(M 죽이고)
허지만
어디엔가에 그 어느
한분이 있어
이 낙하를
무한히 다정한 손짓으로
어루만져줍니다."

M —

　가랑잎이 떨어집니다. 덕수궁 담을 끼고 걷노라면 그 한가한 대사관 거리, 높은 나뭇가지 끝에서 누우렇게 물들었던 가랑잎들이 아직도 나뭇가지 끝에 남아 있는 많은 친구들에게 "나 먼저 갈게. 천천히. 안녕! 안녕!" 하고 이별을 고하며 떨어집니다. 그 딱딱하고 두꺼운 아스팔트 바닥에.
　그러나 그 가랑잎은 단순히 우리의 눈에 비친 것처럼 저 대지에 뿌리박은 둥구나무 가지에서 떨어지는 걸까요. 정말 그 둥구나무 가지 끝에서 떨어지고 있는 걸까요?

하늘, 하늘나라, 우리가 눈으론 볼 수 없는 머언 하늘 나라. 아니 어쩌면 그건 우리들의 마음속에 있는 깊은 내면의 우리들의 나라일지도 모르지 않을까요.

"아니라고 거부하는 몸짓을 하며"……

그럴 것 같군요. 아닐 거예요. 아닐 거예요. 세상에 긴 게 어디 있을까. 따지고 보면 모두가 아무것도 아닐는지도 몰라요. 글쎄. 그림자? 허깨비? 그러기에 여름날 그렇게 자랑스럽게 하늘 높이 휘어 올라갔던 꿈, 의지들도 이 가을이 되면, 조용히, 조용히 땅에 떨어져 돌아오는 것이 아닐까요. 아무 저항도 없이…… 아무 반항도 없이…… 그저 편안한 자세로, 너도 나도 다투어 땅으로 땅으로 떨어지는 것이 아닐까요.

"지금 집이 없는 사람은
이미 집을 지을 수가
없습니다.
지금 홀로 있는 사람은
영원히 그렇게
홀로 있어야 할 겝니다.

편안한 잠 속으로
몸을 의탁할 수 없을 것이며
책을 읽고, 길고 긴 편지를 써야
하올 것이며
나뭇잎이 흩날리려면
불안스레 가로수 사이로 방황해야

할 겝니다."

M —

대리석같이 차거운 지성.
그 이름, 라이너 마리아 릴케.
그러나 그는 우리 모두가 쏟아져 내리는 이 쓸쓸한 가을의 허무 저편에, 또한 우리들의 다정하고 포근한 고향을 마련해놓는 것을 잊지 않았으니 가난한 우리들에게도 마음의 자양은 자의로운 것이었을까요.

"허지만
어디엔가에 그 어느
한분이 있어
이 낙하를
무한히 다정한 손짓으로
어루만져줍니다."

〈끝〉

10

내 마음 끝까지

M —

보람 있는 하루였었죠?
달빛 밝은 창문마다 커튼을 늘이고 마음의 심지를 돋우는 시간
입니다.

M —

십일월도 중순에 접어들었습니다. 입동도 지나고, 아침저녁으
로 기온이 영하의 계곡을 오르내리더니 어느덧 산과 들은 터엉,
터엉 비어버렸습니다.
저희 집 정원에 있는 감나무 이파리들도 어제 하룻밤 사이에
거의 다 떨어져버리고, 이제, 남은 이파리들이라곤 불과 여남은
개밖에 없습니다.
낙엽 얘기를 하다보니 갑자기 생각나는 게 있군요. 어려서 즐
겨 부르던 동요 말입니다.
"가랑잎 떼굴떼굴 어데로 굴러가오. 헐벗은 이 몸이 춥고 추워
서, 따뜻한 부엌 속을 찾아갑니다."
"헐벗은 이 몸이 춥고 추워서 따뜻한 부엌 속을 찾아갑니다."
혼자 이리저리 굴러다니던 가랑잎이 많은 가랑잎 친구들을 만
났을 때 그 반가움과 인정의 훈훈함이 얼마나 한 것이었을까……
그러구선 함께 그 훨훨 타는 푸짐한 모닥불의 잔치 속에 몸을
내맡길 때 그 즐거움이, 얼마나 한 것이었을까……

「메밀꽃 필 무렵」「화분」 등의 좋은 작품들을 많이 남긴 소설가

이효석씨는 「낙엽을 태우면서」라는 수필 속에서 다음과 같이 말하고 있습니다.

"벚나무 아래에 긁어모은 낙엽의 산더미를 모으고 불을 붙이면, 속엣것부터 푸슥푸슥 타기 시작해서, 가는 연기가 피어오르고, 바람이 없는 날이면 연기가 낮게 드리워서 어느덧 뜰 안에 가득히 담겨진다.

낙엽 타는 냄새같이 좋은 게 있을까. 갓 볶아낸 커피의 냄새가 난다. 잘 익은 개암 냄새가 난다. 갈퀴를 손에 들고는 어느 때까지든지 연기 속에 우뚝 서서, 타서 흩어지는 낙엽의 산더미를 바라보며 향기로운 냄새를 맡고 있노라면, 별안간 맹렬한 생활의 의욕을 느끼게 된다.

연기는 몸에 배서 어느 결엔지 옷자락과 손등에서도 냄새가 나게 된다.

나는 그 냄새를 한없이 사랑하면서 즐거운 생활감에 잠겨서는, 새삼스럽게 생활의 제목을 진귀한 것으로 머릿속에 띄운다. 음영과 윤택과 색채가 빈곤해지고, 초록이 전혀 그 자취를 감추어버린 꿈을 잃은 허전한 뜰 복판에 서서, 꿈의 껍질인 낙엽을 태우면서 오로지 생활의 상념에 잠기는 것이다.

가난한 벌거숭이의 뜰은 벌써 꿈을 꾸기에는 적당하지 않은 탓일까? 화려한 초록의 기억은 참으로 멀리 까마득하게 사라져버렸다.

벌써 추억에 잠기고 감상에 젖어서는 안 된다.

이젠 겨울이다. 나는 화단의 뒷자리를 깊게 파고, 다 타버린 낙엽의 재를, 죽어버린 꿈의 시체를, 땅속 깊이 파묻고, 엄연한 생활의 자세로 돌아서지 않으면 안 된다.

이야기 속의 소년같이 용감해지지 않으면 안 된다.”

M ─

꿈의 껍질인 낙엽을 태우면서 작자는 엄연한 현실을 의식합니다. 센티멘털리스트가 돼서는 안 되겠다고 지각하는 것입니다. 그래서 이젠 다 타버린 꿈의 시체를, 땅속 깊이 파묻고 일어서서, 겨울과 싸울 생활의 준비를 해야겠다는 것입니다. 외국 동화 속에 나오는 용감무쌍한 소년처럼……

M ─

여러분들은 어떠세요? 물론 생활 속에서 우러나오는 좋은 수필 재료들을 풍부하게 간직하고 계시겠죠? 참신한 원고들을 써서 보내주세요.

이백자 원고지 다섯장 정도로, 동양라디오, 제작과 내 마음 끝까지 담당자 앞으로.

기회 있는 대로 이 시간을 애청하시는 모든 청취자들과 함께 사색의 대화를 나눠보십시다.

그럼! 안녕히 주무세요!

M ─

11

내 마음 끝까지

M ──

기다려주셔서 감사합니다. 이 프로를 시작한 지도 벌써 한달이
가까워오니 어느덧 애청자 여러분들과 정이 들어서, 여러분들과
대화를 나누는 이 시간을 끝내지 않으면 하루의 일과가 끝난 것
같질 않아, 이대로 잠들어버릴 수가 도저히 없게 돼버렸어요.

지금 밖에선 달빛이 얼어붙고 있습니다. 이불을 어깨 위까
지 끌어올려서 푹 덮으세요. 가슴속의 비밀이 새어 나가지 못하
게…… 그 하이얀 가슴속의 다스움이 새어 나가지 못하게……

M ──

계절의 변화는 우리들에게 늘 새로운 기쁨을 가져다줍니다.
가령 늦은 겨울철, 산에 올라 골짜기를 소요하다가 바위 틈서
리에서 파아란 돌나물의 새 눈을 처음 발견했을 때 우리들의 가
슴은 봄을 발견한 기쁨에 도취됩니다.
찌는 듯 무더운 여름밤 잠자리 속에서 이리저리 뒤채이다가 귀
뚜라미 소리를 들었을 때 우리들의 가슴은 가을을 맞이하는 기쁨
에 흥분합니다.
그러나 계절의 변화에 민감한 반응을 보이는 우리들에게 요새

처럼 초조와 기다림을 안겨주는 계절도 드물 것입니다. 우리들은 눈을 기다리고 있습니다. 도시와 농촌과 벌판을 한가지로 하이얗게 덮을 눈을 기다리고 있습니다.

수필가 김진섭씨는 「백설부」라는 수필 속에서 화려한 모든 어휘들을 다 동원하여 눈을 찬미하고 있습니다.

M —

"눈은 이 지상에 있는 모든 것을 덮어줌으로 말미암아, 하나같이 희게 하고 아름답게 하는 것이지만, 특히 그중에도 눈이 덮인 공원, 눈에 안긴 성사(城舍), 눈 밑에 누운 무너진 고적, 눈 속에 높이 선 동상 등을 봄은 일단으로 더 흥취의 깊은 것이 있으니, 그것은 모두가 우울한 옛시를 읽는 것과도 같이, 그 배후에는 알 수 없는 신비가 숨쉬고 있는 듯한 느낌을 준다.

눈이 내린 공원에는 아마도 늙을 줄을 모르는 흰 사슴들이 떼를 지어 뛰어다닐지도 모르는 것이고, 저 성사 안 심원(深園)에는 이상한 향기를 가진 앨러배스터의 꽃이 한송이 눈 속에 외로이 피어 있는지도 알 수 없는 것이며, 저 동상은 아마도 이 모든 비밀을 저 혼자 알게 되는 것을 안타까이 생각하고 있을지도 모르기 때문이다.

그러나 무어라 해도 참된 눈은 도회에 속할 물건은 아니다. 그것은 천인만장의 계곡에서 맹수를 잡는 자의 체험할 물건이 아니면 아니 된다."

M —

406

우리 문명인의 생활 속에선 자꾸 낭만이 없어져갑니다. 엊그제 길을 걷다가 우연히 엿들은 이야깁니다.

엄마의 손을 잡고 걷던 소년이 "엄마! 눈이 왔으면!" 하니까 "얘! 눈에서 쌀이 나오니, 돈이 나오니!" 하고 엄마가 핀잔을 줍니다.

이런 광경은 우리의 생활 주변에서 얼마든지 볼 수 있습니다.

옛날 사람들은 아침에 일어나면 으레 하늘의 빛깔을 음미하고 바람결의 향내에서 계절의 감각을 찾아내고 우주의 향기를 호흡했습니다. 그러나 오늘의 문명인들은 하늘의 표정에도 바람결의 향기에도 관심이 없습니다. 하늘을 아무리 보고 있어야 바람을 아무리 음미해봐야, 거기서 돈이 생길 리는 없으니까 그러는 거겠죠.

그래서 오늘의 문명인들은 자기도 모르는 사이에 감정이 메말라가고 있습니다. 모든 것이 화폐와 결부됩니다. 그러나 우리들은 자연의 신비, 계절의 촉감에 무감각할 수는 없습니다. 우리에겐 화폐 이상의 현실 이상의 꿈이 있기 때문입니다. 황금은 버릴 수 있어도 인간의 낭만은 버릴 수 없기 때문입니다.

M —

내일이 소설(小雪)입니다. 눈이 온다는 소설(小雪)…… 안나 까레니나의 오버깃 위에 흐뭇하게 쏟아지던 함박눈이 어서 우리의 어깨 위에도 쏟아졌으면……

(사람들이) 이 (계산대) 위로 주판알을 가지고 나타나더라도 당신과 나만은 이 낭만을 곱게 간직해요. 내일 밤 또 만나요. 안녕!

M —

12

내 마음 끝까지

M —

만물의 정이 잠들어버렸습니다. 당신과 나의 대화를 위해서 병
풍이 우리의 주위를 가리어줬습니다.
우리만의 밀어를 위해서……

M —

길은 애초부터 있는 게 아니라, 사람들이 자꾸 다님으로써 만
들어지는 것이라고 중국의 소설가 루쉰은 말했습니다.
히틀러는 정권을 잡자마자 국경의 한쪽 끝에서 다른 쪽 끝까지
연결하는 거대한 도로부터 만들어놓았습니다.
인공적인 도로는 돈과 물자만 동원하면 얼마든지 만들어낼 수
있습니다. 그리고 그것은 눈에 쉬 띕니다. 그러나 마음속의 길은
물자와 돈으로는 쉽게 닦아지지 않습니다. 그러므로 우리의 눈에
도 그렇게 쉽게 나타나는 것은 아닙니다. 히틀러는 군대와 대포를
전진시키고 후퇴시키기에 편리한 황금의 도로만 인공적으로 닦

았습니다. 마음속의 길, 인간의 길을 닦으려고 하지 않았습니다.

　그래서 결국 그는 자기가 닦아놓은 도로로 달려들어온 또다른 총칼과 대포에 의해서 망했습니다. 그러나 망한 것은 히틀러의 도로와 조직이었지 독일민족은 아니었습니다. 그것은 히틀러의 침략을 위해 대포의 도로를 닦고 있는 동안에도 독일 국민들은 가슴마다 마음의 길을 닦고 있었기 때문입니다.

　　M —

　한용운 시인은 「나의 길」이라는 시에서 '길'을 다음과 같이 노래했습니다.

　"이 세상에는 길도 많기도 합니다.

　산에는 돌길이 있습니다. 바다에는 뱃길이 있습니다. 공중에는 달과 별의 길이 있습니다. 강가에서 낚시질하는 사람은 모래 위에 발자욱을 냅니다.

　들에서 나물 캐는 여자는 아름다운 꽃을 밟습니다.

　악한 사람은 죄의 길을 쫓아갑니다.

　의 있는 사람은 옳은 일을 위하여는 칼날을 밟습니다.

　서산에 지는 해는 붉은 노을을 밟습니다.

　봄 아침의 맑은 이슬은 꽃머리에서 미끄럼 탑니다.

　그러나 나의 길은 이 세상에 둘밖에 없습니다.

　하나는 님의 품에 안기는 길입니다.

　그렇게 아니 하면 주검의 품에 안기는 길입니다.

그것은 만일 님의 품에 안기지 못하면
다른 길은 주검의 길보다 험하고 괴로운 까닭입니다.

아, 나의 길은 누가 내었습니까.
아, 이 세상에는 님이 아니고는 나의 길을 낼 수가 없습니다.
그런데 나의 길을 님이 내었으면 주검의 길은 왜 내셨을까요."

M —

내가 가야 할 길은 어디 있는 걸까요. 우리 집에서 직장이나 학교까지 가는 길, 이것도 길은 길입니다. 서울에서 부산까지 달리는 도로, 이것도 길은 길입니다. 로켓이 달나라로 가는 길, 이것도 길은 길입니다. 그러나 그러한 길을 걸어가는 건 우리들의 흙 묻은 구두입니다. 기계와 돈입니다. 우리들의 겉모습입니다. 우리들의 마음속에 난 길, 우리들의 정신 속에 열려 있는 영혼의 길……그, 눈에 보이지 않는 영혼의 길을 닦는 일을 힘쓰지 않고서는 아무리 아스팔트길이 좋아져도 인간의 행복은 향상되지 않습니다.

M —

한용운 시인은 님에게로 가는 길이 아니면 죽음의 길밖에 없다고 노래했습니다. 님이란 사랑입니다. 사랑만이 우리의 운명을 구제해줄 유일한 길이라는 것입니다. 당신과 나의 마음속으로 뚫고 들어오는 이 인간의 길…… 영혼의 길…… 인정의 길을 닦는 꿈을 꾸시면서 안녕히 주무세요.

M —

13

내 마음 끝까지

M —

마음의 창문을 닦고 싶은 밤입니다. 마음의 유리창에 묻은 뉘우침도, 서글픔도, 원망도 다 닦아내고 싶은 밤입니다.
내 마음 끝까지……

M —

사람이 사람을 좋아하고 사람이 사람을 사랑하는 데에는 잘못이 없습니다.
그러나 상대방의 사랑을 억지로 요구할 때 거기에 흔히 무리가 생기고 비극이 생기기 쉽습니다.
내가 당신을 나 혼자 좋아했을 때 아무도 내 사랑을 말리지 못했습니다. 당신을 생각하는 내 사랑은 아무에게도 공개하지 않는 비밀의 사랑이었기 때문입니다. 그래서 내 마음속에서만 은근히 소용돌이 치고 있는 이 비밀의 사랑을 아무도 방해할 수가 없었던 것입니다.

마치, 오늘 그 꽃가게에서 보고 나온 꽃나무를 내가 마음속으로 그리워하고 있듯, 내가 당신을 생각하고 있는 이 그리움은, 아무도 나무랄 수 없는 아무도 꾸짖을 수 없는 나 혼자만의 절대적인 사랑입니다. 절대적인 사랑! 짝사랑! 이 짝사랑이야말로 우리 인류가 도달한 가장 신성한 사랑! 신사적인 사랑, 희생적인 사랑일 것입니다.

당신은 내가 누군지 모르셔도 좋습니다. 당신은 나를 어린애, 못난이, 거지로 보셔도 좋습니다. 이 세상에 나와서, 당신 같은 분을 만나뵈올 수 있었다는 이 사실 하나만 가지고도 저는 산 보람을 느낄 수 있습니다. 당신을, 나 혼자서 생각할 수 있는 이 자유. 당신을 남몰래 그리워할 수 있는 이 자유. 당신의 모습을 찾고 있는 이 내 눈동자!

당신에게로 향하는 남모를 정열이 내 마음속에서 샘솟고 있다는 이 사실만 가지고도 저는 산 보람, 생명의 의욕을 느낄 수 있습니다.

옛날 황진이를 짝사랑하던 마을 총각은 급기야 상사병으로 죽었습니다. 활짝 핀 한송이의 달리아가 스스로의 붉은 정열에 못 이기어 불타 죽은 것입니다.

이 얼마나 숭고한 자기 희생입니까. 이 얼마나 고결한 애정의 결론입니까.

우리 조상들은 이렇게 아름다운 이야기들을 남기며 살아왔는데 요샌 많이 달라졌습니다. 서부극과 함께 흘러들어온 서부 풍조 때문일까요. 사랑을 폭력으로 강요하고 난폭한 수단으로 사랑을 강탈하려 하는 사람들이 흔히 있습니다. 이 아름다운 강산, 이 아름다운 선남선녀들이 아름다운 풍속을 즐기며 살아가고 있는 이 한국에서, 무지막지한 서부극의 흉내를 내려 하는 불쌍한 사람들이 더러 눈에 띕니다.

사랑은, 진정한 사랑은, 빼앗는 게 아니라 주는 것입니다. 갖고자 하는 게 아니라, 나 혼자 그리워하며 내 마음을 불태우는 것입니다.

M —

괴테가 쓴 『젊은 베르테르의 슬픔』이 생각납니다.

아름다운 처녀 로테를 짝사랑하는 '베르테르'.

로테는 급기야 남의 아내가 됩니다. 그러나 베르테르의 사랑은 조금도 변함이 없습니다. 마침내 베르테르는 로테의 앞날을 위해서 자기가 없어져야 된다는 것을 깨닫게 됩니다. 그러고선 로테에게 마지막 편지를 씁니다.

"로테여! 당신을 위해 죽고 당신을 위해 나를 버림으로써, 오직 한가지, 나에게도 그 조그만 행복의 조각이나마 맛볼 기회가 있는 것이라면, 당신의 생애에 행복과 기쁨을 가져다줄 수 있는 것이라면 난 열번이라도 백번이라도 기꺼이 죽겠소!"

M —

오늘 밤 우리들은 조용히, 그 사람의 행복을 빌어드리십시다. 그 사람의 행복을 생각하는 동안만은 우리도 살아 있는 보람을 느끼게 돼요. 가슴속에서 피가 약동하는 우리의 눈이 조용히 빛나요. 당신도 어서 그분의 행복을 빌어요. 어서.

M —

14

내 마음 끝까지

M —

까닭 없이 다스운 인정이 그리워지는 시간입니다. 그 사람과
단 둘이 앉아 아무 일 없이 볼이라도 맞부비며 밤을 새워보고 싶
은 겨울밤입니다.
지금쯤은 모오든 찻집들도 문을 닫고, "찹쌀떡 사려!" 하는 찹
쌀떡 장수들도 이젠 뜨끈뜨끈한 아랫목으로 돌아가, 비록 판잣집
일망정 하루 동안 헤어졌던 식구들과 다스운 이야기를 오손도손
나누는 시간입니다.
우리도 우리의 밤을 장식해야죠……

M —

"지금, 이 세상 어느 곳에서
울고 있는 그 사람은,
까닭도 없이 이 세상에서
울고 있는데,

바로, 날 울고 있는 것이다.
날 울어주고 있는 것이다."

릴케가 노래한「마음 무거울 때」라는 시의 첫 구절입니다.

키르케고르의 말처럼 인간은 고독한 존재임에 틀림없습니다. 그러나 인간의 고독에는 한계가 있습니다. 인간의 존재를 숫자로 따지지 말고 인류 공동운명체로서 인식할 때 우리들의 운명은 결코 고독하지가 않습니다.

지금 이 순간에도 이 세상 어디엔가엔 날 생각해주고 있는 사람이 있습니다. 그들이 꼭 꼬집어서 내 이름을 지적할 순 없다 하더라도, 지금 내가 이 세상 어디엔가에서 괴로워하고 있을 그 사람들을 막연하게나마 슬퍼하고 있는 것처럼, 그들도, 이 세상 어디엔가에서 서러워 울고 있는 사람들을 생각해주고 있는 것입니다.

우리들은 막연하게나마 어느 누군가를 생각해보며 살아갑니다. 그 어느 누군가 하고 생각하는 그 사람들로, 이 세상은 형성되어 있는 것입니다. 그러니 우리 인간들은 어떻게 생각하면 희로애락을 같이하는 공동운명체입니다.

「마음 무거울 때」의 다음 구절을 들어보세요.

"지금 이 세상 어느 곳에서
웃고 있는 그 사람은,
까닭도 없이
이 세상에서 웃고 있는데,

날 웃고 있는 것이다.

지금 이 세상 어느 곳에서
거닐고 있는 그 사람은
까닭도 없이 이 세상에서
거닐고 있는데
나에게로 오고 있는 것이다.

지금 이 세상 어느 곳에서
죽어가는 그 사람은
까닭도 없이 이 세상에서
죽어가는데
날 바라보고 있는 것이다.”

M —

지금 이 세상 어디엔가에서 이승을 하직하고 있는 그 사람은
우리의 기도를 기다리고 있습니다. 당신도 조용히 기도해줄 것을
기다리고 있습니다. 그리고 실상, 우리 인간들은 낯모르는 많은
슬픈 사람들을 위해서도 조용히 정성과 애정을 보내며 살아왔었
습니다. 그리고 앞으로도 어떤 미덕은 숙명적으로 인류의 존재와
함께 영원할 겁니다.

M —

창밖을 한번 내다보세요. 혹시 눈이라도 내리지 않나요.

여러분들께서 '수필' '편지' 등등을 많이 보내주셔서 감사합니다. 보내주신 수필 가운데 좋은 것들을 골라 곧 낭독해드리겠습니다. 다른 청취자들께서도 좋은 수필이 쓰여지거든 계속해서 많이많이 보내주세요.

명상의 이 밤을 기다리는 외로운 사람들끼리 사색의 다스운 대화를 나누게요. 동양라디오 제작과 '내 마음 끝까지' 담당자 앞으로 보내주세요.

그럼 편안히 주무세요.

M —

15*

내 마음 끝까지

M —

추억의 강기슭을 더듬어 은빛 나래를 끝없이 저어도 좋은 시간입니다.

내 마음 끝까지.

---

* 이 글은 미완성인 채로 끝나고 있다.

M —

　제롬은 알리사를 사랑합니다. 알리사도 역시 자기 전영혼을 다 불태워 제롬을 사랑합니다. 그러나 그들은, 그 사랑이 너무 크고 완전한 것이었기 때문에 이 세상에선 인연을 맺지 못하고 맙니다.
　그, 이름마저도 어여쁘고 나긋나긋한 알리사……
　이건 물론 청취자들도 아시다시피 앙드레 지드의 소설 「좁은 문」에 나오는 아가씨의 이름입니다.
　앙드레 지드의 「전원교향악」을 읽었을 때는 책갈피가 다 젖도록 흘러나오는 눈물을 막을 길이 없었습니다. 그게 그러니까, 여학교 이학년 때였어요. 그러나 이 「좁은 문」을 읽고선 난 다음 해 봄까지 완전히 한겨울 동안을 마치 열병에 들뜬 사람처럼 황홀한 도취상태 속에서 공부도 못하고 보내버리고 말았어요.
　그로부터 오늘까지 수없이 해가 바뀌고 새로운 겨울이 올 때마다 「좁은 문」을 읽던 때의 그 크나큰 감동이 내 가슴을 물결칩니다. 그래서 어제 서가에서 이내 오래되어 좀이 슬고 책갈피가 낡은 그 옛날의 「좁은 문」을 꺼내가지고 다시 읽어봤습니다.
　알리사와 제롬은 안타까운 이별을 합니다. 사람 사는 곳이면 어디에나 따라다니는 그런 이별…… 그러나 그 이별은 알리사의 죽음을 가져옵니다. 알리사는 자기가 이제까지 남몰래 써오던 일기책을 제롬에게 전해달라고 유언합니다.
　그 일기책엔 이런 사연들도 적혀 있었어요.

M —

"가엾어라, 제롬. 만일 그가 손 한번 발 한번 놀리는 수고를 하기만 하면 그것으로 충분하다는 것을, 그리고 그것을 실상은 나도 기다리고 있다는 것을 그가 알고 있다면……

내가 아직 어렸을 때, 그때부터 벌써 나는 그를 위해 아름다워지리라고 바랐던 것이었다. 지금 와서 생각해보면 내가 저 완전한 덕행으로 나가려 노력하게 된 것도 모두 그를 위해서였다.

그러면서 나는 그를 피하고 있다. 신과 그의 사이에는 오직 '나'라는 것이 있어, 그의, 신에의 접근을 방해하고 있다. 그는 나때문에 머물러 서서 나를 사랑하고 그리하여 나는 그의 하나의 우상이 되어 그가 덕을 향하여 좀더 깊이 걸어 들어가려는 것을 방해하고 있는 것이다."

M —

다음 날 그녀는 또 이렇게 쓰고 있습니다.

"나는 왜 그를 피하고 있는가. 나는 왜 그를 안 만나고 있는가. 이렇도록 간절히, 왜 온 생명이 그를 그리워하고 그를 필요로 하고 있는데도, 그러면서도 나는 그를 피하고 있다. 나 자신 슬프게 생각하면서…… 그리고 어째서 그를 피해야 되는가를 나 자신도 잘 모르면서……"

M —

그후의 일기엔 계속해서 제롬에게 편지를 썼다간 찢고 썼다간 또 찢어서 불태워버렸다는 이야기가 적혀 있습니다. 우리, 헤어졌다고 낙심하지 마십시다. 상대편 모르게 우리들은 얼마나 많은 눈물을 흘려 밤 베개를 적시며 오늘을 살아가고 있는지 모릅니다. 헤어졌다고 서러워.

16

내 마음 끝까지

M —

고단한 하루였었죠? 그 소란스럽던 하루도 끝났군요. 이제 됐어요. 내일 아침까진 푹 쉬세요. 몸과 마음의 기지개를 시원스럽게 쭈욱 펴며……

M —

입학기가 다가왔습니다.
경쟁의 시기가 다가온 것입니다.
인간의 문화는 끊임없는 경쟁 속에서 발달한다고 누군가는 얘기했습니다.
미국과 소련의 우주경쟁이 우주개발의 새로운 가능성을 보여주고 있는 것만 봐도 이 말에는 충분한 타당성이 있다고 보아집니다.

그러나 반대로 인간의 생활은 유치한 경쟁심 때문에 점점 구제될 수 없는 불행의 나락으로 떨어지고 있다고 생각하는 사람들도 많이 있습니다.

과거를 보기 위해서 십년 이십년씩 집 팔고 논 팔고 처자식을 굶겨가면서 고생하다가 마지막엔 영영 폐인이 되어버리는 사람도 이조사회에선 얼마든지 있었습니다.

천명 오천명의 지원생 가운데 다행히 몇사람이 급제합니다. 그 급제한 사람들은 마음껏 영화를 누릴 수 있었습니다. 마음껏 영화를 누릴 수 있다는 그 특권을 얻기 위해서 전국의 젊은이들은 과거시험장으로 구름처럼 몰려들었던 것입니다.

그리하여 다행히 급제가 되면, 그날로부터 세상 만백성 위에 군림하여 천하를 호령했던 것입니다.

M—

오늘, 우리들의 사회생활은 여전히 경쟁 속에서 유지되어지고 발전되어가고 있습니다. 그리고 그 경쟁 때문에 갖은 악순환이 계속되고 사회윤리 면에 갖은 부작용이 일어나고 있습니다.

내가 중학교에 입학하기 위해선 어느 누군가를 떨어트려야 합니다. 내 친한 친구를 입학시키기 위해선 내가 떨어져줘야 합니다. 내 오빠가 모 회사의 중역이 되기 위해선 내 친구 오빠를 희생시켜야 합니다. 자리는 한정되어 있고 경쟁자는 하늘의 별처럼 많기 때문입니다.

우리나라 옛날 속담에, "일곱 마을이 망해야 한집의 부자가 생긴다"는 말이 있습니다.

인구가 늘어갈수록, 그리고 생활이 기계화해갈수록 점점 더 경쟁은 치열해갑니다. 그럼에도 우리들 가운데는 경쟁을 나쁘다고 생각하는 사람들은 거의 없어졌습니다.

학교에서도, 가정에서도, 경쟁을 장려하고 찬미하고 있습니다. 뿐만 아니라 경쟁에 재미를 붙인 사람들은 일부러 경쟁의 일거리들을 만들어내놓고 자기만족을 즐깁니다. 일류 학교라고 하는 것들을 만들어놓습니다. 이것은 경쟁을 좋아하는, 경쟁을 즐기려는, 사람들의 허영심이 어쩔 수 없이 만들어놓은 현대의 우상입니다. 이 현대의 우상, 즉, 일류 학교라고 자타가 공인하는 일류 학교가 없다고 하면, 이 현대의 귀족들은, 이 현대의 허영족들은 세상 살아갈 맛을 잃어버릴 것입니다. 자기네들의 특권의식을 만족시킬 길이 없어지기 때문입니다.

많은 사람들과의 경쟁 속에서 승리해서 일류 학교에 자기 자녀들만은 입학시킬 수 있었다는 자부심, 자랑, 긍지를 즐기기 위해서 그들은 알게 모르게 노력하고 있습니다.

M —

그럼, 일류 학교, 수재가 들어가는 학교에 들어간 그들은 무엇을 목표로 삼고 공부하고 있는가. 좁은 문으로 몰려드는 경쟁의 최종 목표는 무엇인가.

오늘, 일류 학교를 지망하는 사람이나 그의 부형들 가운데 그가 장차 사회에 유익한, 인류에 봉사하는 사람이 되어주길 바라는 사람은 거의 없는 형편입니다. 개인의 출세, 개인의 부귀, 개인의 지위만을 오직 머릿속에 두고 있을 뿐입니다.

그렇다면 오늘의 이 지옥 같은 입학 경쟁은, 아무런 뜻이 없습니다. 내일이 암담할 뿐입니다.

M ——

오늘 밤, 제가 너무 흥분했었거든 용서하세요. 자정입니다.
꿈의 베일을 덮고 포근한 체온에 싸여 편안히 주무세요.

M ——

17

내 마음 끝까지

M ——

물결이 쏟아져 내리고 있습니다. 어제는 바람이었고 그제는 장미꽃이었고, 그리움의 물결이, 넘실넘실 춤추며 쏟아지고 있습니다.
내, 마음 끝까지……

M ——

이 세상에 변하지 않는 것이 없습니다.

바닷물은 증발하여, 흰 구름이 되고 흰 구름은 모이고 모여 비가 됩니다.

꽃은 피어서, 열매를 맺고, 열매는 땅에 떨어져, 다시 새 꽃나무를 피워냅니다.

오늘 저녁, 내 식탁에 올랐던 밥은 지난가을 호남평야, 어느 할아버지의 손에 의해 거둬들여진 쌀이었습니다.

오늘 밤, 서울 거리의 숱한 바나 카바레에서 탕진되는, 그 엄청나게 많은 맥주는 지난여름, 김해평야나 금강 연안에서 우리의 오빠나 아버지들이 맨발로 거둬들인, 그, 기름진 보리였습니다.

하늘 높이 올라가도 빌딩은, 어제까진, 누군가, 그 많은 근육이 꿈틀거리는 사람들의 지게질과, 땀과 피곤이었습니다.

중앙청 앞에 일억 사천만원의 예산을 들여 다시 세운다는 광화문은, 우리 국민이 내는 세금이, 변화하여 대리석으로 변질될 것입니다.

이렇게 하여 이 세상은, 햇빛이 나무가 되고, 나무가 짐승이 되고, 짐승이 다시 꽃이 됩니다.

M —

영국의 낭만파 시인 딜런 토머스는 「내가 먹는 이 빵은」이라는 시에서 이러한, 이 세상 물질의 끊임없는 변화를 노래했습니다.

"내가 뜯는 이 빵은,

내가 먹는 이 빵은
일찍이 호밀이었었다.
이국의 나무에 여는
이 포도주는,
그 열매 속에 뛰어들었다.
낮에는 사람이, 또 밤에는 바람이
곡식을 넘어뜨리고
포도의 기쁨을 깨트렸다.

일찍이 이 바람 속에
여름의 피는
포도나무를 장식한 포도송이 속에 뛰고,

일찍이, 이 빵 속에서
호밀은 바람 속에 즐거웠다.

사람은 태양을 부수고,
바람을 끌어내렸다.

당신이 먹는, 이, 살……
당신이 혈관 속에서
황폐케 하는 이 피는
관능의 뿌리와
나무진에서 태어난
호밀과, 포도알이었다.

당신이 마시는
내 포도주,
당신이 깨무는,
내 빵을……"

M —

우리들은, 절망할 필요가 없습니다. 무한히 흘러가며 변화해가는 이 자연을 조용히 관조할 때, 조금도 서러워할 까닭이 없음을 깨닫게 됩니다. 우리가 오늘 밤 흘릴 눈물은, 어제 아침엔 강원도 산골짜기를 흘러내리던 강물이었습니다. 그리고 이 눈물은 내일 아침 안개가 되어, 야속한 그이의 출근하는 이마에 부딪칠 것입니다. 그러면 그이는 멋도 모르고 그 안개를 들이마실 거예요. 가슴속 깊이, 살 속 깊이, 고만 주무세요……

자정의 고갯마루에 올라섰습니다. 지나온 십일월 구일의 오솔길에 안녕을 고하세요.
그리구 저 발밑에 나려다보이는 십일월 십일의 들길에 새 인사를 보내세요.
그럼 내일 또, 안녕!

M —

18[*]

내 마음 끝까지

M —

　불빛이 한개, 두개 꺼져갑니다. 먼 시골로 떠나는 밤차인가보군요. 기적 소리가 밤하늘을 울리고 갑니다. 두고 온 고향 목메어 부르는 내 마음처럼, 내 마음 끝까지 내 마음 끝까지 이 밤을 헤매는 젊은 꿈길처럼……

M —

　"도시는 죄악을 낳는다."

　미국의 비평가 에머슨의 말을 당신은 곧잘 인용하셨죠?
　그때만 해도 당신의 이런 말씀이 어른들이 흔히 말씀하시는 설교처럼 들려서 제 가슴속에 실감 있게 파고들진 못했어요.
　허지만 세월이 가고 나이가 하나둘 더해갈수록 제 가슴속에서도 어느덧 도시에 대한 역겨움, 혐오가 점점 고개 들기 시작하고 있음을 자각하게 돼요.
　이러다간 제가 정말 모든 것 다 뿌리치고 저 머나먼 시공! 옛 고향으로 다시 돌아가 살게 될지도 모르겠군요.

---

* 이 글은 미완성인 채로 끝나고 있다.

"허영이여 안녕!" 하고 작별을 고하며……

우리 자주 만나던 그 무렵 당신이 즐겨 읊조리시던 영국 시인 예이츠의 시, 「시골로 가자」가 있지요?

"나는 가련다. 곧 떠나련다.
먼 시골로.
거기 가서 흙과 나무로 작은 오막 하나 짓고…… 아홉이랑 콩밭을 갈고…… 한통의 꿀벌을 치고……
벌떼 윙윙거리는 수풀 속에
내 혼자 살 것이다.

그리하여, 내 마음 고요히 안정되어,
아침 안개, 저녁 풀벌레 소리에 평화는 찾아오고,
깊은 밤엔 으스름달
한낮에는 푸른 그늘
해 질 무렵에는
수없는 새들 날아와 지저귀리라

자나깨나 산기슭을 치는
저 나직한 물결 소리.

내,
흙 들길을 걸을 때나

사색에 잠겨 있을 때
가슴속 깊은 곳에
스미어오누나."

M ─

　오늘 밤 이 시를 읽고 보니 새삼스럽게 당신의 목소리가 그리워집니다. 지금쯤 어디 계시나요……
　언제나 말씀하시던 당신의 꿈대로 정말 어느 깊은 산골 호젓한 골짜기에서 통나무로 오두막 집을 지어놓고 낮엔 밭 갈고 밤엔 책 읽고 계시나요?
　새소리…… 바람 소리…… 달빛을 벗 삼고……
　"도시는 죄악을 낳는다"고 말한 에머슨의 말이 아니더라도, 자연으로 돌아가자, 전원으로 돌아가자,고 말하며 사실로 자기 생활의 근거지를 도시에서 시골로 옮겨간 사람들은 많이 있었어요.
　그런 사람들의 얘기에 의해서 영향받은 건 아니지만, 이 피곤하고…… 소란하고…… 먼지만 가득하고…… 보이는 게 지나친 허영과 지나친 사치뿐인 것 같은 도시 생활을 떠나 어디 먼 시골로 가서 살고 싶어졌어요.
　그 무렵 당신이 생각하시던 정신적인 과정을, 아마 요새 제가 겪고 있는 중인가봐요.
　제가 조금 더디군요.

　"저기, 흙과 나무로 작은
　오두막집 하나 짓고,

아홉이랑의 콩밭을 갈고
한통의 꿀벌을 치며,
벌떼 윙윙거리는 속에
내 혼자 살 것이다.”

M ─

19

내 마음 끝까지

M ─

뭐, 그런 사람이 다 있을까…… 여자도 여자지만 같이 가던 남
잔 또 그게 뭐람……
　아, 나른해……

M ─

외모가 아까워. 화려한 옷차림이 아까워.
　반반한 외모, 값비싼 의복 차림에 그게 뭐야.
　차 안에 탔던 손님들이 다 자기를 보고 몇번씩 상을 찌푸리곤
하는데도 그것도 모르고 종점까지 오는 동안…… 유치한 말만 골
라가며 그렇게 떠들어대니…… 숙녀가 그게 뭐야…… 아이 창피

해, 아이 창피해……

뭐라더라? …… 그래, 그래…… 대학교 다닐 때 연애편지 많이
받았다는 얘기하며 …… 그리구 또 따라다니는 남자를 유치하게
골려주고 골탕 먹여줬다는 얘기하며…… 밤 열한시…… 그 시간
에 돌아오는 사람들은 젤 피로한 사람들이 아닐까? 피로한 속에
서도 자기 나름의 꿈들을 안고 차분히 정리해나가면서 돌아오는
시간…… 그 속에서 자기들만 차에 있는 것도 아닌데 되지 않은
유치한 소릴 떠들어대니…… 대학에서 뭘 배웠을까…… 겉으로
봐선 일류 양가집의 따님이거나 일류 사교계의 여왕님 같은 옷차
림하며 반반한 외몬데, 속은 그렇게 텅텅 빌 수가 있을까. 더구나
껌까지, 딱! 딱! 씹으며…… 그런데 그 옆에 같이 앉은 그 남자는
그게 또 뭘까…… 지성이 있는 남자 같으면 한마디쯤 주의시켜줄
법도 한 일인데, 그저 병신처럼 흥흥거리고만 있으니…… 그나
그뿐인가 함께 껄껄대고 웃기까지 사람은 걸 보고는 그 속을 모
르는 법인가봐. 아마 속이 텅텅 빈 사람일수록 그 빈 속을 감추우
려고 금은보석이나 비단으로 외양을 감싸는 것인가봐. 속이 풍부
한 사람은 겉치장을 할 필요가 없는 거겠지. 속이 텅 빈 사람일수
록 겉치장에만 눈이 어두워지는 걸 거야.

M ─

프랑스 시인 발레리가 쓴 시 …… 제목이 뭐더라 … 그래, 그래,
석류…… 석류와 같은 사람이 돼봤으면 …… 알맹이가 꽉 찬 석
류……

"속에 가득 찬 구슬의
그 많고 많은 힘을 견디지 못해
마침내 쪼개진 굳은 석류 껍질이여

아, 바로 내 눈앞에 본다
스스로의 익음에 쪼개져
여윈 고귀한 이마.

아 반만 입을 연 굳은 석류여.
너를 키운 '시간', 슬기롭게도
너로 하여금 이 구슬의 한알 한알을
이처럼이나 굳게 만들어주었는가

황색으로 마른 껍질마저
속으로부터 우러나오는 이 힘의 욕망에
이길 바 없어, 마침내
붉은 구슬이 이슬로 바쉬지고
말았는가."

M —

그 소녀는 잘 있을까…… 그날 밤처럼 아직도 그 광화문 뒷골
목 거리에서 군밤을 팔고 있을까…… 한 열일곱쯤 되었을까……
비록 옷은 걸레쪽을 기워 입은 남루한 것이었지만 군밤을 싸주면
서 상냥하게 웃던 그 눈빛은 티없이 맑았어. 군밤을 구우면서 그

녀는 석간신문을 읽고 있었지…… 어느 면을 읽나…… 궁금해서
슬쩍 들여다보았더니…… 문화면 학예란을 읽고 있지 않아?

아, 감사해라…… 아 흐뭇해라……

M —

"속에 가득 찬 구슬의
그 많고 많은 힘을 견디지 못해
마침내 쪼개진 굳은 석류 껍질이여."

다이아몬드 보석보다도 더욱 영롱하게 빛나는 그 한사발의 석
류알…… 그러나 그 아름다운 석류알을 가슴속에 간직하고 있으
면서도 그 석류껍질은 거칠거칠하여 흡사 거지의 남루한 옷차림
같애……

속에 간직하고 있는 알맹이가 하나도 없어 그저 유치하게 아무
데서나 떠들어대고 딱! 딱! 껌이나 씹는 여인……

속에 뭣이 들어 있는지 모르게 신비스런 미소를 살짝 지으며
조용히 고개 숙이고 살아가는 소녀……

신문을 읽으면서 군밤 팔던 소녀여……

내일 밤에도 그 자리에 꼭 나와줘요. 만나보고 싶어…… 내일
까지 그럼 안녕……

20

내 마음 끝까지

M ─

무지갯빛 마음이 비단 안개 속을 소요하는 시간입니다. 하루의 일과에 지친 내 육신을 조용히 벗어놓고 무지갯빛 꿈길이 비단 안개 속을 소요하는 시간입니다. 내 마음 끝까지……
저 지평선 끝까지……

M ─

"갑갑한 여자보다
좀더 가엾은 것은
쓸쓸한 여자예요.

쓸쓸한 여자보다도
좀더 가엾은 것은
병상에 누워 있는 여자예요."

로랑생 지음 「갑갑한 여자보다」라는 시의 첫 구절이었습니다.
프랑스의 여류 시인이며 화가이기도 한 로랑생의 이름은 이미 우리나라에도 여러번 소개가 된 적이 있었죠. 세계적인 화가 삐까소하고는 퍽 가까운 친분관계가 있었대요.

이 시의 다음 구절을 제가 읽어볼게요.

"병들어 누워 있는 여자보다
더 한층 가엾은 것은
버림받은 여자예요.

버림받은 여자보다
더욱더 가엾은 것은
의지할 곳 없는 여자예요.

의지할 곳 없는 여자보다
좀더 가엾은 것은
쫓겨난 여자예요.

쫓겨난 여자보다도
더욱더 가엾은 것은
죽은 여자예요.

죽은 여자보다
한층 더
가엾은 것은
잊혀진 여자예요."

M —

이조시대의 여류 시인, 황진이는 "인생은 끊임없는 이별"이라고 말했습니다.

우리들 일생은 끊임없는 이별과, 또한 끊임없는 새 만남 속에서 명멸하고 있어요. 학교 가기 위해서 또는 직장에 출근하기 위해서 우리들은 아침에 집을 떠납니다.

이때 집안 식구들과 "잘 다녀와요!" "잘 있어요!" 하며 헤어지는 것도 이별은 이별입니다. 그러나, 집에 남아 있는 사람도, 밖에 나간 사람도, 서로를 잊어버릴 순 없어요. 집안 청소를 하면서, 밖에 나간 식구들의 얼굴을 하나하나 생각합니다. 밖에 나가 사무를 보면서도 집안에 남아 있는 식구들 얼굴을 틈틈이 생각합니다. 그건, 이러한 가족관계가 혈연이라고 하는 뜨거운 숙명으로 맺어져 있기 때문입니다.

그러나 남녀의 사랑은, 이와는 사정이 많이 달라요.

특히 고도로 기계화한 현대사회에선 방정식이 전혀 달라졌어요.

자칫하다간 잊혀집니다. 차단기가 전후좌우로 떨어져 내립니다. 우리의 정신은 밀폐되어버려요. 우리의 정신을 밀폐해버리는 이 차단기들은 대개가 비정한 물질적인, 화폐 냄새 풍기는 금속들이에요. 그것이 벽이 되어, 그 사람과 나와의 사이를 가로막아 버립니다.

사랑하는 사람에게서 잊혀지지 않기 위해서는 물질보다도 더 중요한 것, 화폐나 기계보다도 더 소중한 것, 즉 정신적인 분위기, 정신적인 매력을 항상 지니고 있어야 합니다.

이별만이 두 사람을 잊어버림으로 갈라놓는 것은 아닙니다.

사랑하는 사람이 함께 붙어 앉아서 시간을 보내면서도 서로를

436

잊어버리는 수가 많이 있습니다.

이야기를 서로 주고받는다 해서, 잊어버리지 않은 증거라고 안심할 수는 없습니다. 겉으로는 잊어버리지 않았기 때문에 얼굴도 알아보고 이름도 기억하고 이야기도 오손도손 나눌 수 있겠죠. 그러나, 겉으로 나도는 기억력이 즉 사랑이라고 생각하면 큰 오산입니다.

두 사람의 본마음, 본바탕 속을 흐르고 있는 깊은 마음의 강물이 문제입니다. 깊은 마음을 돈이나 보석으로 살 수가 없습니다. 깊은 마음은, 깊은 마음으로만 살 수가 있습니다. 깊은 마음의 매력, 깊은 마음의 정성을 지니고 있으면 영원히, 아무에게도 잊혀질 일이 없을 것입니다.

"죽은 여자보다도
더욱더 불쌍한 것은
잊혀진 여자예요."

사랑하는 사람으로부터 잊혀지지 않기 위해서, 마음의 매력을 가지도록 애써야 되겠어요. 마음의 본위를 지니도록 노력해야 되겠어요.

M —

이제 불을 끄십시다. 그리구, 아늑한 밤의 손길 속에 우리의 몸과 마음을 떠맡겨둬요. 그럼, 또, 안녕.

21

내 마음 끝까지

M —

창밖엔 밤의 파도가 물결치고 있습니다. 하늘의 별들도 우리의 머리맡에 은빛 속삭임을 보내고 있습니다. 당신과 나의 진주빛 마음도 가벼운 나래를 저으며 끝없이 끝없이 저 하늘가를 헤매일 시간이군요……

M —

"행복이란, 뜨거운 사랑을 남에게 주는 데서 얻어지는 것이다."

일찍이 러시아의 문호, 똘스또이가 한 말이었어요……
어쩌면…… 이 한마디, 잠자던 우리들의 가슴을 깊이깊이 울려주는군요!

남에게 사랑을 주는 일……
남에게 보수도 없이, 조건도 없이, 그저 무조건 뜨거운 사랑을 보내는 일…… 받는 사랑, 기다리는 사랑이 아니라, 엄마 사슴이 새끼 사슴을 생각하듯, 그렇게 목숨을 건 무진장한 사랑. 태양이 지상에 있는 초목들에게 빛을 보내주듯 그렇게 가슴 넓은 사랑……

　소월…… 길지도 않은 서른 세상의 일생을, 주기만 하는 사랑, 꽃잎처럼 흩뿌려지기만 하는 사랑으로 목메이게 지향 없는 연인을 부르다 돌아간 시인 소월……
　그의 「초혼」을, 오늘 밤 당신의 아늑한 이부자리 곁에 선사합니다.

"산산히 부서진 이름이여!
허공중에 헤여진 이름이여!
불러도 주인 없는 이름이여!
부르다가 내가 죽을 이름이여!

심중에 남아 있는 말 한마디는
끝끝내 마저 하지 못하였구나.
사랑하던 그 사람이여!
사랑하던 그 사람이여!

붉은 해는 서산마루에 걸리었다.
사슴의 무리도 슬피 운다.
떨어져 나가 앉은 산 우에서
나는 그대의 이름을 부르노라.

설움에 겹도록 부르노라.
설움에 겹도록

부르노라.

부르는 소리는 비껴가지만
하늘과 땅 사이가 너무 넓구나.

선 채로 이 자리에 돌이 되여도
부르다가 내가 죽을 이름이여!
사랑하던 그 사람이여!
사랑하던 그 사람이여!"

M —

　요새 우리 주위에 있는 많은 사람들은, 어떻게 하면 남에게서
많은 사랑을 받을 것인가…… 남의 사랑을 독차지할 것인가……
하고 받을 것에만 온 신경을 쏟습니다.

　남에게서 던져지는 사랑을 기대한다는 것은, 그 자세가 피동
적이고 수동적이기 때문에 언제나 흡족하구 만족스러운 것일 수
는 없어요. 그래서 요새 사람들은 흔히 "좀더! 조금만 더! 조금만
더!" 하고 남에게서 일방적으로 던져지는 사랑을 기대하다가 실
망하고 불만스러워하고 절망하곤 합니다.
　소월은 이 세상에서 가장 행복스러운 사람 가운데 한분이었을
거예요.
　주면서 행복을 맛보는 사랑. 받기는 어렵지만, 주는 것에는 제
약이 없습니다. 가시줄이 없습니다. 노을빛으로 물든 나의 사랑

을, 꿈을, 그 누구에게 주어도 아무도 방해하지 못합니다. 길가에 피어 있는 아네모네 꽃에게 내 붉은 마음을 보내든, 하늘 날아가는 구름에게 보내든 어느 사람에게 보내든 자유입니다. 내 붉은 마음 불살라버리고 싶은 꽃이든, 새든, 나무든, 사람이든, 그 대상을 찾고 싶어요. 그리고 내 몸과 마음을 훨훨 불태워버리고 싶어요.

M —

하늘에선 은하수가 자정을 가리키고 있습니다.
이제 그만, 당신과 나만의 포근한 물결 속으로 빠져들어갈 시간입니다. 그럼 내일, 다시, 안녕.

"선 채로 이 자리에 돌이 되여도
부르다가 내가 죽을 이름이여!"

22*

내 마음 끝까지

M —

기다림의 뜨락으로 그림자의 발자욱이 지나가는 시간입니다.

---

* 이 글은 미완성인 채로 끝나고 있다.

빠알간 홍시가 매달려 있던 자리에 기다림의 꽃이 창백하게 피어나는 시간입니다.

내, 마음, 끝까지……

M ─

겨울이 오면 봄도 머지않았으리라고, 옛 시인들은 노래했습니다. 눈보라치는 한겨울의 추위 속에서도 그들은 벌 나비 날아드는 화창한 봄날의 들판을 마음속으로 기다리며 그날의 상황을 즐겼던 것입니다.

기다림……

기다리며 사는 사람들……

우리들은 기다리며 사는 사람들입니다. 아침엔 밤을 기다리고 밤이면 아침을 기다립니다. 봄엔 여름을 기다리고 여름이면 가을을 기다립니다. 고독한 사람은 연인이 생길 날을 기다리며 살아가고 애인과 함께 지내는 것이 권태스러워진 사람은 그 애인이 조용히 돌아가줄 시간을 기다리며 살아갑니다. 어떻게 생각하면 우리들은 모두가 기다리며 사는 사람들입니다.

옛날 백제 땅의 한 여인은 장에 간 남편이 돌아오기를 기다리면서 달 밝은 밤 뒷동산에 올라 「정읍사」를 읊었습니다.

춘향이는 옥중에서 이도령을 기다립니다.

부록

석림 신동엽 실전(失傳) 연보*

1

1948~49년 무렵 좌경 학생운동 단체에 가담했던 연고로 전주 사범학교를 퇴학당한 그는 고향에 돌아와 있었다.

남북전쟁(한국전쟁)이 터지고 1950년 7월 10일경부터 시작하여 1950년 9월 하순경 부여군(扶餘郡)인민위원회가 후퇴할 때까지 80여일 동안 석림(石林)은 부여군인민위원회 선전선동부에서 일

---

* 신동엽 실전 연보는 신동엽의 부여시대 문학동인인 '야화(野火)' 회원 노문(盧文)이 인병선 여사에게 보낸 편지글 형식으로 되어 있다. 이 글은 신동엽이 한국전쟁 기간 동안 '민청' 활동을 한 것과 산으로의 피신 기간 동안의 불명확한 부분을 밝혀주는 중요한 문건이다. 노문은 이 글을 써서 보낸 후 '야화' 문학동인들에게 미진한 부분의 수정 보완을 요청한 바 있다고 이 글에서 밝히고 있다. 이 글의 뒷부분에는 인병선 여사가 노문에게 보낸 글도 참고자료로 첨부한다. 이 자료를 통해 당시 야화 동인은 신동엽을 비롯 노문, 소연(素然) 구상회(具尙會), 백영(白影) 조선용(趙仙用), 유옥준(兪鈺濬), 이상비(李相斐), 유진황(兪鎭潢), 김종덕(金鐘德) 등으로 구성되어 활동한 것으로 밝혀진다.

했으며, 주로 마을 순회강연을 많이 하였다 한다. 민주청년동맹(民主靑年同盟, 약칭 민청)도 모두 함께 모여 있었다.

그가 노동당(勞動黨)에 언제 입당했는지 또는 입당하지 않았는지 모른다. 또 언제 민청에 가맹(加盟)했는지도 확실하지 않다. 당시 민청 가맹은 의례적인 절차에 불과했다.

2

1950년 9월 하순경 중부전선이 차단되자 그는 부여군보위부, 부여군인민위원회를 따라 후퇴하였는데, 부여군 초촌면(草村面)에서 초촌면 소방대장 집에 들러 며칠 정세를 살피다가 다시 후퇴부대를 따라 공주 상월면 계룡산을 거쳐서 대둔산 루트를 따라 남하했다.

점차 전황은 악화되었고 부득이 그는 인민군을 포함한 후퇴부대를 따라 대둔산을 경유하여 지리산으로 이동하던 중 덕유산 부근에 이르러서 부대를 이탈하여 단신 피난길에 나선 것으로 짐작된다. 왜 그가 중도에 그러한 결심을 하게 되었는지는 알 수 없다. 거기에 대하여 그는 아무에게도 말하지 않았고 우리도 알려고 하지 않았다.

석림은 평소 덕유산과 지리산을 유달리 좋아했다. 물론 설악산도 좋아했다.

당시의 인민군 후퇴부대는 북조선 최고사령부의 작전지시에 따라 대체로 덕유산을 경유하여 지리산에 들어가 이현상(李鉉相)

빨치산 부대에 흡수되어 거기에서 상당 기간 항거를 계속 하였으나 군경합동토벌대의 본격적인 지리산 공비토벌작전 개시로 3년 뒤에는 거의 전멸하였다.

1953년 9월 27일 지리산에서 남부군 사령관 이현상이 사살된 뒤 지리산 남부군은 일시에 와해되었다. 사망 당시 이현상은 김일성의 평양 소환을 거부한 상황 중에 있었다.

이해 가을에 최후의 빨치산 부대인 충청남도 노동당 선전선동부장 일행 4명의 빨치산 잔당이 지리산을 빠져나와 북상 탈출 중 나무꾼에게 발각되어 부여군 초촌면 산악지대에서 장시간 교전을 벌인 사건이 발생했다. 이 교전에서 빨치산 연락병 1명이 현장에서 사살되고, 여자 빨치산은 중상을 입었는데 부여경찰서에 옮겨져 응급치료를 받는 중 사망했다. 진주여고 출신인 이 여비서는 오빠가 당시 군산검찰지청 검사라고 실명을 남겼다. 이 미모의 여자 빨치산은 선전부장의 내연의 처이기도 했다.

선전선동부장과 부여 연락책(부여 자왕리 출신 남로당원)은 총상을 입고 도망가다 체포되어 부여경찰서 유치장에서 40여일 넘게 총상 치료를 받으면서 조사를 받았다.

둘 다 중상 치료 중이었기에 취조에 어려움이 있기도 했으나, 사실 그들에게는 고압적인 재래식 취조가 전혀 불가능했다. 그들은 전형적인 빨치산으로 이념의 화신이라 할 만했다. 자신의 소속과 이름 이외는 한마디도 말하지 않았다. 일주일을 그런 실랑이가 반복되었다.

마음씨 좋은 충청도 시골 사찰계 형사들의 적수는 처음부터 아니었다. 그래서 궁여지책으로 북조선 정권에서 공산주의 교육을 5년쯤 받은 내가 적임자로 지명되었다.

책도 여러권 넣어주고, 소련공산당 당사(黨史)를 놓고 이데올로기 토론도 몇날 계속 했다. 취조는 밀어두고 그렇게 고향 이야기, 빨치산 이야기, 전설적인 이현상 부대장 이야기, 러시아문학 이야기 등으로 한달 넘게 보내고, 총상도 거의 회복될 때쯤 어느 화창한 가을날 오후 읍내 이발사를 불러서 경찰서 뒷마당에서 말끔히 그들의 이발을 시켰다. 그랬더니 놀랍게도 그가 제의해와서 그날 밤부터 나는 검찰에 송치할 최소한의 서류를 꾸밀 수 있었다. 그는 내게 신세를 갚는다는 그런 표정이었다. 그래서 체면 구기는 일은 조금 면한 셈이 됐다.

그들은 청양 칠갑산 줄기를 넘어 태백산맥을 종주해서 입북할 계획이었다고 했다. 거쳐온 지점과 경로는 비교적 상세히 진술했으나, 북상 중의 루트와 접선 거점은 전혀 계획에 없는 독자 공작이라고 주장했다. 조서는 그것으로 끝냈다.

그가 강경검찰청 호송 책임자로 나를 간청해서 이례적으로 서장의 지프차로 그들을 호송한 일이 있다. 검사에게 신병인도를 끝냈더니 그가 정중히 허리를 굽혀 "그간 고마웠습니다"라고 인사를 해서 수갑 찬 그와 작별 악수를 했는데 그의 눈이 붉어져 있었던 것을 기억한다. 하얀 얼굴의 미남 인뗄리겐찌야 투사였다.

그들은 강경검찰지청을 거쳐 대전형무소에서 사형이 집행되었다.

사실상 그들이 한국에서의 최후의 빨치산인 셈이다.

이 사건에 대하여는 석림에게도 소상히 이야기해서 그도 잘 알고 있다.

당시의 전리품 중에 독일제 세미판 소형 카메라, 세이코(seiko) 회중시계, 소련제 권총, 모스끄바 출판본인 쏘비에뜨러시아 공산당 당사 등은 내가 소망해서 특별히 개인 소장이 허락되었다. 물론 조서와 작전보고서에서는 누락되었다.

그중 선전선동부장의 회중시계는 석림에게 선사했다. 별다른 뜻은 없었으나 그냥 그에게 주고 싶어서 그랬다. 그 회중시계는 부여 집 그의 책상 앞 벽에 사슬 줄에 매달려 오래 걸려 있었다. 카메라는 여비서관 배낭에 들어 있었는데, 우리들 부여 시절의 사진은 모두 그 카메라가 있어서 가능했다. 당시 부여에서는 유일한 카메라이기도 했다. 후일 소련제 권총은 내 하숙집 주인의 사위인 ○○○* 형사가 몹시 탐을 내서 구두 한켤레와 바꿨다. 나는 그 구두를 신고 부여를 떠났었다.

소련공산당 당사는 1960년 중반까지도 서울 길음동 내 서가에 꽂혀 있었는데 군 정보부의 고향 친구가 빌려가는 형식으로 압수(?)되었다. 당시로는 1급 금서(禁書)였으니 그의 우정을 수긍할 수 있었다.

---

* '야화' 동인의 이름 외에 인명을 이 전집에서는 묵자 처리하였다.

3

석림의 작품 중 "하늘을 보아라"의 이미지는 이 초촌면 산악전투 중 빨치산들이 전투 막판에 굴속에서 여러번 외친 구호인데, 그때 전투상황을 석림에게 상세히 들려줬더니 "하늘을 보아라! 그 말 내게 팔아라" 해서 국화주 한 항아리에 넘겨준 일이 있다.

시집 『금강』의 제목도 처음에는 '하늘을 보아라'로 그가 잡았는데 대작에 어울리는 제목이 아니라는 친구들의 충고를 받아들여 바꿀 정도로 그 말은 그가 평생 집착하는 이미지가 되었다. 물론 나는 그 비슷한 말도 평생 내 글에는 쓰지 않았다.

전쟁 중 부여에서 덕유산에 이르는 퇴각작전 중에 석림은 실제로 전투를 경험하지는 못하였겠지만, 후퇴하는 과정에서 지리산으로 패퇴 집결하는 인민군부대와 토박이 빨치산들과는 얼마간 함께 생활할 수 있었을 것이다. 아마도 이 후퇴작전은 한달 남짓 걸렸을 것이고, 따라서 석림의 산악행군 종군(從軍) 경험도 그 정도에 불과하리라 짐작된다.

이 무렵의 경험에 대하여 그는 아무에게도 일관성 있게 사실을 밝힌 바가 없다. 그가 오랜 기간에 걸쳐 간간이 조심스레 밝힌 단편적인 이야기들을 연결하는 작업만이 줄거리의 연결을 가능케 했다.

또한 친구들 중 그 누구도 그 무렵의 그의 행적에 대하여 구체적으로 아는 사람이 없다. 그런 일은 덮어두는 것이 예절인 시기이기도 했던 것이다. 다만 단편적으로 그가 여러 사람에게 이것저것 이야기한 것들을 모아서 여기에 줄거리를 만드는 탓에 다소 애매하게 표현이 되기도 했다.

우리 친구들 모두는 석림이 그럴 수밖에 다른 방도가 없었을 것이라는 생각을 하고 있을 뿐이다. 또 일부 내 불확실한 표현은 확실하지 않아서가 아니라, 그렇게 표현하고 싶어서이기도 하였다.

그의 작품 중에 그러한 빨치산 종군 경험이 엿보이는 대목들이 여러군데 있다고 하여 문단의 몇몇 극우적 성향 인사들의 분란을 불러일으킨 사안도 한두번 있었던 게 사실이다. 그래서 검찰에서도 조선일보에 문제를 제기한 일이 있어서, 검찰에 소환됐을 때 심문에 대처할 상황에 대비해 진술방법을 여러모로 의논한 일도 있었다. 그 무렵 그는 많이 긴장해 있었다. 이 사건은 일단 무사히 넘어갔으나 응어리는 오래 남았다.

앞에서 언급한 초촌면 소방대장과의 인연은 인민군이 부여를 점령하였을 당시, 부여로 체포되어온 소방대장을 석림이 힘써서 석방케 하여 화를 모면하게 한 사연이 있었다고 소연(素然)이 들은 바 있다고 했다. 그의 이름은 모른다.

4

1950년 가을, 지리산으로 후퇴 입산하는 인민군 후퇴부대에서 이탈하여 독자행동에 들어간 석림은 1951년 1·4후퇴 무렵까지 피난민에 섞여서 여기저기 전전하다가 급기야 제2국민병에 입대하여 대구 근교의 방위군 부대에서 훈련을 받았다. 이것으로 신분의 안전과 숙식이 한꺼번에 해결되는 묘책이 강구된 셈이었다.

얼마 후 방위군이 해산되자 그는 적당한 은신처를 또 잃은 셈이 되었다.

그는 고향 부여에 돌아갈 수 없었으므로 무작정 남하, 방랑하다가 밀양에 이르렀다. 허기에 못 이겨서 어떤 여관을 찾아들어 요기를 청하였는데, 그 여관집 주인의 호의로 그 여관에서 일하며 몇달을 기거하게 되었다. 그 여관집 주인은 시골에 묻혀 사는 문학애호가였는데, 그 여관이 그 지방의 문학애호가 집회소 같은 구실을 하고 있었다고 그는 술회하였다. 거기서 그는 '잠바이상'이라는 이름으로 불렸는데, 그것은 여관 손님을 역이나 정류장에 나가 인객하는 사람을 지칭하는 별칭이라 했다.

처음 얼마 동안은 어찌나 밥을 많이 먹었는지 밤낮으로 졸려서 흡사 짜구난 강아지 같았다고 말하면서 그는 몹시 웃었다. 그 여관의 '잠바이상' 몇달에 그는 건강을 완전히 회복하였다. 그 여관집 주인은 석림의 피신 사정에 대하여 한번도 물어본 적이 없었다고 했다.

밀양을 떠나온 뒤 그들은 다시 만날 인연이 없었다 한다.

5

그로부터 얼마 후 그는 밀양을 떠나 대구로 다시 올라왔다. 거기서 그는 호구지책으로 잠시 양담배 장사를 했는데, 여비를 마련하는 데 도움이 되었다고 한다. 양색시에게 양담배를 받아서 역전 부근에서 목판에 들고 다니면서 팔았다고 한다. 돈이 조금 모이자 그는 류색에 오징어를 지고 장을 돌면서 장돌뱅이 오징어 장사도 해봤는데 장사가 잘되지 않았다. 비위가 약해서 소리를 크게 질러댈 수 없어서 그리 되었다고 그는 몹시 웃어댔다.

6

그렇게 전전하다가, 전선이 다소 안정되자 그는 고향에 가기로 했다. 인공 당시 잠깐 사회주의 이념 강연이나 하러 다닌 일밖에 없으니, 누구에게 원망 들을 만한 일은 없었다고 그는 사태를 쉽게 생각하였다.

그래서는 그는 1951년 3월에 귀향길에 올랐다. 그는 4월에 부여에 도착할 수 있었다.

7

귀향한 그는 경찰에 의해 정식 입건되지는 않았다.

그의 부친이 부여 읍내에서 오랫동안 행정사법서사로 일해오면서 쌓아놓은 인덕으로 하여 경찰에서는 덮어두었던 것 같다. 부여경찰서 사찰계 ○○○, ○○○ 형사에게 들은 말이다. 그들 모두 부여 사람들이다.

물론 몇차례의 경찰 조사는 받았으나, 그의 부친이 보증하고 해서 무사히 풀려났다고 했다.

당시의 조서들은 얼마 후 폭주되는 서류들과 함께 부여경찰서 서류창고에 쌓여 있다가 어떤 "숨은 호의(好意)"(?)에 의하여 폐기서류에 묻혀서 소각 유실(遺失)(?)되었다.

당시의 사찰계 형사들의 말에 의하면, 여러 사람들로부터 빨갱이로 지목도 되고 여러차례 투서로 고발되기도 했으나, 인공 당시 큰 과오를 저지른 것도 아니고 나이 어린 사범학교 학생인데다, 또 초촌면 소방대장의 구명(救命)사건 등도 뒷받침되어 사법처리는 덮어두었다고 한다.

다만 요시찰인명부(要視察人名簿)에 등재되어 그의 동태는 계속 감시되고 있었다. 그러나 이것 역시 그가 군복무를 끝낸 뒤에는 요시찰인명부에서 자연스럽게 해제되었다.

후일 그가 명성여고 교사로 임명될 때에도 부여경찰서의 신원조회상의 문제점은 전혀 없었다. 그때 이 일로 걱정이 돼서 내가 부여경찰서 사찰계의 지인에게 편지를 보내기도 했었다.

8

귀향 직후 경찰의 조사가 일단락된 뒤에도 학도호국단이나 대한청년단 측의 석림에 대한 불만은 계속 남아 있어서 사태가 심상치 않았다. 1951년 6월 어느날 저녁에 그는 학도호국단 간부들에게 끌려갔다. 부여읍 동남리 부여성결교회 방공호에 끌려간 그는 거기서 인공 때 부역한 노동당 빨갱이로 몰려서 모진 고문을 당했다. 그때 조선용(趙仙用)도 그리 끌려와 곤욕을 당했다. 곡괭이 자루로 무차별 구타당한 그는 몇번이나 실신했고, 생명이 위태로운 지경에 이르렀는데, 그의 부친과 읍내 어른들이 중재해서 일단 풀려나게 되었다.

당시 전국 어디에서나 흔히 볼 수 있었던 "눈먼 전쟁의 후유증" 같은 것이었다. 그가 전쟁 전에 남로당에 입당하였다는 기록은 어디에도 없으며, 그도 말한 일이 없다. 당시 민주청년동맹 가맹은 의례적인 것이었으니 문제될 게 없었다.

9

그의 부모가 구사일생으로 목숨을 건진 그를 즉시 대전으로 피신시키고 상처를 치료하도록 했으나, 골병 든 어혈은 평생 그를 괴롭혔다. 주산농고 교사 시절의 폐디스토마, 서울 시절의 폐결핵, 간염을 거쳐 간암에 이르는 그의 병력(病歷) 역시 이 무렵의 어혈에 그 원인이 있다 할 것이다.

대전에 살면서 건강이 회복되기를 기다려서 그는 대전 전시연합대학에 등록하였다. 이때가 1951년 9월쯤이 될 것이다. 여기서 석림은 공주의 구상회(具尙會), 부여의 조선용을 다시 만나게 된다. 이들의 대전시 대흥동 시대가 개막된 것이다.

조선용은 부여에서 석림과 같이 끌려가서 학도호국단 방공호에서 곤욕을 치렀으나 그 역시 부여에서 오래 정미소를 경영하던 부친의 후덕한 덕행에 힘입어 석림과 함께 다행히 살아날 수 있었다. 석림은 6·25전쟁 전 1948~49년 무렵의 좌경학생운동에 연루되어 전주사범학교에서 퇴학당한 터이고, 조선용 역시 강경상업고등학교에서 좌익학생 분자로 몰려 퇴학당한 처지였다. 물론 이들은 후일 모교로부터 모두 추가졸업장을 받았다.

10

다음 해인 1952년 석림과 구상회는 부산 전시연합대학으로 적을 옮겼고 조선용은 서울로 학교를 옮겼다. 석림은 부산에서 단국대학 사학과를 1953년에 졸업하였다. 조선용은 국학대학으로 학교를 옮겨서 1954년에 서울에서 졸업하였다. 부산에서 대학을 마친 석림은 부여로 돌아가고, 구상회는 고향인 공주로 돌아갔다.

시국은 어느정도 안정되었고 남과 북 피차간에 원한은 어지간히 삭은 뒤였다.

11

미스 ○ 사건.

부산에서 귀향할 때 그는 구상회의 부탁으로 '미스 ○'을 부여로 데리고 왔다. 그의 집에 기거케 하였는데 미스 ○은 뒤에 다방에서 일하게 되었다. 구상회에 따르면 '인간구제(人間救濟)'라는 명목이었다고 한다.

후일, 어찌 된 일인지 미스 ○의 허위정보로 하여 형사들이 석림네 집을 여러날 잠복 감시하느라고 헛고생만 하였다는 촌극도 있었다. 이 일은 내가 뒤에 사찰계 형사들에게서 직접 들은 이야기이다. 석림은 물론이고, 당시 경찰서에 근무하고 있던 나를 포함한 석림 친구 여러 사람이 함께 사찰계 형사들의 감시를 받았다는 말이 된다. (유옥준兪鈺濬, 유진황兪鎭潢, 조선용, 김종덕金鐘德, 이상비李相斐, 규암의 김모 등)

어떠어떠한 모양의 버클이 달린 혁대를 매고 간첩이 접선하러 온다는 허위정보였다는 게다. 결국 이 일은 석림을 겨냥한 미스 ○의 질투가 빚어낸 촌극이었을 가능성이 크다는 형사들의 이야기였다. 미스 ○은 떠났고, 이 일은 미스터리로 남았다. 실로 살벌한 세월이었다.

이 무렵 우리는 부여의 '늘봄다방'에 저녁마다 모이곤 했는데, 하루는 술자리를 마치고 다방에 들른 부여중학교 교사들 중 석림의 초등학교 동창생에게 심한 폭언과 모욕을 당한 일이 있었다. "빨갱이 새끼들은 여기서 나가라"는 폭언을 한참은 속수무책으로 듣고만 있어야 했다. 군청 주사인 유옥준도 있었고, 교육구청 유진황 주사도, 경찰서 사찰계의 나도 있었다. 그런데도 그런 모욕을 당했다. 당시는 그런 일이 흔하게 있었다.

순찰 중인 순경을 불러서 음주소란, 폭행, 공무집행 방해죄 등 현행범으로 그를 현장 긴급구속 하라고 명령하기에 이르렀다. 그런데 일행 중의 부여중학교 교감과 황해도 사람인 훈육주임 ○○ 등이 학교 자체적으로 도청에 징계 상신을 하겠다고 사정해서 구속은 철회했었다. 전시 비상계엄 상태였으니 긴급구속이 흔한 때이기도 했다.

그는 면직이나 타교 좌천 또는 감봉 처분을 면할 길이 없었다.

그런데, 또 석림의 간곡한 요청으로 나는 그나마도 취소되도록 하고 용서할 수밖에 없었다. 다음 날 아침에 교장을 만나서 징계 상신은 취소하라는 석림의 용서를 알림으로써 이 일은 마무리되었다. 그 교사는 석림을 찾아와서 정중한 사과를 했고 얼마 후에 전근돼 부여를 떠났다. 한참 뒤에 석림에게 들은 이야긴데 방공호에 끌려가서 무차별 폭행을 가할 때 그도 거기서 한패로 합세했던 사람이라 했다. 은혜로 갚아준 셈이다.

12

석지(石志)란 여인은 누구인가? 그녀는 장흥 출신으로 여자 빨치산이었다. 석림은 대전 연합대학 시절에 공주교도소에서 형기 만료로 석방되어 나온 그녀를 만나게 되었는데 구상회의 인연이라 했다. 그뒤 그녀는 부여군청 원호계에 주사로 근무하던 유옥준의 알선으로, 부여군 규암면 합송리에 있는 고아원에서 보모로 일하면서 석림, 구상회, 유옥준, 조선용, 김종덕, 유진황 등과 자주 만났다. 그런 유형의 이지적인 여인은 처음 대하는 터라 그들에게는 새로운 충격이었을 것이다.

뒤에 들은 이야기인데, 부여경찰서 사찰계는 이것을 계속 지켜보고 있었다고 했다. 유옥준은 부여 생활을 부여군청 가까이에 있던 석림 집 사랑에 하숙하면서 시작했었다. 그 무렵에 조선용이 대전교도소에 수감 중인 복역자 ○○○(여자)을 친척을 가장하여 면회하고 온 사실이 있는데, 아마도 석지가 석림에게 부탁하여 조선용이 가게 된 것 같다는 유옥준의 회고이다. 그 여자가 누구인지 그후에 어떻게 되었는지 잘 모른다고 했다.

석지와 관계가 있는 여자라고만 기억한다. 뒤에 규암 합송리 고아원에도 잠깐 석지와 같이 있었다는 말도 있었다. 규암 고아원에는 분이(?)라는 처녀도 석지와 함께 있었다는데 한때 ○○이 결혼한다고 열을 올렸다고 들었다.

13

석림과 구상회는 1953년 가을에 포천에 있는 육군 제6군단 정훈부에 현지 입대하였다. 그들은 거기서 1년 6개월 복무하고 제대하였다. 구상회의 외가 편에 대단히 청렴한 장군이 한분 있었다고 들었다. 그분의 주선으로 훈련 없이 현지 입대되었다 한다.

14

1953년 6군단 입대 전인 서울 룸펜 시절에 석림은 석지와 한때 한집에 살기도 했다. 석림이 갈 곳이 없었기 때문에 석지의 이모(?)네 집에 얼마간 얹혀 있었으리라고 짐작된다. "장사하는 석지 이모가 나가고 없으면 마치 우리 둘이 살림하는 집 같았다"고 석림은 당시를 회고하기도 했다.

석지와 석림의 관계는 이념 때문에 상처 입은 서로의 처지로 해서 조성된 상호 연민이 그들을 가깝게 하였다고 할 수 있다. 1953년은 조선용의 하숙이 있었던 안암동 하숙집에서 아닌 밤중에 이불 짐 짊어지고 둘이 함께 쫓겨난 사건도 있었던 해이기도 하다. 속칭 "국회 사건"이다. 그들은 그날 밤 통행금지 시간 중에 책, 이불 짐 등을 나누어 짊어지고 안암동 고대 뒷산을 넘어 빨치산들처럼 돈암동 석림의 하숙방까지 산길 잠행(潛行)에 성공했다고 한다.

15

나는 백영(白影) 조선용을 1951년 가을에 석림네 집에 세 들어 살던 피난민 양계업자 ○○○과 그의 친구인 청진여고 문학교사였던 ○○○의 소개로 알게 되었다.

소연 구상회는 1952년 여름에 조선용의 소개로 알게 되었고, 석림은 내가 1952년 가을에 군에서 휴가로 귀향하였을 때 처음 만날 수 있었다. 그뒤에 이상비는 유옥준의 소개로 만났고, 유진황, 김종덕 등 우리는 모두 그런 연줄로 만나게 되었다.

'야화동인(野火同人)' 모임은 이렇게 해서 시작되었다.

당시 나는 부여경찰서 사찰계에 근무하고 있었으니, 그들과 나의 만남은 다소 의외의 인연이 아닐 수 없다. 공산주의에 의해 고향에서 쫓겨난 북쪽의 문학청년과 사회주의 활동으로 하여 곤욕을 치르고 살아난 남쪽의 문학청년들의 뜨거운 교우는 문학이 있어서 가능했으리라 생각된다.

16

우리들의 이승에서의 프로그램은 정말로 예사롭지 아니하다
는 느낌이다.

1950년 7월 10일경 석림이 부여군인민위원회 선전선동부에서
완장을 두르고 강연을 시작한 그 무렵인 1950년 7월 나는 함경북
도 주을역(朱乙驛)을 막 지난 지점쯤에서 인민군 호송열차에서 목
숨을 건 야간 탈출을 감행하여, 800리 먼 길을 몸을 숨겨 이모부
와 함께 삼수(三水) 중흥사(重興寺)로 향하는 중이었다.

또, 1951년 9월 석림이 부여에서 곤욕을 치르고 대전으로 도피
하여 전시연합대학에 적을 두었을 무렵인 1951년 10월쯤에, 나는
병역을 대신해 현지 입대한 지리산 공비토벌 전투경찰대에서 한
달 만에 사무착오로 인해 뜻밖의 부여경찰서 전보 명령을 받았던
것이다.

서로 다른 차원의 먼 궤도를 달려온 이 별난 별들의 기이한 만
남이야말로 이 나라 이 민족이 겪어야 했던 희한한 비극의 상징
이라고나 할 것인가. 그로부터 석림과 나의 연업(緣業)은 비롯되
었다.

17

신동엽 그는 공산주의자도 아니고, 빨치산도 아니다. 그는 무
정부주의자이며, 니힐리스트였다. 그는 "세련된 사회주의"를 꿈

꾸던 이상주의자일 뿐이었다.

어쨌든 그는 "다소 복잡한 평화주의자"라고나 말할 수도 있을 것 같다.

그는 자신을 어떻게 말했을까 지금 그게 궁금하다.

독재정권들이 물러간 뒤 한때 민족주의를 앞세운 한 물결들이 그를 극단적으로 부추겨 세우려는 저널리즘적 경향들도 있었다. 또한 지극히 공리적인 계산으로 그를 "빨치산 투쟁도 불사했던 공산주의 혁명시인"으로 각색시키려는 일에 열중하는 사람들이 더러 있었던 것을 기억한다.

석림의 미망인도 한때 석림의 '빨치산 경력'을 입증해줄 것을 완곡히 타진해왔었으나, 나는 잘 모른다는 것으로 일관하였다. 그 무렵 '민중문학' 쪽에서 그런 것을 몹시 바라고 있었다는 짐작이 가기에 그렇게 할 수밖에 없었다. 인여사에게는 미안한 일이었다.

그러나 그것은 지금도 신중한 처신이었다는 생각이다.

이 사실은 한 10년쯤 뒤에나 석림의 아이들에게 전해지는 것이 좋겠다고 생각된다.

석림, 그는 '고리끼'도 아니며 '체 게바라'도 아니다. 물론 그들을 뜨겁게 좋아한 건 사실이다. 그러나, 오히려 그는 '뿌시낀'을 즐겨 읊었고 '에세닌'을 더 좋아했다. 정서적으로 그랬다.

18

이상에 기술한 것은 구상회, 조선용, 유옥준, 김종덕, 이상비, 유진황 등과 나의 부여 시절의 기억을 종합하여 적은 것이다.

석림이 결혼 후에는 친구들에게도 1950년 그 무렵의 이야기는 말을 극도로 아끼는 듯했다. 가정과 태어나는 자식들의 앞날을 염려한 깊은 사려라는 생각이 들었다. 더 소상한 것을 아는 사람은 이제 이 세상에 없다.

더이상의 오해나 낭설이 날조되는 것을 막기 위하여 이 기록을 남기는 것이다.

석림의 실전(失傳)된 부분의 연보(年譜)에 대하여 대단한 관심을 가졌던 한두 신문사나 몇몇 사람을 기억한다. 그러나 그때에는 이만큼의 체계도 세울 수 없었고, 또한 그것을 다른 일에 이용하려는 '의도'나, 상업적인 술수나, 공리심 같은 것이 엿보여서 나는 굳이 모르는 것으로 일관하였다. 그것이 석림과 그의 자식들에 대한 내 마지막의 우정이라고 생각하였기 때문에 그리 되었음을 덧붙인다.

석림 역시 그런 생각으로 많은 이야기를 마음속에 담아두고 말을 아낀 것이라 생각한다.

석림 간 지 어언 20여 성상.

극락왕생(極樂往生) 분향합장(焚香合掌).

1993년 2월 24일

석림 왕생 21주년을 맞으며
친구들의 기억을 모아서

길음재(吉音齋)에서 늙은 벗 노문(盧文) 쓰다.

〔그 뒤 메모〕

◇ 1994년 8월 1일 첨기(添記)

1993년 2월에 이 글을 소연에게 보냈고, 소식이 없어서 소연과 백영에게 다시 보냈다.

(전략)

"이 내용은 더 보강되었으면 합니다.

그래서 소연에게 협력을 의뢰했고, 이제 백영에게 발송하니, 설촌(雪村)과도 의논해서 미진한 부분의 최소화에 도움을 주기를 바랍니다.

소명(素明)과는 내가 만나서 다시 확인 작업을 매듭짓겠으니 빠른 시일 안에 회신을 바랍니다."

◇ 1996년 8월 25일 첨기

3년이 지난 오늘까지 아무도 내 요청에 가부간 응답을 보내오지 않았다.

그렇다고 석림에 대한 그들의 우정에 의문을 제기할 수는 없다.

세상에 그만한 우정이 그리 흔한 일인가.

"석림 자신도 소상하게 밝히지 않은 것이니, 덮어두는 것이 옳다"는 깊은 뜻이라고 생각하기로 한다.

나도 이 글은 이대로 여기에서 매듭지어야 할 수밖에 없게 되었다.

좀 쓸쓸해지는 저녁이다.

그저 석림의 세 아이들에게 미안한 마음이다.

◇ 2000년 1월 27일 첨기

이제 내 나이 칠순이다. 앞날을 어찌 기약하랴.

미진한 채로 이즈음에서 석림의 자식들에게 이 글을 보내주어야겠다.

◇ 2002년 3월 10일 첨기

아직 아무에게도 발송하지 못했다.

곧 결심을 해야겠다.

아예 폐기하는 방법도 배제하지 않겠다.

◇ 2006년 4월 7일. 석림 37주년 기일(忌日)에 마지막 첨기로.

신동엽 도록의 결정판이 출판된 마당에 이제는 더 보완할 이유가 없다.

그렇게 굳혀버리면 됐다.

다만 이글은 유족들의 마음속에 비록(秘錄)으로만 담아두었으면 해서 보낸다.

하여 유장(悠長)한 세월의 물결 속으로 흘러가게 하리라. 끝.

〔인병선이 노문에게 보낸 편지〕

보내주신 장문의 기록 잘 읽었습니다.

고맙습니다.

신동엽 일대기에 청년 시절이 가장 중요한데도 확연히 밝혀지지 않아 안타까웠는데 크게 도움이 되겠습니다.

그의 생을 어떻게 정의하고 평가하고는 시대에 따라 사람에 따라 다를 것입니다.

다만 그와 가까웠던 사람들은 사적인 감정이나 견해 없이 가능한 한 사실을 공개하는 것이 중요한 의무라고 늘 생각해왔습니다.

'빨치산' 문제도 그가 나와 살면서 한 말이 있었기 때문입니다.

'빨치산 생활을 1달쯤 했다.'

이 말은 보내주신 다음의 기록이 사실임을 잘 입증해주고 있군요.

전쟁 중 부여에서 덕유산에 이르는 퇴각작전 중에 석림은 실제로 전투를 경험하지는 못하였겠지만, 후퇴하는 과정에서 지리산으로 패퇴 집결하는 인민군부대와 토박이 빨치산들과는 얼마간 함께 생활할 수 있었을 것이다. 아마도 이 후퇴작전은 한달 남짓 걸렸을 것이고, 따라서 석림의 산악행군 종군(從軍) 경험도 그 정도에 불과하리라 짐작된다.

보내주신 기록은 말미에 비록으로 남기라고 했는데 저는 마땅히 공개되어야 한다고 생각합니다.

신동엽 연구에 평생을 걸겠다는 사람들이 있고 평전을 준비 중인 사람도 두 사람이나 있는 상황에서 숨겨서도 안 되고 또 숨길 필요도 없다고 생각합니다.

공개하는 것을 승낙해주시기 바랍니다.

좋은 글 주신 것 다시 한번 감사합니다.

1930년

—8월 18일 충청남도 부여군 부여읍 동남리(東南里) 249번지에서 아버지 평
산(平山) 신씨(申氏) 연순(淵淳)과 어머니 광산(光山) 김씨(金氏) 영희(英嬉)
사이에서 장남으로 태어나다. 그러나 이는 호적상의 기록일 뿐, 실제로는
양력 8월 4일(음력 윤 6월10일) 축시(丑時)에 태어났다고 유족들은 말한
다. 일찍 세상을 떠난 신연순의 첫째 부인이 딸 신동희(申東姬, 1928년생)와
아들 하나를 낳았으나 그 아들이 갓 돌을 넘기고 죽은 탓에, 신동엽은 집
안의 2대 독자가 된다. 8명의 여동생이 있었으나 그중 넷은 어릴 때 세상
을 떠났다.

1938년(만 8세)

—가난한 농부의 집안이라 넉넉한 살림이 아니었다. 어려서부터 몸이 허약
했고 키도 작은 편이었다.

—부여공립심상(尋常)소학교(1942년 국민학교로 개칭)에 입학하다. 소학교
시절 통신부(通信簿)의 성적표에 따르면 성적이 매우 우수한 편이었고, 4
학년 2학기에는 반장, 5학년 1학기에는 부반장을 지냈다.

1940년(만 10세)

—소학교 3학년 때의 통신부에 따르면 '申東曄'에서 '平山東曄'으로, 다시
'히라야마 야끼찌(平山八吉)'로 창씨개명이 이루어졌다.

1942년(만 12세)

―4월 '내지성지참배단(內地聖地參拜團)'에 부여국민학교 대표로 뽑혀 조선 인으로는 유일하게 충남 지역의 각 학교에서 선발된 일본인 학생들과 함께 보름 동안 일본을 다녀오다.

1944년(만 14세)

―3월 부여국민학교를 졸업하다. 상장과 더불어 부상으로 금전출납부를 받을 만큼 우등생이었지만 가난 때문에 바로 진학하지 못하고 1년간 휴학하다.

1945년(만 15세)

―4월 전주사범학교에 입학하다. 학창 시절, 노자(老子)나 장자(莊子) 책을 늘 끼고 다녔고 김소월·정지용·신석정 시집 등과 엘리엇 시집, 뚜르게네 프 산문집 등 문학서적들을 즐겨 읽었다. 특히 끄로뽀뜨낀의 영향으로 아나키즘 경향이 짙어졌다.

1948년(만 18세)

―사범학교 4학년으로 동맹휴학에 가담하여 무단 장기결석을 이유로 퇴학당하다.

―귀향 후 인근의 초등학교 교사로 발령받았으나, 부임 사흘 만에 그만두다.

1949년(만 19세)

―7월 공주사범대학 국문과에 합격하지만 다니지 않는다.

―9월 단국대학교 사학과에 입학하다. 이를 위해 아버지가 어려운 살림에 도 밭 600평을 팔았다.

1950년(만 20세)

―한국전쟁이 일어나고 7월 초부터 9월 말까지 인공 치하에서 민주청년동 맹 선전부장을 지내다.

―인민군이 퇴각하자 부산으로 가 전시연합대학에서 학업을 계속하다.

―12월 말에 국민방위군에 징집되다.

1951년(만 21세)

―2월 중순 국민방위군 대구수용소를 빠져나와 대구·밀양·김천·영동·대 전을 거쳐 병든 몸으로 귀향하다. 이때 굶주림을 견디지 못해 잡아먹은 게로 인해 평생 건강을 위협받았고 결국 사망의 빌미가 되는 디스토마에

걸리고 만다.

— 귀향 후 부여에서 몇개월 요양하여 건강을 회복한 뒤, 대전으로 가서 전 시연합대학을 다니다. 이때 만난 친구 구상회와 교유하며 1년간 충남 일 대의 백제 사적지와 동학농민전쟁의 자취들을 두루 답사하다. 이 체험은 훗날 그의 시 창작의 중요한 밑거름이 된다.

1953년(만 23세)

— 전시인 까닭에 대전에서 전시연합대학의 일원인 단국대학교 사학과를 졸업하다. 졸업과 동시에 제1차 공군 학도간부 후보생으로 임명되나 발령 받지 못하다.

— 봄에 상경하여, 고향 선배가 운영하던 헌책방(돈암동 사거리)에서 숙식 하며 책방 일을 돕다. 이 무렵 훗날 소설가가 된 현재훈을 만나 교유하다.

— 이해 가을부터 책방을 자주 찾던 이화여자고등학교 3학년 인병선(印炳善) 과의 운명적인 만남이 시작되어 결국 평생의 반려가 된다.

1955년(만 25세)

— 4년 만에 귀향하여 여름을 보낸 뒤, 온양의 구상회를 찾아 함께 상경하여 동두천에서 현지 입대하다. 6군단 공보실에서 근무하다가 서울 육군본부 로 전속되다.

1956년(만 26세)

— 초가을에 2대 독자라는 이유로 입대 1년 만에 의가사 제대하다.

— 겨울에 구상회, 노문, 이상비, 유옥준 등과 함께 가제 '야화(野火)'로 동인 지를 준비하다. 신춘문예 시 부문에 응모하나 낙선하다.

— 10월 농촌경제학자 인정식(印貞植) 선생의 외동딸 인병선과 부여에서 혼례 를 올리다. 인병선은 재학 중이던 서울대 철학과를 3학년에서 중퇴한다.

1957년(만 27세)

— 직장이 없고 건강마저 나빠 몹시 힘든 생활을 하다. 당시 사법서사이던 아버지 신연순의 수입에 기대어 많은 식구들이 살아가기에는 벅찬 형편 이라, 인병선이 부여 읍내에 '이화양장점'을 차리다.

— 장녀 정섭(貞燮)이 태어나다.

1958년(만 28세)

— 가을, 충남 보령의 주산(珠山)농업고등학교에서 교편을 잡다. 취직으로 생 활의 안정을 찾아가나 싶었으나 디스토마로 인해 건강이 크게 나빠져 휴

직, 겨울방학이 다 지나도록 차도가 없자 결국 사직하다.

— 부여로 돌아와 창작에 몰두하여 '석림(石林)'이라는 필명으로 『조선일보』에 장시 「이야기하는 쟁기꾼의 대지」를, 『한국일보』에 평론 「추수기(秋收記)」를 응모하다.

1959년(만 29세)

— 장시 「이야기하는 쟁기꾼의 대지」가 『조선일보』 신춘문예에 가작 입선하다. 당시 시 부문 예심을 보았던 시인 박봉우와는 이후 절친한 문학적 동지가 된다.

— 봄, 상경하여 돈암동에 전세방을 얻어 서울 살림을 시작하다.

— 장남 좌섭(佐燮)이 태어나다.

— 「진달래 산천」 「향(香)아」(『조선일보』) 「새로 열리는 땅」(『세계일보』) 등을 발표하다.

1960년(만 30세)

— 월간 교육평론사에 입사하다.

— 전주사범학교 동창인 소설가 하근찬을 다시 만나 절친한 사이가 된다.

— 4·19혁명이 일어나자 「아사녀(阿斯女)」가 실린 『학생혁명시집』을 만들어 출간하다.

— 「풍경」(『현대문학』) 「그 가을」(『조선일보』) 등을 발표하다.

1961년(만 31세)

— 명성여자고등학교 야간부에 국어교사로 특채되다. 이후 사망할 때까지 9년간 재직한다.

— 시론(詩論) 「시인정신론」(『자유문학』) 등과 평론 「60년대의 시단 분포도」(『조선일보』) 시 「아사녀의 울리는 축고」(『자유문학』) 등을 발표하다.

1962년(만 32세)

— 차남 우섭(祐燮)이 태어나다. 장모의 도움으로 서울 동선동 5가 45번지에 한옥을 마련하여 사망할 때까지 이 집에 산다.

— 시 「나의 나」(『신사조』) 「이곳은」(『현대문학』) 「별밭에」(『성원』) 「너는 모르리라」(『경향신문』) 등을 발표하다.

1963년(만 33세)

— 3월 발표작 10편과 신작 8편이 수록된 첫 시집 『아사녀(阿斯女)』(문학사)를 출간하다.

—시 「기계야」(『시단』 1집) 「태양 빛나는 만지의 시」(=「만지의 음악」) 「십이행시」(『시단』 2집)를 발표하다.

1964년(만 34세)

—3월 건국대학교 대학원 국어국문학과에 입학하나, 한 학기만 다니고 10월에 미등록으로 그만두다.

—7월 서울을 출발하여 부여·목포를 거처 제주도를 여행하며 '제주어행록'을 남기다.

—시 「황진이의 체온」(『동아일보』)을 발표하다. 12월 시 「껍데기는 가라」(『시단』 6집)가 처음 발표되다.

1965년(만 35세)

— 한일협정비준반대 문인서명운동에 참여하다.

—시 「웅-」(『시단』 7집) 「노래하고 있었다」(『시단』 8집) 「삼월」(『현대문학』) 「초가을」(『사상계』) 등을 발표하다.

1966년(만 36세)

—2월 단막 시극(詩劇) 「그 입술에 패인 그늘」이 국립극장에서 상연되다(최일수 연출, 시극동인회 제2회 공연작).

—시 「발」(『현대문학』) 「4월은 갈아엎는 달」(『조선일보』) 「산에도 분수를」(『신동아』) 「담배연기처럼」(『한글문학』) 등을 발표하다.

1967년(만 37세)

—1월 앤솔로지 『52인 시집』(신구문화사)에 시 「껍데기는 가라」 「삼월」 「원추리」 「아니오」 등 7편을 수록하다.

—6~8월 『중앙일보』에 시 월평을 집필하다.

— 펜클럽 작가기금을 받아 12월에 전(全)26장 4800행의 대작 장편서사시 「금강(錦江)」(한국현대신작전집 제5권 『장시·시극·서사시』, 을유문화사)을 발표하다.

—동양라디오 방송에서 '내 마음 끝까지'라는 프로그램을 진행하면서 그 대본을 썼다.

1968년(만 38세)

—장편서사시 「임진강」을 구상하고 문산 일대 등 임진강변을 답사했으나 완성하지 못하다.

—5월 오페레타 「석가탑」(백병동 작곡)이 드라마센터에서 상연되다.

―6월 김수영 시인이 서거하자 조사(弔辭) 「지맥 속의 분수」(『한국일보』)를 발표하다.

―시 「보리밭」 「여름 이야기」 「술을 많이 마시고 잔 어젯밤은」 「그 사람에게」 「고향」 등 5편을 『창작과비평』 여름호에 발표하였으며, 그외 「봄은」 (『한국일보』) 「수운이 말하기를」(『동아일보』) 「여름고개」(『신동아』) 「산문시」(『월간문학』) 등을 발표하다.

1969년(만 39세)

―시론 「시인·가인(歌人)·시업가(詩業家)」(『대학신문』) 「선우휘씨의 홍두깨」(『월간문학』) 등을 발표하다.

―3월 간암 진단을 받아 세브란스 병원에 입원하다.

―4월 7일 소설가 남정현이 임종을 지키는 가운데, 서울 동선동 자택에서 간암으로 별세하다.

―4월 9일 경기도 파주군 금촌읍 월롱산 기슭에 묻히다.

―유작시 「누가 하늘을 보았다 하는가」(『고대문화』) 「조국」 「일모(日暮) 이야기」(『월간문학』) 「영(影)」(『현대문학』) 「서울」(『상황』) 「좋은 언어」 「마려운 사람들」(『사상계』) 등이 발표되다.

정리 | 김윤태

1970년

—4월 18일 부여읍 동남리 백마강 기슭에 시비(詩碑)가 세워지다. 여기에는 그의 시 「산에 언덕에」가 새겨져 있다. 부여읍 예식장에서 추모 문학 강연회도 열리다.

—시 「봄의 소식」 「너에게」 등 유작 5편이 『창작과비평』 봄호에 발표되다.

1971년

—10월 유고 시 「단풍아 산천」과 「권투선수」, 평론 「신저항시운동의 가능성」이 『다리』지에 발표되다.

1975년

—6월 『신동엽전집』(창작과비평사)이 출간되다. 그러나 7월 책의 내용이 긴급조치 9호를 위반했다는 이유로 당국에 의해 판매 금지되다.

1979년

—3월 시선집 『누가 하늘을 보았다 하는가』(창작과비평사)가 출간되다.

—4월 서울 YMCA에서 출판기념회를 겸한 10주기 행사가 열리다.

—7월 일본에서 시집 『껍데기는 가라』(梨花書房)가 번역, 출간되다.

1980년

—4월 증보판 『신동엽 전집』(창작과비평사)이 출간되다.

1982년

―12월 유족과 창작과비평사가 공동으로 '신동엽창작기금'을 제정하다. 역량 있는 작가가 창작에 전념할 수 있는 여건을 마련해주기 위해 제정된 기금으로, 2004년 제22회부터 '신동엽창작상'으로, 2012년 제30회부터 '신동엽문학상'으로 명칭이 바뀌었다.

1983년

―6월 연구서『신동엽―그의 문학과 삶』(구중서 엮음, 온누리출판사)이 출간되다.

1985년

―5월 부여의 생가가 복원되다. 시인이 자라고 신혼생활을 한 이 집은 한때 타인의 소유가 되었으나 인병선 여사가 되사서 재건축한 것이다.

1988년

―12월 미발표작을 모은 시집『꽃같이 그대 쓰러진』(실천문학사)이 출간되다.

1989년

―1월 일기와 수필 등 미발표 산문을 모은『젊은 시인의 사랑』(송기원 엮음, 실천문학사)이 출간되다.

―4월 서사시「금강」이 전작(全作) 단행본『금강』(창작과비평사)으로 출간되며, 시선집『누가 하늘을 보았다 하는가』의 개정판(염무웅 엮음, 창작과비평사)이 출간되다.

―중학교 3학년 국어교과서에 시「산에 언덕에」가 실리다.

1990년

―단국대학교 서울캠퍼스(용산구 한남동 소재) 교정에 시비가 세워지다. 여기에는 시「껍데기는 가라」가 새겨져 있다.

―시「산에 언덕에」에 작곡가 백병동이 곡을 붙여 노래로 만들다.

―아버지 신연순 옹이 별세하다.

1992년

―한국대표시인 100인 선집으로 시집『껍데기는 가라』(미래사)가 출간되다.

1993년

―11월 경기도 파주에 있던 묘지를 부여군 부여읍 능산리 백제왕릉 앞산으로 이장하다.

1994년

―8월 세종문화회관 대극장에서 가극「금강」(문호근 연출)이 초연되다. 동
학농민전쟁 100주년을 기념하기 위해서 만들어진 이 작품은 제1회 민족
예술상을 수상했으며, 2005년 6월 16일 6·15남북공동선언 5주년 기념행
사의 일환으로 평양 봉화극장에서 공연되었다.

1999년

―부여초등학교 교정에 장시「금강」의 한 부분을 새긴 시비가 세워지다.

―4월 30주기를 기념하는 논문집『민족시인 신동엽』(구중서·강형철 엮음,
소명출판)이 간행되다.

2001년

―전주교육대학 교정에 장시「금강」의 한 부분을 새긴 시비가 세워지다.

2003년

―2월 유족들이 생가를 부여군에 기증하다.

―10월 20일 대한민국 은관문화훈장이 추서되다(부인 인병선 여사 대리 수
상).

2005년

―문화관광부가 제정한 '4월의 문화인물'에 선정되다. 이와 관련하여 4월
에 부여에서 신동엽 추모제, 문학의 밤, 시극 공연(김성만 연출,「그 입술
의 패인 그늘」), 문학기행, 백일장 등의 행사가 열리다.

―12월 평전『시인 신동엽』(김응교 지음, 현암사)이 출간되다.

2007년

―10~11월 '신동엽 시인 유품전'이 서울 명륜동의 짚풀생활사박물관에서
열리다.

2009년

―4월 '신동엽 40주기 추모문학제'가 부여문화원과 한국작가회의 주관으
로 열리다.

―2005년에 건립을 계획하였던 '신동엽문학관'이 부여군에 의해 마침내 착
공되고, 아울러 신동엽 흉상 건립 모금운동이 추진되다.

―10월 숭실대학교에서 '신동엽 40주기 학술회의'와 '신동엽학회' 창립대
회가 열리다. 신동엽학회의 초대 회장으로 평론가 구중서가 선출되었으
며, 이후 시인 이은봉, 정우영이 이어오고 있다. 연구자 중심의 여느 학회

와는 달리, 이 학회는 시인, 평론가, 연구자 들이 골고루 참여하고 있어 학술적 성격보다는 문학적 성격이 더 두드러진 것이 특색이다.

2010년

—4월 41주기를 맞아 부여에서 한국작가회의와 부여문화원, 신동엽학회의 공동 주최로 '신동엽문학제'가 열리다.

—11월 신동엽학회 개최로 '새롭게 확장되는 신동엽: 아시아·산문·소리'라는 주제의 학술대회가 열리다.

—12월 신동엽학회에서 학회지 『전경인(全耕人) 어문연구』 창간호를 출간하다.

2011년

—4월 신동엽학회 주최로 '신동엽 문학의 원전 확정을 통한 1960년대 문화 지적도 구축'이라는 주제의 심포지엄이 개최되다.

—11월 역시 신동엽학회 주최로 '서울의 문화적 완충지대'라는 주제로 학술대회가 열리다.

—12월 신동엽학회지 『전경인 어문연구』 제2집이 출간되다.

2012년

—1월 '신동엽기념사업회' 창립 총회가 열리다.

—12월 유족과 부여군청 간에 신동엽문학관 운영에 관한 협의서가 체결되다.

2013년

—3월 사단법인 '신동엽기념사업회'가 공식 발족되다(이사장 강형철).

—4월 『신동엽 시전집』(창비)이 출간되다.

—5월 3~4일 '신동엽문학관'이 그의 생가가 있는 충남 부여군 부여읍 신동엽길 12에 세워져 공식 개관하다. 개관식 행사 외에 "2013신동엽문학제" 및 학술회의(제목 '신동엽 시의 공간과 인간') 등이 함께 열리다.

—8월 이후, 신동엽기념사업회에서 신동엽문학관의 운영을 맡아오고 있다.

—11월 신동엽학회 주최로 '융합적 인간과 한국문화의 발견'이라는 주제의 심포지엄이 개최되다.

—신동엽문학관에서 '신동엽 시, 나무에 새기다'라는 제목으로 서각작품 전시회가 열리다.

—12월 신동엽학회에서 『신동엽, 융합적 인간을 꿈꾸다』(삶창)라는 단행본

을 발행하다.

2014년

—4월 '제45주기 신동엽 시인 추모제'를 신동엽문학관에서 개최하다. 이후 매년 4~5월경에 백일장, 특별전시회 등이 포함된 추모제를 정기적으로 열다.

—9월 신동엽학회와 김수영연구회 공동 주관으로, 서울시 도봉구 소재 김수영문학관에서 '김수영과 신동엽 공동학술대회'가 열리다.

—10월 신동엽문학관에서 가을문학제를 열다. 이후 매년 10~11월경에 가을문학제를 정기적으로 열다.

2016년

—12월 신동엽학회 주최로, '신동엽과 금강, 동학, 그리고 백제'라는 주제로 심포지엄이 부여의 신동엽문학관에서 열리다.

2018년

—10~11월 신동엽학회 및 신동엽문학관 주최로, 1967년에 신동엽이 썼던 동양라디오 방송대본「내 마음 끝까지」로 문학팟캐스트를 열다.

—11월 신동엽학회 주최로, '신동엽 문학과 대중매체'라는 주제의 심포지엄이 부여의 신동엽문학관에서 열리다.

2019년

—50주기를 맞이하여 신동엽기념사업회가 중심이 되어 다양한 행사를 준비 중이다.

—4월『신동엽 산문전집』(창비)이 출간되다.

정리 | 김윤태

478

제1회(1982)   이문구

제2회(1983)   하종오 송기원

제3회(1984)   김명수 김종철

제4회(1985)   양성우 김성동

제5회(1986)   이동순 현기영

제6회(1987)   박태순 김사인

제7회(1988)   윤정모

제8회(1990)   도종환

제9회(1991)   김남주 방현석

제10회(1992)   곽재구 김하기

제11회(1993)   고재종

제12회(1994)   박영근

제13회(1995)   공선옥

제14회(1996)   윤재철

제15회(1997)   유용주

제16회(1998)   이원규

제17회(1999)   박정요

제18회(2000)   전성태

제19회(2001) 김종광

제20회(2002) 최종천

제21회(2003) 천운영

제22회(2004) 손택수(시집『호랑이 발자국』, 창작과비평사 2003)

제23회(2005) 박민규(소설집『카스테라』, 문학동네 2005)

제24회(2006) 박후기(시집『종이는 나무의 유전자를 갖고 있다』, 실천문학사
              2006)

제25회(2007) 박성우(시집『가뜬한 잠』, 창비 2007)

제26회(2008) 오수연(소설집『황금 지붕』, 실천문학사 2007)

제27회(2009) 김애란(소설집『침이 고인다』, 문학과지성사 2007)

제28회(2010) 안현미(시집『이별의 재구성』, 창비 2009)

제29회(2011) 송경동(시집『사소한 물음들에 답함』, 창비 2009)
              김미월(장편소설『여덟번째 방』, 민음사 2010)

제30회(2012) 김중일(시집『아무튼 씨 미안해요』, 창비 2012)
              황정은(소설집『파씨의 입문』, 창비 2012)

제31회(2013) 박준(시집『당신의 이름을 지어다가 며칠은 먹었다』, 문학동네
              2012)
              조해진(장편소설『로기완을 만났다』, 창비 2011)

제32회(2014) 김성규(시집『천국은 언제쯤 망가진 자들을 수거해가나』, 창비
              2013)
              최진영(소설집『팽이』, 창비 2013)

제33회(2015) 박소란(시집『심장에 가까운 말』, 창비 2015)
              김금희(소설집『센티멘털도 하루 이틀』, 창비 2014)

제34회(2016) 안희연(시집『너의 슬픔이 끼어들 때』, 창비 2015)
              금희(소설집『세상에 없는 나의 집』, 창비 2015)

제35회(2017) 임솔아(시집『괴괴한 날씨와 착한 사람들』, 문학과지성사 2017)
              김정아(소설집『가시』, 클 2017)

제36회(2018) 김현(시집『입술을 열면』, 창비 2018)
              김혜진(장편소설『딸에 대하여』, 민음사 2017)

* 문학상의 명칭 변경

— 신동엽창작기금: 1982~2003년(1~21회)

— 신동엽창작상: 2004~2011(22~29회)

— 신동엽문학상: 2012~2018(30~36회)

지은이

신동엽 申東曄

1930년 충남 부여에서 태어났다. 전주사범학교를 거쳐 단국대학교 사학과를 졸업했다. 1959년 조선일보 신춘문예에 장시 「이야기하는 쟁기꾼의 대지」가 입선하며 문단에 나왔다. 1963년 시집 『아사녀』를 출간했고, 1967년 총 4800여행의 대작 장편 서사시 「금강」을 발표했다. 1969년, 향년 40세에 간암으로 별세했다. 사후에 『신동엽전집』(1975), 시선집 『누가 하늘을 보았다 하는가』(1979), 유고시집 『꽃같이 그대 쓰러진』(1988), 미발표 산문집 『젊은 시인의 사랑』(1989), 『신동엽 시전집』(2013), 『신동엽 산문전집』(2019) 등이 간행되었다.

1982년 신동엽창작기금(현 신동엽문학상)이 제정되어 지금도 이어지고 있으며, 2013년 생가가 있는 부여에 신동엽문학관이 건립되었다.

엮은이

강형철 姜亨喆

문학평론가, 시인. 1955년 전북 군산 출생. 숭실대 철학과와 동대학원 국문과 박사과정 졸업. 저서로 평론집 『시인의 길 사람의 길』 『발효의 시학』, 시집 『해망동 일기』 『야트막한 사랑』 『도선장 불빛 아래 서 있다』 『환생』 등이 있으며, 엮은 책으로 『민족시인 신동엽』 『신동엽 시전집』 『신동엽 산문전집』 등이 있다. 한국작가회의 부이사장을 역임했고, 현재 숭의여대 문예창작과 교수 및 사단법인 신동엽기념사업회 이사장으로 있다.

김윤태 金允泰

문학평론가. 1959년 경북 김천 출생. 서울대 국문과 및 동대학원 박사과정 졸업. 저서로 『한국 현대시와 리얼리티』 등이 있으며, 엮은 책으로 『한국대표노동시집』 『신동엽 시전집』 『신동엽 산문전집』 등이 있다. 인하대 연구교수, 중국해양대학 초빙교수, 신동엽기념사업회 상임이사 및 신동엽문학관 사무국장 등을 역임했다.

신동엽 산문전집

초판 1쇄 발행/2019년 4월 5일

지은이/신동엽
엮은이/강형철 김윤태
펴낸이/강일우
책임편집/전성이 신채용
조판/황숙화
펴낸곳/(주)창비
등록/1986년 8월 5일 제85호
주소/10881 경기도 파주시 회동길 184
전화/031-955-3333
팩시밀리/영업 031-955-3399 편집 031-955-3400
홈페이지/www.changbi.com
전자우편/lit@changbi.com

ⓒ 신좌섭 2019
ISBN 978-89-364-7704-2 03810